ハヤカワ・ミステリ文庫

〈HM㊽-1〉

ブート・バザールの少年探偵

ディーパ・アーナパーラ
坂本あおい訳

早川書房

8660

DJINN PATROL ON THE PURPLE LINE
by
Deepa Anappara

Translated by
Aoi Sakamoto
Originally published 2020 by
CHATTO & WINDUS
First published 2021 in Japan by
HAYAKAWA PUBLISHING, INC.
This book is published in Japan by
arrangement with
ROGERS, COLERIDGE AND WHITE LTD.
through THE ENGLISH AGENCY (JAPAN) LTD.

ディヴィヤー・アーナパーラとパラムにささぐ

ブート・バザールの少年探偵

登場人物

ジャイ……………………居留地《バスティ》（スラム地区）に住む九歳の少年
ルヌ………………………ジャイの姉《ディディ》。十二歳
パリ………………………ジャイの友だち。読書好きな少女
ファイズ…………………ジャイの友だち。ムスリムの少年
タリク
ワジド ……………………ファイズの兄《バーイ》
シャンティおばさん……ジャイの家のご近所さん
バハードゥル……………ジャイの同級生
飲んだくれラルー………バハードゥルの父
オムヴィル………………バハードゥルの友だち。プレス屋《ワーラー》の息子
クオーター………………バスティの長《プラダン》の息子
ハキム……………………バザールのテレビ修理屋
ダッターラーム…………バザールのお茶屋
グル………………………路上生活の少年
メンタル…………………クズひろいの少年たちのボス
アンチャル………………美容室で働く十六歳の少女
アジェイ…………………アンチャルの弟
チャンドニー……………五歳の少女
カディファ
カビール ……………………ムスリムの姉弟
プラヴィン………………ルヌのことが好きな少年
ボトルの帝王《バードシャー》…………廃品回収屋《カバリ・ワーラー》

1

この物語はきみの命を救うだろう

まだ生きてたころのメンタルは、十八人から二十人の子どもをまとめるボスマンで、どの子に対してもほとんど手をあげたことがなかった。みんなで分けろと〈5スター〉や袋ごとの〈ジェムズ〉（いずれもキャドバリー社のチョコ菓子）を毎週のようにあたえて、子どもを路上から一掃しようとする警察や伝道活動のやつらから、それに、線路に舞いおりて列車にひかれる寸前まで水のペットボトルを集めるところを飢えた目でながめる男らから、子どもたちをかくまってやっていた。

自分のとこのクズひろいの少年が〈ビスレリ〉のペットボトル五十本のかわりに五本持ってきても、仕事をしてるはずが映画館のまえにいて、いちばんマシな服でめかして買えもしない封切り初日の券の列にならんでるのを見かけても、メンタルは気にしなかった。

だけど少年たちが修正液を吸って鼻を赤くし、血と水が入りまじるように言葉をまぜこぜにして、満月みたいに目を腫《は》らしてあらわれた日には、人が変わった。そういうときには〈ゴールドフレイク・キングズ〉の吸いさしを少年の手首や肩でもみ消して、それを上等なタバコのむだづかいと称した。

少年たちからは肉の焼けるいやなにおいがたなびいて、〈デンドライト〉や〈イレイズ・エックス〉の、甘いつかの間の興奮は消え去った。そんなふうにして、メンタルは少年たちの頭に大切なことをたたき込んだんだ。

われわれは会ったことはない。メンタルがこのあたりに住んでたのは、おれたちの時代よりずっとまえのことだ。けど、本人を知る人は、たとえば、じょりじょりの頬に数十年かみそりをあてつづけた床屋とか、胸に灰を塗って自分を聖人と言ってるおかしなやつとかは、今でもメンタルのことを話題にする。それによるとメンタルのとこの少年は、走ってくる列車にだれが一番乗りするかとか、だれが寝台と座席のすきまの奥から出てきたぬいぐるみや自動で方向転換するミニカーをもらうかとか、そういったことでケンカをはじめることはまずなかった。差をつけろ、とメンタルは教えた。おかげで彼らは、鉄道駅を仕事場にする国じゅうの子どものなかで、いちばん長く生きのびることができた。

だけどメンタル本人は、ある日、死んでしまった。それが本人にとって予定外だったのは少年たちの知るとおりだ。まだ若くて健康だったし、都会《まち》にモンスーンが来るまえにテンポ（国産のミニバス）を一台借りてみんなをタージマハルに連れていくと約束してたからだ。少年たちはメンタルを思って何日も涙に暮れた。その涙にうるおされて、はげた地面では雑草が花をつけた。

少年たちはその後、メンタルとはまるでことなる男らのもとで仕事をしないといけなかった。新しい人生には、チョコバーや映画なんてものはない。夏の太陽をあびて黄金に光る線路に焦《こ》がされた手があるのみで、気温は、朝の十一時にはすでに四十五度にまでのぼった。冬は一、二度までぐっとさがって、霧《きり》が塵《ちり》みたいに白くざらつく日には、刃のように鋭い凍った線路の角が、マメだらけの手を切りつけた。

毎日、クズひろいしたあとは、駅の壊れた配管からしたたる水で顔を洗ってから、みんなでメンタルに祈りを捧げた。列車の車輪の下敷きになって手足の骨をこなごなにされるまえに、まるい背骨をベルトでぴしゃりと打ちすえられて二度と歩けなくなるまえに、どうか、ぼくらを救ってください、ってね。

メンタルが死んで数カ月のうちに、ふたりの少年が列車を追いかけながら死んだ。ばらばらになった死体の上空でトンビが円をえがき、青黒いくちびるにハエがキスをした。ふたりを雇ってた男たちは、死体をひろって荼毘《だび》に付すなんて金のむだだと考えた。列車は動きをとめることなく、エンジンは夜遅くまでさけび声をひびかせた。

　その死から間もないある晩、三人のメンタルの少年が、鉄道駅と店やホテルでごちゃつく界隈《かいわい》とをへだてる道路を、反対側へとわたっていった。建物の屋上には、携帯電話の赤白のアンテナと、シンテックス社の黒い貯水タンクがひしめいていた。〝ピュアベジ料理〟、〝駅向き《ステーションビュー》〟、〝インクレディブル！NDIA〟、〝家族歓迎〟、そんなネオンサインがちかちかしてた。少年たちのむかったさきは、ここから遠くない場所だ。鉄柵のついたとあるレンガの塀《へい》が目的地で、メンタルはそこに服をかけて乾かし、夜になると所持品ぜんぶをひと袋にまとめて、奥さんみたいにしっかり抱いて、その塀の下で眠った。

〝ホテル・ロイヤルピンク〟の文字をうかびあがらせる黄色とピンク色の光のなか、少年たちはメンタルが塀のくぼみにおいてた小さな粘土の神さまを見つけた。胸のまえで鼻をまるめたガネーシャ神、片手に山を持つハヌマン神、笛を奏でるクリシュナ神。それぞれの足もとには、ひからびたマリーゴールドが石で押さえてあった。

　少年たちは塀におでこをぶつけて、なんで死んじゃったんだとメンタルにたずねた。ひとりはメンタルの本当の名前を風にむかってささやいた。その名は彼らしか知らない秘密で、すると、そこの路地で影が動いた。あたりに何かが満ちて、電流の金《かな》くさい味がして、虹色の稲妻が走ったけど、三人はただの猫かコウモリかと思った。ほんの一瞬のことだし、気のせいだったかもしれない。少年たちはペットボトルひろいで疲れはて、空腹でふらふらだった。だけどつぎの日、列車の床のゴミをあさってると、べつべつの座席の下から三人ともが五十ルピー札を見つけた。

その金はメンタルの幽霊がくれた贈りものなんだと三人にはわかった。あたりの空気がメンタルのあたたかな吐息で揺れて、〈ゴールドフレイク・キングズ〉のにおいがしたからだ。本名を呼んだおかげで、メンタルは少年たちのもとにあらわれたってわけだ。

少年たちはメンタルのために塀にタバコをおくようになり、ライム汁をふりかけてコリアンダーの葉と赤玉ねぎのスライスで飾った、スパイス味のひよこ豆を、アルミ皿に入れてそなえるようになった。まえに四分の一キロのひよこ豆をいっぺんにたいらげたメンタルが、その日の午後にどんなにおいと音を放ったか、みんなであけすけに冗談を言いあった。メンタルの幽霊は生意気な口は気に食わなかったようで、あとになって彼らは、シャツにタバコの穴があいてるのに気がついた。

メンタルの少年たちは今じゃ都会《まち》じゅうに散らばって、聞くところによると、大きくなって結婚して、自分の子を持つようになった者もいるらしい。だけど今でも、腹をすかせた少年がひび割れたくちびるでメンタルの本名を唱えながら眠りにつくと、目をさましたときに白人の旅行者がアイスを買ってくれたり、知らないおばあさんが手にパラーター

（ギーを折り込んだ層状の薄焼きパン）を押しつけてきたりする。小っちゃなことかもしれないけれど、メンタルは金持ちじゃなかったから、金持ちの幽霊にはならなかった。

おもしろいのは、少年たちのほうがメンタルの名付け親だったってことだ。初対面のときはどう見てもいかつい男なのに、親指のない足や、真っ赤に焼けた鉄のくさりで鞭打たれてできた、死にぎわの魚みたいにのたうつ太ももの裏の痕《あと》を見せると、メンタルの目はやさしくなった。ゆがんだこの世界で半分いい人になれるのは、精神《メンタル》に難がある人だけだと少年たちは考えた。それでも最初はみんな〝兄貴〟と呼んだし、小さい子は〝おじさん〟と呼んでたけど、そのうちみんな、〝今日はこんなにペットボトルを見つけたよ、メンタル〟なんて言うようになって、本人もその呼び名がひろまった理由を知ってたから、気にしなかった。

メンタルがメンタルになって何カ月かがたったある春の夜のこと、グラスに数杯のバングー（大麻入り飲料）を飲んだ彼は、少年たちに素焼きのカップにはいったフィルニ（カルダモン等で風味付けしたライスプディング）を買って、両親からもらった本名を彼らにそっと教えた。それから、母親になぐられて七歳で家をとびだしてきたときのことを語った。学校をさぼって、まえを通る女の子全員に求愛の歌をがなりたてる地元の冷やかし屋《ロードサイド・ロミオ》たちとつるんでたのがまずかった。

都会《まち》に来て最初の何週間かは鉄道駅に居ついて、乗客が窓から投げ捨てる食べものの包みの残りかすで食いつなぎ、歩道橋の下のくぼみに隠れて警察をやりすごした。上を歩かれるたび、頭をなぐられるようだった。しばらくのあいだは、両親が列車で自分をさがしにきて、心配したじゃないかとしかりつけて、家に連れ帰ってくれるものと信じてた。とぎれとぎれの夜の眠りのうちに、自分の名を呼ぶ母の声を聞くこともあったけれど、それはただの風の音か、列車のガタゴトいう音か、シロン発ノースイースト急行は四時間遅れだと伝える、かったるそうな女のアナウンスの声だった。家に帰ることも考えたが、帰らなかった。合わす顔もないし、都会《まち》は少年を男に変えるからだ。メンタルは子どもでいるのはもううんざりで、自分も男になりたかった。

幽霊となった今は、メンタルは七歳のときにもどりたがってる。むかしの名前を聞きたがるのはそのせいだろう、というのがわれわれの考えだ。両親のこと、列車にとび乗るまえの少年だった自分のことが、なつかしくよみがえるから。

メンタルの本名は秘密だ。彼の少年たちは、絶対にだれにも明かさない。さぞかしすばらしい名前で、もしもメンタルがここじゃなくムンバイにいってたら、映画スターがきっとその名を盗んだんじゃないかって、おれたちは思ってる。

この都会《まち》にはたくさんのメンタルがいる。こわがることはない。神さまは忙しくておれたちの祈りには耳を貸さないが、幽霊たちは——休んではぶらぶらし、ぶらぶらしては休むくらいしかやることのない幽霊たちは——どうせひまだし、いい退屈しのぎになるっていうんで、いつだっておれたちの言葉に聞き耳を立ててる。

　ただし、幽霊はただじゃ動いてくれない。お礼に何かするときだけ助けてくれる。メンタルの場合は本名を呼ぶことで、ほかの幽霊の場合は、密造酒とか、ジャスミンの花輪とか、〈ウスタード〉のケバブ一本だったりする。神さまが人間に求める捧げものと変わらないと言えば変わらないが、断食したり、ランプを灯したり、ノートにくり返し自分の名前を書いたりなんていうことは、やってほしいとはあまり思ってない。

　最大の難関は、正しい幽霊を見つけることだ。少女を雇ったことのないメンタルは少年専用の幽霊だけど、女の幽霊、ばあさんの幽霊、女の赤んぼうの幽霊が、少女の守り神になってくれる。だれよりおれたちには、幽霊が必要なのかもしれない。親も家もない、鉄道駅の少年だからな。なんでいつまでもこの場所にいるかっていえば、たんに幽霊を好きに呼びだす方法を知ってるからだ。

　接着剤を吸ったり、ヘロインを鼻に入れたり、赤んぼうの口にもひげが生えるほど強い地酒《デーシー・ダールー》を飲んだりするから、おれたちはこの世にないものを信じこむんだって思ってる人もいる。けどそういう人たちは、大理石の床と電気の暖房にかこまれたそういう連中は、真冬の夜に警察に鉄道駅から追いはらわれるメンタルの少年たちとは、いっしょにはいなかった。

　氷のような風が都会《まち》を吹きあれて石に線を刻む、そんな夜だった。みんな合わせても布団貸し《ワーラー》一枚を八時間借りるための二十ルピーにも足りず、つけで貸してもらえないか布団貸しにかけあっても罵声をあびせられただけだった。シェルターのただで使えるベッドはいっぱいで、少年たちは外のガラスの割れた暗い街灯の下で、うずくまって身をふるわせた。痛みがひろがって手足が内側によじれた。もうこれ以上は耐えられないというとき、少年たちはメンタルに呼びかけた。

〝またわずらわせて、ごめんよ。だけどぼくたち、死にそうなんだ〟

　壊れた街灯がパチパチ音をたてて、光を放った。少年たちは顔をあげた。ねっとりした黄色いあたたかい光が、上から降りそそいできた。

「ちょっと待て」メンタルの幽霊は少年たちに言った。「ほかにも何かできないか、考えてみよう」

自分ちのなかを――

――上下さかさの目でながめて、トタン屋根にあいた穴を五つかぞえる。もっとあるかもしれないけど、まっ黒いスモッグが空の星を消しちゃってて、見えない。ぼくは精《ジン》が屋根の上にしゃがんでるところを思いうかべてみた。かぎ穴にかぎをさすみたいに、片目を穴からつっこんでうちをのぞいて、パパとマーとルヌねえちゃん《ディディ》が寝るのを待って、ぼくの魂《たましい》をうばおうとしてる。ジンなんてほんとはいないけど、もしいたら、子どもしかさらわない。ぼくたち子どもの魂がいちばんおいしいからだ。

ベッドについたひじがぐらついてきて、ぼくは両足を壁につけた。ルヌ・ディディは、ぼくが何秒逆立ちしてられるかかぞえるのをやめて、言った。「ちょっと《アレー》、ジャイ、横で見てるってのに、あんたはズルしてばっかり。ったく、情けないと思わないの、え？《キャー》」声が高くてはずんでるのは、自分みたいにぼくが長く逆立ちできないのがうれしいからだ。

ぼくらは頭をつけた逆立ちの競争をしてるとこだけど、でもじつは、これはずるい。うちの学校では、ヨガの授業は六年生からはじまることになってて、ルヌ・ディディは七年生だから、ほんとの先生からちゃんと教わってる。ぼくは四年生だから、テレビの導師《ババ》・デヴァナンドだけがたよりだ。テレビによると、頭をつけた逆立ちをすると、ぼくみたいな子どもは――

・一生、メガネをかけないですむ
・髪が白くならないし、黒い虫歯もできない
・脳がとろけることも、腕や足がぐずぐずすることもない
・学校＋大学＋会社＋家で、いつもナンバー1になれる

ババ・デヴァナンドが足を組んでれんげ座でやるハッハッていう呼吸の練習より、ぼくは逆立ちのほうがずっと好きだ。でも今は、これ以上逆立ちしてたら首が折れそうなので、コリアンダーの粉と生玉ねぎとマーとレンガとセメントとパパのにおいのするベッドに、どさっとたおれた。

「ババ・ジャイは詐欺師《さぎし》だということが明らかになりました」ムカつくニュースを読まないといけなくて毎晩顔をまっ赤にしてるテレビの人みたいに、ルヌ・ディディがさけんだ。

「国民は、ただだまって見ているしかないのでしょうか？」

「ちょっと、ルヌ、そんなにさけばれたら頭が痛くなる」台所のところからマーが言った。ロティ（無発酵の薄焼きパン）をめん棒でまるくきれいにのばしてるところだけど、ディディがマーの携帯でじいちゃん《ナーナー》、ばあちゃん《ナーニー》（母方の祖父母）と話してきたない言葉をさけんだときに、お尻をたたくのに使うのもおなじめん棒だ。

「わーい、勝った、勝った」ディディは今では歌ってる。となりの家のテレビよりも、となりのとなりの家で大泣きする赤ちゃんよりも、だれがだれの貯水バケツから水を盗んだと毎日わあわあ《チクチク》やる近所の人よりも、大きな声だ。

ぼくは両耳に指をつっこんだ。ルヌ・ディディのくちびるは動いているけど、水そうの魚がぶくぶくしゃべるみたいだ。ディディのチクチクは、ひとことも聞こえない。うちがひろかったら、耳をふさいで一段抜かしで二階にあがって、押し入れに閉じこもるのに。でも、ぼくらが住んでるのは居留区《バスティ》（スラム地区のこと）で、つまり、うちには部屋がひとつしかない。ぼくらの幸せを育てるのに必要なものぜんぶがこの部屋にはそろってるって、パパはよく言う。ぼくとディディとマーって意味で、テレビのことじゃない。うちの家族が持ってるいちばんのものが、それだけど。

今寝ころんでるベッドからはテレビがよく見える。ステンレスの皿やアルミの缶のおかれた棚から、ぼくのことを見おろしている。テレビのまるっこい文字が言ってる。**デリー発、警察長官の飼い猫、見つかる。**ヒンディー語のニュースは血がびしゃっとなったみたいな字で書いてあることがときどきある。ぼくらがこたえられないような、むずかしい質問を投げかけてくるときなんかは、とくに。たとえば——

最高裁には幽霊が住みついている？

とか

ハトのテロリスト部隊、パキスタンで養成か？

とか

バラナシ・サリー店の上客は、一頭の雄牛？

とか

女優ヴィーナ、離婚のきっかけはラスグッラー（カッテージチーズの団子をシロップに漬けた菓子）**？**

何時間でもパパと言いあえるから、マーはそういう話が好きだった。

ぼくがいちばん好きなのは、『ポリス・パトロール』とか『犯罪実録』みたいな、マーがまだ早いって言うような番組だ。気分が悪いって言って、人が殺されるとこで消されることである。だけどマーはだれが悪いやつかあてるのが好きで、つけたままにしておくこともあった。そして、自分みたいにすぐに犯人がわからないなんて、警察はなんてボンクラなの、ってぼくに言う。

ルヌ・ディディはしゃべるのはやめて、背中のうしろで両手のストレッチをはじめた。自分じゃウサイン・ボルトみたいなつもりでいるけど、ただの学校のリレーチームのメンバーってだけだ。リレーはちゃんとしたスポーツじゃない。だからマーとパパはゆるしてるけど、バスティのおじさん《チャーチャー》やおばさん《チャーチー》のなかには、女の子が走るなんてはずかしいって言う人もいる。ディディは、自分のチームが地区対抗試合で勝って、州の選手権でも勝ったら、バスティの人たちも口を閉じるだろうって言ってる。

耳につっこんだ指がしびれてきたから、手をはずして、インクや泥や油でもうよごれてるカーゴパンツにこすりつけた。ぼくの服はみんな、このズボンみたいにきたない。制服もだ。

学校からこの冬にただでもらった新しい制服を着ちゃだめかって、まえから聞いてるのに、マーはぼくの手のとどかない棚の上にあげたっきりだ。まだ使える服を捨てるのはお金持ちだけだ、って。茶色いズボンのすそが足首にぜんぜんとどいてないのを見せたとしても、マーは映画スターだってサイズの合ってない服を着てるでしょって言うだろう。それが流行《はや》りの最先端だって。

今でもマーは、ぼくがちっちゃかったときみたいに適当なことを言って、だまくらかそうとする。パリとファイズが毎朝ぼくを線香みたい（ただし、おならのにおいの）って笑うのを、マーは知らない。

「ねえ、マー、制服のことだけど――」ぼくは言いかけて口を閉じた。うちの壁がたおれてくるんじゃないかっていうくらいの、ものすごいさけび声がしたからだ。ルヌ・ディディもはっとして、マーはあつあつの鍋をうっかりさわって、苦うりの皮みたいに一瞬で顔がぎざぎざのいぼいぼになった。

きっとパパがぼくらをこわがらせようとしてるんだ。パパは年じゅうざらついた声で古いヒンディー語の歌を歌ってる。空《から》のLPガスのボンベみたいに、その声がバスティの路地をガラガラ転がってきて、野良犬と赤んぼうが目をさましてわめきだす。でもそのとき、もう一度さけび声に壁をがつんとパンチされて、マーはコンロの火を消して、みんなで家の外にとびだした。

はだしの足から寒さがはいあがってきた。人の姿や声が、路地じゅうでうごめいている。煙たくて、おまけにじっとりしたスモッグが、ぼくの髪を指ですいた。みんなが「どうした、何があった、だれの悲鳴だ、だれか、さけばなかったか？」と大声で言いあってる。

風邪をひかないように飼い主に古いセーターやシャツを着せられたヤギたちは、路地の両側の寝台《チャールパイ》の下にもぐって、かくれた。バスティの近くのハイファイ（音響用語からの転。高品質、セレブ的といった意味の俗語）なビルの明かりが、ホタルみたいにちかちかして、消えた。停電だ。

マーとルヌ・ディディがどこにいるかわからない。ガラスの腕輪をじゃらじゃらさせた女の人たちが、携帯のライトや灯油のランタンをかかげたけど、スモッグのなかじゃそんな光は弱すぎる。

まわりはぼくより背の大きな人ばっかりで、さけび声のことを質問しあう人の不安なお尻やひじが、ぼくの顔にあたった。飲んだくれラルーの家のほうから聞こえてきてることが、今でははっきりしてきた。

「あっちで何か悪いことがあったんだ」うちの路地に住んでるおじさんが言った。「ラルーの女房がバスティじゅうを駆けずりまわって、息子を見なかったかとか聞いてたぞ。ゴミ捨て場でも名前を呼んでた」

「あのラルーもよ、ね《ナ》。年がら年じゅう、妻をぶって、子どもをぶってるあいつが」女の人が言った。「見ててごらん。そのうち妻だって姿を消すよ。そしたら、あの役立たずは何をして金を得る？　どこで酒を調達する、え？《ハーン》」

飲んだくれラルーのどの息子がいなくなったんだろう。いちばん上のバハードゥルは、ぼくとおなじクラスの吃音《きつおん》の生徒だ。

　どこか近い場所を地下鉄が通過して、地面がひくひくした。その電車はやがてトンネルから這いでて、建設中のビルや建物の横を抜けていって、橋をのぼって地上駅にあがって、そこからまた都心《まち》にもどっていく。そこがパープル線の終点だからだ。地下鉄駅は新しくて、きらきらの壁をつくるのにパパも参加した。今は、あまり低く飛ぶなと赤いちかちかをつけてパイロットに注意しないといけないくらいの、ものすごく高いタワーを建ててるところだ。

　さけび声はやんでいた。ぼくの体は冷えきって、歯と歯どうしが勝手におしゃべりをはじめた。そのとき、ルヌ・ディディの手がいきなり暗闇からすっとのびてきて、ぼくをつかんで、まえに引っぱった。リレーの競走をしてて、ぼくはチームメイトにわたすバトンだってみたいに、ディディはスピードをあげて走った。

「待って」ぼくは足でブレーキをかけた。「どこいくんだよ」

「みんながバハードゥルのことをしゃべってるのを聞いたでしょ」

「いなくなったって？」

「くわしいこと知りたくないの？」

　スモッグでルヌ・ディディからは見えないだろうけど、ぼくはうなずいた。だれかの手でゆれてるランタンのあとをついていったけど、明るさが足りないせいで食器洗いの水がたまった場所が見えなくて、ぼくらは何度もそういう場所を踏んづけた。水はねっとりしてて、ふり返って見てみたほうがよさそうだったけど、バハードゥルがどうなったのかも気になった。学校の先生たちは、授業で質問するときは、口がもたつくからバハードゥルのことはあてない。二年生のとき、ぼくもカカカカってやってみたけど、木の定規で手の甲をたたかれただけでおわった。定規でたたかれるのは、むちで打たれるより痛い。

　ぼくはもう少しでファティマねえさん《ベン》のバッファローにつまずくところだった。道のどまんなかで寝そべってて、巨大な黒い物体はスモッグと見分けがつかなかった。マーは、あのバッファローは何百年、何千年ものあいだ、晴れの日も、雨の日も、雪の日も瞑想をつづけてきた賢者みたいだって言う。ファイズとぼくはまえに、ライオンのまねをしてバッファロー導師《ババ》にむかってうなって、石を投げつけたことがあったけど、あいつはバッファロー独特のぎょろ目を動かすことも、うしろにそり返った角《つの》をゆすることもしなかった。

　ランタンと携帯のライトのぜんぶが、バハードゥルの家のまえに集まってた。人だかりで何も見えなかった。ルヌ・ディディにちょっと待っててと言って、ぼくはズボンの足、サリーの足、腰布《ドーティ》につつまれた足、それに、灯油、汗、食べもの、鉄のにおいのする手をかきわけて、まえに押し進んだ。バハードゥルのマーが玄関の段に腰かけて、紙みたいに体をふたつに折って泣いていた。横にはぼくのマーが、反対のとなりには、うちのご近所さんのシャンティおばさんがいる。その横にはしゃがみこんだ飲んだくれラルーがいて、頭をゆらゆらさせながら、赤い目を細くしてぼくらの顔を見あげていた。

マーがどうやってぼくよりさきにここに来られたかは、なぞだ。シャンティおばさんはババハードゥルのマーの髪をなでて、背中をさすりながら、「まだ子どもなんだから、きっとそのへんにいる」とか、「そんな遠くにいったはずはないわ」とか言っている。

ババハードゥルのマーは泣きやみはしなかったけど、すすり泣きの合間がだんだん長くなった。シャンティおばさんの手には魔法がやどってるからだ。おばさんは世界一の助産婦さんだとマーは言う。生まれてきた赤んぼうがまっ青で泣かなくても、おばさんは足をさするだけで、ほっぺたに赤みを、くちびるに泣き声を呼びよせることができた。

マーが人だかりのなかにぼくを見つけて、言った。「ジャイ、ババハードゥルは今日、学校に来た？」

「ううん」ババハードゥルのマーがものすごく悲しい顔をしてるから、最後に会ったのがいつか、できれば思いだしてあげたかった。だけどあいつはあまりしゃべらないから、教室にいてもいなくても、みんな気づかない。とそのとき、足の海のなかからパリが顔を出して、言った。「このところは学校には来てなかった。最後に見たのは、先週の木曜日だよ」

今日は火曜日だから、いなくなって五日目ってことだ。金網《かなあみ》のかごであつあつのチャイのグラスを運ぶウェイターみたいに、パリとファイズが〝どいた、どいた、どいた〟と言うと、みんなは道をあけてくれた。ふたりはぼくの横に来た。どっちもまだ学校の制服のままだ。ぼくは家に帰った瞬間に、これ以上制服がばっちくならないように家着に着がえろって言われた。マーはきびしすぎる。

「どこにいたの？」パリが聞いた。「あちこちさがしたんだから」

「ずっとここだよ」ぼくは言った。

パリは前髪をずいぶんこんもりピンでとめてて、モスクの玉ねぎ屋根を半分にしたみたいに見えた。なんでバハードゥルがいないことに、みんな今日まで気づかなかったんだろうって質問しようとすると、そのまえにパリとファイズが理由を言った。ふたりは友だちだから、ぼくが頭で考えてることが見えるんだ。

「バハードゥルの母さんは、さ《ナ》、一週間かそこら、家にいなかったんだって」ファイズが小声で言った。「おやじは――」

「――世界一の酔っぱらい《ベワダ》ナンバー1。ネズミに耳をかじられたって気づかないよ。朝から晩までべろべろで」わざと飲んだくれラルーに聞かせたいのか、パリは大声で言った。

「だけど、近所のおばさんたちがバハードゥルがいないのに気づいてもよかったと思わない？」

パリはいつでもすぐ人を責める。自分は完ぺきだって思ってるから。

「おばさんたちはバハードゥルの弟と妹の面倒をみてた」ファイズがぼくに説明した。

「バハードゥルは友だちのとこに泊まってるって、みんな思ってたんだよ」

ぼくはパリをつついてから、オムヴィルのいるとこに目をズームにした。大人たちのあいだにかくれて、暗やみで白く光る指輪をぐるぐるいじってる。オムヴィルはバハードゥルのただひとりの友だちだけど、もう五年生で、お父さんの手伝いをしないといけないから、あんまり学校には来ない。お父さんはアイロンがけが仕事のプレス屋《ワーラー》で、ハイファイな人たちの服のしわをのばしてる。

「ねえ、オムヴィル。バハードゥルがどこにいるか知らない？」パリが聞いた。

オムヴィルは赤茶色のセーターのなかにちぢこまったけど、バハードゥルのマーの耳はもう今の質問を聞きつけてた。「知らないって。オムヴィルには、まっさきに聞いたわ」

パリが玉ねぎの前髪で飲んだくれラルーをさして言った。「ぜんぶ、あいつが悪いんだよ」

飲んだくれラルーが空気を食べる以外なんにもしないで、口からよだれをたらしながら、このバスティをよろよろ歩きまわってる姿を、ぼくたちは毎日見てる。物乞いみたいなやつで、パリやぼくにまで、カダック・チャイ（濃く煮だしたスパイス入りミルクティー）を一杯飲むのに小銭をせびってくる。お金をかせいでるのはバハードゥルのマーで、ここのバスティから近いハイファイなマンションの一家のとこで、子守とメイドの仕事をしている。マーやバスティのおばさんの大勢が、あのマンションに住むハイファイな人たちのとこで働いている。

ぼくはうしろをふり返って、〈パームスプリングス〉とか〈メイフェア〉とか〈ゴールデンゲート〉とか〈アテネ〉とかいうおしゃれな名前の建物をながめた。ここのバスティから場所は近いのに、あいだにゴミ捨て場があって遠くに見える。それに、もっと高くないとゴミの山のにおいはふせげないってマーは言うけど、とげの針金つきの高いレンガの塀もあいだにある。大勢の大人がうしろをふさいでたけど、モンキーキャップ（首までをすっぽりおおうニット帽）のすきまからハイファイな建物に明かりがもどってるのが見えた。たぶん、ディーゼルの発電機を持ってるおかげだと思う。ぼくらのバスティは今もまっくらだ。

「わたしはなんで家をあけたんだろう」バハードゥルのマーがシャンティおばさんに言ってる。「子どもたちだけにするんじゃなかった」

「ハイファイ一家がニムラナにいくのに、バハードゥルのマーもいっしょに連れてったの。赤ちゃんの面倒をみさせるために」パリがぼくに説明した。

「ニムラナ？」

「ラジャスタン州にある、砦《とりで》の宮殿。山のてっぺんにあるの」

「バハードゥルは、じいさん、ばあさんのとこかもしれない」だれかがバハードゥルのマーに言った。「でなきゃ、おじさん、おばさんのとこか」

「電話したわ」バハードゥルのマーが言った。「どこにもいなかった」

飲んだくれラルーが片手を地面につけて立ちあがろうとした。だれかが手をかし、するとラルーは左や右によろよろしながら、ぼくらのほうに近づいてきた。「バハードゥルはどこだ？　いつもいっしょに遊んでんだろ？」

ぼくらはあとずさって、うしろの人たちにぶつかった。オムヴィルと赤茶色のセーターは、人ごみに消えた。飲んだくれラルーはまえでひざをついて、つんのめりそうになりながらどうにかこらえて、ぼくの子どもの目の高さに年寄りの目を近づけた。そして両肩をつかんで、炭酸のボトルを泡立てるみたいに前後にゆすった。ぼくは逃れようと身をよじった。パリとファイズは助けてくれるどころか、さっさと逃げていった。

「息子がどこにいるか、知ってんだろ？」飲んだくれラルーは言った。

ぼくは探偵の仕事についていろいろ知ってるから、バハードゥルを見つける手助けができるかもしれないけど、それよりもラルーのくさい息が顔にもわっとかかって、とにかく逃げたかった。

「その子をはなしておやりよ」だれかが声をあげた。

人の言うことを聞くなんて思わなかったけど、飲んだくれラルーはぼくの髪をくしゃくしゃにして、「ああ、わかった」とつぶやいて、はなしてくれた。


パパはいつもはぼくが寝てるうちに仕事に出かけるのに、朝になって目をさますと、パパのシャツの灯油のにおいがして、がさがさの手がぼくのほっぺたをこすった。

「気をつけるんだぞ。学校へはルヌといっしょにいって、帰ってくること。わかったな?」

ぼくは鼻にしわをよせた。もう九歳だってのに、パパはぼくを小さな子どもあつかいする。

「授業がおわったら、まっすぐ家に帰る。ひとりで幽霊《ブート》バザールをぶらついたりするな」

ぼくのおでこにキスをして、もう一度言った。「くれぐれも気をつけろよ」

バハードゥルにどんなことがあったと思ってるんだろう。ジンにさらわれたとか? パパはジンを信じてないけど。

ぼくはパパにほんじゃバイバイ《オーケー・タタ・バーィ》さようならを言いに外に出て、それから歯をみがいた。

パパくらいの年の男の人たちは顔をせっけんで洗ったあと、のどの内側が地面にとびだしてくるのを期待するみたいに、咳《せき》ばらいしてつばを吐く。ぼくは泡だらけの白いつばがどこまで飛ぶか、口からブシュッブシュッと発射させた。

「すぐにやめなさい、ジャイ」マーの声だ。マーとルヌ・ディディは、ここのバスティで一カ所だけちゃんと水の出る蛇口《じゃぐち》からくんだ水を、つぼやポリタンクに入れて運んでた。水は朝の六時から八時しか出なくて、たまに夕方に一時間出ることもある。家の玄関の両側においてあるふたつの貯水バケツのふたをディディがあけると、マーがつぼとポリタンクの水をそこにそそいだ。あわててるせいで、自分に水がばしゃばしゃかかってる。

ぼくは歯みがきをおわらせた。「どうしてまだここにいるの？」マーががみがみ言う。「また学校に遅刻したいの？」

仕事に遅れているのはじつはマーのほうだったから、マーはうしろで結んだ髪のほつれをなおしながら走っていった。マーがそうじをしてる家のハイファイ・マダムはいじわるな人で、まえにもマーは遅刻してひどい目にあった。ある夜、ぼくが寝たふりをしていると、マーはパパに言いつけてた。おまえをちっちゃくちっちゃく切りきざんで、ベランダから投げて、飛んでるトンビのえさにしてやるとマダムにおどされた、って。

ルヌ・ディディとぼくは、せっけんとタオルと手桶をバケツに入れて、ゴミ捨て場の近くの共同トイレにいった。今も頭の上にはまっ黒いスモッグがかかってる。それが目をちくちく刺して、涙がほっぺたを流れた。バハードゥルがいなくてさびしいんだ、ってディディがぼくをからかった。

「友《ドスト》だちのことで泣いてんの?」ディディに聞かれて、いつもならだまれって言い返すとこだけど、はいるのに二ルピーもするのにトイレは大行列で、ぼくはお尻が爆発しないように片足から片足に体重を移すのに集中しないといけなかった。

トイレの正面の、男女の入り口が分かれるとこの机にいる管理人は、お金をとってみんなをなかに通すのに、はてしなく時間をかける。朝の五時から夜十一時まで仕事のはずが、好きなときにトイレを閉めて、どっかにいってしまう。そういうときは、ゴミ捨て場にいかないといけない。お金はただだけど、そこだとお尻がみんなに丸見えだ。クラスメイトにも、豚にも、犬にも、じいちゃん、ばあちゃんみたいに年とった牛にも。すきを見せると、ぼくらは服を食われてしまう。

ルヌ・ディディは女の列にならんだ。ぼくは男の列にならんだ。男はいつも女子トイレをのぞこうとするって、ディディは言う。たぶん、女のトイレと洗い場のほうがきれいかたしかめようとしてるんだと思う。

ぼくの列の人たちはバハードゥルのことを話してた。「きっとどっかにかくれてるのさ」あるおじさんが言った。「母親が父親をおっぽりだすのを待っててんだろう」みんなはそうだそうだと言った。そのあとは、ゴミの山の古いロティ一枚を野良犬と争うのにあきたころに、きっともどってくるだろうって話になった。

男たちは、ゆうべのバハードゥルのマーのさけび声はとんでもなく大きくて、あれじゃあブート・バザールにいついた幽霊もふるえあがっただろうっていう話をして、それから、自分の子がいなくなったら、いつごろ気がつくだろうって冗談を言いあった。数時間、数日、数週、それとも数カ月？

あるおじさんは、自分は気づいてもさわいだりしない、と言った。「うちには八人の子がいる。ひとり減ろうが増えようが、なんだってんだ？」そう言うと、まわりから笑いがあがった。みんなもスモッグに目をやられてるから、笑いながら泣いている。

列の先頭まで来ると、ぼくは管理人にお金をはらってさっさと用をすませた。バハードゥルは、きれいでぴかぴかのトイレとジャスミンのにおいの洗い場のあるどこかに逃げたのかもしれない。そんな洗い場があったら、ぼくも毎日でもバケツ風呂で体を洗うんだけど。

家にもどると、ディディがチャイとラスクを朝食に出してくれた。ラスクはかちかちでなんの味もしないけど、だまって噛《か》んで食べた。お昼すぎまでは何も食べられない。それから制服に着がえて、家を出て学校にむかった。

　パパはああ言ってたけど、ぼくはできるだけとっととルヌ・ディディから逃げるつもりだった。だけど、バッファロー・ババのまわりに人だかりができてて、よく見ようとしてプラスチック椅子やチャールパイにあがって首をのばしている人までいた。おかげで、道を通れなかった。きのうも聞いた声がした。「息子を見つけてくれ、ババ、おれのために見つけてくれ。バハードゥルが見つかるまでは、ここから動かないぞ」飲んだくれラルーがさけんでる。

「おやおや、息子なしには生きられないって？」女の人が声をあげた。「息子をぶっているときに、そう思わなかったのかね」

「たよれるのは警察だけよ」べつの女の人が言った。「六日も家にもどらないなんて。いくらなんでも長すぎる」しゃべってるのは、たぶんバハードゥルのマーだ。

「遅刻しちゃう」ルヌ・ディディが言った。通学かばんをまえでかかえて、それでがんがん人をどかしてるのを見て、ぼくもおなじようにした。人だかりを抜けられたころには、ふたりとも髪はぐちゃぐちゃで制服はしわしわだった。

　ルヌ・ディディはカミーズ（風のシャツ《チュニック》）をなおした。ぼくは阻止されるまえにジャンプしてどぶをまたいで、牛とニワトリと犬と、ぼくより上等なセーターを着たヤギをかわして、携帯のイヤフォンで大音量で音楽を聞きながら路地そうじをしてる女の人と、豆のすじをとってる白髪のおばあさんの横をすり抜けた。プラスチック椅子にすわるお年寄りに通学かばんがぶつかった。脚の一本がほかより短くて、レンガで高さを合わせてあった。椅子はひっくり返って、お年寄りは泥のなかにうしろむきに転がった。ぼくはちょっとだけ痛い左のひざをこすってから、また走りだした。お年寄りのどなり声は、チョーレー・バトゥーレー（豆カレーと揚げパンのセットメニュー）のにおいのするつぎの路地にはいるまで、うしろを追いかけてきた。

パリとファイズが、そこでぼくを待ってた。〈タウ・ジー〉とか〈チュルブレ〉とかの、マサラをまぶしたしょっぱいスナックを売ってる店のまえだ。赤、緑、青のどぎつい色のスナックのパッケージも、今日みたいなスモッグの日にはしずんで見えるし、店のだんなと奥さんも、顔にスカーフを巻いてカウンターのうしろにすわってた。ぼくはスモッグはそこまで気にならない。たぶん強いんだと思う。

「このファイズはさあ」ぼくがいっしょになると、パリがすぐに言った。「バカなんだよ」尖塔《ミナレット》の前髪が今にもくずれそうだ。

「バカはそっちだろ」ファイズが言う。

「ねえ、見た?」ぼくは言った。「飲んだくれラルーがバッファロー・ババに祈ってたよ。ほんものの神さまにお祈りするみたいにさ」

「バハードゥルのマーは警察にいくって言ってた」パリは言った。

「頭が超《エクダム》おかしいんだよ」ファイズは言った。

「相談しにいったって、追いはらわれるだけだ」ぼくは言った。「警察は何かっていうとブルドーザーでバスティをつぶすっておどすしさ」

「警察は何もできないよ。わたしたちは配給カードを持ってるし」パリが言った。「それに、用心棒代《ハフタ》だってはらってる。わたしたちを追いだしたら、だれからお金をむしりとるの?」

「相手はいくらでもいるって」ぼくは言った。「インドは世界のどの国より人の数が多いんだ。中国をのぞいてだけど」歯のあいだにはさまったラスクを舌でほじくった。

「バハードゥルは死んだんだってファイズは思ってるよ」パリが言った。

「バハードゥルはおない年だぞ。ぼくらは死ぬような年じゃないよ」

「死んだとは言ってない」ファイズは言い返して咳きこんだ。たんを吐いてから、両手で口をぬぐった。

「スモッグのせいでバハードゥルの喘息《ぜんそく》がひどくなって、どぶに落っこちてあがれなくなった、たぶんそういうことだと思う」パリは言った。「一度、二年生のときに息ができなくなったのを、おぼえてない？」

「パリは泣いてたな」ぼくは言った。

「泣いてない」パリは反論した。「マーは泣くけど、わたしは泣かない」

「どぶに落ちたんなら、だれかが引っぱりあげてくれたはずだよ。だって、こんなに人がいるじゃんか」ファイズが言った。

　自分から人助けをするようなタイプかどうか、すれちがう人たちのことをよく見てみた。だけどみんな、スモッグが耳と鼻と口にはいらないように、顔の半分をハンカチでおおってた。何人かの男女は、間に合わせのマスクごしに携帯にさけんでる。道ばたのチョーレー・バトゥーレー売りは、顔はスカーフでおおってないけど、バトゥーレーをジュージュー揚げる鍋の煙につつまれてた。お客は、今から工場や工事現場の仕事にいく労働者、そうじ人や大工、機械工、夜勤明けでモールから帰ってきた警備員なんかだ。男たちはハンカチをあごまでさげて、チョーレーをステンレスのスプーンですくって、がっついている。目は皿のあつあつの料理しか見てない。今この瞬間に悪魔がのしのし近づいてきても、きっとだれも気づかない。

「あのさ」ぼくは言った。「ぼくらでバハードゥルをさがすってのはどう？　きっと病気でどこかの病院で寝てるか――」

「うちのバスティの近くの病院は、バハードゥルのマーがぜんぶまわったって」パリが言った。「共同トイレで女の人たちが話してた」

「さらわれたんだとしても、ぼくらで誘拐事件を解決できるかもしれない」ぼくは言った。

「行方不明の人をどんなふうにさがすのか、『ポリス・パトロール』を見てればくわしくわかる。まずやらないといけないのは――」

「ジンにさらわれたのかもしれないぜ」ファイズがぼろぼろの黒いひもで首にかけた、金色の魔よけをさわって言った。邪視《じゃし》や悪いジンから守ってくれるお守りだ。

「赤ちゃんだってジンなんて信じないのに」パリが言う。

ファイズが顔をしかめると、左目をかすめる傷あとのへっこみが、皮ふを裏から引っぱられたみたいに深くなった。

「いこう」ぼくは言った。ふたりが言いあうのを見てるのは、世界一つまらない。「朝礼に遅れる」

ファイズはずっと早足で、多すぎる数の人と、犬と、自転車力車《リキシャ》と、オートリキシャと、Eリキシャでごった返すブート・バザールの通りまで来ても、スピードをゆるめなかった。おいてかれないためには、いつもバザールでやるようなこと、たとえば〈アフサルおじさんの店〉で売ってる血のついたヤギのひづめをかぞえたり、果物のデザート屋台でメロンをひと切れねだったりするようなことは、おあずけだ。

だれも信じないけど、いろんなにおいのするバザールにやってくるとぼくの鼻がのびるのは、百パーセントたしか《パッカ》だ。お茶、生肉、パン、ケバブ、ロティ。音もするから、耳もおっきくなる。お玉が鍋をこする音、肉切り包丁をまな板にたたきつける音、リキシャやバイクのクラクション、ビデオゲーム屋のきたないカーテンのうしろからばんばん飛んでくる、銃の音やきたない言葉。だけど、バハードゥルがいなくなって、友人たちがふきげんで、スモッグで何もかもがかすんでる今日は、ぼくの鼻も耳も、いつもの大きさのままだ。

バザールにかかる電線の鳥の巣から、ぼくらのまえの地面に火花が落ちてきた。

「これは警告だよ」ファイズが言った。「気をつけろってアッラーが言ってる」

パリは眉をおでこの上のほうまでつりあげて、ぼくを見た。

そこから学校までは、もしかしてバハードゥルが落ちてるといけないと思って、どぶをのぞきこみながら歩いた。パッケージのゴミや、穴のあいたビニール袋、たまごのから、死んだネズミ、死んだ猫、腹ぺこの口がきれいにしゃぶった鶏肉やヒツジ肉の骨、見えるのはそんなものばっかり。ジンの気配もバハードゥルの気配もまったくなかった。

うちの学校はとげとげの針金をはりめぐらせた——

——高さ六フィートの塀と、むらさき色にぬったとびらのついた鉄の門で守られてる。外から見ると、映画に出てくる刑務所みたいだ。門番もいるけど、校長先生のお使いをしないといけなくて、いつも門のとこにいない。校長の奥さんのブラウスをブート・バザールの仕立屋までとりにいったり、奥さんと上のふたりの息子のために、弁当箱《ティフィン・ボックス》をグラブ・ジャムン（まるいドーナツをシロップに浸した、世界一甘いともいわれる菓子）でいっぱいにしたり、そんな仕事を言いつけられてる。

今日もその門番の人はいなかった。かわりに、門のとびらのところからは列がのびている。とびらはせまくて、みんないっぺんにははいれない。知らない人がまぎれこんだらこまるから、校長先生は門全体を大きくあけることはしない。インドでは毎日毎日百八十人もの子どもが行方不明になるんだって、先生は口をすっぱくして生徒に言う。〝知らない人はあぶない人〟だって言うけど、じつはその言葉はヒンディー映画の歌からのパクリだ。

だけど、知らない人のことを本気で心配してるなら、門番を年じゅう使いに出したりはしないと思う。

きっと、校長先生はぼくたちがきらいなんだ。でなけりゃ、今日みたいな寒さで息が白くなる、スモッグのひどい冬の朝に、生徒を門の外で待たせたりするわけない。上のたわんだ電線で、ならんで羽をふくらませてるハトだって、まだ目をつむったままだ。

「なんであの子たちは、まともに列もつくれないんだろう」ほんとの列から枝分かれした短い列を、パリはいやそうに見た。「永遠にここで待ってないといけないじゃない」

パリは毎日これを言う。

パリがまちがいだと証明するみたいに、いちばん短い列がよろよろまえに進んだ。ぼくは駆けてって、ルヌねえちゃん《ディディ》とおなじクラスの男子のうしろにならんだ。ズボンのお尻のポケットから、にごったお茶の色をしたくしがはみだしている。男子はそのくしを抜くと、ひとしきり頭をとかして、細い目にからまった髪をむしってポケットにもどした。顔は悪くなったバナナみたいに、色がまだらだ。

パリとファイズがぼくのまえに割りこんだ。「なんだよ、おまえら」ぼくは言ったけど、ふたりとも冗談だってわかっててにやにやしてるから、ぼくもにやにやした。バハードゥルが来てないか、うしろをふり返った。自分のマーがうちの居留区《バスティ》に警察を呼ぼうとしてるのを知らないのかもしれない。でもバハードゥルの姿は見えなかった。パリとファイズの笑顔が消えるから、ぼくはそのことは口にしなかった。ほんの何分かまえまで言いあってたことを、ふたりともけろっと忘れてる。

校門まであと少しのところには、クオーターがいた。学年《プラダン》は九年生だけど、九年生の試験を二、三回落ちている。父さんはぼくらのバスティの長で、それにムスリムを毛嫌いしてる、とある騒々しいヒンドゥー協会《サマージ》のメンバーだ。姿を見かけることはほとんどない。ハイファイなマンションに部屋を買って、ハイファイな人たちとしか会わないからだ。それがほんとの話なのか、バスティの水道が何日か出なくなって、みんなのお金で給水車を呼ばないといけなくなったときにマーが言ってるだけなのかは、よくわからない。

クオーターは今は門の横にいて、混雑した道の交通整理の警官みたいに列をさばいてる。手のひらをまえに出して、長い右手を高くあげて、ぼくらの列に〝とまれ〟の合図をした。ぼくはただちにしたがって、ほかのみんなもしたがった。

クオーターは学校でギャングを動かしてて、先生たちをとっちめたり、面倒をおこして両親に会わせろと校長に言われた生徒に、にせの親をレンタルしたりしている。クオーターはただでは仕事はしなくて、なんで生徒たちがマーとパパを買うお金を持ってるのか、ぼくにはわからない。ファイズは小遣いかせぎの仕事をいろいろやって、ほとんどのお金は母《アンミ》さんにあげてるけど、いくらかは大好きなラックスのパープルロータス&クリームのせっけんや、サンシルクのスタニング・ブラック・シャイン・シャンプーを買うのにとってある。ファイズによれば、マーとパパを買うのは、せっけんとシャンプーを箱で買うより高いらしい。

クオーターに話しかける男子がいるせいで、列の流れがつっかえた。自分にも根性があってワルになれるってことを証明したくて、先生や警察をヤジった一度きりの話を、毎回クオーターに聞かせてる。だけどクオーターみたいなやつは、ほかには存在しない。なぜかっていうと――

・その一、クオーターは毎日ブート・バザールの酒屋《テカ》によって、酒《ダールー》を四分の一杯飲む。クオーターっていう名前はそこから来てる。目はいつも赤くはれぼったいし、本人からもダールーみたいなにおいがする。
・その二、ぜったい制服を着ない。
・その三、黒い服しか着ない。黒いシャツ、黒いズボン、寒いときには、肩に黒いショールを巻く。
・その四、毎日、朝礼がおわるとすぐ、制服を着てないせいで校長に追いだされる。

出席ゼロだから退学だぞって先生たちは言いつづけてるけど、今のところそうなってない。

クオーターは授業には出ないで、お昼休みになるまでブート・バザールをぶらぶらする。そしてまたふらっと学校にもどってきて、校庭のニームの木の下にすわる。まわりにはギャングに入れてもらいたい生徒、ギャングの助けを借りたい生徒、頭のからっぽな上級生の女子たちが集まってくる。その子たちは指でつくったピストルをむけあって、自分たちを〝拳銃妃《リボルバー・ラーニー》〟って呼ぶ。だけど、ほとんどの女子はそばによりつかない。クオーターがいつもさそうような目つきで見てくるからだ。

ぼくが間近に見たことのある犯罪者っぽいやつは、クオーターしかいない。警察につかまったことはない。きっとプラダンのおやじさんが袖の下を使ってるせいだ。もしかしたら、だれかがクオーターにお金をはらってバハードゥルを消したのかもしれない。だけど、そんなことをだれがする？

ぼくらの列がまえに動いた。

第一容疑者はクオーターってことにしようと思う。クオーターとジン。だけどジンには質問できない。ほんとはいないかもしれないから。

門まで来ると、ぼくは勇気を出して「うちのバスティで男子がひとり行方不明になってる」とクォーターに言った。話しかけるのははじめてだったけど、ぼくは朝礼で国歌を歌うときみたいに、背すじをぴんとして立った。クォーターの顔をじっと見て、バレたかっていう表情が顔に出ないか待った。腕ききの警察や探偵は、まばたきしたり口に力がはいったりするのを見ただけで、相手が嘘をついてるのかわかる。

クォーターはぼくのうしろにならんだ上級生の女子にねちっこく笑いかけて、くちびるの上とほっぺたにはえてる毛をなでつけた。年齢はけっこういってて、たぶん十七歳くらいだろうけど、ひげって呼ぶにはだいぶまばらだ。それからクォーターは「いけいけいけ《チャロチャロチャロー》」と言って、ぼくをたたいて門のほうに追いやった。

「行方不明の子はバハードゥルっていうんだ」ぼくは言った。

両耳のさきっぽが焼けるくらい顔のすぐそばで、クォーターが指を鳴らした。「うせろ《チャルフット》」おっかない声で言った。

ぼくは学校のなかに駆けこんだ。

「頭がどうかしたか?」ファイズが言った。「話しかけたりするなんてさ」

「腕をちょん切られて、ああいうゴミ箱に捨てられちゃうかもよ」パリが近くのペンギンのかたちのゴミ箱をさした。

ペンギンはぼくらの頭がすっぽりはいるくらい、黄色いくちばしを大きくあけている。ふくらんだ白いおなかは〝**ここに捨てて、ここに捨てて**〟とさけんでる。生徒たちは遠いとこからペンギンの口めがけて投げて、ねらいをはずしまくるから、まわりはお菓子のつつみだらけだ。

「今のは探偵の仕事だよ」ぼくはパリに言った。

いつまたおきてもおかしくないってニュースが言うインド・パキスタン戦争が今、ぼくらの教室ではじまっていた。テレビの『サレガマパ・リル・チャンプス』でだれが優勝するか、っていう戦いだ。大会一、歌がうまいとインド側が主張するのは、アンキットっていうまるっこい男の子で、声が甘ったるいから、ジャレビ（渦巻状などに揚げた小麦粉生地を砂糖シロップに漬けた菓子）ってみんな呼んでいる。対するパキスタン側は、ぼくより頭ひとつは背の低そうな、ヒジャブをつけたムスリムのサイラって女の子に優勝してもらいたいと思ってる。午前中は学校にいって、午後になるとムンバイの街で歌を歌って、もらったお金で家族を食べさせてるからだ。パリとぼくは、バハードゥルのことをみんなに伝えようとした。クラスの半分はうちのバスティに住んでて、もう知っている。でも、その子たちもバハードゥルのことはどうでもよかった。なにしろ今は戦争の最中だ。

「サイラ側のやつらは、牛も殺すし、ヒンドゥー教徒のことも殺す」ガウラヴが言った。今から戦いに出るみたいに、ガウラヴのお母さんは毎朝あいつのおでこに指で赤いティラク（ヒンドゥー教徒が祭祀や日常に額などにつける装飾）をつける。

ファイズはぜったいぼくを殺したりしない。自分がムスリムだってことさえ、ときどき忘れてる。

「ガウラヴはロバやろうだよ」ぼくはファイズに耳打ちした。

うちのクラスには、ファイズのほかに九人か十人のムスリムがいる。みんな、ひらいた教科書を顔のまえにおいて、だまってすわってる。

ファイズとぼくは、三列目の自分の席にすわった。パリの席はぼくらの横だ。いっしょに机を使っているのはタンヴィで、タンヴィはピンク色に黒い種のついた切ったスイカみたいなかたちのリュックを持っている。

「クオーターがバハードゥルをさらったんだとしたら？」ぼくはパリに言った。「子どもをさらうのが、やつの新しい商売かもしれない。にせの親を生徒に貸すみたいに、にせの子どもを親たちに貸すのかも」

「クオーターはバハードゥルがだれかも知らないよ」パリが言った。

「からかってるとこなら見たことあるよ」タンヴィがリュックを猫みたいになでながら、

話に割りこんできた。「バ、バ、バ、バハードゥルとか言って」

　キルパル先生が教室にはいってきた。「静かに、静かにしなさい」指のさきっぽでチョークを持って、黒板にむかってさけんだ。去年骨を折ってからまだ完全になおってないせいで、手がわなわなしている。先生は〝**地図**〟と黒板の上に書いて、一行下に〝**インド**〟と書いてから、インド地図をくねくねと描きはじめた。

「助けて《バチャオ》、助けて《バチャオ》」ぼくはパリに小さな声で言った。「ぼくはただのちっちゃなチョークなのに、この先生に締め殺されようとしてる」

　クラスのみんなも小声でおしゃべりしてるのに、パリはだんだん顔がこわくなって、「しーっ、しーっ」と言った。

　ぼくは右手をコブラの頭みたいにまげて、パリの左肩にきばでおそいかかった。

「先生、先生」パリがさけんだ。

　机にすっぽりかくれるように、ぼくは椅子の上で小さくなった。これでもうキルパル先生からは見えない。教室はスモッグのせいでいつもより暗かった。

　パリは手をあげて、席から立ちあがって、〝先生〟ってもう一度さけんだ。

「なんだね」先生はむすっとした声で言った。絵を描くのが好きじゃないんだと思う。

「最初に出席をとったほうがよくないですか?」パリは言った。

何人かがくすくす笑う。ファイズはコンパスで机に悪口を彫ってるところで、顔をあげないままくしゃみをした。

「先生」パリは言った。「出席をとったら、全員そろってるかそろってないか、わかると思うんですけど」

ぼくは椅子にちゃんとすわりなおした。もちろんパリは、ぼくのことを先生にチクるなんてしない。

キルパル先生が台にチョークをおくと、そのチョークはいつもまったくひらかれない出席簿のほうに転がっていった。木の定規をとってビシッと空気をたたこうとするときみたいに、先生の鼻がひくついた。

「先生、ババハードゥルをおぼえてますよね。いつもあそこにすわってる」パリは体をひねって最後列の席を見た。「五日間、家に帰ってきてないのが、きのうわかったんです」

「わたしにどうしろと？　市場にさがしにいけと？　親が警察にとどけるべきだろう」

「生徒が二、三日学校に来なかったら、家族に教えるのが当然じゃないんですか？」

パリは目をせいいっぱい大きくして歌うような声で言ったけど、先生はその演技にはのらなかった。

「おっと」今もコンパスで字をきざみながら、ファイズがつぶやいた。「パリはまずいことになった。とってもまずいぞ」

パリがなんでキルパル先生にそんな質問をするのか、ぼくらにはわかる。だれかがいなくなったのに気づくまで、五日もかかるのはおかしいって言いたいんだ。でも今さら出席をとったって、バハードゥルの役には立たない。もう手遅れだ。

この事態をどうにかできるのは、ぼくだけだ。ぼくはバハードゥルを見つけられる。テレビの番組を何百回と見て、ビョームケーシュ・バクシー（多数映像化されている、インドで有名な小説の探偵）みたいな探偵が、子どもや金や、人妻やダイヤモンドを盗む悪いやつらをどんなふうにしてつかまえるのか、くわしく知ってるからだ。

キルパル先生は寺院でだまってお祈りする人みたいに、頭をたれて自分の台のまわりをまわった。

「わたしが毎朝出席をとったら、いったいだれが授業をするね？　きみか？　きみが教えるか？　きみか？」キルパル先生は、いちばんまえの列の生徒ひとりひとりに指をむけて、それから右の手首をこすった。

パリは下くちびるをつきだしてて、今にも泣きだしそうに見える。ファイズは左の男子にむけて矢じるしを描いて、ど《ハ》、あ《ラー》、ほ《ミー》、って字を机にきざんでるとちゅうだったけど、コンパスを文具箱にしまった。

「ここに何人の生徒がいる？　四十か？　五十か？」キルパル先生が言った。「名前をひとりずつ呼ぶのに、どれだけの時間がかかると思う」

パリは席について、頭の玉ねぎ屋根をえんぴつでつついた。髪がぱらぱら落ちてきた。泣いてるのをかくそうとしてる。パリにははじめてのことだ。ほかのみんなとちがって、どなられるのには慣れてない。

「それに親も親だ。田舎に連れてくとかなんとかで、学校になんのことわりもなく生徒を勝手に休ませる」パリは一度も学校を休んだことがないのに、キルパル先生は言った。

「わたしが国の規則を守ったら、だれもここに席はないぞ」

「先生、欠席ってつけても、ぼくたちは先生に何もしませんよ」ぼくは言った。「まだ、ちっちゃいですから」

「おい《アレー》、ばかたれ《バーガル》」ファイズが声をひそめて言った。「こういうときはだまってるんだよ」

鼻をすする音と咳の音がする以外、教室はしんとなった。先生が質問する声や、答えをいっせいにさけぶ生徒の声が、よそのクラスから聞こえてくる。キルパル先生の眉が大きくさがった。それから粉っぽいチョークを手にして、黒板にむかった。

「ほかの先生だったら、むちで打たれてたぞ」ファイズがひそひそ声で言った。

そんなことはないと思う。何も悪いことは言ってないんだから。

去年、先生はクオーターに呪いをかけられて、ネズミにされてしまった。四ヵ月間登校してきてないっていう理由で、上級生三人の名前を先生が名簿から消したときのことだ。その一週間後、おんぼろのバジャージ・チェータクにまたがって家に帰るキルパル先生のあとを、クオーターの手下がつけていって、赤信号でとまったところを鉄の棒で頭をなぐった。先生はヘルメットをかぶってたから、殺すつもりははじめからなくて、ただの警告だったんだと思う。ぼくがマーを怒らせることをしたとき、マーはがみがみ言いだすまえに、ぼくが自分からやめないか、一瞬こっちをにらむ。それとおなじやり方だ。

クオーターの手下のおかげで、先生は右手の指の骨を一本折ることになった。そのあとの何日かは、ぼくらは学校にいかないですんだ。政府に守ってほしいと先生たちがストライキをおこしたからだ。だけどそのあと先生たちが学校にもどってきたので、ぼくたちももどった。警察は先生をおそった少年ふたりをとうとう逮捕したけど、うちの学校の生徒じゃなかったからクオーターは退学にならなかった。キルパル先生はその日から出席をとるのをやめて、どこにいくときも、わきの下にしっかり出席簿をかかえて持ち歩くようになった。秘密でもなんでもない。先生がこのさき不登校を理由に二度とだれも退学にしないってことは、校長先生でさえ知ってる。

キルパル先生のチョークがまたキーキー音をたてはじめた。まえの列の男子の何人かが、首だけでふり返ってぼくを見た。ぼくは上くちびるをむいて、前歯を見せた。みんなにやりと笑って、またまえをむいた。

パリは社会の教科書のカバーにした新聞紙に、いたずら書きをしている。ファイズはくしゃみの発作がとまらない。ぼくは鼻水攻撃にさらされないように、横にずれた。

「静かにしなさい」キルパル先生がふり返ってどなった。

〝静かに〟って言葉をたくさん言う気がする。寝てるあいだも、さけんでるにちがいない。先生はほかのどんな言葉より先生はちびたチョークをぼくの方向に投げた。チョークはねらいがはずれて、パリとの机のあいだに落ちた。

「先生」ぼくは言った。「ぼくは何もしてませんよ」

先生は左手で出席簿を持って、へなへなした右手でページを一枚ずつめくった。

「さあてと」先生は〝さあてと〟って言いながら、ぼくを見て眉をあげた。それからシャツのポケットのペンをとって、ページに何かを書きこんで、出席簿をバタンと閉じて台に投げた。「よし、すんだぞ。満足か？」

なんでそれで満足しないといけない？

「何をぐずぐずしてるんだ」先生が言う。「ジャイ、さあ、帰り支度をしなさい。欠席ってつけてやったぞ。望みどおりにな。つまり、おまえさんは今日は休みっていうことだ」

――今では両手で教室のドアをさしてる――「ほら、出ていきなさい」

「これで休《チュッティ》みにしてもらえんなら、休んじゃえよ、友人《ヤール》」ファイズが言った。

ぼくは休みにはしたくない。給食が食べられないのはいやだし、そしたら夕飯までずっとおなかをすかせてないといけない。夕食は、指でかぞえられるより何時間もさきだ。

「出ていけ、早く」キルパル先生が言った。クラスじゅうが静まり返っている。先生がいつもみたいに胸におさめないで、こんなふうに怒りちらしてることに、みんなショックを受けている。

「先生――」

「おまえとちがって、ここには勉強したいと望んでる生徒もいるんだ。医者、エンジニア、そういう職業につきたいと思っている生徒が」口のはしに、つばのあぶくをくっつけながら言った。「おまえの天職はチンピラ《グンダー》だ。その手のことは、学校の門の外で学んだほうがいいだろう」

腹のなかのぼくの怒りが、胸、腕、足に飛び火した。キルパル先生はクオーターの手下に殺されたらよかったんだ。なんてひどい先生だろう。

ぼくは持ちものをかばんにつっこんで、廊下に出て、背のびして学校の塀の外をのぞいた。そのへんにクオーターがいるにちがいない。ぼくもギャングの手下にしてもらえないか聞いてみよう。

キルパル先生が顔におかしな冬の汗をうかべて、廊下にとびだしてきて言った。「おい、なまけもの、出てけと言っただろう。今日の昼は、ただ飯は食わさんぞ」

宿題を忘れたりケンカしたりして、教室から出されたことはまえにもあったけど、学校から出されるのははじめてだ。ぼくはペンギンを一個一個蹴りながら門まで歩いていって、そのあいだも一度もうしろをふり返らなかった。もう二度と学校なんかにはもどらないで、悪の道を生きてってやる。クオーターみたいに。国じゅうでいちばんおそろしいドンになって、そしてだれもがぼくのまえでふるえあがるんだ。顔がテレビに出ても、黒い大きなサングラスでかくしてるから、どこかぼくに似てるけど、だれにもはっきりとはわからない。マーもパパも、ルヌ・ディディさえも。

ブート・バザールをぶらぶら歩きながら、ぼくは――

――悪の道の人生がどんなふうか想像した。楽じゃないだろう。もっと背がのびて、もっとがっしりした体にならないと、だめだ。そうじゃないと甘く見られる。今はお店の人からも、きたない犬みたいにあしらわれる。売りもの――カラチ・ハルヴァ（コーンスターチに砂糖、ギーを加えて練りあげた菓子）のオレンジ色の列や、緑色のカルダモンの粉をふりかけたグジャ（パイ生地でつつんだ揚げ菓子）のいくつもの半円――をならべたガラスのケースに鼻を押しつけてると、ほうきのさきで頭をこづいて、コップの水をぶっかけるぞっておどされる。

道路の穴ぼこで足がすべった。「ぼうず《ベーター》、足もとに気をつけろよ」ぼくのシャツとおなじくらい顔がしわしわのおじさんが声をかけてくれた。道にせりだしたお茶屋でチャイをすすってるところだった。店のラジオからは、パパの大好きなヒンドゥー映画の歌が流れてる。〝この旅、なんてすばらしい〟と主人公は歌ってる。

親切なおじさんの横にいる、ひざくらいの高さのタンクや、ひっくり返したプラスチックケースに腰かけてる男たちは、ぼくのことは見もしなかった。目には今日の仕事にあぶれた悲しみがあふれてる。レンガ積みや壁ぬりの人をやとうために工事の業者がジープやトラックでやってくるのを、大通り近くの交差点で昼になるまでずっと待ってたんだろう。人が多すぎるせいで、それに工事の業者が少なすぎるせいで、みんながみんな仕事をもらえるわけじゃない。

パパもまえは大通りで待ってたけど、パープル線の地下鉄駅でのいい仕事がもらえて、そのあとも建設現場で働いている。パパは、労働者からお金をくすねて、ぼろぼろの命づなで吊りさげてハイファイ・ビルの窓ふきをさせる、ひどい工事業者の話をしてくれた。おまえにはそんなあぶない暮らしはさせたくないから、しっかり勉強して会社づとめをして、自分がハイファイな人間になれ、そうパパは言う。

ぼくが悪の道に進んだらパパはどんなにくやしがるだろうと思うと、目がちくりとした。やっぱりクオーターその2にはなりたくない、とぼくは思った。

うちの居留区《バスティ》にむかう路地にはいると、ぼくは手で口をおおって咳をした。バスティの婦人連絡網のだれかがぼくを見かけて、学校を早引けしてたってマーに告げ口するにしても、ぐあいが悪そうだったってことも言わないわけにいかなくなる。

自分の咳が飛行機なみにうるさいのに、ふと気づいた。何かが変だけど、なんだかわからない。立ちどまって、ふり返った。息をとめて、耳をすませた。心臓がコッコッとあばら骨をノックする。導師《ババ》・デヴァナンドがテレビでやるみたいに、ぼくは口を大きくあけて息を吐いて、もう一度吸った。おなかの緊張がだんだんとほどけてくる。すると、何がおかしいのかが見えてきた。

路地はしんとして、からっぽだ。みんなの姿がない。新聞を読むおじいさんたち、ラミーやブラフ（いずれもトランプゲーム）をする職あぶれの男たち、古いペンキのバケツに服をひたしてるお母さんたち、ひざ小僧にかわいた泥をくっつけてよちよち歩きまわる子どもたち。バスティの各家の玄関を守ってるプラスチックの貯水バケツのまわりには、よごれた食器がちらばっていて、なかには洗いかけのものもあった。スモッグの奥のほうで何かの音がする。ジンかもしれない。悪い予感が体じゅうにひろがった。ぼくはおしっこがしたくなった。

左側のドアがギーッとひらいた。ぎょっとした。今から誘拐されるんだと思った。だけどそこにいたのは、サリーを着たただの女の人だった。髪の分け目に朱色のペーストをぬってて、それが顔のあちこちにくっついている。

「あんたの頭には脳みそがはいってないの？」その人はわめいた。「バスティは警官だらけだ。つかまりたいのかい」

ぼくは首をふったけど、トイレにいきたいのはおさまった。警察はこわいけど、ジンほどじゃないからだ。警察がなんでここにいるのか、ぼくらをおどそうとブルドーザーを連れてきたのか、警官を追いはらうためにお金を集めなくていいのか、などなど、聞きたいことはいろいろあったけど、ぼくはかわりに言った。「シンドゥール（既婚女性等が頭髪の分け目や額に塗る朱色の化粧品）がほっぺたについてるよ」

「あんたの母さんはどう思うだろうね。母さんはお寺で祈るひまもないほど、働きづめだってのに、あんたはどうだ？　授業をさぼって好き勝手やってるのかい、え？《ハーン》　悪い子だね。お母さんをがっかりさせるんじゃないよ。すぐに学校にもどんなさい。さもないといつか後悔するから。わかったかい」

「わかった」ぼくは言った。この人はマーとは友だちじゃないと思うけど。

「もう近くをちょろちょろするんじゃないよ」その人は言って、ぼくの顔のまえでぴしゃりとドアを閉じた。

バハードゥルのマーがバスティに警察を呼んだなんて、信じられない。それでみんなかくれてるんだ。ぼくもかくれないといけないけど、警察が何をしてるのかも知りたかった。警察はぼくらのために〝仕え、守る〟ってことになってるけど、ブート・バザールで見かける警官は、反対のことしかしていない。お店の人をいじめたり、屋台の食べものをただ食いしたり、それに、用心棒代《ハフタ》の支払いがおそい人がいると、尻を棒でたたかれるのとブルドーザーをよこされるのと、どっちがいいかって聞いたりする。

今日だけはスモッグがいい仕事をして、ぼくをうまくかくしてくれた。洗いものをするせいで地面がぐちゃぐちゃだけど、ぼくはなるべく道のはしの貯水バケツのそばを歩くようにした。野菜や果物にシートをかけた手押し屋台を、ふたつ通りすぎた。すぐそこには三人のくつみがきがしゃがんでいて、肩にかついだ袋からは、くつみがき用ブラシの黒い毛がのぞいてた。三人とも位置についていて用意ドンで、まずい空気になったらすぐに動けるようにかまえている。

ぼくはあの人たちみたいにビクついてはいない。それにシャンティおばさんの二番目の夫みたいな根性なしともちがう。みんなの話だと、おばさんに言われたことをなんだってするらしい。おばさんのために料理して、ペチコートを洗って、通りの人たちが見てても平気で外に干す。助産師をしているおばさんは、仕事をふたつかけもちしてる夫よりもずっとかせぎがいい。

道のまんなかの定位置にいるバッファロー・ババと、カーキ色の制服を着た警官が見えた。そして、その警官のことを見てるみんながいる。自分のバッファローにひどいことをされないか心配してるらしいファティマねえさん《ベン》、腕組みしているお年寄りたち、腰に赤んぼうをのせたお母さんたち、家で刺しゅうしたり簡単な料理をしたりするために学校にいってない子たち、あと、この路地の住人じゃないけどバハードゥルのマーと飲んだくれラルーもいた。

ぼくは物干しロープにずらっと干してあるぬれたシャツとサリーの下にもぐって、すそに頭の毛をこすられながらゆっくり近づいていった。みんなのいる場所からほんの二軒手前の閉まったドアのところに、黒い貯水バケツがある。身をかくすにはもってこいだ。ぼくは通学かばんをおろし、バケツのうしろで小さくなって、だれにも聞かれないように呼吸を浅くした。それから、片目だけ出して外をのぞいた。

警官がバッファロー・ババをくつでつついて、飲んだくれラルーに聞いている。「つまり嘘じゃないのか？　この動物は立ちあがれないんだな？　なら、どうやってえさを食う」

バッファロー・ババがうんちまみれの尻の下にバハードゥルをかくしてるって、この人は思ってるのかもしれない。

べつの警官がある家から出てきた。カーキ色のシャツを着てて、腕のところに矢じりをひっくり返したかたちの赤いワッペンをつけている。

格上《かくうえ》の警察官しか、あのワッペンはつけられない。そういう上級巡査の人の制服を着てだましをする詐欺師の話を、先月の『犯罪実録』で見たから、ぼくにはわかる。にせの警官はなんとジャイプルの警察署にはいりこんで、ほんものの警官たちとお茶を飲んで、みんなの財布をくすねて出ていった。

「バッファローとお近づきになろうとしてるのか。そりゃけっこうだな」格上が腕になんのワッペンもついてないカーキの制服の人に言った。つまり、ただの下っぱの巡査ってことだ。それから、格上はバッファロー・ババのしっぽをまたいで、バハードゥルのマーのまえに立った。

「おたくの息子には問題があった。そこまでの事情はわかってきた。知恵が足りないってことだな？」

「息子は優秀な子です」バハードゥルのマーは言った。泣いてさけんだせいで声はかさかさだけど、腹の底の怒りで赤く燃えているみたいだった。「学校に聞いてもらえばわかります。言葉にいくらか問題があるけど、だんだんよくなってると先生たちも言ってます」

格上は口をすぼめて、バハードゥルのマーの顔に息を吹きかけた。マーはひるみもしない。

「これは自分の意見ですが」下っぱが言った。「何日か待つのが最善でしょう。こういう事件はさんざん見てきた。子どもたちは自由になりたくて家出して、自由はおなかを満たしてくれないと思い知って逃げ帰ってくる」

「とはいえ」格上が言った。「あんたの夫は……まあ……なんと言うか」――頭をうなだれてる飲んだくれラルーのほうに目をやった――「息子に対して手荒だったようじゃないか」

　路地がいやな空気で静まり返って、適当に閉めてあった金網から出てきたニワトリがコッコッと鳴いて、どこかの家のなかでヤギがメーと声をあげた。うちのバスティの人たちは、だれも飲んだくれラルーに牢屋にはいってほしいとは思ってない。だけど、格上は頭がいいから、嘘でごまかすのはまずい。なんでそれがわかるかっていうと、大学生みたいに若いのにもう格上だし、テレビの〝いい警官〟タイプがまさに聞くようなことを聞いてるからだ。ぼくらの金がほしいんじゃない。悪いやつを鉄格子のなかに入れることだけが目的なんだ。

「一度や二度、子どもに手をあげない親がいますかね、でしょ《ハーン》、だんな《サーブ》?」飲んだくれラルーのそばの男がかわりにこたえた。「たたかれたからって、子どもは家出をしないといけないわけじゃない。子どもたちは親よりかしこいんですよ。親は何より自分を思ってくれるって、ちゃんとわかってる」

格上がじっと顔を見ると、その人は不安そうな笑いをうかべて、よその方向に目をそらし、菓子《ナムキン》のパッケージの銀色の裏を見て、それから、がっちりつかんだ母親の手から逃げようとしてる子どもたちを見た。

飲んだくれラルーが口をひらいた。なんの言葉も出てこない。と思ったら手足を通じて地面から電流が流れこんだみたいに、ぶるぶるっとふるえた。

ぼくが今こうして見てることを話しても、パリとファイズは信じないだろう。ともかくよかったのは、このスモッグのなかでは、学校の灰色の制服がいい隠れみのになることだ。

「おい、おまえ」格上がぼくのほうを指さして、声をあげた。「今すぐこっちへ来い」

ぼくはあわてて身をかがめてバケツに頭をぶつけたけど、今さらおそいのはわかった。

〃自分のクソを口に押しこまれる〃と思った。ムスリムぎらいのクラスメイト、ガウラヴがまえに言ってた言葉だ。クオーターを怒らせたやつは、全員そういう目にあうらしい。

「どこいった？　子どもはどこだ？」

ぼくはむかいのトタン屋根の角についた、空をむいたパラボラアンテナの白い皿をじっと見つめた。両目でそこだけいっしょうけんめい真剣に見てれば、ほかのものは見えなくなる。みんな消えて、警察の人も消える。

だけどぼくの横にはその警察の人がいて、貯水バケツのふたを指でたたいてた。警官はカーキのぼうしを脱いだ。ゴムのバンドがきつかったせいで、おでこのまんなかが点々と赤くなっている。

「おまえのほうがサイズが合いそうだな」警官は笑って、ぼくの顔のまえでぼうしをふった。

ぼくはわきの下みたいなにおいの、それにたぶん牢屋のにおいのぼうしから、どうにか逃れようとした。

「かぶりたくないのか？」

「いいです」ぼくは言ったけど、自分でもわかるくらい弱々しい声だった。

警官はぼうしを頭にもどしたけど、深くはかぶらなかった。それから、黒い革ぐつについた泥をレンガにこすりつけて落とした。左のくつの底がぱっくり口をあけて、つばが糸引くみたいに、ほつれたぬい目がゆれた。ぼくの持ってる古いくつとそっくりおなじ裂け方だ。

「今日は学校は休みか」

ぼくは咳をしてなかったから、言った。「下痢です。先生に帰れって」

「おや、そうか。きっと、悪いものを食べたんだな。マミーの料理は気に入らないのか？」

「そんなことないです。おいしいです」

今日は何をやってもうまくいかなくて、ぜんぶがぜんぶバハードゥルのせいだ。

「われわれが探している少年だが、知りあいか？　おなじ学校か？」

「クラスがいっしょってだけですけど」

「家出について、何かしゃべってなかったか？」

「バハードゥルはしゃべれない。吃音ってやつです。ふつうの子たちみたいに言葉が言えないんだ」

「父親については、どうだ」格上は声を小さくして言った。「たたかれたって話を聞いたことはないか？」

「うん、バハードゥルが家出したのはそのせいかもしれない。だけどファイズはジンにさらわれたって思ってる」

「ジン？」

「アッラーがジンをつくったんだって、ファイズは言ってます。いい人と悪い人がいるみたいに、いいジンと悪いジンがいる。どっかの悪いジンがバハードゥルをさらったのかもしれない」

「ファイズっていうのは、おまえの友だちか？」

「はい」

格上にぺらぺらしゃべるのはちょっと気が引けたけど、捜査の助けになりたいだけだ。ぼくが話した何かが大きな手がかりになって、それがきっかけで事件が解決する。そしたら、子どもの役者が『ポリス・パトロール』でぼくの役をやる。タイトルは〝**罪のないスラム少年失踪のミステリー――パート1**〟とか、〝**いなくなった吃音少年《スタッタラー》をさがせ。あるスラムの日常の胸をえぐる物語**〟とか。『ポリス・パトロール』のエピソードには、いつも派手なタイトルがついてる。

「うちの牢屋には大勢を入れておける場所がない。このうえジンまで逮捕しないといけないとなったら、どこにぶちこめばいいんだ？」

警官はからかって言ったけど、ぼくはべつに気にしなかった。それより、ぼくのどんな発言を待ってるのかがわかれば、とっととそれを言ってバハードゥルを見つけてもらえるのに、って思った。それに顔をあげてないといけないから、首も痛かった。

警官は両手でほっぺたをかいている。ぼくのおなかが鳴った。いつもならファイズがスイート・フェンネルをくれて、おなかをだまらせてくれる。ファイズは日曜日にときどきウェイターをする食堂《ダーバー》でくすねてきて、いつもそれをポケットに入れてる。

「バハードゥルはこの場所にうんざりしたのかもしれないな」警官が言った。

またしてもおなかが鳴って、ぼくは静まるように両手で上から押さえた。「バハードゥルのマーがそう言ったんですか？　マーが通報したんでしょう？　ぼくたちはぜったい警察になんていかない」

ぼくはしゃべりすぎたけど、警官の顔は変わらなかった。カーキ色のズボンをぐいと引っぱりあげて、ぼうしをかぶりなおし、うしろをむいて去ろうとした。

「二本さきの路地に、くつの修理屋がいますよ」ぼくはうしろから言った。

警官は足をとめて、今はじめて見るみたいな顔でぼくと目を合わせた。

「くつをなおすのに。すごく腕がいいんだ。スレイマンって名前で、くつをぬってもらうと、ぬい目がないみたいに見えて、おまけに――」

「仕事ぶりがみとめられて、大統領からパドマ・シュリー勲章を受けたか？」警官は言った。ぼくはこたえなかった。ジョークにしてもつまらないからだ。

警官はみんなのところまで気取った歩き方でもどっていった。そして、下っぱにうなずきかけた。短く三回。クリケットで投手《ボウラー》と野手《フィールダー》がかわすみたいな、何かの秘密のサインだ。パリとファイズとぼくも、秘密のサインを考えないと。

「ここに見世物はないぞ」下っぱがさけんだ。「全員だ。全員ひとり残らず、家にもどれ」

父親、母親、子どもたちはあわてて家に駆けこんだけど、ブチ模様のセーターを着てるせいで一部だけヒョウに見える茶色いヤギが、ある一軒の家から出てきて、下っぱの足に頭突きをした。

「こいつめ」下っぱはヤギをけとばした。

ぼくは笑った。思ったより大きな声が出てしまった。

「何をじろじろ見てる?」下っぱが言った。「携帯で動画を撮ってんのか?」

「携帯は持ってないよ」ぼくは逮捕されないうちにさけんだ。そして銃をつきつけられた映画の主人公みたいに、貯水バケツの盾《たて》からゆっくりうしろに一歩さがって、ズボンのポケットを裏返しにして、なかにあるのは学校に返すのを忘れたカロム(盤上で遊ぶビリヤードに似たゲーム)の玉だけだってことを見せた。

「小僧《チョクラ》は出すものを出す必要がある」格上が下っぱに言った。「いかせてやれ」

ぼくは通学かばんをつかんで、身をかくしてた家の角を大急ぎでまわって、子どもとヤギと犬しか通れないせまい路地に駆けこんだ。地面がヤギのフンだらけだとしても、ここなら安心だ。

背中が壁にこすれた。制服によごれがついた。マーは今日はきっとかんかんだ。

路地の出口までにじりよって、どんなささやき声も聞きのがさないように耳の音量のつまみを最大にして、外をのぞきこんだ。下っぱが地面からひろったらしい棒をふっている。「みんな、家にはいれ」まだ路地に出てる人たちにさけんだ。「おまえたちは残るんだ」バハードゥルのマーと飲んだくれラルーに言った。

格上がふたりに近づいていって、ぼくに聞こえない何かを言った。バハードゥルのマーは首につけた金のネックレスをねじって、留め具をはずそうとしている。飲んだくれラルーが手伝おうと手をのばしたけど、マーは押しのけた。あれはすごく大事にしてる金のネックレスだ。

何カ月かまえ、バハードゥルのマーがブート・バザールで売ってるような安ピカじゃなく、二十四金のネックレスを持ってるってうわさがバスティにひろまったときには、ハイファイ・マダムのとこから盗んだんだろうってパパは言った。でもバハードゥルのマーは、マダムからプレゼントされたって、みんなに話してる。

うちのマーは、バハードゥルのマーは結婚の運はなかったけど仕事の運はあった、それに、どんな人も生きていくなかで、うまくいくことと、いかないことがある、って言ってた。いい子に悪い子、近所の親切な人にいじわるな人、お医者さんがすぐになおせる骨の痛みに、ぜったいなおせない骨の痛み。そんなところから、神さまたちが少なくとも不公平にならないようにがんばってくれてるのがわかる、って。マーは、ほんものの金のネックレスを持つより、自分をたたかない夫がいるほうがいい、ってパパに言った。パパはそう言われたあと、ちょっと背がのびたようだった。

ババハードゥルのマーは今、そのネックレスをはずして、手でつつんで格上にさしだした。格上は火を持っててくれとたのまれたみたいに、うしろにとびのいた。マーは飲んだくれラルーをふり返ったけど、ラルーはまたぶるぶるふるえだした。まったく、何の役にも立たない。ババハードゥルのマーはきっと、夫じゃなくボスレディがいっしょだったらって思ってるにちがいない。

「婦人から贈りものをもらうわけにはいかない」格上は言った。「いやいや、まさかそんなことは」お店の人が毎朝ワックスでみがくリンゴみたいな、つやつやの声だ。

ババハードゥルのマーは食いしばった歯のあいだから息を吸って、飲んだくれラルーの手首をたたいて、金のネックレスをその手ににぎらせた。格上は自分のうしろをふり返った。見てる人がいないか、たしかめてるんだ。今ここにいるのは、棒で地面に落書きしてる下っぱと、バッファロー・ババと、ぼくだけだけど、ぼくのことは見えてない。

「ババハードゥルのマー、おまえ本気かい？」飲んだくれラルーがようやくしゃべって、ネックレスをにぎった手をマーの頭の上でふった。

「いいの。こんなもの」

「言い争うんなら、家のなかでやってくれ」格上が言った。「夫婦げんかの仲裁に来たんじゃないんだ。だが、近所迷惑で逮捕することはできるし、その必要がありそうだな」

「おゆるしを、だんな《サーブ》」飲んだくれラルーがそう言って金のネックレスをさしだすと、格上はさっとそれをポケットにしまった。

『犯罪実録』の警官は、ぜったいにワイロをもらわない。男からだって。ぼくはだめな探偵の気分だった。格上の腹黒さを見抜けなかった。

「息子についてだが」格上が言っている。「一、二週間待ってやれ。それでも帰ってこなければ、わたしに知らせるように」

「サーブ」バハードゥルのマーが言った。「すぐにさがしてくれると言ったじゃありませんか」

「何ごとにもタイミングがあるんだ」格上は言った。それから、下っぱに言った。「NC（犯罪の分類）が記録になることはない。いくぞ《チャロー》、兄弟《バーイ》。急げ」

「おまえらは問題ばかりおこしやがる。どいつもこいつもだ」下っぱが飲んだくれラルーに言った。「電線から電気を盗んで、家で密造酒つくって、持っているものはぜんぶ賭けでする。そんな調子で悪いことばかりしてると、行政が重機《JCB》（建設機械を製造する企業名に由来する語）を連れてきて、おまえらの家を一掃するぞ」

警察が帰ると、ファティマが自分の家から出てきて、バッファロー・ババの角のあいだをかいて、手からほうれん草のえさをやった。

バスティをブルドーザーで破壊されるなんて、いやだ。もし見つけたら、問題をおこしたババハードゥルをビンタしてやる。ババハードゥルはとめないだろう。そうされて当然だって、心のなかではわかってるはずだから。

ババードゥル

毛布にくるまり焚《た》き火のそばで身をよせる三人の男を、少年は遠くから見つめていた。かつて工事現場でセメント運びに使われていた巨大なボウルから、灰をまとった炎が立ちのぼる。おごそかな儀式を執りおこなっているかのように、男たちはその火に手をかざしている。黄色い火花は顔よりもっと高くまであがるが、彼らの手が毛布のひだのなかにもどることはなかった。

三人からは無言の仲間意識が感じられ、ババードゥルは自分ももっと大人だったらよかったのにと思った。そしたらあの輪にはいって、いっしょに休めたのに。だけど彼は、グアバのにおいがする手押し屋台の下に隠れるただの少年で、そこにいると、焦げた冬の空気のあいだをほのかな甘い香りがこぼれ落ちてきた。

屋台の持ち主は、そばの歩道で眠っている。南京錠のかかった店のシャッターのほうに体をむけて、いびきの音さえ防げない薄いシーツに、死人のように頭からつま先まですっぽりくるまっていた。バハードゥルは屋台の、たたんだ防水シートや袋の下を念入りに調べたが、グアバが出てくることはなかった。きっと時間をかけて遠くまで歩いて、果物を売りさばいたのだろう。

どれだけのあいだ男たちをながめていただろう。時刻は深夜をとっくにまわり、眠らないといけないのはわかっていたけれど、体が冷えていて、歩いて血管の血をあたためたいと思った。外に這いだし、もう一度男たちをふり返った。ひとつの瓶から中身を分けあっていて、ひと口すすってはセーターの袖で口をぬぐい、またとなりに瓶をまわしている。あと一時間もしたら、三人ともレンガを枕にし、毛布からはみでた足を道に投げだして、火のまえで眠り込むことだろう。

大きくあけた悪魔の口のように、ブート・バザールの路地がバハードゥルのところからのびている。こわくはない。最初はちがった。母親が熱を出したマダムの子どもの世話をしたり、マダム主催のパーティで客に給仕したりで、仕事先の家から帰ってこない夜があるたびに、バハードゥルは外で寝るようになった。それまでは昼のバザールしか見たことがなくて、日中は人、動物、乗りもの、それに、祈りに起こされて寺やグルドワラ（シク教寺院）やモスクのスピーカーから出てきた神さまたちであふれている。ただようにおいや音はあまりに濃く、自分はガーゼかと思うほど、体のなかにまで染み込んでくる。

だから、父を避けて七歳ではじめて夜のバザールにこっそり出てきたときは、静まり返ったようすが空恐ろしかった。からまった電線や、ほこりっぽい街灯の上では、青黒い空がうねっている。市場はがらんとしていて、眠りこけた男たちのよじれた小さな姿があるだけだった。そのうちに、遠くの幹線道路から聞こえてくるガタンゴトンという単調な音に耳がなじんだ。鼻は、何時間もまえのかすかなにおいをかぎ分けられるようになって、マリーゴールドの花飾り、チャート・パウダーをふりかけた切ったパパイヤ、油で揚げたプーリー（丸くふくらんだシンプルな揚げパン）、そうしたもののかすかな残り香が、暗いまがり角を右にいくか左にいくか教えてくれた。目は、尾のまがりぐあいや、茶や黒にまじる白のブチのかたちから、野良犬を見分けられるようになった。

バハードゥルはあと少しで十歳で、母親にあえて伝える気はないけれど、そろそろ好きにしていい年ごろだ。母は息子がここに来ていることを知らない。酒でにごった父の目からは世界はとうのむかしに遠のいて、父はもはや実体と影の区別もつかなかった。

母が留守の夜は、バハードゥルのきょうだいは適当なことを言って近所のおばさんたちの家にあげてもらっていた。バハードゥルも友人の家の世話になっているのだろうと、まわりは思っていた。だけどバハードゥルは、何人もが身を寄せる床のすみっこはいやだった。どの家にも――ただひとりの友人オムヴィルの家にも――同情の舌打ちをくり返し、ババードゥルの呪いを解いてやってくれと神さまにお願いするおばさんがいて、ババードゥルが必死にがんばっても単語が舌にくっついてはなれないのを、せせら笑う子どもたちがいる。彼らからすればババードゥルはいつでも〝あのバカ〟か、〝あののろま〟か、〝カカカカ〟か、〝ヘヘヘロロロ〟だった。そしてババードゥルを〝ネズミ食い〟と呼び、母親は居留区《バスティ》のトイレにこびりついた大便を掃除するのか、と聞いてくる。夜のバザールには、そういう人はいない。ババードゥルはだれとも話す必要がない。自分は王子さまで、浮浪児に身をやつして領地を視察しているんだと、好きに想像することだってできる。

店の閉じたシャッターが波のようにうねった。どんなに早足で歩いても、寒さが追いついてくる。自転車リキシャの運転手が毛布にくるまって客席で寝ているそばで、ババードゥルは足をとめた。昼食か夕食を入れるのに使った白いビニール袋がハンドルにさげてあり、底のほうに色の濃いどろどろしたものがたまっていた。できるだけそっと袋をほどいて、さきのほうまで駆けていって中身を調べた。はいっていたのはお玉一杯分ほどの黒豆の煮込みで、ババードゥルは顔を天にむけて中身をかき込んだ。

バザールをうろついて今日で三日目の夜だった。まともな食事にありつけるのは、おそらく母親が帰ってくる火曜日になるだろうが、今はまだ土曜日で、この空とおなじように暗くて果てしない時間がはるかさきまでつづいている。ババードゥルは袋をどぶに捨てて、昼間にパプリ・チャート（揚げクラッカーに具やソースをのせた屋台スナック）や、ヨーグルトとタマリンド・チャツネをかけたアルー・ティッキ（つぶしたジャガイモを揚げた料理）を売っていた屋台のゴミの山を、ひざをついて丹念に調べた。けれども、バザールの動物たちがさきにありついたらしい。バハードゥルは捨ててあったアルミ容器の底で両手をふいて、立ちあがった。

胸が重苦しくなってきた。煙をふくんだ空気は鋭くて、鼻の奥のむず痒《がゆ》さはやがて咳を呼び、バハードゥルは最後にはゼイゼイあえぐことになる。すぐにおさまることは、わかっていた。たぶん、何分もしないうちに。話したり息を吸ったりといった、みんながふつうにやれることが自分にはひと苦労というのは、不公平だ。でも神さまに文句を言うのも、祈って味方についてもらおうとするのも、もうやめた。

バハードゥルは〈ハキムの電子機器と電気修理の店〉にむかって、もう少しさきまで歩いた。バザールのお気に入りの場所だ。ハキムおじさんはバハードゥルに話をさせようとはそもそも期待せず、かわりに劣化したコンデンサーやゆるんだケーブルについての知識を教えてくれて、バハードゥルがただでもやった店のまわりの仕事に対して、ちゃんとお金をはらってくれた。以前、ハイファイ・マダムがバスティの近くのゴミ捨て場に廃棄したカタカタ音のする冷蔵庫とテレビを、バハードゥルの母親が少年ふたりを雇って家に運ばせたことがあった。バハードゥルは両方ともあっという間に修理して、新品同様に仕上げた。バハードゥルには才能がある、とハキムおじさんは言った。大きくなったらエンジニアになって、ハイファイのマンションに住むようになる、と。

ああいう人がお父さんだったらよかったのに、とバハードゥルは思った。この二日間、店に足を運ぶたびに、おじさんは塩で炒ったほかほかのピーナッツを、三角にまるめた新聞に入れてわたしてくれた。バハードゥルが腹ぺこなのを知りもしないのに。あとで食べようとジーンズのポケットにいくらか取っておいたけれど、それももうない。期待しないまま両手をポケットの奥まで入れて、もう一度たしかめた。手を出すと、指先に薄皮がついてきた。なめて塩っけを味わったあとで、のどが渇《かわ》いてしまうと気づいた。

スモッグが街灯をおおいはじめた。バハードゥルはごくりと空気を飲み、修理屋のまえの一段高くなった場所で体をまるめて、ひざをかかえた。それでも寒かった。立って、となりの店先に土でよごれた赤い木箱がふたつあるのを見つけ、それをどうにか足の上にのせてみたが、落ち着かないし、寒さもましにはならなかった。バハードゥルは木箱をわきにどけて、もう一度横になった。

スモッグはまるで悪魔の吐く息のようだった。街灯をおおいかくし、闇をいっそう暗くする。気持ちをなだめようとして、自分のやりたいことをぜんぶ考えてみた。おもちゃの青いお母さん象の、オレンジ色の耳を引っぱること。ブート・バザールの道端の屋台でなんとなく買ったもので、鼻のなかにはゴールガッパー（ゴルフボール大の揚げ菓子。なかに汁を注いで食べる）ほどの大きさの赤ちゃん象がうずくまっている。それから、歯ブラシの木（広くイスラム圏で古来より歯磨きに用いられる木）の枝に結びつけたゴムのタイヤでブランコをすること。寒さのきびしい夜にマーが布にくるんでくれる、ほかほかのレンガを抱くこと。バハードゥルはマーにヴィックス・ヴェポラップを胸にぬってもらうところを想像した。じつはテレビでしか見たことがないし、家には軟膏《なんこう》さえなかった。それでも気持ちが楽になったので、眠りが訪れるまでその映像を目にうかべていようと、バハードゥルは思った。

そのときだった。路地で何かが動くのが地面から伝わってきた。足音に耳をすませたが、何も聞こえてこない。

思いだしたくない記憶が頭のなかでガサゴソ音を立てた。二年まえの夏の夜、タバコのにおいをさせた、リスの尾のようなこんもりした口ひげを生やした男が、片手でバハードゥルを壁に押さえつけ、反対の手で自分のはいているズボン《サルワール》の結び目をほどいたのだ。押しつけられた男の手のひらの感触がよみがえり、バハードゥルは小さく身ぶるいした。あのときは、帰宅途中の労働者の一団がぜんぶを見ていて、男を追いはらって逃げる時間をかせいでくれた。そんな経験があったあとは、恐怖がうすらぎ、父親の怒りがふたたび燃えあがるまで、バハードゥルは何カ月ものあいだバザールをうろつくのをさけた。

寝場所はよそでさがしたほうがいいのかもしれない。修理屋のまえの路地はあまりに静かすぎる。ほかの夜なら平気かもしれないが、こんなスモッグのなかではどんな獣がひそんでバハードゥルの足に噛みつこうと待ちかまえているかわからない。このスモッグはどこから来たのだろう？　ここまでのは見たことがなかった。頭上の張りだした屋根の上で、ハトがクークー鳴いて身じろぎした。そしてまるで警戒したように、いっせいに飛びたっていった。

バハードゥルは身を起こし、小石をめり込ませて地面に両手をついて、暗闇に目を凝らした。猫がニャアと鳴き、だまれというように犬が吠えた。ブート・バザールの名前の由来になった幽霊《ブート》のことを思った。ムガル人が代々の王だった数百年まえにこの界隈に住んでいた人たちの、いい幽霊だ。まえにハキムおじさんが言っていた。「神に誓って《アッラー・キ・カサム》、あの幽霊たちは人間に悪さはしない」

今バザールの幽霊が近づいてきてるのだとしたら、バハードゥルを助けて呼吸を楽にしてくれるつもりか、こんな夜に外で寝るのは愚かだと教えてくれようとしているのかもしれない。相手の幽霊に顔を見せて、肌に残る父親の手形を示したら、ここにいさせてくれるかもしれない。ハキムおじさんは傷のことにも、母親が上から貼ってくれるバンドエイドのことにも、一度もふれたことはない。けれども、ついきのう、修理屋にある年代もののテレビ（バハードゥルは家においておけない大事なものを、その裏にかくしていた）の画面に映った自分をふと見ると、目のまわりのあざは、この都市《まち》を二分する川のように黒く光っていた。

ばかなことを考えるのはやめろとバハードゥルは自分に言い聞かせた。幽霊や化けものは、みんなが口々に語る物語のなかにしか存在しない。それでも、空気が恐怖で脈打つようすが、静電気のように肌に感じられた。白くうかびあがる幽霊の手足や、くちびるのない無数の口が、ゴーゴーいうバハードゥルの呼吸に引き寄せられてこっちにむかってくるのが見えるようだった。

立って、家に駆けもどったほうがいいのかもしれない。今夜はオムヴィルの家のドアをノックしたほうがいいのかもしれない。けれども、骨に寒さが引っかかって、その骨はもろくなって今にもボキッといきそうだった。分かれた闇のあいだから月がかがやいて、焚き火のところにいた男たちが路地のむこうから歩いてきてくれればいいのに、とバハードゥルは思った。ぐるぐるに巻いた荒縄のように、スモッグがさらにのどを絞めつけた。

今ではそれらの音が聞こえる。群れで食べかすをあさる鬼ネズミのバタバタという音、どこかでいななく馬の声、犬猫がひっくり返した金《かね》のバケツの音、さらに、確実にこっちに近づいてくる、何かの、あるいはだれかのゆっくりした足音。バハードゥルはさけぼうとして口をあけたが、さけべなかった。言うことのできなかったほかの無数の言葉と同様に、声はのどの奥に引っかかったままだった。

今夜を最後に、ぼくらは――

――もう居留区《バスティ》にはいられない、とマーは言う。そんな大さわぎ《ドラマ・バージ》することはない、とパパは言う。何もかも失ったら、どうなるの、とルヌねえちゃん《ディディ》は言う。

ぼくはベッドの上であぐらをかいて、マーが床に場所をつくるのをながめた。マーはぼくらの本と、プラスチックの腰かけと、ディディと水道から水をくんでくるのに使うつぼを、まとめて壁によせた。そうやってあけた場所に、何度も洗たくしたせいでどの色もほぼ灰色になった黒い花のピンクのシーツをひろげた。それから、ぜったいに必要なものを選んで、シーツの上に重ねていった。ビニールにつつまれたぼくの制服なんかのいい服、マーのロティ用のめん棒とまな板、パパが何年かまえに自分の父さんからもらったガネーシャ神の小さな像。テレビは棚においたままだ。持ちだすには重すぎる。

「わが家はいつからヒンディー映画のセットになったんだ、え、ジャイ？」《ハーン》パパがリモコンを手にぼくの横に来て言った。ぼくはパパの折れた襟《えり》をととのえてあげた。泥やペンキのよごれをきれいにしようとしてルヌ・ディディかマーが強くこすりすぎたところが、傷んでぼろぼろになっている。

ディディはマーを手伝おうとしてるけど、かえってじゃまになってた。マーはしからなかった。ババハードゥルのマーが警察をたよったのはまちがいだったって、さっきからずっと言っている。

「頭が働いてないのよ」マーは言った。「あんなふうに駆けずりまわって、あちこちの病院を訪ねて。だれだって気が変になるわ。やれやれ《アレー》、息子はどこかとババ・ベンガリにまで聞きにいったそうよ。ひと財産ぶんのお金をはらって。夕方、ルヌと水道に水をくみにいったら、みんながその話をしてた」

ロープみたいにもつれた髪に泥だらけの足をしたババ・ベンガリは、ヒマラヤの洞窟から出てきたところみたいに見えるけど、じつはコンピューターを使う。ポスターのたばをかかえてブート・バザールの〈デヴ・サイバー・プリントショップ〉から出てくるのを、まえに見たことがある。ババ・ベンガリはそれをあとからバザールじゅうに貼りつけてた。妻の浮気、夫の浮気、怒りっぽい姑、腹をすかせた幽霊、黒魔術、返ってこない借金、体の不調、そういう深刻な問題の答えが自分にはわかるって、そのポスターは宣伝してた。

マーは部屋を歩きまわって、シーツにほかに何を入れるか考えた。時間どおりに動いたことのない目ざまし時計を手にして、また棚にもどした。

「ババ・ベンガリはなんだって？」ぼくは聞いた。

「ババハードゥルがもどってくることはないってさ」ルヌ・ディディがこたえた。

「あの導師《ババ》は詐欺だ」パパが言った。「人の不幸につけこんで金もうけしてる」

「あなた《ジー》、自分が信じないのはかまわないけど、悪く言うのはやめてちょうだい。うちが呪われたらどうするの」

　それからマーは腰かけにあがって、１００％ピュアココナッツオイルの〈パラシュート〉の古びた青いプラスチック容器を、棚のいちばん上からとった。中身のオイルはもうない。今はマーが〝もしものとき〟のためにとってある、百ルピー札が何枚かはいってる。もしもっていうのがなんなのかは、一度も聞いたことはない。マーは容器をマンゴーパウダーの缶の上においた。暗いなか家をとびださないといけなくなっても、そこなら手にとりやすい。その入れものはマーの財布みたいなものだ。あけるとこは見たことがないけど。

「なあ」パパがマーに言う。「マドゥ、わが命《メリ・ジャーン》、警察はわれわれに手出しはしない。飲んだくれラルーのかみさんが金のネックレスをわたしたんだ。だれも重機《JCB》を呼んできてバスティをとりこわしたりしないさ」

　ぼくは口をあんぐりあけてパパを見た。ついさっき帰ってきたばっかりなのに、もう金のネックレスのことを知っている。ぼくがキルパル先生に学校から追いだされたことも、まさか知ってたりして？

今のところは、なんで早く帰ってきたのかだれからも聞かれてない。夫がつくったカディ・パコーラ（野菜天入りヨーグルトカレー）とごはんを持ってきてくれたシャンティおばさんにも、ぼくをしっかり見張るのが第一の仕事だとパパに言われてるルヌ・ディディにも。マーは、ぼくが新しくつくった泥のしみにも気づいてない。バスティじゅうがバハードゥルと警察の話で持ちきりで、おそろしいうわさ話のせいで、みんなぼくのことは忘れてる。

「用心しすぎて悪いことはないでしょう」マーが言っている。「ブルドーザーは来るかもしれないし、来ないかもしれない。たしかなことなんて、だれにわかる？」マーはリレーの州大会で優勝してルヌ・ディディのチームがもらった賞状の額ぶちを、綿のドゥパッタ（民族衣装に合わせるスカーフ）二枚でくるんで、荷物の山の上にそっとおいた。額ぶちは横にすべって、めん棒にのってななめになった。マーはほっぺたの内側を嚙んで鼻息をあらくして、額ぶちをもう一度まっすぐになおした。

上からさがってる電球が電気の熱でブーンと音をたてて、電球の影が棚のまえをゆらゆら揺れ動いた。壁のひび割れ、それからモンスーンの洪水でできた水のあと。マーが缶や皿を動かしたせいで、今ではぜんぶが見える。マーは家をきれいにしておくのが好きで、言われた場所にぼくが教科書や服をおかないと怒るくせに、今日は自分がめちゃくちゃに散らかしてる。

パパがぼくの肩に腕をまわして、ペンキとスモッグのにおいのする自分に引きよせた。

「女ってのは、あれだな。小さなことでくよくよ気をもむ」

「小さなことじゃないよ」ぼくは言った。

「ジャイ、警察はただちに破壊活動をはじめるなんてことはできないんだ。まえもっておれたちに警告する義務がある」パパは言った。「お知らせを貼りだして、バスティの長《プラダン》と話をする。ここのバスティは何年もむかしからある。みんな身分証も持ってるし、権利もある。おれたちはバングラデシュ人じゃないんだ」

「なんの権利よ」マーが言った。「ああいう大臣って人たちは、選挙の一週間まえしかわたしたちのことを思いださない。それに、あの悪徳プラダンのことなんか、だれが信用できますか。もうこの地区に住んでさえないんだから」

「それって、ほんとなの？」ぼくは質問した。クオーターがハイファイ・マンションに住んでるところは、あんまり想像できない。それより刑務所のほうが似合う感じだ。

「マドゥ、ここのバスティをつぶしたら、警察はどこからワイロをもらう？」パリとおなじことをパパが言った。「肥えた女房どもは、毎日どうやって鶏肉を食べる？」

パパは歯で鶏肉の脚を食いちぎるまねをした。食いしん坊みたいにズルズルッと音をたてて指をなめた。

ぼくは笑ったけど、マーは口をまげて荷づくりをつづけた。ようやくおわると、つつみを玄関のところにおいた。たくさんつめこみすぎたせいで、両手じゃないと持ちあがらない。あれを肩にかついで走れるのはパパだけだ。

それから夕食になった。

「ここのバスティがとりこわされたら、おじいちゃん《ダーダー》、おばあちゃん《ダーディー》（父方の祖父母）といっしょに住むことになるの？」ルヌ・ディディが聞いた。「今のうちに言っとくけど、わたしはいかないよ。パルダ（南アジアの女性隔離の規範）だかなんだか知らないけど、いっさいしたがう気はないからね。わたしはいつかインドのためにメダルをとるの」

「そんな日には、ロバがギーター・ダットみたいに歌を歌うよ」ぼくは言った。

ギーター・ダットはパパのお気に入り。白黒のなかで歌う歌手だ。

「おまえたち」パパが言う。「今後おこる最悪のことはだな、だれよりかしこくて美しいうちのマーが、あのつつみからめん棒を出すまでは、だれもロティを食えないってことだ。それだけだ。わかったか？」

パパはマーを見てにっこりした。マーはにっこりしなかった。

パパは左手でぼくの髪を耳にかけた。「おれたちはいつもきっちり警察に用心棒代《ハフタ》をはらってる。おまけにあいつらは今回、金のネックレスまで手に入れた。ディーワーリー（数日にわたるヒンドゥー教の祭り）のときのボーナスを二度もらうようなもんだろう。しばらくは、ここのことはほうっておくさ」

夕食がおわって食器洗いをすませると、マーはサリーで両手をふいて、今夜はベッドで寝ていいとぼくに言った。パパはおどろいた顔をした。

「なんでだい。おれが何をした？」

「腰が痛いの」マーはパパを見もせずにこたえた。「床のほうが寝やすいから」

いつもぼくと使ってるマットを、ディディがベッドの下から引っぱりだした。いきおいがよすぎたせいで、マーがいっしょの場所にしまっておいた袋の中身がこぼれた。

「気をつけなさい」パパが言って、顔に怒ったしわをうかべた。

ぜんぶを袋にもどすのを、ぼくも手伝った。プラスチック銃に、もうとっくに遊ばなくなった木の猿、大きくなって着られなくなったディディとぼくの服。それがすむと、ディディとぼくで床にマットをひろげた。ベッドの脚にぶつかる角のとこは、いつまでたってもまるまったままだ。

パパがテレビをつけた。おもしろいニュースは今日はやってない。政治のことばっかりだ。ぼくは玄関のドアのところに立って、警察やワイロのことや、ここのバスティがとりこわされるかどうかについて、近所の人が言い争ってるのを聞いた。

ぼくがバハードゥルを見つけさえすれば、だれもあんなくだらない言いあいはしなくなる。みんなが話題にするのは、ぼくのことだ。世界一の名探偵、探偵《ジャスース》ジャイ。

あした、ファイズに助手になってくれってたのんでみよう。ぼくらはビョームケーシュ・バクシーとアジートみたいに、スモッグでうす暗いブート・バザールの路地を捜査する。ふたりだけの秘密の合図もつくろう。あの警察たちが使ってたのより、ずっと上等のやつを。

パパはニュースにあきて、ベッドに来いとぼくに言った。ぼくは玄関を閉めて、電気を消した。マーはマットのディディのとなりで横になった。パパはすぐにいびきをかきはじめたけど、ぼくは眠らないように自分をつねった。重機《JCB》についてパパの言ってることが、もしまちがいだったら？　ぼくは頭のなかにバスティの地図をうかべて、いちばん早く脱出できるルートを考えた。

壁にパパがテープで貼った、シヴァ神とクリシュナ神のポスターのほうをむいた。暗くて見えないけど、そこにあるのはわかってる。ふたりの神さまと、思いつくかぎりのほかの神さまに、ぼくたちを助けてくださいとお願いした。どれだけ必死かわかってもらえるように、おなじお祈りを九回言うことにした。マーに言わせると、九は神さまたちが好きな数字らしい。

〝神さま、ここのバスティにブルドーザーを来させないでください〟

〝神さま、ここのバスティにブルドーザーを来させないでください〟

〝神さま、ここのバスティにブルドーザーを来させないでください〟

〝バハードゥルを見つけたら、口にシャツをつっこんでやる〟

お祈りの最中に悪いことを考えるなんてと、ぼくは自分のおでこをピシャッとたたいた。

「蚊？」マーが言った。

「うん《ハーン》」

マーのガラスの腕輪がガチャガチャいって、鼻のところまで引きあげたのか、毛布のガサゴソいう音がした。

神さま、ブルドーザーはいやです。〝どうか、どうか、どうか、お願いします〟

つぎの朝、学校に遅刻しそうで走らないといけなかったから、ファイズに探偵の話はできなかった。朝礼のときは、疲れてて眠かった。授業中も眠くてまぶたが落ちてくるので、指であけて押さえてないといけなかった。今のクラスのみんなみたいに、紙飛行機を飛ばしたり、腕ずもう大会に参加してたりしたら、起きてるのはもっと楽なんだけど。キルパル先生は生徒をとめようとしない。きのうのことも、ぜんぶなかったふりをしている。先生はパリをしからなかったし、ぼくのことも学校から追いださなかったって顔だ。ぼくだって、そういうふりならできる。外の道路からブレットのバイクのパタパタいううるさい音が聞こえてくると、ぼくはえんぴつを下に落として、ひろうためにかがんだ。そして、頭を台の下に入れて、バイクの〝タカタカタカタカ〟っていう音をまねした。口のなかでバクチクが百個はじけて、火花でいっぱいになるみたいだった。これでしゃっきり目がさめた。教室のみんなが笑った。キルパル先生が〝静かに、静かに〟ってさけぶと、かえって笑いが大きくなった。

ガウラヴがいっしょになってブレットの音を出しはじめた。キルパル先生はいつもの定規を出してきて、台をたたいた。教室は少しずつ静かになった。

先生は社会を一時間教えて、つぎの一時間は算数を教える。もう上級生のクラスはまかされないから、ぜんぶの教科をぼくらに教える。お昼の給食のベルが鳴ると、先生はようやくしゃべるのをやめた。

廊下に出ると、ぼくらは壁に背をあてて、あぐらをかいてすわった。バハードゥルのことを聞こうと思ってオムヴィルをさがしたけど、どこにも見あたらなかった。

給食の人たちが、ぼくらのまえにステンレスの皿をならべていった。

「キルパル先生が描いたさっきのインドの地図。東に太陽があったやつだけどさ」ぼくは言った。「あれは下手だったよな？　あの太陽は割れたたまごかと思ったよ」

「今日はたまごが出るといいな」ファイズが言った。

「たまごなんて、いつ出たことがある？」ぼくは言った。しゃべりたかったことを最後までぜんぶ言えなくて、ちょっとむっとしたけど、たまごが出るならぼくもうれしい。

給食の人がなんの料理を持ってきたのか、鼻でくんくんやってみたけど、今はどこもかしこもスモッグのにおいしかしない。

「わたしはプーリーにサブジー（野菜の総菜）がいい」パリが言った。それから〝プーリーサブジー、プーリーサブジー、プーリーサブジー〟と歌いだして、ほかの生徒たちもくすくす笑っていっしょになって歌いだしたけど、給食の人がぼくらの皿にべちゃっとよそったのは、野菜入りのダリヤ（挽割り小麦を炊いた料理）だった。水っぽくて、皿を口まで持ちあげてお粥みたいにすすらないといけなかった。皿はあっという間に空《から》になったけど、ぼくらのおなかはまだグーグーいっていた。

「給食の人は政府をばかにしてるよ」パリは言った。「いい食べものはぜんぶ自分の子にとっといて、わたしたちに出すのは、こんなのばっか」パリはいつもそう言うけど、米つぶひとつ、お皿に残したことはない。
「文句言うなって、友人《ヤール》」ファイズが言う。「ビハール州みたいに農薬で料理してないだけましだよ」

パリは言い返せない。給食を食べて死んだビハールの子どもの話をぼくらにしたのは自分だからだ。パリはなんでもかんでも読むから、いろんなことを知ってる。ナンやパパド（豆や米粉でつくる、スパイス味の薄焼きせんべい）をくるんだ油まみれの新聞、屋台の外にぶらさがってる雑誌の表紙、ファイズがお祈りにいくモスクの近くの、ブート・バザール内の図書センターの本。センターのおねえさん《ディディ》は、パリは公立学校に通うには頭がよすぎるから、〝貧困層枠〟で私立の学校に受け入れてもらえないかたのんでみては、とまえにパリのマーに話した。パリのマーは、もう試したけどだめだったとこたえた。パリ自身は、どこで勉強したっていいと言ってる。ぼくらみたいなバスティ育ちの少年が公務員試験を突破して、今では県の収税官になったっていうインタビューをニュースで見たからだ。その子にできたんなら自分にもできるって、パリは言う。ぼくもそのとおりだと思ったけど、口には出さなかった。

ダリヤをもっとくれってたのみこんでるのに、給食の人たちはもう耳を閉じちゃったみたいだから、ぼくらは手を洗って、ぞろぞろ校庭に出ていった。ブート・バザールのさわがしい音がここにまで聞こえてくるけど、ぼくらのほうがそれ以上にうるさかった。ルヌ・ディディが廊下に立って友だちとおしゃべりをしていた。ぼくみたいに眠そうじゃない。ディディは地震が来て地球が割れたって、いびきをかいてられる。だけど、ディディのいいとこは、一歩学校にはいると、ぼくを知らんぷりすることだ。ぼくのことで告げ口もしないから、ちょうどいいと思ってる。

男子四人が、いたずらっぽい目つきとニヤニヤした笑い顔で、ルヌ・ディディたちのグループを見ていた。ひとりは、きのう学校のまえでおなじ列にいた、あのまだら顔の男子だ。そいつが何かを言って、まわりの友だちが笑った。ルヌ・ディディたちはそっちをにらんだ。

ぼくはクオーターが午後の集会をひらいてるニームの木のそばに、噛むのにいい小枝があるのを見つけた。噛んでれば、今からもっと食べものがやってくるって、おなかを勘ちがいさせられる。何人かの男子が、寒くないようにわきの下に手をつっこんで、クオーターをかこんで立っていた。六年生で、ぼくといっしょのバスティに住むパレシュが、警察やバハードゥルのことをクオーターに話してる。ぼくとちがって、あのときあの場所にいなかったのに。

「警官はバスティの女全員に、金《きん》でも現金でも出せるものを出せって言ったんだ」パレシュが言っている。「それに、バッファロー・ババを警棒でたたいた」

パレシュのまちがいを正したいと思ったけど、あと少しでお昼休みはおわりで、ぼくにはやらなきゃならない大事なことがあった。パリとファイズについてくるように言って、春には地面を花でまっ黄色にするアマルタスの木の下の、だれもいない場所にふたりを連れていった。タンヴィといつも背中にしょってる例のスイカのリュックもまざってこようとしたけど、ぼくはシッシッって追いはらった。

「あわれなバハードゥルが行方不明な件についてだけどさ」ぼくはパリとファイズに言った。「なんだか、できの悪いヒンディー映画みたいだよ。だらだら長くつづきすぎる」

カバディ・カバディ・カバディをして遊んでる小さい子たちがギャーギャーうるさすぎて、ぼくは大声を出さないといけなかった。チーターなみのすばしこい足が地面を蹴って、茶色い土けむりがもくもくあがった。

「ぼくが探偵になってバハードゥルを見つける」ぼくはできるかぎり大人に聞こえる声を出して言った。「それでファイズ、おまえはぼくの助手になる。探偵にはみんな助手がいるんだ。ビョームケーシュにはアジートがいて、フェルダー（サタジット・レイによる子供向け探偵小説の主人公）にはトペシュがいるみたいに」

パリとファイズは顔を見合わせた。

「フェルダーは探偵で、トペシュはそのいとこ」ぼくは説明した。「ふたりはベンガル人なんだ。ブート・バザールにベンガル人のお菓子屋さんがいるだろ。アフサルおじさんの店のとなりの。ふたりも見たことがあるって。お菓子に近づきすぎると、ほうきでぶんぶんやるおじいさん。あの人だよ。その息子がフェルダー・シリーズの漫画を読んでるんだ。まえにフェルダーの話をぼくに聞かせてくれた」

「フェルダーとかって、なんの名前だよ?」ファイズが聞いた。

「なんでジャイが探偵になるの?」パリも聞いた。

「ほんとだよ」ファイズが言う。「ジャイがおれの助手だっていいじゃないか」

「おい《アレー》、おまえが探偵の何を知ってんだよ。『ポリス・パトロール』も見てないくせに」

「わたしはシャーロックとワトソンを知ってる」パリが言った。「ふたりとも、聞いたこともないでしょ」

「ホワット・ソン?」ファイズが聞き返した。「それもベンガル語の名前?」

「もういいよ」

「本を読んだからって、ぜんぶ知ってるってことにはならないだろ」ファイズがパリに言った。「おれは仕事をして働いてる。人生は最高の先生だ。みんな、そう言う」

「本を読めない人だけが、そう言うの」

このふたりは結婚が長すぎた夫婦みたいに、いっつもケンカしてる。でもファイズはムスリムだから、大きくなってもふたりは結婚もできない。ヒンドゥー教徒がムスリムと結婚するのは、危険すぎる。ちがう宗教やカーストの人と結婚したせいで殺された人たちの、血でまっ赤になった写真を、テレビのニュースで見たことがある。それにファイズのほうが背が低いから、どっちみちあんまりお似合いじゃない。

「その助手の仕事だけどさ」ファイズが言った。「いくらもらえるんだよ？」

「だれからも何ももらえないよ」ぼくは言った。「バハードゥルのマーは貧乏だ。金のネックレスを持ってたけど、それももうない」

「じゃあ、なんでやらないといけないんだ」

「バハードゥルのマーがいつまでも警察に通いつづけて、警察が怒って、わたしたちのバスティをつぶすから」パリが**ぼくの**考えをファイズに説明した。「でも、バハードゥルを見つけられたら、それをやめさせられる」

「そんなひまはないね」ファイズは言った。「おれは仕事をしないといけないんだ」

「その髪がシルキーソフトになるように？」パリは聞いた。「それとか、かがやく漆黒に？」

「パープルロータス&クリームみたいな香りが自分からするようにだよ」ファイズは言っ

た。

「そんなのは存在しないの。ただのでたらめ。人生っていう先生は、そこのところを教えるのを忘れちゃったのかな?」パリがあざ笑った。

「ねえ、聞いて」ぼくはケンカをやめさせようとして言った。「今からいくつか問題を出す。多くこたえられたほうが、ぼくの助手になれる」

大きな石につま先をぶつけたみたいに、ふたりともが大声でうめいた。

「待ってよ、ジャイ」パリが言った。

「こいつ、頭がおかしいんだよ」ファイズも言った。

「さて、第一問です。インドの多くの子どもは、だれにさらわれてるでしょう。(a)知っている人、(b)知らない人」

パリはこたえない。ファイズもこたえない。

ベルが鳴った。

「みんなでバハードゥルをさがすことはできるよ」パリがぼくに言った。「だけど、わたしはジャイの助手なんかにはならないから。ぜったい、いや」

ファイズが助手にならないのは残念だ。でも、女の子だっていい助手になれるかもしれない。もしかしたら。大むかしにテレビでやってた『カラムチャンド』っていう探偵ものの話を、パパから聞いたことがある。カラムチャンドにはキティっていう女の助手がいるんだけど、残念なことにキティはかしこくなくて、カラムチャンドは番組のあいだじゅう、だまりなさいってキティに言いつづけないといけない。パリがすごく腹を立てそうな話だ。もしぼくがパリにだまれなんて言ったら、きっと足のすねを蹴とばされる。

「秘密の合図はどうする？」ぼくはパリに聞いた。「探偵には秘密の合図が必要だよ」

「最初の仕事がそれ？　秘密の合図？」パリは言った。「まじめにやってよ」

「大まじめだよ」

パリはあきれた目をした。ぼくらは教室にもどった。

「子どもが二十四時間以上行方不明のときは、警察は誘拐事件としてあつかわないといけないんだ」ぼくは言った。

「なんで知ってるの？」パリが聞いた。

「テレビだよ。バハードゥルはまだそうなってない」

「その警察のルールのことは、本で読まなかったのかな？」ファイズがパリに言った。

「インドの多くの子どもは、知らない人に誘拐されてるんだ」ぼくはふたりに教えてやった。「たしかなことはわからないけど、そのとおりだって気はする」

ぼくらの探偵としての初仕事は――

――オムヴィルに話を聞くことだった。オムヴィルはだれよりバハードゥルについてくわしいはずだ。そういうものなんだ――親にかくしていることも、友だちはぜんぶ知ってる。ぼくがディーワーリーのまえに、朝礼で〝ジャナ・ガナ・マナ〟（インドの国歌）じゃなく〝キラキラ星〟を歌って校長先生にビンタされたことをマーは知らない。でも、パリとファイズは知ってる。そのあとの何日間かは、ぼくのことを〝キラキラ〟って呼びつづけたけど、やがて忘れた。マーはぜったい忘れることがない。だからマーには何も話せない。

ぼくが聞きこみの計画について話をすると、探偵のメンバーでもないファイズがすぐにダメ出しをした。

「クオーターに聞くのがさきだよ」今は学校からの帰り道だった。スモッグが口から出入りして、ファイズは咳きこんだ。「クオーターがいちばんの容疑者なんだろ、ジャイ？　だからきのう、自分から話しかけたんじゃないか」

「おまえに何がわかるんだよ。ジンがバハードゥルをさらったって思ってるくせに」

ぼくはひそひそ声で言った。もしジンがほんとにいるなら、聞かれたらこまる。

「みんなに聞きこみすればいいじゃない」パリが言った。「酒屋《テカ》によって、いる人たちにクオーターのことを聞いてみようよ。酔ってたらほんとのことを話すかもよ」

「へえ《アチャ》、今度は酔っぱらいの専門家かよ」ファイズが言った。

何をするか決めるのはぼくの役割なのに、ぼくが文句を言おうとすると、ファイズが黒い空気をパンチして、さけんだ。「テカ、いこうぜ《チャロー》」

よろず屋《キラナ》（日用品・食料品を売る伝統的な零細店）の棚に商品をならべたり、米やレンズ豆を袋づめしたりする仕事に遅れるのに、ファイズは気にしない。テカでにいちゃん《バーイ》たちに会えるかもしれないからだ。

ムスリムは飲んじゃいけないことになってるし、タリク・バーイとワジド・バーイは一日五回お祈りをするまじめなイスラム教徒だけど、ときどきこっそり酒《ダールー》のびんをふたりで飲んでることがある。ファイズがもしその現場を見つけたら、マーにはないしょだって言ってお金をたっぷりくれるはずだ。くれなければファイズは夜に、バーイたちの顔をそばでかいでごらんって母さん《アンミ》に言う。「なんか変じゃない、アンミ？」ってわざとらしく。

まえに、もうやった。

ファイズとパリはぼくを待とうともしないで、テカにむかう道のほうにずんずん歩いていった。ぼくの探偵の仕事は、まだはじまってもいないうちから、おかしなことになってきた。

道はあやしげな人やにおいであふれてた。耳にマリーゴールドをさしたおばあさんは、ビディとパーン（インドのタバコ等の嗜好品）の屋台をやってるはずなのに、少年や男がお金を出すと、タバコじゃなく、乾燥した茶色っぽいもののはいったビニールの小袋をわたしている。

「集中して」パリが耳のそばで言って、ぼくを引っぱった。

酔っぱらいたちはテカのまえでしゃがんだり寝ころんだりしながら、歌を歌い、意味のわからないおしゃべりをしていた。店からは大きな音がズンズン流れてきて、ビートがあたりの空気をゆらした。

「こんなバカたちに話しかけてもしょうがないね」パリが言った。

ファイズがたまごとパンを売ってる屋台の人を指さした。「たまご屋《アンダー・ワーラー》に聞いてみよう。いつもここにいるんだ」

屋台のまえにたまごの箱が積んであったので、ぼくらは屋台の横に立った。背が低いから、箱のむこうからだと見てもらえない。

「クオーターを知ってる？」ぼくは質問した。アンダー・ワーラーはナイフをといでるとこで、カチンカチンと鳴る音はテカから流れる音楽より大きかった。アンダー・ワーラーは顔をあげもしない。

「クオーターは黒しか着ないの。長《プラダン》の息子です」そう言ったあとでパリはファイズをふり返って、小声で聞いた。「あいつって、本名は何？」

ファイズは肩をすくめた。ぼくもクオーターの名前は知らない。

「とっととやってくれないか」屋台のまえにいる客が言った。

アンダー・ワーラーはナイフをおいて、厚く切ったバターをフライパンに投げ入れ、さらにひとにぎりのきざんだ玉ねぎ、トマト、青とうがらしを投げ入れた。そこに塩と、チリパウダーと、ガラムマサラをふりかける。ぼくは口からつばがあふれて、質問するどころじゃなかった。お昼にちょうどたまごの話をして、今こうしてアンダー・ワーラーのところにいる。ビョームケーシュ・バクシーだって、おなかが減って探偵の仕事ができないことがあったかもしれない。

「おじさん《サル・ジー》」ファイズが言った。「おれたち、クオーターをさがしているんです」じつは目では兄さんたちがいないか通りをさがしてたけど、今日は運がなくて、ふたりはいなかった。

「少ししたらお出ましになるだろうよ。まちがいない」アンダー・ワーラーは言った。

「ちなみに」――パリは言いかけて、指で日にちをかぞえた――「七日まえはここにいました？　先週の木曜日です」

ムカつくけどいい質問だ。バハードゥルが姿を消した夜にテカにいたなら、バハードゥルをさらったはずはない。

「たぶんね」アンダー・ワーラーは、たまごふたつをフライパンにいっぺんに割り入れた。「あいつがどこにいたか、なぜ知りたいんだ？」

「わたしたち、いなくなった友だちをさがしてるんです」パリが言った。「プラダンの息子といっしょだったかもしれなくて。友だちのことが心配なんです」

顔も心配そうだった。目が細くなって、くちびるがわなわなして、今にも泣きだしそうだ。

アンダー・ワーラーはお玉をひょいと肩にかけた。着ているシャツは、たまごで黄色くよごれてる。「クオーターと仲間のギャングたちは、おれが明け方の二時か三時に帰るときも、たいていまだここにいる。だけど、子どもといっしょのとこは見たことないな。あの連中は、子どもと友だちになるような年齢じゃないだろう」

「だけど、先週も毎晩ここにいた？」ぼくは質問した。

「いたにきまってる。あいつは酒代をはらう必要がないんだ。ただでもらえるものは、だれだってもらう。ちがうか？」

ぼくは期待をこめた目でたまごを見た。アンダー・ワーラーはブルジ（そぼろ状に炒った料理）を紙皿に移し、こんもりしたたまごのてっぺんにスプーンをつきさして、待ちくたびれた客に手わたした。

「ほら、見ろよ」ファイズが耳打ちした。

ぼくらのことを興味ありげな目でながめながら、もう酔ってるみたいな歩き方でクオーターがのしのしと屋台のまえを通りすぎていった。本人が近くにいたんじゃ人から話は聞けないので、ぼくらは帰ることにした。

ファイズはブート・バザールのことをなんでも知ってる。パリやぼくより、ずっと多くの時間をバザールですごしてるからだ。「プラダンがテカを経営してるんだ」クオーターからじゅうぶん遠ざかると、ファイズは言った。「法律違反だけど、警察には手出しをするなって言ってある」

うちの居留区《バスティ》は、ぜんぶの路地がプラダンの手あかでよごれている。プラダンにはバスティのニュースを二十四時間年中無休で伝える、情報屋のネットワークがある。ぼくらを監視して、バスティのどこどこの家にぴかぴかのテレビや冷蔵庫がやってきたって話をプラダンにひとっ走り伝えにいったり、ディーワーリーのとき施し《バクシーシ》が気前よかったのはだれのハイファイ・マダムかってうわさ話をしたりするそういう男たちのことを、マーは軽蔑している。プラダンは警察を呼んで、みんなの手にある小さな幸せをとりあげるんだって、マーは言う。

ファイズはよろず屋《キラナ》にむかっていった。ファイズにはよくない一日だった。たまごにはありつけず、テカではバーイたちを見つけられず、これ以上ぼくらといっしょに探偵の仕事をすることもできない。

「クオーターが毎晩テカにいるってことは、バハードゥルをさらってないってことなのかな」ぼくは言いながら、急に横に動いたりとまったりするEリキシャの通り道からパリを引っぱった。

「あのアンダー・ワーラーも百パーセントたしかってわけじゃなかった」パリは言った。

「クオーターは夜はたいていいるって言い方だったよね。それに、バハードゥルがいつくなったかもわからない。朝の四時だったかもよ」

これがまさしく探偵仕事だ。最初はなんでも、こうかな、ああかな、っていうところからはじまる。ビョームケーシュも、それにシャーロックだって、きっとそうだ。

ぼくらはオムヴィルの家にむかって歩いた。ひもでつないだ野良犬を連れた男の子が横にならんできた。犬は馬のつもりだ。ひもを手綱《たづな》みたいににぎって、ひづめのパカパカっていう音を舌で出してる。

「ぼくらにも一匹必要だな」ぼくはパリに言った。「犬は犯人のところに連れてってくれる」

「集中して」パリが言った。「クオーターがバハードゥルを誘拐する理由は?」

「たぶん、身代金がほしいから」

「バハードゥルのマーにだれかが身代金を要求してきてたら、もう、うわさになってると思うけど」

「バハードゥルのマーは、だれにも言っちゃいけなかったんだよ」ぼくは言った。

オムヴィルは留守で、話は聞けなかった。

「友だちのあの子がいなくなってから、ずっとブート・バザールをうろついてるの。どこかでバハードゥルと会えるんじゃないかって」オムヴィルのマーが言った。小さな男の赤ちゃんを抱いていて、ちっちゃなこぶしで顔をずっとパンチされてた。

家の外では、オムヴィルの弟がどぶに立ちションしていた。自分が住んでる場所でおしっこ《ナンバー1》やうんち《ナンバー2》をすると、おなかに長い虫がはいりこむことがある。だからうちのマーは共同トイレにいけって、ぼくに口をすっぱくして言う。オムヴィルのマーはボクサー赤ちゃんのパンチにうんざりして、寝かしつけるために家のなかにはいって、カーテンのドアを閉めた。

ぼくらより背の小さな弟は、おしっこがすむとジーンズのチャックをあげた。

「オムヴィルは携帯は持ってる？」パリがその子に聞いた。「話がしたいんだけど」

「にいちゃん《バィヤー》はパパといっしょだよ。パパが携帯を持ってる。番号、いる？」

「いらない」ぼくは言った。ぼくらの探偵仕事を大人に説明するのは大変そうだ。

「オムヴィルは学校に来てないみたいだけど」パリが言った。

「にいちゃんはいそがしいんだ。一日じゅうパパの手伝いをしないといけない。お客さんのとこにアイロンをかける服をとりにいって、できたら返しにいく。ひまな時間があったら、勉強しないで踊ってる」

「踊ってる？」パリが聞き返した。

「その話ばっかだ。自分はつぎのリティク（インド映画界のトップスター）だって思ってる」

男の子はリティクの歌を口ずさんで、手をゆらゆら、頭をひょいひょい、足をもぞもぞ動かした。少ししてやっと、踊ってるんだって気づいた。

「『なんでこんなオレなのか』だよ」男の子は楽しそうに跳びはねながらさけんだ。「『なんでこんなオレなのか』」

パリはにこにこしてる。ショーを楽しんでるらしい。

「仕事はまだおわってないぞ」ぼくは言ってやった。

バハードゥルの家の玄関はあいていた。なかをのぞくと、うちとそっくりで、だけど、ぜんぶもっと数があった。上の物干しロープからつるされた、うちよりたくさんの服。一段高くなった台所コーナーにふせてある、うちよりたくさんの鍋やフライパン。壁にかざった、うちよりたくさんの神さまの額入り写真には、どれにも角に線香がさしてあって、ガラスがすすけてた。テレビもうちより大きくて、冷蔵庫まである。うちには冷蔵庫なんてないから、夏はマーのつくったものぜんぶを、その日のうちに食べないといけない。バハードゥルのマーは、うちのマーとパパよりずっとお金をもらってるにちがいない。

飲んだくれラルーはハイファイっぽいベッドに横になって、眠っていた。毛布で肩まですっぽりくるまっている。バハードゥルの弟と妹は床にすわって、ステンレスの皿にひろげられた米つぶのなかから石をよりわけていた。

「こんにちは《ナマステー》」パリが玄関の段に立って声をかけた。いつもは、だれに対してもそんなあいさつはしない。「外に出てきてもらえない？　バハードゥルのことで聞きたいことがあるの」

「にいちゃんはいないよ」ババハードゥルの妹がすなおに腰をあげて言った。パリとぼくは制服で、おなじのをババハードゥルが着てるのを見てるはずなのに、妹はぽかんとした顔でぼくらのことを見た。弟も外に出てきた。

「ババハードゥルがどこにいるか知ってる？」パリは聞いたけど、だめな質問だ。もし知ってたら、自分たちのマーにもう話してる。

「名前はなんていうの？」ぼくは妹に聞いた。腕のいい探偵は、ほんとのことをしゃべってもらうために、まずはみんなと仲良くなる。妹はもじもじした。数サイズ大きすぎる男の子用のズボンをはいてて、長くてぶっとい安全ピンでウエストをしぼってあった。

「ババハードゥルのクラスメイトなの」パリが言った。「わたしはパリで、こっちはジャイ。わたしたち、お兄さんを見つけようとしてるの。放課後にお兄さんがよくいってた場所を知らない？」

「ブート・バザール」弟は言った。白いひだとピンクの刺しゅうのついた、女の子用のブラウスを着ている。きょうだいで服をとりかえっこして、マーに気づかれなかったのかもしれない。

「バザールのどこ？」パリは聞いた。

「バハードゥルにいちゃんは〈ハキムおじさんの電気店〉で働いてた。うちのテレビを修理したんだよ。それに冷蔵庫と、あの冷風機も」

「あのバハードゥルが修理する？」ぼくは聞き返した。クモの巣のかかったピンク色の冷風機が、壁にあいた窓みたいなすきまにむくように、レンガを積んだ上にのっけてあった。冷たい風をそこから家のなかに送りこむ仕組みだ。

　パリが目をまんまるに見ひらいて、注意する顔でぼくを見た。もしもぼくらに秘密の合図があったら、パリはぼくをだまらせるのに、今ここで使ったにちがいない。

「にいちゃんは家出したって、家族は思ってる」弟が言った。

「どこに？」ぼくは聞いた。

　妹は鼻のすじに手をあてて、ぐりぐりやった。「わたしバルカ」その子は言うと、鼻のなかに指をつっこんだ。

「にいちゃんはマナーリ（インド最北部の避暑地）に家出する話をよくしてた」弟が言った。「プレス屋《ワーラー》の子といっしょに。オムヴィルだよ」

「マナーリじゃない。ムンバイがあってる」妹が言った。

「マナーリとムンバイのどっちなの？」パリがたずねた。

　弟は耳をかいた。妹は鼻から指を出して、爪を見た。

「オムヴィルはムンバイにいってリティク・ローシャンが見たいんだ」弟が言った。「だけどにいちゃんは、マナーリにいって雪が見たい。今は冬だから、さ《ナ》、あっちにはたっぷり雪がある」

「オムヴィルはまだここにいる」ぼくは言った。

「ふうん《ハーン》、じゃあにいちゃんは、きっとひとりでマナーリにいったんだ」弟は言った。

「雪で遊んだら帰ってくるよ」

「おうちでは何も問題はなかったの？」パリが聞いた。「最後に学校でバハードゥルを見たときは、ちょっと」——顔をくしゃくしゃにして、いい言葉を考えだそうとした——「あざになってたような」

「パパがたくさんたたくからだよ」弟はなんでもないことみたいに言った。「それがいやなら、とっくのむかしに家出してた」

「バハードゥルをこまらせてた人は、ほかにはいない？」

「敵がいたとかさ」ぼくもようやく、なんとかひとつ質問した。

「にいちゃんはこまったことには巻きこまれない」弟は言った。

「バハードゥルの写真はない？」パリが聞いた。

なんで最初にその質問を思いつかなかったんだろう。どんな捜査でも、写真はいちばん大事だ。警察は自分とこのコンピューターに行方不明の子どもの写真を入れることになってて、そこからインターネットでほかの警察署にその写真が送られる。ちょうど血管がぼくらの手足や脳に血を運ぶみたいに。

妹のズボンをとめてた安全ピンが、はじけてひらいた。妹は泣きだした。弟はにやにや笑った。前歯が三、四本、抜けている。

パリはうんざりしたみたいに〝ふう〟って言いながらも、「泣かないで、すぐなおしてあげるから。一分ですむよ」って妹をなだめた。そして二秒で安全ピンをとめなおした。

「パパが写真を持ってると思う」弟がブラウスのひだをいじりながら言った。

ぼくらは抜き足差し足、バハードゥルの家のなかにはいった。病気のようなすっぱいにおいと、くさった果物みたいな甘いにおいがした。弟と妹はベッドからはなれた床にすわった。飲んだくれラルーを起こしてほしかったのに、ふたりはもう、ふたつのかたまりに分けられた米つぶを見ていた。石をのぞいたかたまりと、これからしらべないといけないかたまりだ。

「さあ、ジャイ」パリが耳打ちした。

飲んだくれラルーの顔だけが、毛布から外に出てた。口は半びらきで、目も半びらきだ。まるで寝ながらこっちを見張ってるみたいだった。

「ほら、ぐずぐずしない」パリが小声で言った。

言うのは簡単だ。パリはぼくみたいにラルーから近い場所にいない。しょうがない。ぼくはビョームケーシュでフェルダーで、シャーロックで、カラムチャンドだ。毛布につつまれた飲んだくれラルーの右腕をゆすった。ざらざらで、ちくちくした。毛布がずり落ちて、ラルーの手にじかにさわると、熱があるみたいにやけに熱かった。ラルーは寝返りを打って、横むきになった。

もう一度、さっきより強くゆすった。

飲んだくれラルーは跳ね起きた。「なんだ?」落ちくぼんだ目を恐怖でとびださせて、さけんだ。「バハードゥルか? もどってきたのか?」

「クラスメイトです」ぼくは言った。「バハードゥルの写真はない?」

「だれなの?」女の人の声がした。バハードゥルのマーだ。手に持ったビニール袋には、ハイファイ・マダムが毎日くれるっていう、とびきりの料理がはいってるにちがいない。マーが明かりをつけると、飲んだくれラルーは最初、目をぱちぱちさせて、それから電球の光が槍でついてくるみたいに、目を両手で守った。

「わたしたちはバハードゥルの友だちです」パリが言った。「ひょっとして写真はないかなって思ったんです。だれかバハードゥルを見かけなかったか、バザールで聞いてみようと思って。写真があったほうが話が早いから」

パリがすぐに嘘を思いつけるのは、本をたくさん読んで、物語がぜんぶ頭にはいってるせいかもしれない。

「バザールでは、もう聞いてまわった」バハードゥルのマーが言った。「あそこにはいないわ」

「鉄道駅は？」パリが聞いた。

「駅？」

バハードゥルの妹と弟が、目から恐怖をしたたらせてぼくらを見あげている。きっとバハードゥルの計画のことを、マーには話してないんだろう。たぶん、なんでバハードゥルがムンバイとかマナーリとかって最初に言いだしたときに教えてくれなかったのかって、マーに怒られるのがこわいから。

「わたしたちでもう一度しらべてみます」パリが言った。「いいですよね？」

ぼくは追い返されると思ったけど、バハードゥルのマーはビニール袋を下におくと、戸棚のなかからノートを出して、ぱらぱらめくって写真を一枚見つけて、パリにくれた。ぼくもとなりにいって写真を見た。バハードゥルは赤いシャツを着て写ってて、オイルをつけた髪をきちんとまんなかで分けていた。背景がぼやけたクリーム色なせいで、シャツの赤が明るく楽しげな感じだ。ババハードゥルの顔は笑ってなかった。

「返してくれるでしょ?」ババハードゥルのマーは言った。「あまりたくさん写真がないの」

「もちろんです」ぼくは言った。

パリはババハードゥルの写真のとがった角をさわって、手を切ろうとするみたいに指を動かした。

「みんなは家出だって思ってるわ」ババハードゥルのマーは言った。「でもあの子は、わたしに心配をかけるようなことはしない。ハキムのところで働いて、もらったお金で家族に甘いものを買ってくれる。わたしが疲れて料理したくないときには、〝マー、待ってて〟って、バザールまでひとっ走りして、みんなのぶんの焼きそば《チャウミーン》を手に帰ってくる。思いやりのあるやさしい子よ」

「ババハードゥルは最高です」パリがまたでまかせを言った。

「警察の人たちが言うみたいに家出したのなら、お金や食べものや何かを持っていったはずでしょう。家からは何もなくなってない。服もあるし、通学かばんもある。それに、制服姿で家出するなんてありえないわ」

ババハードゥルのマーは、ぼくらの上のほうを見ている。壁に何かがあって、目がうるうるすると、いつもそこをじっと見るのかもしれない。体がまえにうしろにゆれている。ぼくは床が動いてるのか確認した。だけど、足の下の地面はしっかりしてて、びくともしていない。うしろで飲んだくれラルーがゲップした。

「だれも何も言ってきてないんですか？」パリが聞いた。「ババハードゥルを返してほしければお金をよこせとか」

「誘拐されたと思ってるの？　あのババは、ババ・ベンガリは……」

「おばさん《チャーチー》、導師《ババ》だってまちがうことはありません。うちのマーもそう言ってます」

「お金をよこせと言ってきた人はいないわ」ババハードゥルのマーは言った。

「ババハードゥルはぜったいもどってきます」パリが言った。

「ちゃんと何か食べられているんだか。きっと、おなかをすかせてるでしょうに」そう言うと、ババハードゥルのマーは飲んだくれラルーのすわるベッドのほうによろめいた。ラルーは足をどけて、場所をあけてあげた。

パリがさらに何か言おうとして口をひらいたところで、ぼくはさけんだ。「ほんじゃバイバイ《オーケー・タタ・バーイ》さようなら。ぼくたち帰ります」そして、できるだけ大急ぎで外に出た。この家のなかにいると、暑い夏の日の、汗でぬれたシャツみたいに、悲しみがべったり貼りついてくる。

すごく暗くなるまでは、まだ時間があるから——

——ブート・バザールにいって、〈ハキムのテレビ修理屋〉のハキムをさがしてみることにした。足はもう、ぼくといっしょに歩きたがらない。だからまえへまえへと引きずらないといけなかった。

バザールはどんどん大きくなっていくようだった。はじめて通る路地をいくつも歩いた。パリもくたびれて、ぼくらの進みはカメなみにのろかった。

「わたしたち、いつ勉強する？」パリが聞いた。バカなことを気にするのが、いかにもパリらしい。

またパリに自分が仕切ってるみたいな顔をさせないように、ぼくは頭のなかに質問リストを用意した。だけどテレビ修理のおじさんのハキムは、会ってみるとこっちから聞かなくてもバハードゥルのことをしゃべりだした。

「たしか金曜は来たし、土曜日も来たかもしれないが、日曜に顔を見てないのはまちがいない」と、とがったひげをなでながら言った。頭の毛とおなじで、さきのほうはヘナのオレンジ色だけど、根もとは白くなっている。「あとで知ったことだが、弟と妹がバハードゥルを最後に見たときからまる二日たっていたらしい。バハードゥルはずっと制服姿だった。いじめっ子がいて、学校にいくのを避けてるんだろうと思った――からかわれているところを、きみらも見たことがあるだろう？　かわいそうに。お茶を飲むかね？　バハードゥルをさがそうだなんて、いい心がけだ。ごほうびをあげないとな」

ぼくたちがいるともいらないとも言わないうちに、おじさんは近くの屋台にカルダモン・ティーを注文し、やがて運ばれてきたのは、背の高いグラスにそそがれた、表面の泡立ったお茶だった。高そうな味がした。飲んでるぼくらのほっぺたを、高級な湯気があたためた。

「バハードゥルはここにはいないよ。居留区《バスティ》にも、バザールにも」テレビ修理のおじさんは言った。「もしいるなら、顔を見せにきたはずだ」

おじさんはこれまでに出会ったいちばん親切な人で、だからぼくは、言ってることをぜんぶ信じた。それに、ぼくらの捜査をまともにとりあってくれた。そしてバハードゥルについて、つぎのことを教えてくれた。

・ババードゥルは吃音をからかってきた相手とも、ほかのだれともケンカしたことがない。
・店のものをとったことはない。
・家出してムンバイかマナーリにいく計画はなかった。

ババードゥルをいじめてたひとりはクオーターかって聞いてみたけど、知ってるのはクオーターじゃなく長《プラダン》のことだけだって。「あいつめ」おじさんは何かがにおうみたいに、鼻にしわをよせて言った。「あれは金のためならなんだってやる男だ」

「子どもをさらうことも?」ぼくは聞いた。

おじさんはよくわからないっていう顔をした。パリがカルダモンの香りの湯気のむこうから、ぼくをにらみつけた。

「ジンがババードゥルをさらったってことは?」ぼくは聞いた。

「魂にとりつく悪いジンはいる。子どもをさらうことは、めったにない。もちろん、ぜったいないとは言いきれない。大きな厄介事をおこすジンもいるからな」

そのとき、路地がざわざわしだして、おじさんの気がそれた。そこにいたのは、まえに見かけたことのある、ふたりの物乞いだった。ただしちょっと変わった物乞いで、ひとりは車椅子に乗って、もうひとりのガニ股の友だちが、車椅子を押しながら足を引きずって歩いてる。車椅子のうしろにつけた拡声器からは、録音の女の人の声がとびだしてきた。〝ふたりとも足が不自由です〟とその人は言っている。〝お金をめぐんで、助けてください。ふたりとも足が不自由です〟。さらにつづける。〝お金をめぐんで――〟。女の人は疲れ知らずだ。

「さあ、さあ」おじさんがこっちへ来いと手まねきして、物乞いのふたりにもお茶を買ってやった。

「そろそろおそい時間になってきたかも」黒いスモッグが街灯の光で黄色くなったのを見て、パリが言った。

ぼくらはおじさんにさよならを言って、家にむかった。

「バハードゥルは家出したって、わたしの勘は言ってるよ」パリが探偵みたいな口ぶりで言った。「バハードゥルをさらう理由のある人は、うちのバスティにはいないもん。おじさんのとこで仕事して、たくさんお金をためたから、今度はまたべつのテレビ修理のお店にいったんだよ。この場所からも、飲んだくれラルーからも、はなれたとこにあるお店に」

「マナーリの？」

「かもね。マナーリの人だってテレビは見るから」

路地で遊んでるうちの学校の男子や女子が、こっちに手をふってきた。ぼくはふり返さなかった。探偵仲間にうっかりさそいこんだりしたくない。

「バハードゥルのマーにマナーリの計画の話をするか」パリが言う。「それか、わたしたちで鉄道の大きな駅にいって、みんなに写真を見せて、バハードゥルを見なかったか聞いてみるか、どっちかだね」

「バハードゥルのマーと飲んだくれラルーには言えないよ。妹と弟が怒られるし、へたしたら、たたかれる」

「なら、都心《まち》の駅までいかないと。列車に乗るまえにバハードゥルをとめなきゃ」

「まじか《アレー》。だけど、もうマナーリにいってたら？」

「マナーリ行きの列車に乗ったことがはっきりわかれば、むこうの警察がさがしてくれるよ。うちのバスティの警察みたいにひどいはずはないでしょ？　今は、バハードゥルがここにいるのか、どこにいるのか、まったくわからない。とにかく、たしかな手がかりがひとつは必要だと思うの」

そういえば、鉄道の駅には監視カメラがある。『ポリス・パトロール』の警官は、いつも監視カメラの映像をしらべて、犯人や家出した子どもをつかまえる。そのことはパリにはだまってようと思う。かわりにぼくは言った。「忘れてるかもしれないけど、それにはまず鉄道駅までいかないといけなくて、駅は都心《まち》のすごく遠いとこにある。しかも、そこまではパープル線に乗らなきゃならないけど、切符がないと地下のホームにもたどりつけない。地下鉄はインド鉄道とはわけがちがうんだ」

「知ってる」

「じゃあどうする？　パリの父さんはぼくらの切符代を出してくれるくらいの百万長者《カロールパティ》ってわけ？」

「お金はファイズにたのめばいいよ」

「やだね」

「最初の四十八時間がすぎると、行方不明の子どもを見つけるのはどんどんむずかしくなるって言ってなかった？」

　そんなことを言ったおぼえはないけど、ぼくが言いそうなのはたしかだ。

　家についたころには、もうまっくらだったけど、ぼくはラッキーで、マーとパパはまだ帰ってきてなかった。ルヌねえちゃん《ディディ》はシャンティおばさんと話をしながら、右足でツルみたいに立ってストレッチをしてた。左足は、ひざのところからまげている。

「夕飯をつくってんじゃなかったの？」ぼくはルヌ・ディディに言った。

「どう、この口の利き方？」ディディはシャンティおばさんに言った。「自分は王子さまで、わたしがせっせとお世話するのが当然だと思ってる」

「大人になったとき、多少運がよければわたしみたいなのを妻にすることになって、自分で料理するか飢えるか、どうぞご勝手にって教育されるわよ」おばさんは言った。

　これだからシャンティおばさんの最初のだんなさんはほんじゃバイバイさようなら《オーケー・タタ・バーィ》って去ってって、大人になった三人の子どもたちもぜんぜん家によりつかないんだ。だけどぼくは、それを口に出して言うほどバカじゃない。

「ぼくはぜったい結婚なんかしないよ」家のなかにはいると、ぼくはルヌ・ディディに言った。

「心配しなくたって平気よ。女の子たちは一マイルさきからでもあんたのにおいをかぎつけて、逃げてくから」

　ぼくはわきの下のにおいをかいだ。そんな言うほどはひどくない。

　マーとパパはおそくなったけど、ふたりいっしょに帰ってきた。路地に立って、ご近所さんたちと話をしている。ふたりとも心配と不満でいっぱいの顔をしてるから、どこでばったり会ったのか聞きたくても聞けなかった。ルヌ・ディディはごはんとダール（豆のスープ、カレー）のひと品を仕上げて、マーとパパに声をかけたけど、〝まだ待って、ルヌ〟と返された。

「はあ《アレー》、ここでひとりの人間が飢えて死んでくんだ」ぼくはおなかを押さえて言った。

ルヌ・ディディは外に出ていった。ぼくも『なんでこんなオレなのか』を歌いながら、あとにつづいた。家々から這いだしてくる煙は、ダールとベイガン・バルタ（焼きナスをつぶしてスパイスで煮た料理）とスモッグのにおいがした。

パパがぼくを指さして言った。「この悪魔《シャイターン》（キリスト教のサタンに相当）小僧を見張ってないと、つぎはこいつがいなくなる番だ」

「え？」ぼくは言った。

「プレス屋《ワーラー》の子がいなくなったの」マーが言った。「二日まえに見かけたわよね、でしょ《ハーン》、ジャイ？」それから、ほかの人たちのほうをむいて言った。「〝バハードゥルがどこにいるか知らないか〟って、わたしたちは聞いたの。そしたら、知らないって。よくもあんなすました顔で嘘がつけたものね」

「オムヴィルがいなくなったって？」ぼくは聞き返した。

「最初からバハードゥルとふたりで計画してたにきまってる」マーは言った。

「まったく身勝手な子どもたちだよ」どこかのおばさんが言った。「親がどれだけ心配するか、ちっとも考えないんだから。じきに警察沙汰になるだろうね。機械を連れてここに乗りこんでくるよ。あたしたちは、みんな家を失うことになる」

「先走るのはやめたほうがいいわ」シャンティおばさんが言った。

「そのとおりよ」マーも言った。家じゅうのものをひとまとめにして玄関においてるくせに。

「ここの人たちみんなが、ふたりをさがしてる」シャンティおばさんが言った。「今夜にでもきっと、連れて帰ってきてくれるわ」

「ムンバイにいったのかも」ぼくは小声で言った。「マナーリかもしれない」

ぼくは秘密をばらしたけど、秘密のぜんぶってわけじゃない。

「なんだって？」パパが両手を腰にあてて言った。

「パリのとこにいっていい？」ぼくはマーに聞いた。今この状況で聞くことじゃなかったって、言ってすぐに気づいた。

「パリと何をするつもりか知らないけど、それはあしたでいいでしょう」マーが言った。

「じゃあ、ぼくに携帯を買ってよ」ぼくは言って、家のなかにもどろうとした。

「おい、まだ待て」パパがぼくの肩に手をかけた。「マナーリにいくつもりだって、ババハードゥルが言ってたのか？」

「あいつとは話をしてないよ」ぼくは言った。それはほんとのことだ。どうやって嘘をつくかはパリに教えてもらわないと。

パパの指が骨のあいだにめりこんだ。「オムヴィルはおなじクラスでもないしさ」ぼくは言った。

「そんな遠くにいったなら、あたしたちにさがしようがある？」ひとりのおばさんが目をぎゅっとつむって、頭がずきずきするみたいにおでこを指で押して言った。

「うちの子はドバイを見たがってる。だからって、すぐにいこうって話にはならない」べつのおじさんが言った。

「おそらくハイファイ・マンションの近くの公園にでもかくれてるんだろうよ」またひとりが言った。「あそこの芝は、こっちの寝台《チャールパイ》よりふかふかだ」

「宿題」ぼくはこれ以上問いつめられないように、パパに口の動きで伝えた。パパはぼくを解放した。

家にはいると、ぼくはマーが〈パラシュート〉の容器をおいてる台所の棚のまえに立った。マーが場所を移動させたおかげで、今ではぼくの手でも簡単にとどいた。ふたの上には、黒い涙みたいなかたちのビンディ（額につける装飾。多彩なデザインのシールが売られている）がついてた。もう一度使おうと思ってマーがそこに貼って、忘れたんだ。マーとルヌ・ディディは、寝るまえや顔を洗うまえにビンディをおでこからとって、そこらへんの何にでも貼っつける。ベッドの横、貯水バケツ、テレビのリモコン。ぼくの教科書にだって貼っつける。

ひねってふたをあけて、ぜんぶのお札をなかから出した。四百五十ルピー。ぼくがこれまでで見た、いちばんの大金だ。そのうちの五十ルピーは返して、ふたをぎゅっと閉めて、マンゴーパウダーの缶の上にもどした。あとのお金は、カーゴパンツのポケットに分けてかくした。

手がじっとりして、口のなかでは舌が焼けるみたいに熱くなった。お金を盗むと、人はひどい気分になる。それでも、四百ルピーがポケットにあるっていうのは、最高の気分だ。このお金があれば、アンダー・ブルジとパンとバターが一年間食べられる。まる一年は無理かもしれない。たぶん、一カ月くらいか。

お金をもどすべきだっていうのは、わかってる。ポケットのお札をさわってみた。ぴんとしてて、なめらかで、ハイファイのパワーがびんびん伝わってくる。ふれている指さきから電流がバチッと流れて、ぼくは飲んだくれラルーみたいにふらついた。

「いつになったら収拾がつくのやら」マーが家にはいってきて言った。「ただでさえ、厄介なことだらけなのに」

そしてこっちを見た。マーにとっていちばんの厄介のもとが、ぼくだ。

「さあ、食事にするわよ、ぼうや《ベーター》」マーはぼくににっこりした。「おなかすいたでしょう」

首のうしろをくすぐられて、ぼくはマーの手をはらいのけた。

ぼくは探偵で、たった今、犯罪に手をそめた。

だけど、いい目的のためだ。パリとぼくとでバハードゥルとオムヴィルを連れもどせたら、だれも家を失わないですむ。うちの家は、四百ルピーなんかよりもずっと価値があるんだ。

つぎの朝、ぼくらはスモッグのなかを学校まで歩きながら、オムヴィルのことについて話しあった。オムヴィルはぜんぜん見つからない。パリには、お金はルヌ・ディディから借りたってことにした。「競走で勝って賞金をもらったんだ」ぼくは嘘をついた。

「いくら?」パリが聞いた。

「パープル線の切符が買えるくらい」切符がいくらするのか知らないけど、四百ルピーより高いことはないと思う。自分のお金を人と分けあうつもりはない。たとえ相手がパリでも。

「ルヌ・ディディは最高だね」パリが言った。「わたしにもお姉さんがいたらよかったのに」それからファイズの顔を見た。「お兄さんたちがいて、おまけにお姉さんまでいて、よかったよね」

「悪くはないけどさ」ファイズは頭の立った毛を寝かせようとしながら言った。今日は顔も洗ってない。夜おそくまで働いてきて、朝になって母《アンミ》さんやファルザナねえちゃん《バージ》がゆすり起こしても、そのまま寝てたにちがいない。

パリはぼくの嘘をあっさり信じた。もしかしてぼくは、嘘がうまいのかもしれない。よくわからないけど。でもルヌ・ディディが競走で勝ったのは、ほんとのことだ。ただし、もらったのは賞金じゃなくて、マーが玄関のつつみに入れたあの賞状と金メッキのメダルで、メダルはマーが二リットル入りのヒマワリ油と交換してしまった。ルヌ・ディディはその後、メダルのことで何日も泣きつづけて、それがあってマーは賞状を額に入れることにした。

「ねえ、ジャイ」パリが言った。「今日わたしたちは、授業をさぼってパープル線に乗らないと」

「え？」ぼくは言った。「パリが授業をさぼりたいって？」パリは学校を一日も休んだことがないはずだ。

「ジンにとりつかれちゃったみたいだな」ファイズが言った。

「だまってよ」パリはファイズの腕をパンチした。

「自分の切符代は？」ぼくは聞いた。まさかぼくが正確にいくら盗んできたか、勘でわかっちゃったとか？

「ぐずぐずしてるひまはないでしょ。最初からそういう計画だったのかも――さきにババードゥルが都心《まち》の駅までいって、あとからオムヴィルがいく。今ごろもうオムヴィルも、駅についてるよ」早くしゃべれるようにいくつかの音をはしょりながら、パリが一気に言った。「今度ばかりは飲んだくれラルーのたたき方がひどすぎて、ババードゥルはもう一日だってバスティにいたくないと思ったのかもね」

「だけど、切符は――」

「ファイズがわたしたちの捜査を応援してくれてる」

ファイズは思いきり顔をしかめた。「してないよ」

「今朝、共同トイレでファイズに会ったの」パリが言った。「都心《まち》まで出る話をしたら、わたしたちの地下鉄の切符代を出してくれるって。そう言ったよね、ファイズ？」

「言ったかも」

「かもって、どういうことよ、ねえ？」パリはぼくを見た。「ファイズはポケットに百二十ルピー入れて、チョーレー・バトゥーレーの道まで来てくれたの。ひとりが都心《まち》の鉄道駅までいって帰ってくるのにじゅうぶんなお金でしょう」

「ずいぶんかかるんだな」ぼくは言った。

「わたしたちの住んでる場所が遠すぎるから高いの。地下鉄は、割引を受けられないし」

そのことなら知ってる。地下鉄にただで乗れるのは身長が三フィート以下の人だけだって、ずっとまえにパパから聞いた。

「わたしひとりで鉄道駅までいってこようかって考えてたけど、ディディがお金をくれたんなら、ふたりともいけるね」パリが言った。

「助手はひとりで勝手に捜査しちゃだめだろ」ぼくは言った。

「ケンカはやめろって」ファイズが地面の犬のうんち《ナンバー2》をまたぎながら言った。

「なんで金を出してくれるんだよ？」ぼくは質問した。「おしゃれなシャンプーやせっけんが買えなくなるぞ」

「なくたって平気だ」ファイズは言った。「おまえとちがって、もとからいいにおいがする。かいでみるか？」

「だれがかぐか」

「お金は返すから」パリがファイズに言った。

「どうやって？」ぼくは聞いた。

パリはこたえられない。

ファイズの言うとおりだ。パリはようすがおかしい。いつもはぜったい規則はやぶらないし、なんでも大人の言うとおりにする。バカらしいことこともだ。マーに言われて毎晩一分間、鼻をつまむこととか。パリのマーが言うにはパリの鼻は大きすぎで、鼻をつまんでいれば小さく細くなるんだとか。パリはくだらないって言いながら、ちゃんとしたがってる。

ぼくらは学校の門の列のところまでやってきた。しわしわの白い綿のシャツを着て、おなじくらいしわしわのカーキのズボンをはいた男が、列をふらふら行き来しながら、生徒のひとりひとりの顔のまえに写真をつきだしていた。「息子を見なかったか？　きみはどうだ？」すごく必死で、何時間もさけんだあとみたいに声ががさがさだった。「オムヴィルだ、知らないか？」

プレス・ワーラーだ。

ぼくはオムヴィルの写真を見ようとしたけど、持ってる手がふるえてるせいで、ぼやけた青と茶色しか見えなかった。じっと持っててって言おうと思ったのに、もうほかに聞きにいってしまった。

「死にそうだな、ありゃ」ファイズが小声で言った。たしかにプレス・ワーラーは、一歩ごとにどんどんちぢんでいくみたいだった。

「なんとかして、こんなことはおわらせないと」パリが言った。「でしょ《ハーン》、ジャイ？」

「最初にオムヴィルのクラスメイトと話してみようよ」ぼくは言った。マーのお金に手をつけるのがこわいっていうのが、じつは大きかった。「どこにいくつもりか、みんなに話したかもしれない。探偵仕事はそうやって進めるもんだよ」

ぼくはプレス・ワーラーのほうを見て、それから道具箱につっこんできた、マーの〝もしも〟のお札のことを思った。ぼくののどには咳をしてもとれないかたまりがあった。

めったに学校にやってこないから、クラスメイトもオムヴィルとはほとんど会ってなかった。それでも、パリは自分のノートを出してメモをとった。パリの事件簿をこっそりのぞくと、はてなマークでいっぱいだった。

・ダンサー？
・リティク？
・ジュフー（長い砂浜のあるムンバイ郊外の地区）？　ムンバイ？
・『ブギウギ・キッズ』？

『ブギウギ・キッズ』ってのは、テレビのダンス・コンテスト番組だけど、オムヴィルはオーディションのためにムンバイにまでいく必要はない。オーディションはあちこちでやってる。じいちゃん、ばあちゃんの村の近くの、モールがひとつしかない町でもやってる。

クラスメイトたちはオムヴィルがいなくなったことを、最高じゃん、って言った。

「今度あいつを見るのはテレビだぜ。土曜の夜、八時半」ひとりの男子が息をはずませて言った。

「銀色のシャツに」べつの男子が横から言った。「金色のズボンって衣装でさ」

ぼくらより年上で、ぼくらよりバカだった。ファイズは手伝ってくれなかった。見えない打者《バッツマン》にボールを放るふりをして、教室のまえの廊下でクリケットで遊んでた。

朝礼では、校長先生が家出をするなと生徒たちに注意した。「学校じゅうに悪い病気がひろまりつつある」先生は大声で言った。「列車でムンバイまでいけばセレブ風の暮らしが送れると、子どもは考える。休暇のように思えるんだろう。勉強もない、試験もない、先生もいない、そんな暮らしだ」――だれかがわーいってさけんで、声の出どころをたしかめようと、いくつもの頭がふり返った――「だが、この塀の外でどんなおそろしいことが待っているのか、おまえたちはちっとも理解してない」

ぼくはパリのノートのことを思った。ぼくもメモをとったほうがいいのかもしれないけど、書くのはきらいだし、字もまちがえる。

「政府のお達しで、今日から来週の火曜日まで、スモッグにより全学校が閉鎖されることになった」校長先生が言った。「スモッグは体に毒だ」

生徒たちが歓声をあげた。「静かに」校長先生はますます大きくなる歓声にむかって言った。こういうことになるから、校長先生はいちばん大事な報告を最初に言わなかった。

朝礼がおわると、みんな列なんて無視して、教室まで自分のかばんをとりにいった。

「ジャイ、都心《まち》に出るなら、今日だよ」パリが言った。「親が家に帰ってくるまでにはもどってくる。こんなチャンスは二度とないもん」

「家にいなかったら、きみんちのマーは泣いて大さわぎするぞ」ぼくはパリに言った。ほんとのことだ。パリのマーはどんなことでも泣く。テレビのシリーズものでだれかが悲しんでるとき、パリがすばらしい成績をとったとき、パリのパパが風邪をひいたとき、うちのバスティのおばさん、おじさんが、結核やデング熱や腸チフスで死んだとき。バスティのまわりにはたくさんの病気がひそんでて、人間をつかまえて殺そうと待ちかまえている。

「バレることはないって」パリは言った。

「おまえもいっしょに来る?」切符代を出してやるのはいやだけど、ぼくはファイズに聞いた。

「言っただろ、ジンのしわざだって」ファイズは言った。「パープル線に乗ったって、つかまえられっこない」

「バハードゥルとオムヴィルのことを、ジンはどうするつもりなわけ？」パリが聞いた。

「ジンは暗い場所が好きだから、子どもをだれもいない地下の洞窟に引きずりこんで、長い歯を出して、そして、ガブッ、ガブッ、ガブッ」

「ファイズが言うにしても、バカらしすぎる」パリはファイズに言ってから、ぼくをふり返った。「ジャイ、ほんとの探偵の仕事をするチャンスなのに、おじけづいてる場合じゃないでしょ」

「ぼくにはこわいものなんて、この世にひとつもないよ」また嘘が出た。ぼくは重機《JCB》と、試験と、たぶんほんとにいるかもしれないジンと、マーのビンタがこわかった。

オムヴィル

なかがぼろぼろなので、メイプルタワーズがハイファイなビルだということを彼はときどき忘れた。エレベーターはギシギシいうし、壁のペンキははがれ落ち、ゴミ捨てシュートからは汚れたおむつがあふれて、それが廊下のすみに散らばっている。しわしわの服やアイロン済みの服をくるんだつつみで両手がふさがっていないときに利用する階段は、死んだネズミのにおいがする。今オムヴィルはその階段をおりていきながら、スモッグがガラス窓のむこうからしかめ面をのぞかせているのを見た。黒いカーテンのさきにある世界が生きているのか、死んでいるのか、オムヴィルにはわからない。

ゲートのところでは、何も盗んでないのをたしかめるため、警備員が手でおざなりにオムヴィルの体を検査した。メイプルタワーズがこのあたりで最初の高層ビルとして誕生し、塗りたてのペンキのにおいと富への期待にまだ満ちていたころの、儀式の名残《なごり》だ。現在ここに住んでいるのは、給料の安さに不満をかかえてそうな、いらついた会社勤めの若い人たちと、子どもが海外で働いていて、雇いの看護師が毎週ようすを見にやってくる、隠居した男女くらいだった。

　オムヴィルは若い人の家も年配者の家ものぞいたけれど、彼らは裕福ではなく、かといって貧しくもなかった。肉づきのいい人に、やせた人、いらいら指を鳴らす手に、杖をにぎる手、白内障で白くにごった目に、コンタクトレンズで青くした目、相手はいろいろだが、アイロンの必要なしわの服を引き取って、父の炭アイロンの熱でまだあたたかい服を返すと、たいていの人はオムヴィルをただちに追い返した。玄関で待つように言われたことも何度かあったけれど、自分のズボンやシャツやブラウス、それに下着やランニングの仕上がりをたしかめたいだけだった。なぜだかそうしたものにまでアイロンをかけたがる人がいるのだが、オムヴィルとしては、できればその理由は知らずにおきたかった。服に焦げあとや灰の汚れがついてないとわかると、オムヴィルはそこで帰された。

　オムヴィルの父は、固定電話やドゥールダルシャン（インド国営テレビ局）やテープレコーダーがたどったように、プレス屋《ワーラー》の職も時代遅れになるのではないかと心配しており、変わったお客がいても気にするなとオムヴィルには言っていた。父が雨風にさらされたおんぼろ屋台を拠点にわたりあっているのは、映画館にレストランにとなんでもそろうモールに店をかまえる、便利なランドリー店の小ぎれいさ、それから、二十四時間受付の洗たくとアイロンがけに清潔な包装をうたう、ネット上の謎の場所に存在する〈ドービー・ガート〉（もとはムンバイにある広大な屋外洗濯場をさす語）やら〈ドービー・ハート〉だった。父は、オムヴィルが今肩に結んでマントにしているような、清潔だがぼろぼろのシーツで、アイロンで仕上げた服をくるんで守っている。ハンガーと生分解性のビニールカバーをつけると客に約束することもあったが、果たせるはずがないのはオムヴィルも知っていた。年じゅう暗い顔をした父は、借金にどっぷりつかっていて、にごった水場にじっと立つサギさながらの忍耐強さで、いつかおとずれる破産のときを待っていた。

逃げださないかぎりは、自分もメイプルタワーズのようなハイファイ・ビルの陰で一生を送ることになるのだろう。押しつぶされた父の希望の重さを、オムヴィルはその十歳のきゃしゃな肩にずっしりと感じていた。バハードゥルが家出したというのが本当なら、その理由は理解できる。

マントをうしろにたくし込みながら、彼はバハードゥルの吃音に対するまわりの態度のことを考えた。みんなはそれが欠点で、ずけずけあざけっていい何かで、前世で犯した罪のあかしだと思っている。だけどオムヴィルの目には、それはリティク・ローシャンの右手にある二本の親指にも似た、力の源のように映っていた。あの俳優のリズム感、曲のビートに合わせて脚と体と手を動かす器用さ（まるで背骨もほかの骨もないように見えた）

は、みんなが異様だと見るあの余分な指から来ているのだと、オムヴィルは信じていた。神からあたえられたものが、ただの欠陥のはずはない。それは贈りものなのだ。どんなものにも理由があると、オムヴィルは信じたかった。そうでなければなんの意味がある？

野良犬の群れがそばを走り抜けて、並木のニームの下に集まってうなり声をあげた。きらっとして犬の気を引いたらまずいと思い、オムヴィルは左手の人さし指にはめた指輪の光るほうを、手の内側にむけた。鳥がギャーギャー鳴きながらスモッグのなかへ飛びたち、枯れ葉がはらはらと地面に落ちてきた。猿が一匹、葉のあいだからこっちを見つめて、オムヴィルをぎょっとさせたかと思うと、あっという間にどこかへ姿を消した。

オムヴィルは犬をじっと見張りながら、犬の歯は今はいているジーンズの生地をつらぬくほど鋭いのだろうかと考えた。車が一台通りすぎた。犬は車を追いかけていって、ありがたいことに、オムヴィルをずたずたにしにもどってくることはなかった。

鳥が巣に帰ってきた。今が何時かはわからないけれど、昼はまるでバハードゥルのように、知らぬ間に音もなく消えてしまったようだった。今ごろ、バハードゥルはどこにいるのだろう。家出して父親たちに見つからないどこかの都会《まち》にいってみるかと、ふたりは何カ月ものあいだ、冗談を言いあっていた。新たな出発。場所はムンバイ。路上に少年がふたり増えたところで、人ごみのなかでさざ波ひとつ立たない都市。空気は塩辛い海の味がして、交差点で電気式蚊たたきを売っている子どもたちでさえ、窓に鼻を押しつけて車に乗っている俳優を見つけられる。リティクにだって、いつか会えるかもしれない。どうしてバハードゥルは、いっしょに来いと自分を誘ってくれなかったのだろう?

バハードゥルは家で何かおそろしいことがあったにちがいない。正直に認めると、オムヴィルの父はいつも暗くて、夜な夜なすすり泣いてはオムヴィルの弟の赤んぼうを起こし、その結果として母を疲れさせることにはなるけれど、飲んだくれラルーのような悪いところはなかった。家族に手をあげることも、かせいだ金を酒につぎ込むこともない。朝早くから夜遅くまで立ちんぼで働いて、腕にやけどを残す炭にも、眉を焦がす灰にも、毎日千回と鼻を刺すスモッグや寒さや砂嵐にも、不平を言うことはなかった。

ただし一方で父は、自分のプレス・ワーラーの商売がまわるように、オムヴィルになるべく学校をさぼらせようとした。試験や除籍が心配だとオムヴィルが言うと、父はいつも甲高い、泣きを入れるような声を出した。「わたしはおまえたちのためにこれをやってるんだ」そう言いながら屋台を指さすのだが、その屋台も持ち主とおなじで、今にもくずれそうだった。プレス・ワーラーになる気はないとは、父には言いだせなかった。オムヴィルは街を歩いていてもまわりが気づくくらいの、有名なダンサーになるつもりだった。

両手を宙にひろげた。テレビでやっていた歌のステップをまねしてみたいと思った。リティクは両手両脚をのばしてジャンプしたり、床でさかさになって、頭だけでバランスを取りながら回転したりするが、そうした技にはまだ手がとどかない。だからとりあえずは、自分だけにしか聞こえない曲のビートに合わせて体を動かして、そのリズムを全身にいきわたらせた。あやつり人形の見えないひもで引っぱられるように、オムヴィルの腕はぴんとし、だらりとなった。胸を前後に動かし、かかとで地面を踏んでひざを出し、風になびく洗たくもののように脚をゆらゆらさせる。もっと身軽で自由で幸せなべつの自分になったような感覚が、全身にみなぎってきた。

「発作か？」警備員が門のうしろからさけんで、オムヴィルのダンスのじゃまをした。オムヴィルはちがうと手をふった。今では高級な地区に来ていた。一段高くなった横道をはいった奥には、メイプルタワーズよりもっと高くて、もっとぴかぴかの高層の建物が立っている。名前ももっと立派だ。〈サンセットブールバード〉、〈パームスプリングス〉、〈ゴールデンゲート〉。この道をずっと進んださきでは父が自分を待っていて、オレンジに光るアイロンの炭で手をあたためながら、なぜこんなに時間がかかっているのかと心配していることだろう。

道路に街灯はなかった。ハイファイの人たちには必要がない。彼らはヘッドライトとスモッグライトのついた車で行き来する。それに、運動目的以外に歩くことはないし、歩くにしてもゲート付き居住区の明るい敷地内にかぎられる。

ハイファイ・マンションを見あげ、あんな煌々《こうこう》とした場所ではどんな気楽な生活が送れるのかと想像していて気づくのが遅れたが、ふと見ると、さっきの野良犬たちがオムヴィルのことをじっとうかがっていた。口を大きくひらいて、舌をつきだし、激しく息をしている。一匹が吠えると、ほかの犬も吠えはじめた。オムヴィルはわれ知らず駆けだしていた。

つっかけが地面をたたいた。石が足を切りつける。シーツのマントが首にずっしり巻きついて、オムヴィルをうしろに引っぱった。犬が歯ぎしりしている。オムヴィルは逆方向に走って、父の屋台とはどんどん遠ざかっていった。マントがだんだん重くなってきた。ほどいてシーツを地面に捨てたかったし、それで一、二匹でも犬が足を取られるといいと思った。だけど、父はかんかんになるだろう。帰りが遅くなったこと、軽率にもシーツ一枚を失ったこと、高額な狂犬病の注射を打たせないといけないことに。

今にも犬が迫ってこようとしていた。一匹が地面を蹴り、こちらめがけて宙を飛んできて、よだれが首のうしろにかかったのがわかった。もしも彼が映画『クリッシュ』のリティクみたいなスーパーヒーローだったら、空にむかってジャンプして飛行機の翼をつかみ、するとと黒くなめらかなマントが、うしろの空高くへと連れ去ってくれたことだろう。だけどオムヴィルの足は地上についたままで、肺の空気は底をつき、視界がぼやけはじめた。スモッグのあいだからヘッドライトの黄色い光がさして、シルバーのSUV車がオムヴィルのまえでとまった。運転手はクラクションを鳴らした。犬はこの思いがけない横槍に怒って吠えた。車の後部座席のドアがあいて、オムヴィルを地面から安全な場所に引きあげようとして待つ腕のように、そのドアはひらいたままになっていた。走ったせいで心臓が破裂しそうで、舌からとげが生えそうなほど口のなかがからからだった。だけど父とはちがうオムヴィルは、その瞬間に希望も感じていた。

おたがい、口に出しては言わないけど――

――パリもぼくも、自分たちだけで学校より遠くにいくのははじめてだった。パリは都《ま》心《ち》にいったことはある。川のむこうに住んでるおじいちゃんが、まえに連れてってくれた。二歳のころのことでなんにもおぼえてないらしく、しかもそのときは、まだパープル線は通ってなかった。

車の大通りぞいの自転車リキシャの乗り場までやってきた。運転手たちはお客を乗せる席にすわって、おしゃべりをしたり、ビディを吸ったり、道路ぞいの茶屋で買ってきたチャイを飲んだりしながら、客待ちをしていた。パリはリュックからバハードゥルの写真を出した。そして、だれかこの写真の子を地下鉄駅まで乗せませんでしたかって、運転手たちに聞いてまわった。

「質問はあしたにしようよ」ぼくは言った。

だけどパリはぜんぜんぼくには耳をかさなくて、ぶらぶらしてるオートリキシャの運転手たちのところにまでバハードゥルのことを聞きにいった。だれも見てなかった。パリの聞きこみのせいでずいぶん時間を食ったので、地下鉄駅までは自転車リキシャに乗らないといけなくなった。歩いたら倍の時間がかかる。マーは、リキシャはお金を持ってる人が乗るもので、車輪の仕事を自分の足がやれるのはいいことだって言う。ハイファイ・マダムのマンションの上から見つかっちゃうんじゃないかと心配になったけど、そういえば、上からだと巨人もアリみたいにちっちゃく見えるって、マーはまえに言ってた。

ぼくらの乗った自転車リキシャは、道路ぞいの屋台のとこでじゃがいもの皮むきをしたり、玉ねぎやトマトをきざんだりしてる男たちのまえを、ガタゴトと通りすぎた。〈近づきすぎるな、オレはブルース・リーだ〉とか、〈誇り高きヒンドゥー教徒、乗車中〉とかいうおかしなステッカーを貼った車が、赤とオレンジと緑がいっぺんに光る信号の交差点でクラクションをひびかせ、タイヤを鳴らし、ブレーキをふんでいる。道路のまんなかでは、三フィート以下だから地下鉄にただで乗れる小さい人が、背のびをして車の窓をノックして、物乞いをしていた。

道路は月みたいにクレーターだらけで、ぼくはふり落とされないように、リキシャの横をつかんでないといけなかった。

「こんなのろのろ運転で、なんで事故がおきるんだろうね」パリが中央分離帯のまんなかでひっくり返ってるホンダのシティを見ながら言った。リキシャのタイヤは、タールの上でぺしゃんこになったカラスの死がいをのりこえていった。

降りるとき、自分は切符を買うぎりぎりしか持ってないから、お金をはらってもらえないかって、パリが聞いてきた。ぼくが自分で言ってたより多く持ってるって勘で気づいたにちがいない。リキシャの運転手にわたそうとすると、マーのルピーがとがめるようにその場所からぼくを見あげた。ルピーは運転手のポケットにおさめられた。そんなふうにして四十ルピーがあっけなく消えた。

地下鉄駅までは、階段を一階ぶんのぼらないといけなかった。はじめて見るものと聞くものを自分のなかにおさめたくて、ぼくは目と耳を大きくひらいた。階段をあがりきったところで、ハイファイ・ビルを指さしてパリに言った。

「ここらへんには、さ《ナ》、むかしはなんにもなかったんだ」パパがまえに話してくれた。もともとは大きな石がごろごろしてた場所で、からしを育ててるのに農民が石をトラクターでくだいた。だけど、何年かいっしょうけんめい働いたあと、スーツを着た都会の建設業者に土地を売って、今は農民は家にいて、退屈さは水ギセルの煙となって、それをいつも口と鼻からもくもくあふれさせてた。

「どうやって切符を買うんだろう」パリが言った。農民たちのことなんて、どうでもいいらしい。

窓口は閉まってて、ガラスに貼った案内には〈休止中〉と書いてあった。切符の自動販売機は、ぼくらより縦にも横にも大きくて、パリでも解けない小むずかしいパズルみたいだった。赤と黒のしましまのシャツの人にパリが助けを求めると、その人はぼくらのお金を受けとっておきながら、いっぱい質問をした。〝学校にいってなくていいのか？　なんで、きみらふたりだけなのか？　どこにいくんだ？　都会がどんな危険な場所かわかってるのか？　金をうばわれたらどうする？　きみたち自身がさらわれたらどうする？〟

パリがいっしょでよかった。パリは相手が聞いてくるのとおなじスピードで嘘を思いつける。

「わたしたち、おばあちゃんのところにいくんです。駅に使いの人がむかえにきてくれることになってます」

家の用事に使いの人をやとうのは金持ちだけだけど、パリの話すおばあちゃんはすごくリアルで、ほんとに年取った人のにおいがして、紙みたいにうすい皮ふとか、顔や首のしわにたまったベビーパウダーが見えるみたいだった。男の人はようやく信じた。ボタンをいくつか押した。画面に駅の地図が出てくると、どこで降りるんだとぼくらに聞いた。それから、さらに何個かボタンを押した。ぼくらのお金を機械がべろべろ飲みこんで、プラスチックのコインを吐きだした。それが切符みたいなものらしい。男の人は、どこで降りたらいいか案内放送に注意しているように、って教えてくれた。

「気をつけるんだぞ」最後にそう言って去っていった。

ぼくはすごく気をつけてた。パパが工事したのがどのあたりだったのか、駅をぐるっとながめた。パパの手のあとは、ペンキの下のコンクリートに残ってるのかもしれない。外の道路のうるささが駅まではいりこんでくるけど、壁が音を防いでた。まるでよその国に来たみたいだ。ここからだと、スモッグさえおとなしく見える。

パリがぼくの袖をつかんで言った。「なんでバカ《ダッカン》みたいにいつまでもぼんやり見てるのよ。ただでさえ時間がないんだから。集中して」

ぼくらはまえの人がやってるのをそのまんまねして、低い柱みたいな機械にコインをかざして、なかにはいった。荷物がエックス線でチェックされて、それがすむと、ずっとビービー鳴りつづけてる金属探知機のゲートを通った。女の警官がカーテンのなかで女の人を検査し、男の警官がゲートの横で男のボディチェックをした。「なかに何がはいってる？」警官がひとりを呼びとめ、ジーンズのポケットからはみでた財布を指でたたいた。だけど、ぼくらはすんなり通してもらえた。子どもは爆弾を持ったテロリストのはずがないって、わかってるからだ。

ホームへは、動く階段でもふつうの階段でも、どっちでもいけた。赤いサリーを着て金の腕輪をいっぱいつけたおばあさんが、動く階段のまえで立ちどまって、〝まあ、こんなのはわたしには無理。無理だわ〟とごねたけど、もっと腰のまがっただんなさんに手を引かれて、階段にあがった。そして、はじめて飛べるようになった小鳥みたいに、ふたりいっしょにうれしそうに上に運ばれていった。

パリとぼくも、動く階段にのった。

「なんならわたしの手につかまってもいいよ」パリが言った。

「やめろよ」とぼくは言って、吐くまねをした。

電車がホームにすべりこんできて、ぼくらはいちばん近くのドアからなかに駆けこんだ。電車のなかは、マーがよろこぶくらい床がきれいだった。電車に乗ってる全員が、携帯電話で何かをしていた。話したり、写真を撮ったり、音楽を聞いたり、映画のビデオを見たり。ガーヤトリー・マントラとかのお祈りの動画を見てる人もいて、画面に出てくる文字に合わせて、くちびるが動いていた。天井のどっかのスピーカーから男の人がヒンディー語で案内を言って、それを女の人が英語に通訳した。

パリとぼくは、人の手でべたべたよごれたドアのガラスから外をながめた。電車はしばらくは地下を走ってて何も見えなかったけど、そのうち息を吸いに外に出た。窓のなかをのぞくひまもなくハイファイなビルのまえを通りすぎて、それから時計塔や、うわさで聞いてた巨大なジェットコースターの遊園地や、スモッグで灰色になった木々の頭のまえを通りすぎた。緑のすじが三本、電車の窓にしゅっと近づいてきて、消えた。「インコだ」とパパが言った。まるで夢のなかにいるみたいだった。

最高の乗りごこちだった。マーとパパに百回たたかれたっていい。百回は多すぎかもしれない。十回か、五回くらいか。

車内のおしゃべりを聞いて電車がスモッグで遅れてるのを知ったけど、どのくらいかはわからない。案内放送の男と通訳の女の人は、遅れのことは言わなくて、かわりに、こうしてください、これはしないでくださいっていうことを、ぜんぶあげていった。

・近くに不審なものがないか確認してから、席についてください。おもちゃ、魔法びん、ブリーフケースも、爆弾の可能性があります。
・車内での飲食、喫煙は、やめてください。
・車内では、大きな音で音楽を流さないでください。
・セキュリティ検査のさいは、職員にご協力ください。

・障害者、妊婦、高齢者には、席をゆずってください。
・ドアをふさがないでください。
・必ず切符を買って乗車してください。

そして、つぎの駅では左側のドアがひらきます、とふたりは言った。ぴかぴかのサルワール・カミーズ（チュニックに長ズボンを組み合わせた服装）を着て、結婚式にでも出るみたいに顔をデコレーションした女の人のグループが、席を立ってドアのまえに集まった。香水で空気のにおいが甘くなった。

「彼女のおなかは出すぎよ」ひとりが言った。「だけどホットヨガから何から、ぜんぶやってるのよ」べつの人が言った。「縄とびもしてるって」と三人目が言って、「あんなたくさん縄とびのできる人はいないわ」と四人目が言った。「体重を減らすには、まだ足りないみたいだけど」

電車が駅でとまってドアが魔法でひらき、女の人たちは香水のにおいを連れて降りていった。パリとぼくは、あいた席にすわった。まわりでは、携帯電話の会話がいくつか同時進行していた。ぼくはそれぞれから少しずつ耳で言葉をひろった。

〝あと十五分〟、〝五分かかるって？〟、〝意識を変えてください〟、〝もしもし〟、〝もしもし、もしもし〃、〃こっちは本気で言ってるんだ〃、〃切りやがった〃、〃ちがう、ちがう、おい《アレー》、何言ってんだ?〃、〃もしもし?〃

　電車はまた地下にもぐっていった。

　明るく照らされたトンネルみたいな駅で地下鉄を降りた。案内放送や人の声がわんわんひびいている。ズボンをはためかせ、くつをカツカツ鳴らして通りすぎる人たちを、ぼくとパリはながめた。男の人のクルタ（立ち襟の丈長のシャツ）のすそを引っぱって「駅はどっちにいけばいいんですか?」と聞くと、その人は笑った。「自分が今どこにいると思ってるんだ?」

「大きな鉄道駅のほうです」パリがすぐに言った。「地下鉄じゃなくて」

　男の人は動く階段をさした。ここは地上からどれだけ深い場所なんだろう。パリがぼくの手をにぎった。

「指がアイスキャンディみたいだ」ぼくは言った。

　パリは手をはなした。

　ぼくらは、都会《まち》のすみずみにまではいりこんで人々の舌を灰でおおうスモッグのなかに出た。そこでもう一度知らない人に道を聞かないといけなかった。鉄道駅は道路のむこうだ、と男の人が教えてくれた。警察の詰め所とオートリキシャ乗り場のさきにある歩道橋をわたるように、と。悪い空気を鼻から吸わないように白いガイコツの絵の黒マスクをしているせいで、声が悪役みたいに太く聞こえた。都会はマスクまでがハイファイだ。黒のボタンがついたピンクのマスク、メッシュの穴のあいた赤や緑のマスク、黄色い鼻みたいなものとストラップのついた白いマスク。マスクをしてると、人間が二本足の巨大な昆虫みたいに見えた。

「都会の公立学校は、さ《ナ》、すごくいいんだよ」歩道橋にあがるとパリが言った。「授業料が何十万、何百万する私立学校の生徒より、成績がいいんだって」

ぼくは、ひとつの学校も見かけることがありませんように、と祈った。もし見かけたら、パリはなかにはいろうって言ってきかなくなる。

重い荷物をかかえて体をよじった人たちがぶつかってくるのをよけながら、ぼくらは歩道橋をおりた。鉄道駅は左のほうにあった。ものすごく大きかった。外からながめたことのあるモールとおなじくらい大きくて、しかも、人であふれてた。どうしてみんな、仕事をしてないんだろう。仕事をしないなら、なんで電車に乗るお金があるんだろう。マーは、月曜日から金曜日にモールにいく人についても、おなじことを言うけど。

ぼくらは駅のあちこちを歩きまわって、列車の到着と出発の時間を表示する案内板の下で、バハードゥルとオムヴィルのことをさがした。ぼくとパリのあいだには、ファイズのかたちをしたすきまがあった。あいつが今いっしょにいたら、駅のまわりでごろごろしてる犬を見て、あれはジンだって言ったにちがいない。ファイズによると、ジンはよく犬やへびや鳥に化けるらしい。

みんなのプライベートを天井から勝手にのぞきこんでる監視カメラがあちこちにあったけど、むこうで画面を見てる警察にあやしい人だと思われたくないので、ぼくはあまりじっとカメラを見ないようにした。警察は駅のなかにもいて、いくつもある入り口のあたりでうろうろしたり、乗客の荷物をしらべたりしている。

「バハードゥルとオムヴィルを見なかったか、警察の人に聞いてみようか」ぼくは言った。

「家からこんな遠くまで来て何をしてるのか聞かれて、逮捕されるよ」パリは言った。

パリの計画はただ歩きつづけることとみたいだけど、そんな計画はあほくさい。ぼくらは駅にいる男や女の人たちの顔を観察した。スーツケースにすわってる人、ビニールや布の大袋にまとめた荷物を頭や足のそばにおいて、床にひろげたタオルに寝てる人。ここには百万人の人がいて、みんなにバハードゥルとオムヴィルのことを聞いてたら、何カ月もかかる。だけど警察なら、そこらじゅうにある監視カメラの映像をスローにしたり早送りしたりできるし、バハードゥルとオムヴィルの姿をズームにするのだって、わけない。

駅とはつながってないけど、おなじ敷地のなかに、ぼろぼろの二階建ての建物が見えた。横にかかった看板には、こうあった。

子どもトラスト
子どもたちの、子どもたちによる、子どもたちのための
とにかく子どもが第一

「あそこにいくのがいいよ」ぼくはパリに言った。

「なんか、いろんな種類の子どもがいる動物園みたい」

「ただの子どもだよ」ぼくは言ったけど、自信はなかった。ほんとに子どもの動物園なんだとしたら、いっしょに来られなくてファイズは残念だ。

機関車の模型と、ずらっとならべた荷物を守る小さな女の子と、スーツケース三つをうまく頭にのせた赤シャツのポーターと、携帯電話を耳じゃなく口にあててどなってる男の横を通りすぎた。駅のあちこちにかくされたスピーカーからは大声があふれでて、みんなに爆弾テロに注意しろと呼びかけている。

やがて建物についた。〈予約カウンター〉と書いてある、かぎの閉まったドアがあった。

その横には水たまりができていて、二羽のムクドリがぼくとおんなじやり方で顔を洗ってた。顔を水につっこんで一瞬で出すっていうやり方だ。苔《こけ》のはえた外階段をのぼっていくと、窓の大きなひろい部屋をかこむ屋上テラスに出た。くぐもった声は聞こえてくるけど、人の姿は見えなかった。

おでこに髪をなでつけた男の人が、部屋から出てきた。「迷子かい？　どこから来た？」

「うちの居留区《バスティ》からいなくなった、ふたりの男の子をさがしてるんです」パリがバハードゥルの写真を見せて言った。「ひとりはこの子です。家出してムンバイ行きの列車に乗ったって、弟と妹は考えてます」

「マナーリかもしれない」ぼくは言った。

「もうひとりとも、きのうここで落ちあってるはずです。もしかしたら今日かも」パリが言った。

「きみたちも家出かい？」相手は写真を見てくれようともしない。

「まさか、ちがいます」パリは言った。

「友だちを見つけたいだけだよ。ふたりは駅にいるんだと思う」ぼくも言った。ぺらぺらよくしゃべる助手がいると、口をはさむのもひと苦労だ。

「わかった《アチャ》わかった《アチャ》、てっきり家出の子かと思ったよ。両親はどこにいる？　学校はどうした？」

「両親は仕事です。学校は今日はありません。休みにするって政府が発表したんです。スモッグがひどいから」パリが説明した。

「そうなのか？」

「はい、今朝のことです。信じられないなら、だれかに聞いてみて」

聞くつもりはないみたいだけど、男の人は携帯を出して、指で画面を上下させたあとで言った。「たしかに。休みだ」

「でしょ？」ぼくは言った。「信じてくれなかったけど」

「これはこれは、うたがって悪かったよ」笑顔でぼくに言った。「わたしはここの〈子どもトラスト〉で働いてる。いろんな理由で都会にやってくるきみたちみたいな子を助けるのが、うちのセンターの仕事だ。親といっしょじゃない子どもたち。身に危険があるかもしれない子どもたち。だからきみらを見たとき、迷子かと思ったんだ」

そんなのが仕事って言えるのか、ぼくにはなぞだ。駅でぶらぶらして子どもたちを助ける、なんてのが。変わった仕事だ。ファイズがいたら、給料はいくらかって聞いたにちがいない。

「この都会《まち》は安全じゃない。ありとあらゆる悪い人たちが、ここに住んでいる。説明しようにも、どこから――」

「子どもの誘拐のことなら、わたしたちも知っています」パリが言った。

「見たこともあるよ」ぼくも言った。「『ポリス・パトロール』で」

パリは目をむいた。

「あんなもんじゃない」男の人が言った。「じっさいは、もっともっとひどくて、テレビじゃ放送できないくらいだ。だけど、親なしでこんなところに来ちゃいけないのをわからせるために、わたしから教えてやろう。二度とこんなことをしないように、教えてやろう。子どもを奴隷にする人たちがいるのを、きみたちは知ってるか？　バスルームに閉じこめられて、家をそうじするときしか出してもらえないんだぞ。さもなきゃ、国境をこえてネパールまで連れてかれて、息の吸えない工場でレンガづくりをさせられる。犯罪グループに売られることだってある。ああした連中は、子どもに携帯や財布の盗みをさせるんだ。嘘じゃない、わたしは悲惨な運命を見てきた。だから、子どもだけで動いてはぜったいにだめなんだ。だから、こうして説教してる。きみらのしてることは無責任だ。危険きわまりない」

「この子は見かけませんでしたか？」パリはバハードゥルの写真を高くあげて、氷の手とおなじくらいの冷たい声で言った。「ここに来ませんでした？　この子の友だちは？」

「そういうのはきみらじゃなく警察の仕事だ」

「警察はぼくらのことにはかまってくれないんだ。貧乏だから」

説教の人はトカゲみたいに舌打ちしながらも、パリの手から写真をとってじっと見た。

「年はいくつだ？」

「九歳」パリがこたえた。「十歳かも」

「見た記憶はないな。家を出たときもこの服装だった？」

「学校の制服を着ていました。今着てるこれとおなじです」パリがぼくのセーターをつついて言った。

　パリの制服は、色はぼくのとおなじだけど、ズボンじゃなくて、スカートと長いくつ下をはいている。六年生になると、制服はルヌねえちゃん《ディディ》みたいなサルワール・カミーズになる。男子の制服はずっとおなじだから、木からジャムン（ムラサキフトモモの実）をもげるくらい背がのびても、きっとマーはこのズボンをはかせつづけるにちがいない。

「このへんで見かけた制服姿の子は、きみらしかいない。その少年がふたりだけでホームで列車を待ってたら、お茶売り《チャイ・ワーラー》やポーターが知らせてきたはずだ」男の人はバハードゥルの写真をパリに返した。「正直なところ、ここには毎日何千人もの子どもたちがやってきて、そのひとりひとりに話しかけるのには無理がある。もちろん、努力はしてる。とはいえ、数が数だし、対処するほうとしても限界があって大変なんだ」

超使《エクダム》えないやつだって、ファイズなら言うだろう。

「もう来てしまったんだから、はいって、なかの子どもたちに聞いてみるか。友だちを見かけた子がいるかもしれない」

パリとふたりで顔を見合わせた。知らない相手だし、この屋上の部屋が罠《わな》だってこともあるかもしれない。

「子どもたちが受けたいときに受けられるよう、ここで授業をやってるんだ。ただし、わたしたちが教えないときもあって、そういうときはテレビを見てる」

まさにぼくが通いたい学校っていう感じだけど、つまり、ほんとの学校のはずがない。

「ここはストリートチルドレンが何時間かでも安心してすごせる場所なんだ。本人が望むなら、うちのシェルターに移ることもできるし、家に帰ったっていい。ここでは本人のやりたいことを後押ししている」

「話してみたいです」パリが言った。

部屋にはいると、説明のとおりに壁に小さなテレビがとりつけてあったけど、今は消してあった。その下には子どもたち（ぼくとおなじくらいの子もいるし、もっと年上も年下もいた）が、シーツをマットみたいに床にしいて、すわっている。ぼくらを見あげると、ひとりが「観光客？　一ドルちょうだい」と言った。だけど自分たちと変わらない相手だってすぐに気づいて、みんなの目は先生のほうにもどった。女の子は教室にふたりしかいない。

「この子たちは行方不明の友だちをさがしてるんだ」説教の人は言った。そしてぼくらに「みんなに写真を見せて」と言って、先生には「休み時間にしてくれ」と声をかけた。先生はため息をついて、メガネをはずして目をこすった。

パリとぼくは床にあぐらをかいて、自己紹介をした。パリは女の子ふたりに話しかけた。男の子と話すのはぼくの役割になった。十五人から二十人もいるから、大変だ。バハードゥルの写真が手から手へとまわされた。

「いい写真じゃないか」ひとりが言ったけど、バハードゥルを見たことはなかった。

「どっから来たの？」ぼくはいちばん近くにすわってる子に聞いた。

「ビハール（ネパールと接するインド北東部の州）」

「ここにはどうやって？」

「列車にきまってるだろ。飛行機のチケットを買う金があると思うか？」

「わからないじゃんか」ずいぶん失礼なやつだけど、ぼくはそう言った。どっかファイズに似てて、顔にはファイズのよりずっと新しそうな、左の耳たぶから口の横までの傷があった。「なんでここに来たの?」ぼくはもう一度聞いた。

その子は傷あとをさわって、「おやじ《ババ》」と言った。その答えでぼくは、言う言葉をぜんぶなくした。これ以上聞くことはない。捜査はむだだった。ぼくはマーのお金を意味のないことに使ってしまった。

「尊師《グル》と話してみるといいよ」もう帰ろうとしたとき、ひとりの女の子がパリに言った。「子分たちといっしょに、いちばん大きな切符の窓口のとこにいるはずだから。このへんでおきたことは、なんでも知ってる。こっちからは見えなくても、むこうからはわたしたちのことが見えてるの。神さまみたいな人だよ」

〈子どもトラスト〉から鉄道駅にもどると——

——さっきより人であふれ返ってるように見えた。たくさん人が乗り降りする列車が今から来るか、来たところなんだと思う。こんでる列車と、こんでない列車があるのは、なんでだろう。人でぎゅうぎゅうのは、きっと、何百万っていう人たちが働く都市にむかう列車で、がらがらのはじいちゃん、ばあちゃんの村みたいな、人間よりバッファローのほうが多くて、ほとんどの人がテレビを持ってない場所にむかう列車だからかもしれない。

ぼくとパリは切符の窓口で尊師《グル》と子分たちを見つけられなかったけど、それはあまり何も見えなかったからだ。やせてる人、太った人、定規みたいにピンとした人、鎌《かま》みたいにまがった人、見えるのは人、人、人だった。

「やっぱりクオーターで合ってるって気がしてきた」ぼくはパリに言った。「あの説教屋が言ったみたいに、子どもをさらって、盗みをさせてるのかもしれない。そういうギャングを新しくはじめたんだよ」

パリがしゃべろうとして口をひらいたとき、だれかの手がぼくの肩をぎゅっとつかんだ。細い金のチェーンを二重に首に巻いて、耳に金の輪っかのイヤリングをぶらさげた、女の人だった。

「ぼく、迷子なの？」その人は言った。「おいで、両親のとこに連れてってあげる」

「だいじょうぶです」パリが言った。「もうじき友だちが来てくれるはずだから」

女の人はにっこり笑った。歯と歯茎がパーン（ビンロウやスパイスを葉でくるんだ嗜好品。嚙むとつばが赤くなる）で血みたいにまっ赤だ。

「おなかをすかせてそうね、ぼうや《ベーター》」女の人は言って、爪のとがった指でぼくのほっぺたをぎゅっとつまんだ。「あなたも」とパリにも言って、サリーの腰のとこに押しこんであった小袋を出して、ひもをひらいた。人をくらくらさせる香水をポケットにしのばせておいて、それをふりかけて財布を盗むどろぼうの話は聞いたことがある。この女の人は悪いことを考えてるんだ。ぼくは横にどいて、パリのことも女の人から遠くへ押しやった。

「ほら」女の人は、セロファンでつつんだオレンジ色のお菓子を小袋から出した。ほんもののオレンジのふさみたいに、しわがよってて、白いお砂糖がまぶされている。

「ふたりとも、いりません」パリが言った。

「ケンカしなくていいのよ。あなたのぶんもちゃんとあるから」

「お菓子に手をつけるんじゃない」そう声がしたかと思ったら、つぎの瞬間には、その声はぼくらの横にいて、女の人をしかりつけてた。「なあ、おばさん《アンティー・ジー》、そろそろ引退したらどうだよ。ヴァーラーナシー（「大いなる火葬場」と呼ばれるヒンドゥー教の聖地）にいってガンジス川にざぶんとつかったらどうだ？　ラーマ神の名を、昼も夜も唱えてないといけないんじゃないか？」

女の人は不快そうに横につばをピュッとやってピンク色のすじを吐きだすと、遠くに去っていった。

「バカだな、知らない人からお菓子をもらうなんてさ」声のぬしは少年で、うしろにはさらにふたりの少年がいて、ボディーガードみたいに右と左に立ってた。「大むかしからある手口じゃないか」

「いらないって、ちゃんと言いました」パリが言った。「わたしたち、バカじゃないから」

言い返せてえらいと思ったのか、少年はにんまりした。顔は細くて、髪は赤茶色で、灰色がかった緑色の猫みたいな目をしている。首には赤黒のしまのマフラーが、手首にはよごれとかわいた血で茶色くなったガーゼが巻かれていた。

「尊師《グル》なの？」ぼくは聞いた。「〈子どもトラスト〉にいた女の子に、話をするといいって言われたんだ」

るとに、ぼくはだんだんうんざりしてきた。

「ふたりとも家出してきたんだな?」またみんなとおなじことを言う。そうやって聞かれることに、ぼくはだんだんうんざりしてきた。

「家出じゃありません」パリが言った。

「さっき話してたあのおばさんだけどさ、人身売買の手先をやってるんだ。人身売買がなんだかわかるか?」猫目が言った。

「子どもたちをレンガに変えるんだ」ぼくは言った。そんなふうにこたえるつもりじゃ、ぜんぜんなかったのに。

猫目は笑ったけど、小さくて短い笑いだった。「さっきのお菓子を食べると眠くなるんだ。するとあの女のボスに連れ去られて、奴隷として売りとばされる。われわれがちょうど通りかかって、ラッキーだったな」

「悪い人だってわかってるなら、どうして警察に言わないの?」パリがたずねた。「なんで牢屋にはいってないの? 今ごろまたきっと、べつのだれかにお菓子をあげてるわ」

「よくないことをしてる最中につかまえないと、警察は逮捕できないんだよ」パリがぼくに何かを説明するときみたいに、猫目がパリに辛抱強く説明した。言い方までそっくりだ。いらだちがちょっとにじんでるけど、ぺらぺらと自信ありげな感じ。「オレンジのお菓子をバッグに入れてるってだけじゃ、警察は刑務所送りにはできない。かしこいんだよ、あの女は。それに悪知恵がはたらく。子どもをさらったと気づかれるまえに姿を消す方法を知ってるから、ぜったいつかまらない」

「そういう自分があの女の手下じゃないって、どうしたらわかる?」ぼくは聞いた。

「かしこい子だな」猫目は言った。「おまえたちはこんな大きな鉄道駅で、親なしで何をしてるんだ?」

「友だちを居留区《バスティ》に連れて帰りたくて」パリが言った。「ここにいるかもしれないの」

「そういう話を相談するならグルだ」ボディーガード少年のひとりが言った。「ここはグルのシマだからさ」

「あなたがグルなの?」パリが猫目に聞いた。そうだとうなずいたので、パリはグルにバハードゥルの写真をわたした。「この子を見たことないですか? 着てたのは、たぶんわたしたちとおなじ制服だった」

グルはかさかさのくちびるから白い皮をかじりとりながら、バハードゥルの写真を長いことながめた。

グルたちはぼくらよりだいぶ年上で、十四か十六か、もしかしたら十七くらいいってるかもしれないけど、よくわからない。長年外ですごしてるせいで三人とも顔がかりかりに焼けていて、あごにはごわついたひげがはえて、くちびるの両端の上には、まだらな茂みみたいに口ひげがちょろちょろのびている。

「おまえらの兄弟か？」グルが言った。

「バハードゥルはクラスメイト」パリが言った。「ク、ラ、ス、メ、イ、ト」切符の窓口の行列は長くさわがしくて、みんな早くまえに進みたくてもぞもぞしたり、文句を言いあったりしてるから、パリは口を拡声器みたいにしないといけなかった。汗ばんだ足とタバコのにおいで、あたりの空気はもわっとしてる。学校の列はここまでうるさくないし、ぼくらはもっとずっと行儀がいい。ここにいる人たちの半分も年がいかないのに。

グルは窓口からはなれた場所にぼくらを移動させて、聞いた。「クラスメイトが姿を消したのはいつだって？」

「どこでいなくなった？」

「先週」パリが言った。

「学校」ぼくは言った。「あ、ちがう、ブート・バザールだ」

「うちのバスティの近くのバザールです」パリが言った。「バハードゥルがいなくなって、つぎにその友だちもいなくなった。名前はオムヴィル。つい、きのうのことです。家出してムンバイかマナーリにいく計画があったかもしれないの」

グルはもう一度写真を見て、パリに返した。「この子のことは見ていないな。その制服を着た子は、ひとりも見てない。それはたしかだ。でも防犯カメラの映像を確認してもらえないか、鉄道警察にたのむことはできる。われわれが見逃したことも、何かとらえてるかもしれない。警察とはもう話をしたか？」

「パリがやめとこうって」ぼくは言った。

「かしこいじゃないか」グルは言った。「警察は、よそ者にはときどきいじわるだからな。けど、よく知ってる人がひとりいる。むかしはおれたちみたいだったけど、〈子どもトラスト〉に保護された。警官になるまで、何年もあそこのシェルターに住んでたんだ」

さっき警察を見かけた駅の入り口のほうまで、ぼくらはグルといっしょに歩いていった。そのあいだにグルは、きみはいい子みたいだな、ってパリに話しかけた。行方不明の友だちをさがしに、わざわざこんな遠くまで来る子はいない、って。そしてパリのリュックを持ってやることまでした。ぼくのリュックは空気がせっせと本をつめこんでるみたいに、だんだん重くなってきた。

グルは待ってろって言いおいて、ブルカ姿の女の人の荷物検査をしてる警官のところに、話をしにいった。

「なんであのグルは自分のことを〝われわれ〟って言うんだろう」ぼくはパリに言った。

「王さまのつもりかな」

「自分のかばんを持ってもらえなかったから、ジャイはムカついてるんだ」パリは言った。

グルが話してる警官が、こっちをふり返ってぼくらを見た。まだ若くて、グルとせいぜい一、二歳しかちがわないように見える。ムスリムの女の人を通すと、べつの警官に声をかけて、五分でもどると手で合図した。

「あのな、おまえたちの友だちが行方不明だからって、一週間ぶんの防犯カメラの映像をチェックするなんてできない」その人はいきなりしゃべりだした。「まずは地元の警察署に被害の届けを出すんだ。そしたらその警察から映像の依頼が来て、うちがそれを提供する。そういう仕組みだ」

「バスティの警察は助けてくれないんです」パリが言った。

「ブルドーザーでおどすんだ」ぼくは言った。

「規則は規則だ」警官はこたえた。

「兄貴《バイヤー》、こんな遠くまでやってきたんだ。この子たちのためにしてやれることが、何かしらあんだろう」グルは言った。

警官は悲しげな目でグルを見た。そして言った。「ほんとのことを話すとな」――声と視線を低くした――「駅の防犯カメラはひと月まえから故障してんだ。修繕部に対応を依頼してあるけど、まあ、どういうことになってるか想像がつくだろう」

どういうことになってるか想像はつかなかったけど、警察の人に説明してくれって言う勇気はぼくにはなかった。

「そうなのか」グルは言った。「なら、しょうがない」

「トップシークレットだぞ」警官は言った。「おまえらが人にもらして、九時のニュースのだれかの耳にはいったら、こっちは仕事をクビだ」

「おれたちはしゃべらない」グルが言った。

「わたしたちも」パリも言った。

警官がもどっていってから、ぼくは言った。「もう家に帰らないと」

「地元のバスティを歩くときは気をつけろよ」グルはパリに言った。太い眉がまんなかでくっついて、目が灰色に光って、緑色に光った。「身近な場所に人さらいがいるかもしれない。おまえらは守ってくれる親がいるから、人間にどんなひどいことができるか、ぜんぜんわかってない。路上で生きてるわれわれは、身にしみてる」

「うん《ハーン》、自分で何もかもやらないといけないなんて、すごく大変でしょうね」パリが言った。パリは教室でもこれをやる。目をまんまるにして先生の話を熱心に聞いて、先生の言うことぜんぶにそうだって賛成して、先生が質問を言いおわった瞬間に、すぐに答えを言う。そうやってお気に入りの生徒になろうとする。

「われわれがどうやって生きのびてるか、知りたくないか?」グルが言った。「人には話さない秘密だけど、おまえらがいい人間なのはわかるし、つらい目にあってるようだから、こっちとしても助けになってやりたい」

「つらい目にあってるのはバハードゥルのマーだ」ぼくは言った。「それにオムヴィルのパパ。ぼくらじゃなくてさ」

「グルの話はいい話だぞ」子分その1が言った。

「すごくいい話だ」子分その2も言った。

「ジャイ、すぐに帰らないといけないってわけじゃないよ」パリが言った。「パープル線の最後の電車は、夜の十一時半。今はほんのお昼すぎだよ。時間はたっぷりある」

パリは地下鉄の時刻表から何から、ぜんぶ知ってるらしい。

「そんなおそくなるわけにはいかないよ」ぼくは言った。

「長くはかからないさ」グルが言った。「それに、家でチャイでもてなしもしないで帰すわけにはいかないだろ?」

「チャイはないよ」子分その1が心配そうな顔で言った。

「けど〈パーレG〉がある」子分その2が言った。

この人たちを信用していいはずはないのに、パリはもうグルといっしょに歩きだしていて、ブート・バザールの話をして、そのうち遊びにきてくれとか言っている。今じゃグルがいちばんの親友だ。グルの子分たちは親指をポケットに引っかけて、テレビで見たカンガルーみたいにグルのうしろでとびはねて、ガードにつく位置を右と左とで入れかわった。ぼくははじめての場所に来られてうれしいはずなのに、何かが胸に引っかかって、自分のなかで虫が這いまわってる感じがした。マーのお金を使ってるのが不安なせいかもしれない。オレンジ色のお菓子の人があとをつけてないか心配なのかもしれない。ぼくはうしろをふり返って、姿が見えないことをたしかめた。

道路をわたるときには、ぼくらは車にひかれないように手を高くあげた。怒ったクラクションの音が耳にがんがんとびこんでくる。自分の背丈ほどあるバックパックを肩からかついだ、メッシュのマスクの白人がいると、オートリキシャはそばでスピードを落とした。運転手たちは観光客に、「どこまで？　乗せていきますよ。こっち、こっち」と大声でさけんでる。外国人のうしろを走って追いかけて、「マダム、タージ？　お得なプランがありますよ。すごくお得なプランが」と呼びかけてる男たちもいる。

道路のむこう側にはホテルがたくさんあって、スモッグのなかで〈ホテル・ロイヤルピンク〉とか〈インクレディブル　!ＮＤＩＡ〉とかいったネオンサインが光っていた。グルと弟子《チェラ》たちは、夜みたいにまっくらな、ややこしい路地をすいすい歩いていった。お店の人たちは、通り道にまでがんがん商品を押しだしてくる。長くつながった袋入りのパーンやポテトチップス、ナンカタイ（ショートブレッドのような伝統クッキー）、ケバブ、胸に〝アイ・ラブ・ユー〟とか〝ジャスト・フォー・ユー〟とか刺しゅうされたピンク色のテディベア。

グルはビルにはさまれたせまい路地にすっとはいっていった。だれも壁に立ちションしないように、神さまの絵のタイルが両側に貼ってある。茶色いイエス、シク教のグル、イスラム教の聖者《ピール》、虎に乗ったドゥルガー女神、シヴァ神。路地のつきあたりには、ひらけた場所があった。

「ここがわれわれの住まいだ」グルは言った。「わが家だ。ようこそ」

ぼくはあたりを見まわした。家なんかない。屋根もレンガの壁もなくて、根っこがさかさについたバニヤンの木の下にパンクしたタイヤが積んであって、たいらにつぶした段ボールが横に重ねてあるだけだった。根っこ二本に物干しロープをつるしてあって、クリーム色のシャツが五枚かかってるけど、よごれがしみついて、襟が錆《さび》の色になってた。バニヤンの木の葉が、スモッグのなかでカサカサゆれた。グルの子分たちは段ボールのシートを地面にひろげて、ぼくらにすわるように言った。子分その1は木にのぼって、穴から袋を出して、それを持っておりてきた。

パリが、枝をひろげたバニヤンの木の下にいる床屋を指さした。泡だらけのお客のあごを剃ってるところだった。すぐうしろには背の高いテーブルがあって、鏡、チューブ、ボトル、ブラシ、くしがならんでいる。床屋に首を切られるのをこわがってるみたいに、お客はひじかけをぎゅっとつかんでた。

子分その2は、その1が持っている袋のなかから、封のあいた〈パーレG〉のビスケットのパッケージを出した。ぼくらを試すみたいに「ひとつどうだ」と言った。

「おなかはすいてない」パリは言ったけど、今までついたなかでいちばんの大きな嘘だったにちがいない。ぼくもいらないって言ったけど、眠り薬がねりこんであるのが心配だからじゃない。かびの黒い点々がついてたからだ。

「夜になるとわれわれはここで物語を語るんだ」グルが言った。「話を聞きに、あちこちから子どもがやってくる」

「テレビが見られる場所がないの？」ぼくは聞いた。

パリがぼくのわき腹をひじでつついた。

「グルは語るのが大好きなのさ」子分その1が言った。「聞く相手がいないと、自分に話しかけたり、カラスや猫や木に話しかけるときもある。だけど、物語をひとつ語ると、子どもたちはいつもグルに何かしらをおいて帰る」

子分その2は、言っている意味をちゃんと理解してるか、ぼくらのことを横目で見た。

そして、まちがいがあっちゃいけないので、親指と人さし指をこすりあわせた。ぼくは信じられなかった。聞きたくもない話に金をはらえだなんて。うちのバスティに来た、くさった上級巡査よりもひどい。どいつもこいつも、お金のことばっかりだ。

「出してもいいと思うだけ出せばいい」グルは言った。

はらわないとどうなるんだろう。パリと駅まで走ってってもいい。ここまでは十分もからなかった。床屋とお客がそこにいるから、今はグルはぼくらに手出しはできないはずだ。

「わたしたちは家に帰るお金しか持ってないの」パリが小声で言った。グルはもうきっとパリの親友じゃない。

「たったの五ルピーも出せないってか？」子分その1が言った。

「気にすんな」グルはジャスミンの花かざりをかぐみたいに、手首に巻いたガーゼのにおいをかいだ。「ここまで連れてきたのは、メンタルのことを教えてやるためだ。おまえたちのバスティにも、きっとメンタルみたいなのがいる。その幽霊を見つけて、助けてくださいってお願いするといい」

グルはぼくらのまえで段ボールのシートにあぐらをかいて、ルヌねえちゃん《ディディ》がするヨガのポーズみたいに、手のひらを下にしてひざにおいた。

「ほんの何年かまえまでは、メンタルがむかし住んでた場所を訪ねることもできたけど、今は美容室に変わっちまった」子分その1が言った。

「なんでメンタルなんて名前なんだ？」ぼくは言った。ファイズも答えを知りたがったはずだ。

「まだ生きてたころのメンタルは」グルは言った。「十八人から二十人の子どもをまとめるボスマンで――」

2

この物語はきみの命を救うだろう

おれたちは今じゃ交差点の女王《ジャンクション・キ・ラーニー》って呼んでるけど、母親だったころは——

——母親だったって、どういうことだよ？　子どもが死んだからって、母親でなくなるわけじゃないだろう。

なんだよ、おまえ。オチをばらしやがって。

——それがオチかい。怒るなよ、おやっさん《バ　バ》。いいから最初から話せって。

ほかにどっかからはじめるってんだ？　なんなら、自分が話しゃあいい。ずいぶん勝手を知ったような口だな。

——なあ、大事な友《アレー　メリー・ジャーン》、怒るなよ。もうちゃちゃは入れない。ほら、みんな待ってる。みんな、おめえの口から聞きたいんだ。おめえでなくちゃ。

おれたちは今じゃ交差点のラーニーって呼んでるけど、母親だったころは――やっぱり変だな。

――親友《ジャーン》、たしかにそんな話し方をしたことはなかったな。けど、そういやこれまではいつも、喉をなめらかにするために、話すまえに強くて色の濃いやつを一杯やってただろ。

よし、あらためていくとするか。

本当の名はマムタというらしいが、おれたちは交差点のラーニーとしてしか知らなかった。だれかがおふざけで田んぼから引っこ抜いてきて信号の下においた案山子《かかし》みたいに、彼女は幹線道路の交差点に立ってた。細い腕をジャターユ（『ラーマーヤナ』に登場する鳥の王）の翼みたいに大きくひろげ、口から吐きだされる罵声は、さながらフロントガラスをゆらすサイクロンだった。

――サイクロンときた！　おめえの車椅子のすぐうしろにいたおれは、サイクロンなんてひとつも見たことなかったけどよ、その見事な話しっぷりに、信じようかって気になるね。

だまれよ。

交差点のラーニーをはじめて見たときは、新しい物乞いのやり方を編みだしたんだと思って、おれたちは羨望の目でながめた。みんなボタンを押して車の窓をあけて、携帯で彼女の写真を撮ろうとする。どぶめがけてするみたいに彼女が顔にピュッと唾を吐いてくると、笑って首を引っ込める。だけどともかく、みんなが彼女に目を留めるんだ。

――奇跡ってもんだ。

なにしろこのごろじゃ、おれたち物乞いに目をむける暇のあるやつなんていない。年月と飢えで変わりはてた顔、包帯を巻いた、ひざまでしかない脚、花束のように両手で抱きかかえた、鼻水たらした赤んぼう、そういうものを見て哀れをもよおす暇はないんだ。おれたちふたりは、金をくれと拡声器で訴える。嘘じゃない。ほら、車椅子についてるだろう。けど、どんな大声でたのんでも、世界じゅう耳が聞こえなくなっちまったのかと思えるときさえある。

おれたちは目を引くために、捨て身でなんだってやる。車のあいだを抜けてってボンネットをたたいたり、水に顔をつっ込むみたいに車の冷たい窓に首をつっ込んでみたり。そして涙でガラスを濡らしながら、機械でマンガを読んでる子どもが顔をあげて、「マミー、人がいるよ。アイスを買ってあげようよ」ってさけんでくれることを期待する。

――ほんと、捨て身ってやつさ。

「むかしは、物乞いは家から家へとわたり歩いて、門のかんぬきをガタガタやって、「奥さん、今日は分けてもらえるものはないですか」って言うと、まえの晩の残りの乾いたロティや、台所用の雑巾におろそうとしてた、ぼろのクルタをもらえたりした。息子が試験でいい成績を取ったうちとか、娘に裕福な家の婿が見つかったうちでは、小銭をもらえることもあった。だけど今じゃ、物乞いに食わせる余裕のある金持ちは、おれたちの背丈の二倍もある塀にかこまれたゲートつきの一画に住んでて、そこには〈大型犬に注意〉だとか、〈ここに駐車しようとは、ゆめゆめ考えるべからず〉だとか、〈無断駐車した車はタイヤをパンクさせます〉だとかいう看板がかかってる。お屋敷を守るのに門番もいて、冬の午後になると、ひなたぼっこして体のしんまであったまろうってんで、門の外にプラスチック椅子を出してすわってる。

——これは物乞いのレッスンかい？　交差点のラーニーはどうなった？

またちゃちゃを入れるのか。

——悪かった、悪かった。

交差点のラーニーはおれたちと同類の物乞いなのかと思ってたけど、そうじゃないんだとあとから聞いて知った。彼女は白い縞のはいった緑のサリー姿で、堂々と立ってた。そしておれたちが見ているうちに、布のふちは時とともにほつれ、排ガスになぶられて色もくすんでいった。髪の一部は神の光のように白く、一部は影のように黒かった。話すときは大声ではっきりしゃべって、きたない言葉をひとつずつ口から吐きだすもんだから、外道《げどう》とか、クソとか、犬とかいった単語のあいだには、不気味に間があった。彼女が言った言葉は、じつはもっとずっとひどかったが、ここでくり返すのはよろしくないし、その必要もないだろう。

――けど、おもしろいぞ。

今はよせよ。

――お願い、つづけて。この人のよけいなおしゃべりなんて無視して。

交差点のラーニーはエチケットなんて気にしないから、サリーとペチコートをめくりあげて、下着をおろし、道路の上で用を足すこともあって、見かねた人たちがそれを警察に通報した。逮捕されては釈放され、それを何度くり返したことか。空の月か、星かトンビが、もしかしたら数をかぞえてたかもしれない。

刑務所から出てくると、いつもべつの交差点に移動した。その足もとには小銭が集まった。彼女がさけんでるのを祝福の言葉と勘ちがいした者もいれば、テレビのニュースでまえに見たのを思いだして、言ってることを正しく理解して哀れんだ者もいた。ただしラーニーは、金には手をつけなかった。それで食べものやお茶を買うことはなかった。巣から遠くさまよいでてきた野良の犬猫やヤギを食ってるんだと、みんなは言った。舌を出してぺろぺろやって、ガソリンくさい虹色の水たまりから水を飲んでるんだと、うわさした。だれも心配なんかしなかった。おれたちは言ってみれば、牛の背中のダニをついばむシラサギさ。彼女の金を失敬して、それを仲間内でどう分けるかで言い争った。本人のことなんて気にしなかった。

——彼女が死ぬまではな。

この野郎。けっきょくオチをばらしたじゃないか。

——けどよう、それだってオチじゃないだろう。

人から聞いた話じゃ——

——人ってのは、リキシャ屋《ワーラー》か、ピーナッツ売りか？

口を閉じててもらえないもんかね？

物乞い対策部隊に追われて隠れたさきでも、冬の寒さが骨身にしみる夜にならんだシェルターの列でも、ラーマ神やクリシュナ神の降誕祭《こうたんさい》のときに金持ちが配ってくれる、ただメシの長い行列でも、おれたちが交差点のラーニーといっしょになることは一度もなかった。かわりに、彼女にまつわる話をすっかり聞いた。かつて八軒から十軒ほどの家で料理人として働いてたこと、夫が酒で死んだこと、十八になったその日にムンバイの港から貨物にまぎれてドバイへ出航した息子が、死体でナイジェリアにたどりついたこと。人々の言うには、交差点のラーニーは自分の期待の全部を娘に安全ピンでくっつけた。娘は昼は工学を学び、夜は家庭教師をしていたが、ある晩歩いて帰宅する途中で、四人組の男にさらわれた。男たちはさらったその場所に娘を返したが、取り返しがつかないほど、ずたずたにされたあとだった。

交差点のラーニーは、娘の火葬の薪《まき》に自分で火をつけた。燃える木をひろって娘の魂を解き放ってやる者はほかにいなかったし、もちろん男手もなかった。そのあとは、熱い燃えさしに素手をつっ込んで、死んだ娘のあたたかい骨の灰とかけらをかき集めた。そして、壺に入れてヴァーラーナシーまで運んで、聖なるガンジス川にまいた。

彼女は娘を襲った男たちを警察が見つけてくれると、ずっと信じていた。新聞の取材を受け、テレビにも出て、エンジニアになるはずが夢を断たれたわが娘のことを語ったが、新聞は捨てられて、牛に食われるか、ほうきで掃いてよそにやられた。そして百人の人を殺し傷つけたひとつの爆弾の衝撃によって、娘の顔はテレビ画面から追いやられた。警察に訴えると、娘のモラルに疑問符がつけられた。一定の時間より遅い時間にひとりで街に出ているのは、ある種の女たちだけだとみんな知っている、と。

交差点のラーニーは八軒から十軒の家での、それまでの料理人の仕事にもどった。ベンガル語、パンジャブ語、ヒンディー語、マラーティー語、家の奥さまたちはそれぞれの言葉で、「つぎからつぎへといろいろあって、まあなんてかわいそうに」と言ってから、彼女が通ってこなかったちょっとの間に父方だか母方だかのじいさんが胃酸過多になったので、唐辛子は種を取ってね、と注文をつけた。「ひどい胃酸過多で、心臓発作をおこしたと思ったほどよ」とね。けれど交差点のラーニーのつくる料理は、どれも娘の灰の味がした。どんなにこすっても、手は、煙と火と焼けた肉のにおいがした。奥さまたちは、けっきょく彼女に暇をやった。

交差点に立って、行き交う人や車にきたない言葉をあびせるようになったのは、そのころからだ。どの男の顔を見ても、ラーニーには娘を殺した犯人の顔に見えたらしい。

——ラーニーの怒りのおかげで、おれたちは金持ちになった。

だれが金持ちになんかなった。おれたちは、あのころも今も物乞いじゃないか。

交差点のラーニーは、娘が死んだあとも一年は生きてた。二年だったかもしれないな。家もない、天気をのぞけば、時が流れたことを教えてくれるものもない、その天気ったって、少々暑すぎたり寒すぎたりがあるくらいで、毎年毎年、ほぼずっといっしょ、そんなおれたちみたいな暮らしをしてりゃ、年月なんてわからなくなる。自分がいつ生まれたかさえ、みんな知らないんだ。

警察はバンをよこして交差点のラーニーの遺体を収容した。聞いた話じゃ、死体置場で娘とおんなじように切り刻んで、川沿いの火葬場で焼いたそうだ。警察もそれだけのことはやった。薪がパチパチはじけ、炎が哀れな女をきれいになめるのを見とどけてやったのさ。これでようやっとラーニーも安らぎを得られた、おれたちはそう思った。

――おまえたちにとっちゃ、聞いててきつい話だろう。親が子どもの寝しなにするような物語じゃない。けど、聞いといたほうがいい。この世界の本当の姿を、おまえたちも知っといたほうがいい。

おまえの講釈がおわらないことには――

――おっと、これまた悪かった。

死んで何カ月かは交差点のラーニーの話はあまり聞かなかったが、そこからこっちは、耳にしどおしだった。

彼女がいちばんよく通った交差点の近くには、雨と煙と鳩のフンで表面がうろこみたいになった丸天井のついた霊廟《れいびょう》があった。敷地には、だれも名前を知らないとげのある低木がしげってた。交差点のラーニーは生きてた当時、くたくたの足でまっすぐに立ってられなくなると、大通りで男たちをののしる合間に、そこの霊廟に休みにいってたそうだ。

都市《まち》のよその場所からやってきて、午後じゅうそこの霊廟にしけ込んでた恋人たちは、彼女が死んで以降は、その半分もゆっくりしなくなった。男らが言うには、空気にざらざらしたものが感じられたらしい。それに、呼びかけてくる声があった。においがただよってきて、過去の自分の罪がよみがえった。怒りのうちに割られた香水瓶、ひっくり返されたレンズ豆料理のアサフェティダ（セリ科植物由来の、においの強烈なスパイス）、風邪や悪寒がする夜に妻が飲ませてくれたホットミルクにはいってたターメリック——そして今自分は、妻以外の女とこんな場所にいる。あたりからは、かたい拳骨を頬にあてられる寸前のような、妙な圧力のようなものまでが感じられた。

冬場ってことであっという間に日が落ちた、十一月のとある日の晩、男たちの疑いは確信に変わることになった。太陽の最後の記憶が消えなずむ西のあたりは、まだオレンジにかがやいてたが、その日、空はまっ黒だった。家のなかでは父親たちがテレビのまえで脚を折って、ウィスキーやお茶のグラスを口に運び、母親たちが夕食と翌日の昼用にオクラをまとめて切っていた。

交差点では、若者たちの一団がある娘のそばを通りすぎるときに車のスピードを落とし、乗っていいかないかと声をかけ、娘が断ってもなかなか去らなかった。娘はハンドバッグを胸にかかえて、携帯で友だちに電話をかけた。「用事じゃないんだけどね、友よ《ヤール》、男たちがああだこうだ《バクバク》言ってくるから電話させてもらったの」ってね。友だちはそのまま電話を切らずにいたかもしれない。「警察を呼ぶ」と言っていったん切って、警察が新聞にのせてる〈女性のための相談窓口〉のフリーダイヤルにかけたが、つながらなかったのかもしれない。

娘の巻いたドゥパッタは地面にたれてしまっていた。だけど引きあげることはしなかった。手首のちょっとした動きや、ちらりとのぞいた素肌が、男たちを刺激したらどうなる?

もしかしたら、いちばんそばの男のアフターシェイブのにおいがしただろうし、風で乱れないようねっとりしたジェルで念入りにととのえた、髪のすじが見えただろう。まだ受けてない筆記試験のこと、まだ結婚してない相手の青年のこと、まだ自分のものでないアパートのこと、永遠に生まれてくることのないわが子のことを思ったかもしれない。

もしかしたら交差点のラーニーのことを思いだして、自分の母親も照りつける陽ざしや冬の雨のなか立ちつづけるんだろうか、と考えたかもしれない。それに、自分がいなけりゃ、だれが弟妹の世話をして、だれが血圧の薬を忘れずに父親に飲ませるんだろう、とね。

とそのとき、彼女は音を聞いた。五本の指に雷の激しさを宿した、平手打ちの音だった。べたべたの髪の男が悲鳴をあげた。頬がみるみる赤くなった。車のワイパーがフロントガラスをバンバンたたきだした。屋根には、巨人の手がめり込んだようなへこみができた。運転手はアクセルを踏み込んだが、車はまえに進まない。泥にはまったように、タイヤは空回りするばかりだった。

男たちは何度もたたかれ、なぐられた。見えない手が首を絞めあげた。口からは血が噴きでて、涙と鼻水が顔をだらだら伝った。

「悪かった」と男らは娘に泣きついた。「これをとめてくれ。反省してる、お願いだ」

車がまえに動いた。娘はなおもふるえながら、車のテールランプが消えていくのを見守った。そして走って家に帰っていった。

自分の身にすごいことが起きたとあとから気づいた娘は、交差点のラーニーが救ってくれたんだと友だちに話した。その友だちはまたべつのだれかに話し、そのうちのだれかがどこかの店のまえでおしゃべりしたもんで、そこの店主が今度はチャイ・ワーラーに話し、そこからおれたちの知り合いに話がまわってきた。

ドゥルガーみたいな女神としてあがめられてもよさそうなもんだが、交差点のラーニーのことは、だいたいが怖がっている。ときどき夜に彼女の泣く声が聞こえてきたり、午後の太陽がある角度から霊廟の壁を洗うときに、彼女の涙のあとが見えたりするもんでね。霊廟を訪れる者はほとんどいないし、いてもせいぜい、友だちにすごいと思われたくて、裏庭で自分の写真を撮ってく小僧どもくらいだ。

だがな、川むこうに住んでる子かもしれないし、この近くのバスティの子かもしれないが、都市《まち》のどこかの娘が人けのない道をひとり歩くとき、この国の少女ならだれもが知る恐怖に身を凍らせることが折にふれてあるだろう。恐怖のもとは、背後から迫るバイクエンジンの轟音だったり、ジープの窓からのびてきて車に引きずり込もうとする毛むくじゃらの手だったり、男の汗のにおいだったり、いろいろだ。娘はそこで交差点のラーニーのことを思いだし、すると、娘を守るためにラーニーの霊があらわれるってわけだ。そして男たちは懲《こ》らしめを受けることになる。

交差点のラーニーはただの物語じゃない。彼女はまだ生きていて——

——霊が生きてるってことだろ。

彼女は生きてるんだよ。娘を殺した犯人たちを今もさがしてるんだ。そしてもしできるなら、都市《まち》の女性ひとりひとり、娘のひとりひとりに、こう言いたいことだろう。「怖がらないで大丈夫。あたしを思ってくれたら、味方についてあげる」ってね。

おまえたちがラーニーの名を呼ぶ必要がないことを願ってるが、もしも、万が一にもそんなことになったら、彼女が守ってくれるっておれらが保証する。

この物語はお守りだ。大切に胸のそばにおいとくように。

——いい話だったろ？　ちょっと荒っぽいとこも出てくるけどよ、気に入ったんじゃないか、え？　なあ、長いことしゃべりつづけたせいで、おれたちの喉はからからだ。どうだい、チャイを買ってくれるってのは？　マライ（クロテッドクリーム）をのっけたやつなんかをさ。ついでにサモサもひと皿。ブート・バザールのサモサは都会《まち》でも有名だ。みんなで分けあおうじゃないか。いいよな、ジャーン？

三週間まえは、ぼくはただの小学生だったけど——

——今は探偵で、しかもお茶屋の店員だ。せっせせっせ働いてるけど、ファイズは自分はもっと仕事してるって言う。ぼくのダッタールームのお茶屋の仕事は、今日みたいに日曜だけだからだ。でも、やることは大変だ。ダッタールームの鍋をきれいにするには、いつまでだって時間がかかる。焦げついたお茶とスパイスとミルクで、底はべとべと。こすって、こすって、こすらないといけなくて、冷たい水で指さきがまっ青になって、洗い桶《おけ》のまえでずっとしゃがんでるから、足も痛くなる。

そのうちに筋肉が慣れてくるってファイズは言う。今日はお茶屋で働いて、まだほんの二回目の日曜だ。それに、ちょっと痛いくらいで泣きごとを言うなとも言われた。おまえはどろぼうで、どろぼうは罰を受けるのが当然なんだからって。ダッタールームにぼくをやとうよう口利きしてくれたのはファイズだから、だまれとは言えない。マーの〈パラシュート〉の容器からくすねたことも新しい仕事のことも、パリやほかのだれかにはぜったいに言わないって、ファイズは自分の父《アップー》さんに誓《ちか》った。もうだいぶまえに死んだのに、ファイズは今でもアップーをこわがってて、だから、ぼくの秘密は安心っていうことだ。

鍋をこすりおわったのに、ダッタ―ラームがまだ立つなと合図して、これを洗えって、よごれた茶こしとグラスをわたしてきた。車輪つきテーブルがひとつあるだけの、ブート・バザールの路地の店だけど、ここのお茶は香りがとても強くて、校長先生の奥さんのブラウスをぬう服屋や、フェヌグリークの葉を値切ってる客たちや、いつもまぶたに血が飛びちって、爪のあいだにピンクの肉がはさまってるバザールのむこうの肉屋が、においに誘われてやってくる。

もしもパリが今のぼくを見たら、これだからインドはアメリカやイギリスみたいな国際国になれないんだって、きっと言うだろう。そういう国では、子どもを働かせるのは法律がゆるさない。インドでもそうだけど、ここではみんな規則をやぶる。ファイズをやとってる人たちを警察に通報するってパリはときどきおどすけど、そんなことをしたらファイズが超《エクダム》怒るから、じっさいにはやらない。

ぼくはこの仕事をもらえて満足だ。パリとパープル線に乗った日に使わなかった二百ルピーは、〈パラシュート〉の容器にもどしておいた。最高の一日だった。あんなほんものの冒険ができるなんて。だけど早いとこ二百ルピーかせがないと、〝もしものとき〟のお金を盗んだってことがマーにバレる。ぼくの計算だと、日曜日に五回お茶屋で仕事をすれば、その金額になるはずだけど、はじめて仕事をした先週の日曜日は、ダッターラームは約束の四十ルピーじゃなく、二十ルピーしかくれなかった。ぼくがずいぶんたくさんグラスを割ったからって。あいつはきっとケチんぼなんだと思う。

それでも、お茶屋の店員でいるのは、探偵仕事のうまい隠れみのになった。ぼくの耳はうわさ話を聞いて、証拠集めができる。グラス一杯のお茶を買ったあとは、みんな立ち話をして、世間についてああだこうだ文句を言いはじめる。警察にしつこく泣きつくバハードゥルのマーのこと、用心棒代《ハフタ》を一軒につき十ルピー値上げした警察のこと、ずっと泣きどおしのオムヴィルのパパのことをグチってることもあった。みんな、行方不明の少年たちよりハフタのことを悲しんでる。安心のためには十ルピーよけいにかかっても高くないってマーは言うけど、マーは安心なんてしてないと思う。ロティ用のめん棒と台は、玄関においたつつみから出したけど、ほかの大事なものは、まだくるまれたままだ。

「おいチビすけ、いつまで時間をかけてんだ」ダッターラームが頭をはたこうとしたけど、ぼくがよけたので、手はスモッグの空気をからぶりした。

ルヌねえちゃん《ディディ》みたいにうまく洗えないけど、ダッターラームのお客はグラスの外にすすの指紋《しもん》がついてても、マーみたいに気にしない。

洗ったあとは、お客とナンカタイをお客に出した。寒かったからチャイの一杯でも飲みたかったけど、ダッターラームはぼくには何もくれない。駆けまわるぼくの手首には、熱いお茶がぴしゃぴしゃはねた。黒い鼻の茶色い犬がぼくをつまずかせようとしたあとで、何かおもしろいことをやったみたいににやりと笑った。そして近くのサモサの屋台の下に引っこんで、かくれた。

ルヌ・ディディの弟かって、だれかが聞いてきた。ぼくはもう、人の顔は見てなかった。ほこりまみれ、ペンキまみれ、セメントまみれの手だけを見て、そこにチャイのグラスを押しつけた。だから、声をかけてきた相手を見るのに、わざわざ顔をあげないといけなかった。いつもルヌ・ディディを追っかけまわしてる、あのまだら顔の男子だった。

「きみのねえちゃんはスター選手だ」からかってるんじゃなかった。神さまの話をするときのマーみたいな、心からすごいと思ってる言い方だった。

「なんの話だか、さっぱりだ」ぼくはきっぱり言った。たとえマーがやってきたって、ぼくは自分じゃないふりをするつもりだ。

午後のいそがしい時間がはじまった。お金のある人がお昼に買うロティとサブジより、ダッターラームのお茶のほうがずっと安上がりなのを知った物乞いがほとんどだ。ぼくはその人たちに、子どもをさらって携帯や財布の盗みをおぼえさせるギャングのことを聞いてみた。

「おまえくらいの年の小僧どもは、ヒンディー映画を見すぎだ」髪が星形のさきみたいにつんつんして、バッファロー・ババの角みたいに茶色い歯が横からうしろにそってる物乞いが言った。「さ、おれの時間をむだにしないで、もっとチャイを持ってきてくれ」


働いて、働いて、働いた。ぼくは疲れてふきげんになってきたけど、だれもぼくのふきげんには気づいてくれなかった。今ごろは、ドロケイか、クリケットか、ケンケン遊びをしてるはずなのに。マーのお金を盗んだりしなきゃよかった。自分でも、もうなかったことにしたかったけど、〈パラシュート〉の容器を思いだすたびに、汗でわきの下がじっとりして、目がかすんだ。

夕方、親指に包帯を巻いて、顔にぼろ切れのマスクをしたファイズが、お茶屋にやってきた。「しょうがをきざんでたんだけど、ナイフの切れ味がよすぎてさ」ほんとは説明したくないって口調で説明して、ぼくがグラスを洗っているとなりに腰をおろした。

「ウェイターもきざまないといけないの？」ぼくは聞いた。

「コックが病気になったんだ。みんなで厨房を手伝わないといけなかった」

今日のファイズは、トラックの運転手がお昼や夕飯を食べによる、大通りぞいの食堂《ダーバー》で働いてきた。ファイズはいっつもチップみたいに傷やあざを仕事場からもらって帰ってくる。今日はだれもぼくにチップをくれなかった。そもそもお茶屋じゃチップはもらえない。

「ぼくらの探偵仕事に、あの犬をスカウトしようかと思ってんだ」ぼくはサモサ屋台の下の犬を指さした。「手がかりの消えたバハードゥルとオムヴィルの行方をたどるのに、役に立つかもしれない」

ファイズがマスクをさげて、スカーフみたいに首からたらした。

「犬はバカだよ。シャミ・カバブ（軽食として食べられる、豆入りのハンバーグ風料理）をもらえると思って、野良犬退治の人のほうに走ってくんだから」

「犬は鼻の穴をひろげてくんくんやって、世界に何十億ってあるにおいのなかから、悪いやつの足のにおいだとか、髪のココナッツオイルのにおいだとかをかぎ分ける」ぼくは言った。「ファイズの鼻には無理だろ」

「ここは遊び場か、それともおまえの仕事場か？」ダッターラームが言ったけど、その言い方はどうかと思う。ぼくはおしゃべりはしてても、手はちゃんとグラスを洗ってた。

「これをあそこの人たちに運ぶんだ」ダッターラームはチャイのグラスがぎっしりの金網のかごを身ぶりでさして、それから、空《から》の手押し屋台をかこんで立っている男たちをさした。

「ぼくが持ってきます」ファイズが言った。

「よかろう」ダッターラームは言った。

毎朝お茶屋があく時間に香油《イタル》の香りをふんわりまとってやってくる美人の話をしている男たちに、ファイズはグラスを手わたした。その人たちは、子どもの耳に聞かせたくないってマーが言うにちがいない言葉を口にしてた。

「ダッターラーム、このごろは経費節約に子どもをやとうようになったのか？」うちの玄関のドアより横幅のありそうな胸をした、背の高い頑丈《ハッタカッタ》そうな男が言った。たまごとギーで栄養をつけて、毎朝道場《アカラ》に通うレスラーにちがいない。それに、子どもの労働のことで警察に通報するタイプかもしれない。

レスラー風の男は、ダッターラームがしぶしぶさしだしたチャイのグラスを受けとりながら、ぼくを見た。セーターの袖がずりあがった。毛むくじゃらの手首には、金の腕時計が巻かれてる。ほんものの金か、にせものの金かはわからない。手首の内側の、毛が少なくて白に近いくらい肌色のうすいとこには、はしが黄色くじゅくっとなった三本の赤い線がついてるのが見えた。きっと寝てるあいだに蚊に刺されて、かゆいところを掻きむしったんだろう。

「だいじょうぶか？」その人はぼくに聞いた。「この男にこまらされてないか？」

「その人はぼくのボスです」ぼくは言った。「いいボスです」

「ふつうは勉強してる時間だろう。それか遊ぶかしてる」

「ちゃんとやってます」

「学校は、いってるのか？」

「もちろん」

「毎日、宿題してるか？　それとも、夜まで外にいて、クリケットで遊ぶのか？」

ぼくの校長でもないのに、あれこれ聞いてくる。ぼくは首をふった。イエスの意味かもしれない。ノーの意味かもしれない。好きに考えればいい。

「チョコレートを食うか？」男の人は親切そうに言って、金ぴか時計の手をズボンのポケットにすべりこませた。

「いらないです、だんな《サーブ》」ぼくは言った。「知らない人からお菓子をもらっちゃいけないんだ。都心《まち》の駅でグルが教えてくれた」

「好きにするといい」

「ジャイ、おまえはうちの茶屋で働いているな」香油美人《イタル》の話でもりあがってる男たちのほうにレスラーがぶらぶら去っていくと、ダッターラームが言った。「だからって、お茶の屋台が自分のものになるか？」

「なんの話ですか、おやじさん《マリク》？」

「そうだろ。今のあの野郎はハイファイ・マンションの家で仕事をしてて、それで自分もハイファイになった気でいる」

「どんな仕事？」ぼくは聞いた。男でハイファイの人たちのためにそうじしたり料理したりって話は、うちの居留区《バスティ》では聞いたことがない。

「知ったこっちゃない」

「どこのマンション？」ファイズが聞いた。空《から》になった金網のかごをダッターラームの台においた。

「ゴールデンゲートだ。あそこは一軒一軒がえらくひろくて、ひとつの階に一戸しかはいってないらしい」

ぼくは目を見ひらいてファイズを見た。マーはハイファイ暮らしのいちばんびっくりするようなところを、ぜんぜん話してくれない。いじわるなボスレディのことばかり、ああだ《バク》こうだ《バク》しゃべる。


それから一時間しないうちに、ダッターラームはぼくに二十ルピーだけわたして、さっさと帰れと言った。ファイズはぼくに文句を言わせずに、店から遠くに引っぱった。

「洗うときにグラスを割らないようにすれば、ちゃんとはらってくれるようになるさ」

割ったのはグラス一個だ。二十ルピーもするはずがない。

だけどぼくはナンカタイをひとつ、皿からくすねてきた。ダッターラームがこっちを見てないのをたしかめてから、サモサ屋台の下にいる犬にかけらを落とした。

「さあ、ほら、おいで」ぼくは犬に言った。犬のうるんだ目はカージャル（アイライナー）で黒くふちどったみたいで、しっぽはCの字みたいにまがってる。毛がところどころはげて、あばら骨がうきでてるけど、犬はにやりと笑って、えさを一瞬でたいらげた。

ナンカタイのかけらを点々と地面に落としていくと、ぼくの足もとでえさをぺろっときれいにしながら、犬がついてきた。

「こいつが悪いジンだったらどうするんだよ」ファイズが言った。

この犬が悪い何かのはずは、ぜったいにない。こんないい子なんだから。

「今からこいつとオムヴィルの家にいってみるよ」ぼくは言った。「おまえはパリを家まで呼びにいってくれない？」

「おまえの助手じゃないぞ。あれこれ指示すんなよ」

「いいじゃないか、友よ《ヤール》、お願いっ」ぼくはお祈りするみたいに手を組んでたのんだ。

「わかったよ」ファイズは言ったけど、あまりよろこんでる感じじゃなかった。ファイズは走って消えていった。

　犬のことは、サモサって呼ぶことにした。サモサ屋台の下に住んでるし、サモサみたいなすごくいいにおいがするからだ。

　サモサとぼくは、たっぷりおしゃべりをした。これまでどんな捜査をしてきたか、ぜんぶ説明してやった。あんまり進んではいない。ぼくらは学校にいかないといけないし、宿題もあるし、暗くなったあと外に出てるのを、親たちはいやがる。クオーターのあとをつけて、酒屋《テカ》まで二度いってみたけど、あやしいことはしてなくて、ただ酒《ダール－》を飲んでるだけだった。ほかの酔っぱらいたちとはちがって、クオーターは酒を口にするたびにどんどん静かになった。

「そこで、おまえの助けが必要なんだ」ぼくはサモサに言った。「オムヴィルとバハードゥルがどこにいったか、その鼻で見つけられるよな」

　まだバスティにふたりのにおいが残ってるか、新しいにおいで消されちゃったかは、わからない。

　サモサがしっぽをふった。サモサはきっとパリよりずっといい助手になる。さっそく何か考えて、ぼくらだけの秘密の合図を持たないと。

オムヴィルのマーは玄関の段にすわって、ボクサー赤ちゃんをひざにのっけて、歌を聞かせてやってた。右手では、赤ちゃんのおなかをぽんぽんとたたいてる。オムヴィルのものを何か貸してもらえませんかって聞くと、オムヴィルのマーはぼくにむかって〝シッ、シッ、シッ〟とやった。「そのきたならしい犬をこの子に近づけないでよ」

この人はいつだって怒ってるんだと思う。怒った赤ちゃんを抱いてるせいで。サモサはきたなくなんかないのに。

あのへたっぴダンサーの弟はいなかった。きっとオムヴィルがしてたみたいに、プレス屋《ワーラー》のパパを手伝ってるんだと思う。寝台《チャールパイ》にすわって足をのばしてるご近所のおばあさんが、ぼくに声をかけてきた。

「友だちのことが心配なんだね」かさかさの声で言った。たぶん年のせいだ。

「毎日ぼくらは、オムヴィルのために朝礼でお祈りしてます。それにバハードゥルのためにも」

サモサがおばあさんのすわるチャールパイの脚をくんくんやった。ニワトリがコッコッと鳴きながら、あわてて逃げてった。

「もう聞いただろうけど、オムヴィルの父親は仕事をやめてしまったよ。もうひとりの息子を引きつれて、写真を手に路地から路地へと歩いてまわってる。家には一銭も金を持ってこない。一家は何を食べるというんだ？　どうやって食いつなぐ？　あれは」――オムヴィルのマーをあごでさした――「自分が働きに出ると言ってるけど、そしたら赤子はどうする？　あたしに面倒をみろってのかい？　このばあさんに？」おばあさんの声は質問するごとに大きくなった。

オムヴィルのマーは赤ちゃん言葉でボクサー赤ちゃんに話しかけてて、その子のげんこつは今はマーの髪を引っぱってた。さらにおばあさんは、オムヴィルのパパについても文句を言った。「借金に借金を重ねてさ。朝が来るたび、金を返せと玄関をたたく音がするのに、仕事に出ようともしない」

悲しい話なんだろうけど、ぼくは半分しか聞いてなかった。ファイズとパリは、なんでこんなに時間がかかってるんだろう。

「あのプレス・ワーラーはいつか自分にひどいことがおきるって、ずっと信じてた。仕事を失うとか、妻と子を飢えさせるとか。それが今、ぜんぶ現実になったってわけだ」

「犬はどこなの？」パリの聞く声だ。

「ほら」ぼくは言って、チャールパイの下からのぞいてる黒い鼻を指さした。

ファイズはたのんだとおりパリを連れてきてくれたけど、パリは手に本を持ってきてて、いくらひけらかし屋のパリにしてもちょっとやりすぎだって思った。パリは、うちのバスティでただひとりグリーンカードをもらってることを、みんなに知らせたいんだ。図書センターは、百冊以上の本を読んだ人にグリーンカードをくれる。ファイズとぼくは、ゼロ冊の本しか読んでないから、カードはゼロだ。

「みんなで食べものを分けてやるのは、べつにかまわないけど」おばあさんがさらに言った。「いつまでそんなことがつづく？」

「こっちの頭がおかしくなるまで、そうやってしゃべってるんでしょうね」オムヴィルのマーが玄関からさけんだ。ボクサー赤ちゃんはマーの顔を連続でパンチした。「聞こえてないとでも思ってるの？　ゆうべうちにロティを二枚くれたせいで自分は飢え死にだって顔は、やめてほしいわ」

「最近じゃ、人の親切をこんなふうに返すんだ」おばあさんはあごのひだをゆらしながら言った。

「おたくの二枚のロティはいくらよ？　二ルピー？」オムヴィルのマーは言い返した。

ぼくは立って、つま先立ちでパリとファイズのところまでいって、ふたりの婦人からみんなでそっとはなれた。どなり声を聞きつけて、近所の人たちが家から出てきた。サモサが逃げちゃうんじゃないかと心配になったけど、ちゃんと横についてきた。

「おまえのせいでケンカになったじゃないか」ファイズが言った。

「サモサがバハードゥルとオムヴィルのにおいを追跡するんだ」

「サモサ?」パリが聞いた。

「ぼくの犬だ」

「犬にはちゃんと犬の名前をつけなきゃ。モティとかヒーラ(それぞれ真珠、ダイヤの意)とかさ」パリが言った。

「犬はどう呼ばれたって気にしないよ」ファイズは言った。

ぼくらはバハードゥルの家にやってきた。いたのは妹のバルカだけだった。泡の水をたっぷりためたプラスチック桶で、服を洗ってた。

「バハードゥルのシャツを一枚くれないかな」ぼくは言った。「まだ洗ってないやつだと、なおいいんだけどさ」言葉にして言うと、なんだか気色悪い。

バルカは水をバシャバシャやった。ぼくは少しうしろにさがった。

「まずはサモサにバハードゥルのにおいをかがせないと」パリに説明した。

パリは手にした本をひらいて、マーからあずかっていたバハードゥルの写真を出してバルカに見せた。「これを返すね。マーがしまってた戸棚にもどそうと思うけど、いい?」

バルカはうなずいて立ちあがり、はいてる男の子用のジーンズで手をふいた。

パリは家にはいっていって、ベッドに本をおくと、ギーッと戸棚をあけてバハードゥルの写真をもどした。それから、ぴかぴかの冷蔵庫に立てかけたバハードゥルの通学かばんを指さした。「お兄さんに本を貸してたの」バルカに声をかけた。「なかにはいってないか、見させてもらうね」パリはバハードゥルのノートを一冊出して、ぼくによこした。黒い線の上に、バハードゥルのまるっこい言葉がぷかぷかういている。ぼくはサモサにたっぷりにおいをかがせてやった。

「何してんの?」バルカが言った。

「お兄さんに帰ってきてほしいでしょ? お兄さんに会いたくないの?」パリは言った。

女の子のほっぺたに涙がこぼれた。

「ああ《アレー》、泣かないの。ほら、泣かない」パリは言った。

ぼくがノートをわたすと、ファイズはそれを玄関の段においた。

「バハードゥルはどこにいる?」ぼくはサモサに聞いた。「さあ、さがしにいくぞ。おまえならできる」

サモサは吠えて、回れ右して走りだした。ぼくもうしろからダッシュした。足を高くあげて、レンガや鍋や、ゆうべ暖をとるために燃やされたゴミの灰の山をとびこえた。どれだけスピードが出てるかわからないけど、ルヌ・ディディより速いかもしれなかった。冷たい風がぼくのほっぺたをうしろに引っぱって、肌がつりにつって、肺の空気は足りなくて、目からは涙が流れた。と思ったら、サモサが家と家のあいだの細い路地にいきなりはいってったから、ぼくはあわててスピードを落とすことになった。ファイズがハアハアいいながら、うしろを駆けてくる。ぼくは手をふって、「おそいぞ」ってさけんだ。パリはバルカをなぐさめるために、家に残ったらしい。

ぼくは横むきになって、路地をじりじり進んだ。壁は苔とほこりでうずまき模様になっていた。ようやく路地のさきに抜けられて、ファイズもつづいて出てきた。呼吸が追いついてくるように、ぼくらは口をあけっぱなしにして、地面にすわりこんだ。

サモサがまえにやってきた。ぼくらとおなじようにハアハアいってる。

「バハードゥルがここにいた？」ぼくは聞いた。サモサは吠えた。たぶん、いたっていう意味だ。ファイズは首に巻いたぼろ布でおでこをふいた。

ぼくらはバスティのいちばんはしに来ていて、目のまえには学校の校庭よりずっと大きなゴミ捨て場があった。すぐそこでは、男の人が手桶の水でお尻を洗ってる。豚は、黒と灰色のゴミのなかにダイブするので、ピンクと白のおなかがまっ黒だ。お尻に乾いたフンをつけた牛は、目をぱちぱちやってハエを追いはらいながら、くさった野菜を食べている。犬は骨をさがして、きたないなかに鼻をつっこんで、少年や少女たちは、缶やびんをひろい集めていた。においがましになるよう火をつけられた最強にくさいゴミの山からは、煙があがっている。

クズひろいの子どもたちを見て、メンタルの少年たちのことを思いだした。場所は線路だけど、メンタルの少年たちもペットボトルをひろってた。メンタルのことは、ただのグルのつくり話だってパリは言う。ぼくはパリにはさからえない。図書センターからグリーンカードをもらってるから、パリは物語の専門家だ。

ゴミ捨て場をもっとよくながめようと立ちあがって、ぼくはキカルの木や、とげのある小さな木がかわいそうになった。まわりにゴミを捨てられるようになるずっとまえから、ここで生きてきたのに。まだ死んでない木もあるけど、葉っぱがすすけて黒くなって、マギーの袋めんの包装やビニール袋が風で枝にからみついてた。

ゴミ捨て場のむこうには塀があって、その塀のむこうには、スモッグで姿の消えかけたハイファイなビルがある。マーの話では、ハイファイな人たちはゴミ捨て場をなくそうとがんばってるらしい。悪臭のせいで自分たちのマンションの値段が安くなるからだ。ぼくが生まれるよりもっとまえの、ハイファイなビルが建ちはじめたずっとずっとむかしに、市はゴミ捨て場をつぶすはずだったけど、そうはならなかった。お上《かみ》はいつもぼくらのことを無視するけど、ハイファイの人のこともときどき無視する。世の中はふしぎだ。

「そこの小僧たち」ビディを吸いながら、ガラスびんとペットボトルの山を仕分けしてる男が、むこうから声をかけてきた。ゴミの仲買人だ。ゴミ捨て場のまわりにはたくさんの廃品回収屋《カバリ・ワーラー》が住んでて、家のまえにはビニールや段ボールの高い塔ができている。男の腕には、羽をひろげた黒いオウムのタトゥーがあった。今にも空にはばたいていきそうに見えた。

「あの犬に嚙まれたら、やしの木みたいに長い針を三本おなかに刺されんぞ」ビディの赤く燃えるさきでサモサのことをさして、言った。

サモサはぼくのことが好きだから、ぜったい嚙んだりしない。それに病気持ちでもない。サモサは狂犬じゃない。

「一服、吸うか?」男がビディをさしだした。

「吸ったら母さん《アンミ》にぶったたかれるよ」ファイズが言った。

「うちのバスティからバハードゥルとオムヴィルって子がいなくなったんだけど、このへんで見かけなかった?」ぼくは聞いた。

男はぽやぽやしたひげをなでた。「ここの子どもたちは年じゅういなくなる。ある日にゃあ、接着剤をやりすぎたあげく、どこかよそで運試ししようと思いたつ。またある日にゃあ、ゴミの車にはねられて病院送りになる。またべつのある朝にゃあ、おまわりにつかまって少年院に送られる。だれかが姿を消したところで、だれも大さわぎなどしない」

「大さわぎしてるんじゃないよ」ぼくは言った。「友だちをさがしてるんだ」

　重たそうな袋をかついだ子どもたちが、ゴミのなかをバシャバシャ歩いて、男のほうにやってきた。顔がかくれるほど大きな袋を頭にのせてる少年もいた。

「いい収穫があったか、え？《ハーン》」男が少年に声をかけた。

「ああ《ハーン》、帝王《バードシャー》」

　野良犬の何匹かが子どもたちのあとをついてきた。その四本足の友だちのほうへ、サモサはまっしぐらに駆けていった。

「サモサ、もどってこい」うしろから呼んだけど、むだだった。

　ゴミの仲買人はビディをもみ消した。クズひろいの少女が横のやぶけた袋をひらいて、こわれたおもちゃのヘリコプターを出した。「ボトルのバードシャー、今日はこんなのを見つけたよ」

　ボトルのバードシャーとはすごい名前だ。サモサにもそういうかっこいい名前をつけてやればよかった。

　そのサモサはというと、今はほかの犬のお尻をかいでいる。まったく、見てらんない。

　べつの子が来て、自分の発見したものをバードシャーに見せようと袋をあけた。ババードゥルとオムヴィルについてのぼくの質問には、だれもこたえてくれなかった。

ボトルのバードシャーは、クズひろいの子にヘリコプターを返した。

「おまえもおもちゃがほしいだろう」

女の子はにっこりした。きっとボトルのバードシャーは、メンタルみたいないいボスマンなんだろう。

暗闇をうろつく何者かが子どもをつかまえようとするのを見なかったかって、ファイズがその子に質問した。たぶんジンのことを聞いてるんだと思う。

「みんな、外で寝るの」女の子はファイズに言った。「親もいないし、家もないから。わたしたちをさらおうとするバカは年じゅういるけど、みんなで戦って追っぱらってる」

たぶん嘘だ。こんなに小さいんじゃ、ありんこだってこわがらない。

あれよというまに光の色が黄から茶になって、黒になった。家からは夕方の音がもれてきて、あちこちのテレビがさけんで、薪の火にのどをくすぐられた女たちが咳をした。マーもそろそろ帰ってくる。

「サモサはなんでぼくたちをここに連れてきたんだと思う?」ぼくはファイズに聞いた。

「まぬけだからだろ」

ぼくはサモサを呼んだ。今じゃ鼻でゴミをつついてる。

「ほっとけよ、友人《ヤール》」ファイズが言った。「あの犬はおなかが減ってるんだ」

ついさっき、ひとつまるまるナンカタイを食べてることは、ファイズには言わなかった。あれがあれば、ぼくのおなかも満足して静かになっただろうに。

クズひろいの子が口でパタパタパタパタ言いながら左手でヘリコプターを操縦して、空《から》になった袋を右手でぶらぶらさせて、ぼくらのまえを走っていった。ファイズとぼくも、あとから走った。はじめはヘリコプターのお客さんだったけど、そのうちに、ぼくらも飛んでるみたいに両手をひろげた。ハイファイ・ビルよりもスモッグよりも、高い空の上までのぼっていって、衝突しないようにビーッビーッって言いながら、おたがいをよけあった。

空を飛ぶのは、最高の気分だ。

ルヌねえちゃん《ディディ》とぼくが宿題をしてると——

——シャンティおばさんがうちのドアをたたいて、マーとパパに外に出てくるよう目と眉毛で合図した。ぼくらには、そのまますわってなさいってきびしい表情で伝えたけど、それと同時に、顔に描いてあるみたいなピエロっぽい笑い顔をつくった。おばさんは顔に仕事をさせすぎる。大人たちは外で集まって、口を手でおおってひそひそ話をはじめた。

バハードゥルとオムヴィルがもどってきたのかもしれない。サモサについてファイズとゴミ捨て場にいって何も見つからなかった日から、二日がたった。これまでのところ、ぼくの探偵仕事は大失敗だ。手がかりは何もないし、たったひとりの容疑者のクオーターは、あやしそうなことは何もしていない。ぼくがニュースになるとしたら、アナウンサーは〝**行方不明の子どもさがしは手づまり。子ども探偵みとめる**〟って言うにちがいない。

外にいるパパは、マーやおばさんくらいの小声でしゃべろうとしてるけど、うまくいってなかった。ルヌ・ディディとぼくは、〝ランディー〟っていういけない言葉を聞いてしまった。ディディは、やれやれって顔で首を横にふった。うちの学校では、ランディーは女子にいちばん言っちゃいけない悪口だ。ブート・バザールの娼館《コーター》にいる女みたいだって意味になる。

ぼくはコーター街にいったことはないけど、そういう女の人たちがバザールで焼きそば《チャウミーン》や軽食《チャート》を買ってるのは見たことがあって、みんな、汗の線が傷あとに見えるくらい化粧が濃かった。そういう女の人たちは、若い男にむかってチュッチュッて音を出して、黄色い声で言う。「ねえ、お若いお兄さん《チクナー》、こっちに来て、ズボンのなかにかくしてるものを見せておくれよ」

まえにコーターのことを聞いたら、あそこにいるのは恥を恥と思わない女の人だって、マーは言った。バザールのあのよくないエリアにはいかないって神さまに約束させられたし、いくこともないけど、探検する場所がほかにたくさんあるってだけだ。

ルヌ・ディディは、立ってコンロのダールをかきまぜにいった。うちにもダールに入れるお肉があればいいのに。肉を食べると筋肉がつく。大きくなって金持ちになったら、サモサとぼくは、毎日、朝と昼と夜にマトンを食べて、ぼくらの脳みそは二倍かしこくなって、警察がわからなかった事件を解決するんだ。そういやサモサは、今夜は夕食に何を食べてるんだろう。

マーが家のなかにもどってきた。ルヌ・ディディの横にすわって、小さくまるめた小麦《アー》粉生《ター》地をとって、ロティのかたちに平たくのばした。コンロの火に近すぎたので、ディディがマーのサリーのはしをペチコートにたくしこんだ。

「マー、何があったの？」ディディが聞いた。

そのときはじめて気づいたけど、マーの目は涙でいっぱいだった。〈パラシュート〉の容器からぼくがお金を盗んだのがバレてるのかもしれない。ぼくは吐きたくなって、うん《ナンバ》ち《ー2》までしたくなった。

ぼくはマーのところまで這っていった。「どうしたって？」

「あんた」マーはぼくの手首を強くつかんだ。「いつになったら、あちこちうろつくのをやめるの？　面倒みてる人がだれもいないと思われるでしょう」

きっと居留区《バスティ》婦人連絡網のだれかが、ダッターラームのお茶屋で働くぼくを見かけて、言いつけたにちがいない。ぼくは手をふりほどこうとした。マーはぼくをいかせて、自分のおでこをたたいた。「ねえ、神《バグワン》さま、わたしたちになぜこんな試練をあたえるのですか」

ぼくはだまってた。マーはぼくじゃなくて神さまと話をしてて、神さまにはマーの質問にこたえるよりほかにやることがある。

「マー、何があったのか教えてよ」ルヌ・ディディが言った。

「アンチャルよ」マーは言った。「アンチャルがいなくなったの」

「だれ、それ?」ぼくは聞き返したけど、売春の女の人だってことは、もうなんとなくわかった。シャンティおばさんは、きっとその話をマーとパパにしてたんだろう。

「アンチャルは土曜に家を出て、まだもどらないの」マーは言った。「三日間——今夜で四日、家に帰ってきてないって」

ルヌ・ディディがダールを火からおろした。

「あなたは男子とは口をきかないわよね?」マーがディディに聞いたけど、ディディは頭がこんがらがって何もしゃべれないみたいだった。

「そのアンチャルって子にはボーイフレンドがいた」マーはそう言ってから、ぼくに強く命令した。「ジャイ、外に出てなさい」

「だって宿題がある」ぼくは言ったけど、立ちあがった。パパとマーは、なぞの理由でいっつもぼくとディディを追いはらおうとする。夏はいいけど、雨のときとか、今夜みたいな凍えそうな夜に、子どもにそんなことをさせるなんて、ひどすぎる。

外の井戸端会議は、とても大人むけだった。マーはぜったいぼくに聞かせたくなかっただろう。ぼくを追いだしたりするからいけない。

「自分のおじいさんほどの年のボーイフレンドだって」あるおばさんが言った。「しかもムスリム」

「友だちと映画を見にいくって、母親には言ったらしいじゃない。じつは娘はムスリムとつきあってたなんて、かわいそうに、母としてどんな思いでいることか」

「あんな娘だよ、彼氏が何人いたっておどろかないわ」三人目のおばさんが言った。

売春の女の人はきっと、ボーイフレンドがたくさんいるから売春の女の人なんだ。

「ムスリムはヒンドゥーの娘をかっさらって、無理やりイスラム教に改宗させる。愛の聖《ラブ・ジハ》戦《ード》だよ、連中のやってることは」どこかのおじさんが言った。「爆弾テロのおつぎが、これだ」

おじさんやおばさんたちは、ファティマねえさん《ベン》みたいなムスリムのご近所さんがそばにいるときは、こんな話はぜったいしない。

シャンティおばさんのだんなさんが、若い娘は信用ならないって、パパに注意した。

「口で言うこととやることが、まるでちがう。ルヌにもきびしくしたほうがいい。競走の試合で、あちこちにいってるらしいじゃないか」

「ディディは地区対抗で勝つことしか考えてないよ」ぼくは言った。「将来は、メダルと結婚するんだ。パパはディディのために持参金をはらわなくてすむね」

「だれが外に出ていいと言った？」パパが言った。

「パパの奥さんは、ぼくの顔を見てたくないらしいよ」

パパはため息をついて、ぼくをせっついて家にはいらせた。ぼくらの教科書は、夕飯を食べられるようにルヌ・ディディがどけてあった。アンチャルのムスリムのじいさん彼氏っていうのは、だれなんだろう。うちのバスティにも、じいさんのムスリムはたくさんいるけど、ぼくが知ってるのはテレビ修理のおじさんだけだ。まさか、あのおじさんがアンチャルの彼氏だなんて？

マーが怒りをまき散らしながら、みんなのお皿にダールをよそった。そしてルヌ・ディディに秘密のムスリムの彼氏がいるみたいに、そっちをにらみつけた。

「パパ」ぼくは言った。「マーがまた大げさなこと《ドラマ・バージ》してるよ」

マーのお玉がバシッとぼくの皿をたたいた。だまれってことだ。


つぎの日の午後になるころには、ぼくらがそばにいるのを忘れて大人たちがしゃべった内容や、ファイズが夕食で自分のサブジをゆずって兄さんたちから聞きだした話から、パリとファイズとぼくは、もうアンチャルについてかなりくわしくなっていた。アンチャルの情報はむこうからじゃんじゃんやってくる。いろいろ知るのにパープル線に乗る必要はなかった。バハードゥルとオムヴィルのことは、ほとんどだれも知らないけど、アンチャルはブート・バザールでは世界的有名人らしい。

お昼休みのあいだは校庭に出て、まわりの女子をじろじろながめてるクオーターのことを見張った。うちのクラスの子たちはおもしろそうなことをして遊んでたけど、いっしょにまざるわけにはいかない。ぼくとパリには、解決しないといけない事件がある。

ぼくの指示のもとで、パリがアンチャルの行方不明の報告書をつくった。できあがった報告書は、『ポリス・パトロール』で見たのとおなじくらい、いい感じだった。

なまえ　アンチャル
父さんのなまえ　クマル
年れい　十九〜二十二
特ちょう　小麦色の女性。丸顔、やせ型、身長五フィート五インチ（か、五フィート三インチか、五フィート四インチ）。黄色いクルタを着ている。
最後に見られた場所　ブート・バザール

パリのノートをわたすと、ファイズは報告書を横目でながめて言った。「アンチャルはいつ十九になったんだよ。二十三か四だって、みんな言ってるぞ」

「プロっぽいだろ」ぼくは言った。

「アンチャルを見つけるのに、これがどう役に立つんだ?」

ファイズはぼくらが何かをうまくやっても、ぜったいみとめようとしない。だけど、この報告書を何に使うのか、ぼくにもさっぱりなのはたしかだ。

「容疑者のリストをつくろうよ」パリが言って、ノートをファイズからとり返した。

「あいつがナンバー1だ」ぼくは目でクオーターをさした。

「アンチャルのパパが悪いんだって、共同トイレで言ってる人もいた」パリが言った。

「むかしはオートリキシャの運転をしてたけど、今は結核かガンか何かで、その仕事ができなくなって、それで、アンチャルがお金のためにどんなことでもやらないといけないんだって。コーターで働くこととかまで」

パリは考えてることを秘密の暗号で音にするみたいに、ノートをペンでトントンたたいた。

「ファイズ、テレビ修理のおじさんについて、もっとさぐってくれない？」ぼくは聞いた。

「もっとって？」

「アンチャルのことを知ってたか、とか」

「あのおじさんがアンチャルのムスリムの彼氏だってのか、え？《ハーン》 やっぱりな。おまえらヒンドゥー教徒は、なんだってムスリムのせいにすんだ」

「おじさんが容疑者なのは、バハードゥルがそこで仕事してたからで、それに、たぶんバハードゥルを最後に見た人だからよ」パリが言った。「ジャイが言ったのにそれ以外の理由はない。だよね、ジャイ？」

「もちろんだ」そんなこと、思いつきもしなかった。

「ファイズ、あのおじさんとは今度モスクで会うでしょ。よろず屋《キラナ》のおやじさん《マリク》も、おじさんのことを知ってるかもよ」パリが言った。「ブート・バザールでお店をやってる人どうしは、みんな知りあいだから」

「仕事をしながらだって、いろいろ聞けるだろ」ぼくは言った。日曜日のダッターラームのお茶屋では自分もそうしてるって言いそうになって、あぶないとこでパリがその秘密を知らないことを思いだした。

「ジャイとわたしは、コーターの女の人たちにアンチャルのことを聞いてみる」

「サモサを連れてこう」ぼくは言った。

「そんな時間はないから」パリは言った。「それに、あの犬は吠えて人にうるさがられるだけだよ」

「はあ《アレー》、なんでヤークブおじさんの馬みたいに、そんなのろいのよ」二フィートしか後れをとってないのに、パリがぼくに声をあげた。走ると通学かばんが足にがんがんあたって、痛かった。行方不明の子どもと売春の女の人のなぞを、ぼくはそこまでして解きたいのかな。ちょっとひと休みして遊んだり、午後のテレビを見たりするのも、いいかもしれない。テレビはつまらないけど、リモコンをひとりじめすることはできる。この時間は、マーとパパは仕事だし、ルヌ・ディディは練習だ。

「ジャイはすぐ気が散るんだから」パリが言った。「集中力がないの。キルパル先生の言うことは、超《エクダム》そのとおりだよ。問題を見て、それからハエとかハトとかクモとかを目にすると、自分が今試験中だってことを忘れちゃう。だから、ジャイは点数が悪いの」

走るのに息を節約しないといけないから、今は何も言い返さなかった。ぼくほど走らなくちゃいけない探偵は、世界にいなかったと思う。少なくとも、ぼくは走れるかっこうをしてる。ビョームケーシュ・バクシーは白い腰布《ドーティ》を巻いて犯罪と戦うけど、ドーティはすぐにほどけて、バザールのまんなかでパンツ《チャッディ》一枚なんてことになるから、最悪だ。そしたらみんなに笑われて、追っかけてる犯人にまで大笑いされる。ぼくのズボンは丈が短くなって、くたびれてはいるけど、悪い人たちと殴りあいになっても、ずり落ちて足首のとこにたまったりする心配はない。

コーター街の路地はせまくて、両側の建物はくずれそうだった。一階には、防水シートの店とか、ペンキや、パイプや、便座を売る店がならんでいる。ムキムキの男が力こぶをつくって、歌手がテレビでギターを持つみたいなポーズで、塩ビパイプを持ってる看板もあった。口のところには吹きだしがついてて、〈ストロング!!!〉って書いてある。べつの看板には〈金物〉と大きな字で書いてあって、〝塗装工、大工、配管工の手配も可〟と、小さな字で書いてあった。どの店も退屈すぎて、ハエさえ遊びにこない。店の二階の窓からは売春の女の人たちが顔をのぞかせてて、歩く人にむかって手をたたいたり、口笛を吹いたりしていた。パリはくすくす笑った。笑うなんて勇気があるなと思ったけど、顔を見てみて、緊張で笑ってるんだって気づいた。そんなふうになる人はいる。ルヌ・ディディも、パパに怒られるとへらへら笑う。

寒いしスモッグが出てるのに、売春の女の人たちはブラウスとペチコートだけで、上からサリーを着てなかった。くちびるは血よりも赤くて、首は金銀のアクセサリーできらきらしてる。「アンチャルはここで働いてますか?」パリが上を見あげて、あけたよろい戸の下に結びつけた物干しロープに服を干してる女の人に聞いた。お店屋の人たちの耳にはいっていかないで、まっすぐに相手にとどくように、パリは両手をつつにして口にあてた。

女の人は下をのぞきこんだ。体の半分を窓からぶらさげて、言った。「だれが聞いてるの？」

パリがこっちを見た。ぼくらは探偵ですってこたえたら、きっと笑われる。

「なんの用で来た」ぜんぶの指に指輪をはめた、ギンギラの男が聞いてきた。お店のカウンターの手前にある、低い腰かけにのせたサーバーから、素焼きのカップに水をついでるところだった。

「用があって」パリは言った。

だれかがぼくのほっぺたをつねった。野菜でいっぱいの布袋を持った女の人だった。袖なしのシャツを着てるせいで、両腕とも鳥肌が立っている。

「あんたたちはここに来るには早いよ。お母さんがどっかのコーターで働いてるの？」

「バサンティ、こんな時間から魅力をむだにふりまくなって」男が言った。「特別な相手を送りこんでやるからさ」

女の人はぼくらににっこり笑って、さよならと手をふった。金色のサンダル《チャッパル》が舗装《ほそう》の地面をパタパタ歩いて去っていった。

「行方不明の娘のことを聞いてたな」男がパリに言った。「聞こえたぞ。アンチャルをなぜ知ってる」

「授業してもらってるんです」パリが言った。

これはへたな嘘だ。売春の女の人が、どうしてぼくらに算数や環境や社会を教えないといけない？

「おれの知るアンチャルは、子どもにものを教えたりしない」男はカップの水をすすってうがいをして、吐きださないで飲みこんだ。

「図書センターはどこですか？」パリが聞いた。

「そんなの知ってるじゃないか」ぼくは言った。

「コーターのどこかにも、ひとつあるんですよね？」パリはぼくを横に押しのけて言った。

男は首のすじをのばしてから、つむった目に素焼きのカップの水をパシャパシャかけて、手の甲でぬぐった。

「二軒さきの左側だ。階段をのぼった上にある。今はだれもいないかもしれない。たいてい夕方まえには閉まる」

「いってみます」パリは言った。「クオーターって名前の男の子は知りませんか？　長《プラダン》の息子なんですけど」

「ずいぶんあれこれ聞くな」

「見かけたことあります？」

「どこのコーターで働いてる？　番地は？」

「コーターで働いてるんじゃありません」

「ここにやってくる男たちに、いちいち名前は聞かない。おれは手助けしてやり、むこうは金をくれる。それだけのことだ」

　男のぬめぬめしたいやらしさで空気が濃くなってきて、ぼくは急いでそばからはなれた。ほっとしたことに、今度はパリもついてきた。

「パリの図書センターはファイズのモスクの近くだろ？」ぼくは言った。「それがなんでここにあるんだ？」

「歩いてやってきたんじゃない？」パリは言った。「それかEリキシャに乗って」

　パリは自分だけはわかってるって顔をしてる。試験でカリカリ音をたてて答えを書いてるときと、まったくおなじ顔だ。ぼくがちらっとそっちを見ただけで、自分のすばらしい答えを丸写しされるんじゃないかと心配して、答案用紙を両手でかくしたりする。

　ギンギラぬめぬめ男が図書センターがあるって言った建物のまえまでやってきた。踏むところがひびだらけの階段が、上のかびっぽい暗がりにむかってぐるぐるのびていた。

「ここは売春の人の子どものためのセンターなんだよ。わたしのセンターのおねえさん《ディディ》たちも、何日かここで働いてる。話してるのを聞いたの」

「そういうことを助手は知っとくべきなんだ」ぼくは言った。「でかした」

パリはぼくの腕をピシャッとたたいた。

ぼくらは階段をあがった。両側の緑色の壁はぱりぱりで、古いパーンのよごれで、ところどころが茶色かった。男の一部をピストルみたいに女の口にむけてる絵が、左目のはしに見えた。その男の一部をかくそうと線で上から消してあったけど、やり方が雑すぎた。ぼくは笑わなかった。パリはきっと気に入らない。

部屋のなかにはいると、オレンジのライオン、緑のラクダ、青いココナッツの木のぐにゃぐにゃした絵で、壁がかざられていた。今、床でお絵描きしたり、本を読んだりしてるような小さな子たちが描いたんだろう。

「パリ、こんなとこで何してるの」ひとりの女の人が声をあげた。

「何って、ディディに会いにきたの」パリは言った。「ここにいるって聞いたから」

「ここにいけって、アーシャが？」

「そうじゃなくて、いろんな人に聞いたら、だれかがディディは今日はここのセンターにいるって言ったの。この場所はいいね。うちのセンターよりいろいろある」

ぼくはふさふさのライオンのしっぽによりかかった。パリは前髪をピンでとめてきてなくて、髪がおでこにたれている。こんなぽんぽん出まかせを言ったやましさが目に出てるかどうかは、ぼくからは見えなかった。

「ねえ」ブルージーンズに赤いセーターを着たディディが言った。「ここは子どもが来る場所じゃないの」だけどすぐにバカなことを言ったと気づいた。床にすわってる小さなふたりの女の子が下から見あげてたからだ。〝じゃあ、あたしたちはなんでここにいるの?〟って、ふたりの顔には書いてあった。

「外に出ましょう」ディディは首をぐいと動かして、パリに言った。それにはぼくもふくまれるらしい。ぼくらはすなおに階段のとこまでついていったけど、ただでさえせまいその場所には、空《から》のペットボトルとロープとふたつきのペンキ缶がずらっとならんだ棚まであって、さらに窮屈だった。天井からはクモの巣がたれさがってる。

「あなたたちがここに来てることを、親は知ってるの?」ディディが言った。

子ども探偵にとっては、これがいちばんの問題だ。ビョームケーシュ・バクシーやシャーロックとワトソンには、だれも親のことなんてぜったい聞かないはずだ。

「ねえ、ディディ、アンチャル《アチャ》のことは聞いたでしょう?」パリが質問した。「彼女のことは知ってる?」

「いなくなった話は聞いたわ」

「わたしがバハードゥルとオムヴィルの話をしたのは、おぼえてるよね」パリは言った。

「行方不明になったわたしたちの友だち。アンチャルといっしょで」

「その友だちとアンチャルは関係ないわよ」ディディは言った。「アンチャルは悪い人たちとつきあってしまったのかもしれないし、悪いときに悪い場所にいたのかもしれない。あんたたちみたいにね」パリの肩をつかんで、ゆすった。「両親がいっちゃだめだって言うこういう場所をうろつくなんて、何を考えてるの？」

「アンチャルを最後に見たのは？」パリはディディが口から泡を飛ばしてるのも気にせず言った。「いなくなった夜にもここに来た？　友だちといっしょのはずが、ちがったんだって」

「アンチャルはコーターでは働いてなかった」ディディは言って、泣きたいみたいに目をふせた。「彼女はうちのセンターを訪ねてきたことがある——ここじゃなくて、あなたがいつも本を借りてるほうよ、パリ。英語の上達のために読める本はないか、さがしにきたの。会ったのはその一度だけ」

「売春の女の人じゃなかったの？」ぼくが質問すると、パリが腕をぎゅっとつねった。爪が肌までとどくにはセーターもシャツもあるのに、痛かった。

ディディはなんなら自分もつねってやろうかって顔でぼくを見た。「この子はだれなの？」

「ただのバカ」パリがこたえた。

「ここには二度と来ないこと、いい？」ディディは棚の木のささくれを折って言った。

「今すぐ家に帰りなさい」

ぼくらはほんじゃバイバイさようなら《オーケー・タタ・バーィ》と言って、足がすべりそうになっても横の壁には手をつかないようにして、階段を駆けおりた。外に出ると、自転車リキシャやバイクやスクーターに乗って、ぞくぞくと男たちが集まってきていた。

「テレビ修理のおじさんがここに来てたか、しらべてみる？」ぼくは言った。

「あのディディは嘘はつかない」パリは言った。「コーターで働いてないってことは、アンチャルは売春の女の人じゃなかったんだよ」

「じゃあ、なんだ？」

「ご近所さんに聞きにいこう。きっと知ってるから」

いい考えだ。できれば、ぼくが思いつきたかった。

「おばかさん《チューティー》、写真を撮ろうなんてしないの」売春の女の人が自分の窓に携帯をむけてる少年にさけんだ。上から落としたスリッパが頭に命中した。少年はそれを投げ返した。オートリキシャに乗った男たちは、顔を外につきだして口笛を吹いた。

パリがぼくのひじをつかんだ。人ごみから抜けだすのは、足に重たいおもりをくりつけて泳ぐみたいなものだった。ぼくはもう長いこと泳いでない。じいちゃん、ばあちゃんの村には泳げる池があるけど、そこだとバッファローとゆずりあわないといけない。

家に帰ると制服から着がえて、ヒンディー語の教科書を手に床にすわって、あしたの授業までに暗記しないといけない詩の言葉の下に線を引っぱった。なんでお月さまは半分に切られた日と、まあるい日があるのか、その詩は答えを知りたがっていた。詩っていうのは、自分でした質問にこたえないとこが最悪だ。

ルヌ・ディディがドアを大きくあけてはいってきた。まるめたセーターを手に持ってて、髪はぬれていて、シャツのわきの下は汗でまるく黄色くなってた。着がえのためにぼくを追いだして、そのあとは、バスティの友だちとおしゃべりをしに家を出てった。ディディはぼくよりさらに勉強をしない。

「あいつ、ルヌをずっと見てたいんだよ」友だちがディディに言うのが聞こえた。あのまだら顔の男子のことか、通りすぎる女子全員をじろじろ目で追うクオーターのことを言ってるにちがいない。まえに見たけど、あいつはルヌ・ディディのこともながめてた。

マーとパパが帰ってきて、うちのなかにはマーがハイファイ・マンションから持ち帰った、残りもののオクラ炒め《ビンディ・バージ》のにおいがひろがりはじめた。すぐにでも食べたかった。ぼくは、ビニールパックに鼻を近づけてくんくんやった。マーがうしろから頭をたたいた。

「その場所をそんなにたたいたら、いつかバカになるよ」ぼくは言った。

「ジャイ」ディディが外から言った。「友だちが来てるよ」

　パリはマーにどんな大嘘をついて夜なのに家から出してもらえたんだろうと思いながら、ぼくは外に出た。だけどパリじゃなかった。ファイズとタリクにいちゃん《バーイ》だった。

「仕事が早くおわったんだね」ぼくはファイズに言った。

「ぜんぶあの人の気分しだいだよ」ファイズはよろず屋《キラナ》の店主のことを言った。「ある夜は九時に閉まって、ある夜は十二時に閉まる」

　ぼくも仕事をするようになったから、ぼくたち僕《しもべ》はご主人さまの時計に自分のを合わせないといけないのを知ってる。

　タリク・バーイがぼくににやりと笑いかけた。シャー・ルク・カーンみたいなえくぼがあって、おまけにグレーの長袖のシャツを着て、黒いズボンを太いベルトできゅっとしめてて、スーパースターみたいにかっこよくきめてる。

「上々《ティーク・ターク》か？」

「うん、バーイ」ぼくはこたえた。「調子いいよ」

「食事をしてたら、ファイズがおまえとどうしても話がしたいって言いだしてよ」タリク

・バーイが言った。「それで、散歩がてらいっしょに来てみるかと思ったってわけだ。おまえらもそろそろ自分の携帯電話を持ってもいいんじゃないか？　そしたらいつでも好きなときに話ができる。真夜中だってなんの問題もない。安くていいルートを紹介してやるぞ、ジャイ。特別価格だ。おれの従業員割引で安くなる」
「バーイ、ここで営業しないでいいって。ジャイは五ルピーも持ってないんだ。こいつから仲介料はとれないよ」

タリク・バーイは笑った。

「マーは携帯は買ってくれないよ」ぼくは言った。

「いつかは買ってくれるだろ」タリク・バーイは言った。「そのときには、おれのことを思いだせよ」

「そろそろ話をしてもいい？」ファイズが言うと、タリク・バーイは〝わりい、わりい〟と言って、ぼくらからはなれて路地をぶらぶら歩いていった。タリク・バーイはファイズをバカあつかいしない。ルヌ・ディディとはちがう。

「今日、テレビ修理のおじさんと会ったよ」ファイズは言った。

「モスクで？」

「おい《アレー》、今日は仕事だったって知ってるだろ。だけどおやじさん《マリク》がキラナを店じまいにしたあと、テレビ修理の店にいって話したんだ。バハードゥルとおなじクラスの生徒だって自己紹介した。おじさんは、バハードゥルが古いテレビの裏に象のおもちゃをかくしてたのを、つい先週見つけたって話をしてくれた。ついでに、お金のはいった封筒も見つかったんだってさ」

「象のおもちゃ？」

「青とオレンジの。超《エクダム》どうでもいいよ。だけどさ、その封筒のほうには、これまでバハードゥルにはらってやったお金がそっくりはいってるんじゃないかって、テレビ修理のおじさんは言ってた。バハードゥルはきっとそこにかくしてたんだよ。家に持って帰ったら、飲んだくれラルーに見つけられて、二分後にはお金が酒《ダールー》に化けちゃうから。といっても、まだ安心はできないけどさ。お金はバハードゥルのマーにぜんぶわたしたそうだから」

「ぼくらが考えてたとおりバハードゥルが家出したんなら、お金はぜんぶ持ってったはずだ」

「テレビ修理のおじさんも、まさにそのことを言ってた。バハードゥルがお金のことを忘れてたんじゃなければね」

「お金のことを忘れるやつがいるか？」ぼくは言った。

「いないね。百万長者《カロールパティ》だって忘れない」

ぼくらはぼさっとつったったまま、しばらく静かに考えた。その静けさのなかにバスティの雑音と、夫婦ゲンカの声と、テレビのけたたましい音と、赤ちゃんの泣き声が侵入してきた。

するとそのとき、だれかのさけび声がした。ぼくはぎょっとした。だけど、路地のさきで少年ふたりと夜のクリケットをしてる、ただのタリク・バーイの声だった。三人はバットがわりの教科書と、小さなプラスチックのボールを手にしていた。ファイズはぼくをおいて、捕手《ウィケットキーパー》をやりにいった。タリク・バーイがスピンをかけてボールを投げた。グーグリー球だ。ボールは打者《バッツマン》の教科書のはしっこにあたって、はねあがってファイズの手にそのままおさまった。

「アウト」ファイズはさけんだ。ハイタッチするファイズとタリク・バーイはすごく大きな笑顔をうかべていて、家々のまえにぶらさがる電球の落ち着きのない明かりのなかでも、歯が光ってるのが見えた。

ルヌ・ディディがぼくとクリケットをすることはない。競走しようってときどきさそってはくるけど、負けることが百パーセントたしかな勝負《パッカ》なんて、やってもおもしろくない。

「ジャイ、仲間にはいれよ」タリク・バーイが言った。

「ジャイ、夕食ができたよ。マーが家にはいれって」ルヌ・ディディが言った。

ディディはぼくの幸せをこわす天才だ。

つぎの日、学校から出ると——

——居留区《バスティ》はスモッグにうずもれて姿が消えかかってた。パンクした自転車のタイヤ、レンガ、こわれたパイプを重しにしてブルーシートでおおった家々の屋根の上には、黒い影がひろがっていた。ほんとなら、マーとパパのベッドの毛布にくるまって、うちでテレビを見てていいはずなのに。だけどぼくは、この寒いなか、探偵の仕事をやっている。もうやめにしたかったけど、そんなことはパリには言えない。パリはぜったい解けない数学問題にいどむような姿勢で今回のなぞにとりくんでいて、何百万ものメモをとって、千本ものペンのインクをむだにした。ぼくも負けてるわけにはいかない。

ぼくらはアンチャルの家にむかっていた。お店をやってる人たちからファイズが住所を聞きだしてくれた。

「発表の宿題はいつやるのよ？」パリが文句を言った。冬の野菜と果物の写真を集めてくるようにってキルパル先生が宿題を出したけど、どの家にも新聞や雑誌はないから、どうせみんなやらないでおわる。

「勉強したいなら、家に帰って勉強しろよ」ファイズが言った。「でも、そうはしないよな。パリは探偵ごっこが気に入ってるから」

「ごっこじゃない」パリは言った。「真剣なの。命がかかってるの」

「悪いジンから人は救えないよ」ファイズは言った。「それができるのは、悪霊《あくりょう》ばらいの人だけだ」

「ぼくらだって悪霊ばらいになれるかもしれない」ぼくは言った。

ファイズは目でぼくをパンチした。「ジンと戦うには、コーランの節を唱えないといけない。ひとつでも何かまちがえたら、ジンに殺されるぞ。だから、ちゃんと訓練を積んだ人だけがやるんだ」

「ババ・ベンガリは訓練してるかもよ」ぼくは言った。

「ヒンドゥーの導師《ババ》たちは、コーランのこともジンのことも、何も知っちゃいない」

パリが歯をぎりぎりやってる。ジンの話をしてるのが気に入らないんだ。

アンチャルの住む通りには、レンガでできた頑丈な家《パッカ》がならんでた。二階がのってる家もある。裏に自分ち用のトイレもあるにちがいない。

ぼくらはレンガに腰かけて洗いものをしてる女の人のとこにいって、アンチャルの家はどこですかって聞いた。すると、泡だらけの指で家をさした。あごひげのあるヤギが、そこの玄関先からぼくらを見てメーと鳴いた。

パリはしおれた葉っぱを地面からひろって、ヤギにやった。噛むたびに首輪の鈴がチリンチリン鳴って、その回数が多すぎた。セーターみたいにぶあつい赤白のチェックのシャツを着たぼくらくらいの年の少年が、ドアのとこに出てきて、ひざでヤギを外に押しのけた。食べる量が多すぎる人みたいに、顔がまるかった。

「なんの用？」その子は言った。大通りからけたたましいトラックのクラクションの音が聞こえてきた。

「アンチャル」とパリが言った。

「ここにはいない。おまえたちはだれだよ」

「わたしたちの友だちのバハードゥルとオムヴィルのことを、アンチャルが何か知ってなかったかと思って。そのふたりも、いなくなっちゃったの」パリは言った。

「いなくなったとき、うわさは聞いた」

「アジェイ、だれと話をしてるの？」家のずいぶん奥のほうから女の人がどなった。

「だれでもない」少年は言った。「アンチャルねえちゃん《ディディ》のことを聞いてきた子がいるだけだ」

「追い返しなさい」声の人はさけんだ。アンチャルのマーだろう。

ファイズが小さく舌打ちした。

「すぐに帰るから」パリが少年に言った。「だけど助けてくれない？　わたしたちは友だちを見つけたくて必死なの。警察はなんにもしてくれなくて」

パリはアンチャルのじいさん彼氏のことを、ぼくに質問させてくれなかった。

「警察は、うちのことも助けてくれない」少年は言って、玄関から少しはなれるようにぼくらに合図した。

「ちょうど今日、女の警官がパパにこう言ったんだ。〝なぜ泣くのよ。娘はイスラム者《ムッラー》（イスラム教に通じる指導的男性。もとは尊称）のボーイフレンドと駆け落ちしたんでしょう〟って。だけどディディに恋人はいなかった。姿を消した日は、英語教室にいってた。いつも週四で通ってる」

「きみのディディは、もしかして――」ぼくが言おうとすると、パリが横からさえぎった。

「ディディは大学にいってたの？」

「このまえの六月の十年生の試験に通らなかったんだ」アジェイは言った。「今は美容室で働いてる。あと、いろんな人の家にいってメヘンディ（短期間で消えるヘナによるタトゥー）とか、顔の美白とか、毛染めとか、そういうことをしてるけど、ほんとに望んでるのはコールセンターの仕事につくことだ。だから英語の授業に通ってる」

聞けない質問が多すぎる。まずひとつ、なんで売春の女の人がコールセンターで働きたい？　そしてふたつ、今年まだ十年生だったなら、アンチャルが二十三歳なわけはなくないか？

「警察は、本人が勝手に家出したんだってバハードゥルのマーに言った。オムヴィルの両親にもおなじことを言った」パリが言った。「自分たちに都合がいいからでしょ？　なんにもやらないですむから。わたしたちに何かがあったら、ぜんぶわたしたちのせい。どこかの家からテレビが消えたら、わたしたちが盗んだってこと。わたしたちが殺されたら、自分たちで殺したってこと」話しながら怒って頭をふったから、髪がばっさばっさと顔に落ちた。

まるで砂糖や黄金でできてるみたいに、アジェイはパリのひとつひとつの言葉に夢中で聞き入った。

「ディディは何歳なの？」ぼくは聞いた。

「十六。ぼくの六つ上」

パリの書いた報告書は、アンチャルの年がまちがってた。

「みんなディディについて、いろいろひどいことを言う。コーターなんかには一度もいってないのに。ただ美人だってだけで——」

「この場所がすごく時代遅れだからよ、ちがう？」パリが言った。「バスティの人たちの好きにさせてたら、女の子はみんな家にいて料理をおぼえさせられて、学校にはぜったい通わせてもらえない」

「ほんとだよ」アジェイは言った。

いったいどんな手を使ってるんだか。パリはどこにいっても知りあったみんなと友だちになる。グルのときもそうだった。もし会ったら、メンタルの幽霊ともきっと親友になる。

「うちの学校では見かけないけど」パリはアジェイに言った。

「兄さんとぼくはモデル校に通ってる。アンチャル・ディディは、その近くの上級中等学校にいってた」

「モデル校って私立の学校じゃないの？」ファイズが手の裏で鼻をこすりながら聞いた。

「そんな高い授業料を、おまえのパパはなんではらえるんだよ」

「うちの姉さんをコーターで働かせて通ってるんじゃないからな」アジェイはファイズの顔に顔をじりじり近づけて、こわい声で言った。

「そういう意味で言ったんじゃないよ」パリが言った。

「ファイズはだれにでもお金のことを聞くんだ。自分がぜんぜん持ってないから」ぼくは正しいことを言ったらしい。アジェイはタフガイの顔つきをやめた。

「金持ちのジープがうちのマーをはねて、相手は慰謝料をはらわないといけなかった。それにマーは、輸出業者用のTシャツをうちでつくってる。それでけっこうなお金がはいるんだ。私立学校に通えるのはそのおかげ。だけど、あそこは好きじゃない。ひどいとこだよ」

「ほんとに?」パリはショックを受けてるみたいだった。私立学校は、パリの頭のなかでは楽園だ。

「金持ちの子たちには悪口を言われる。糞便清掃人《バンギー》、くず屋《カバリ・ワーラー》。ネズミ食い。牛殺し。それに、くさいとか、殺すぞとか言ってくる」

「バカらしい」パリは言った。「がまんできなくなったら、いつでもうちの学校においでよ」

「おれたちの学校もひどいって」ファイズが言った。

「しかも、うちにはクオーターがいる」ぼくも言った。「まともな学校なら、ああいうチンピラ《グンダー》は追いだしてるよ」

「クオーターって、長《プラダン》の息子の?」アジェイが言った。

「そう、その人。お姉さんはクオーターを知ってた?」パリが聞いた。

「知らないと思う」

ただの葉っぱみたいに果敢に〈クルクレ〉（スナック菓子のブランド）のパッケージをむしゃむしゃ噛もうとしてるヤギのほうを見ながら、パリは言った。「ねえ《アチャ》、なんで警察はディディにボーイフレンドがいるなんて言ってるの？」たった今思いついたみたいにさらっと言ったけど、さっきアジェイが〝ムッラーのボーイフレンド〟って口にした瞬間から、その質問はパリの舌の上から側転しながら外にとびだしていくのをずっと待ってたって、ぼくにはわかる。

「パパは最初、ディディの携帯に何度も電話をかけた。何度かけても、〝おかけになった番号は、現在おつなぎできません〟っておなじメッセージが返ってきた。だけど、あるとき、男が電話に出たんだ。そして〝なんの用だ〟って言って、パパがこたえるまえに電話を切った。それをパパが警察に言って、そしたら警察はそれをねじまげて、今じゃアンチャル・ディディは男といるって話になった」

「どうして男が電話に出たんだろう」パリが言った。

「電話を盗んだのかもしれない。パパはそう思ってる」

「ディディは自分の行き先について嘘をついてた？　いなくなった日のことだけどさ」ぼくは聞いた。

パリがこっちをにらみつけた。自分だっておなじ質問をしたはずのくせに。もっとうまい聞き方だっただろうけど。でも、どっちでもいい。とにかくアジェイは話しだした。

「あの日は、英語の授業のあとでナイナと映画を見るって言ってた。ナイナってのは美容室の仲間だよ。パパが最初に電話したときは、ナイナはアンチャル・ディディといっしょにいるって言った。だけど、そのあとすごくおそくなって、パパがもう一度ナイナにかけたら、そのときやっと言ったんだ。〝じつは今日はアンチャルとはいっさい会ってない。いっしょだとお父さんに言うようにたのまれたんだ〟って。そっからパパは気が変になった。事故にあってベッドに寝てるんじゃないかって、ずっとあちこちの病院をまわってる」

「家から何かなくなってない？」ファイズが聞いた。「姉さんの服とか、パパの財布とか――」

「パパの財布はいつも空《から》で、お金はマーの財布にしかはいってない」アジェイは泡だらけの水たまりから水を飲もうとしてるヤギを押しやった。「ディディは、家からは何も持ってってない」

「英語はどこで勉強してたの？」パリが聞いた。

「〈レッツ・トーク・イン・アングレージ〉。ここからオートリキシャで十分くらいのとこだ。バスもあるけど、どのバスがそこまでいくかは知らない」

「いいとこなの？」ぼくらの捜査に重要なことみたいに、パリが聞いた。

「ディディは何も言ってなかった」

聞かないといけない大事な質問があるはずなのに、どうしても頭に浮かんでこなかった。

「姉さんはブート・バザールのテレビ修理屋のハキムと知りあいだった？」ファイズがぼくのかわりに思いだしてくれた。「知りあいじゃないよね？」

ファイズはたぶんこの質問がしたくて、ぼくらといっしょに来ることにしたんだろう。

「テレビ修理屋の男なんて、知るはずないよ」アジェイは言った。

「そりゃそうだよね」パリは言った。「ディディが働いてるのはどこの美容室？」

「〈シャイン〉っていう美容室。女の人と子ども専用の店だ」

外から見たことがある。窓が黒いガラスで、ドアに有名な女優の写真をかざってるお店だ。

「アジェイ、もどりなさい」白髪頭の女の人が家のドアのところに立って、持っている杖で床をたたいた。アジェイのマーだろう。

アジェイはすぐに逃げていった。なんて赤ちゃんなんだ。

「おれは仕事にいかないと」ファイズが言った。

「今夜クリケットをしたくないか、タリクにいちゃん《バーイ》に聞いといてよ」ぼくはうしろからさけんだ。

アンチャルの家のまえの道はカーブしながら車の大通りにぶつかって、そこの角のところには、食堂《ダーバー》とオートリキシャの乗り場があった。男たちは自分のオートバイによりかかっていて、横のダーバーでは、熱い油のなかでプーリーがこんがり黄金色にふくらんでいた。ダーバーのトタン屋根を支える四本の柱のひとつには、ガナパティ神（ガネーシャ神の別名）の写真が青、緑、赤に光るディスコライトつきの派手な額に入れてかざってあった。

パリとぼくはオートリキシャの乗り場まで来ると、お金はぜんぜん持ってないけど、レッツ・トークまではいくらなのか運転手たちに聞いた。二百ルピーだと返ってきた。

「それよりずっと安い値段で、パープル線で何百キロも走れるよ」ぼくは言った。

「ならパープル線に乗っていきゃあいい」オートリキシャの運転手は言った。「いや待てよ。無理だな。あの電車はたしか、レッツ・トークにはとまらない」

パリは茶化されてるのは気にせずに、その運転手にバハードゥルとオムヴィルのことを話した。そして、その行方不明の少年たちとアンチャルがいっしょにいるのを見かけた人はいないかと聞いた。

「こっちのお友だちより十歳以上大人でないかぎり、アンチャルは少年に用はないだろうよ」オートリキシャの運転手は、ぼくを指でさして言った。

「先週の土曜日は、アンチャルはオートリキシャに乗った？」ぼくは聞いた。

「その日にいなくなったんです」パリが言い足した。

「あの娘には、オートリキシャなんて必要ない。自前の馬車を持つお姫さまなんだからさ」べつの運転手が言った。

「あごひげを生やした御者つきのな」もうひとりが笑いながら言った。

「テレビ修理屋のおじさん？」ぼくは聞いた。「オレンジと白のあごひげの？」

「ムッラー風の男だが、年は若いな」運転手は言った。

それから、ぼくらがそこにいないみたいに、みんなでアンチャルのパパの話をはじめた。

「娘と話をしたほうがいいって、つい先週、言ってやったのによ」

「娘は自分で金をかせいでるんだ。おやじに養われてるんじゃない。父親がどう思うかなんて、気にするか？」

ほかの運転手たちが同情するみたいにチッチッチッと舌打ちした。

「アンチャルのパパは、まだオートリキシャを運転してるんですか？」パリが聞いた。

「仕事はもう何年もしてない。病気がひどすぎて」ひとりが首をふって言った。「あわれな男よ。そら、ご当人の登場だ」

一台のオートリキシャが乗り場に到着して、ぼさぼさの髪の男が降りてきた。着ている長袖のクリーム色のシャツは、袖口がぐるっと黒くよごれている。

「今日も運はなかったか」とリキシャ代を払ってる横から声をかけられると、アンチャルのパパはこたえた。「どの病院にも姿はなかった。今日は都心《まち》のほうまで見にいってきた」

「アンチャルのムッラーの彼氏とは話したの?」ぼくは聞いた。「いっしょにいるのかもしれない」

ぼくらの集団を静けさがつつみこみ、大通りを走る車の騒音が大きくなった。つぎの瞬間、アンチャルのパパが手をあげて、ぼくにむかって走ってきた。目の玉がとびだしそうだった。ぼくはいつでも駆けだせるように、通学かばんのストラップをぎゅっと引っぱった。だけどアンチャルのパパは苦しそうに咳きこみだして、とまってゼイゼイ深呼吸しないといけなくなった。ぼくは走って逃げた。パリも横にならんだ。

「もう、バカ」ぼくを追い抜きながらさけんでいった。

警察には警察署があるし、探偵には容疑者のことをじっくり話しあえる酒屋《テカ》みたいなすてきな場所がある。だけどパリとぼくは共同トイレのまえとか、校庭とかで打ち合わせするしかない。でも今日は、ルヌ・ディディが練習からもどるまで、うちをジャイ探偵事務所として使える。パリとぼくは、アンチャルの弟のアジェイから今聞いてきたことについての事件簿を交換する予定だ。ぼくはじっさいの事件簿は持ってない。ぜんぶ頭のなかにはいってる。

パリは、うちに新聞はあるかと聞いてきた。もしあれば、学校の発表で使う果物と野菜の写真をチェックできるからだ。ぼくはめんどくさくて返事もしなかった。

シャンティおばさんは自分ちのまえで寝台《チャールパイ》に腰かけて髪をとかしてた。今日、染めたんだってわかる。朝より黒くなってるし、染めてないマーの髪よりも黒々してる。

「もっとずっと早くに帰ってこないとだめでしょう」おばさんがぼくに言った。

「そこまでおそくはないよ」

家にはいると、アンチャルの美容室仲間のナイナに聞きこみをして、さらに、三人の容疑者の監視をこのさきもつづけないといけない、とぼくはパリに言った。三人っていうのは、クオーターと、テレビ修理のおじさんと、それに、妻と娘にたよって生きてる、すぐにかっとなる情けない男のアンチャルのパパだ。もちろん、ぼくにとってはジンは今でもはずせない容疑者だけど、ジンの話はパリとはできない。

ぼくらはアジェイが言ったことについて話しあった。

「今回の事件はむずかしいな」ぼくは言った。「だってさ、犯罪があって悪いやつがいたって、百パーセントたしかなわけじゃないんだ。アンチャルは家出したのかもしれない。ババハードゥルとオムヴィルにしてもさ」

「アンチャルの携帯に出た男がいたじゃない。あれは悪いやつかもよ」

「だけどアンチャルをどうしようってんだ？」

「〈子どもトラスト〉の人が言ってたことを忘れたの？　『ポリス・パトロール』には出てこなかった？　子どもや女は、ありとあらゆる悪いことに使われるの。トイレそうじとか、物乞いとかだけじゃなくて」

ここの共同トイレをそうじさせられるところを想像して、ぼくはぶるっと身ぶるいした。ルヌ・ディディが練習から帰ってきた。パリが今日はどうだったかと聞いた。

「ディディは練習するためだけに学校に通ってるんだ」ぼくは言った。「給食のためじゃない。もちろん、勉強のためでもない」

「だれもジャイには聞いてないよ」パリは言った。

ディディの服は、ころんで石ですりむいたとこに土と血がついていたけど、痛くはないみたいだ。今から共同トイレにいって、バケツ風呂で体を洗ってくるってディディは言った。そして、管理人にわたす小銭をさがしはじめた。ベッドの枕の下、釘からさがったパパのズボンのポケット、それに、家の物干しロープにつるしてあるやつのポケット。〈パラシュート〉の容器にはふれなかった。それから、ぼくをふり返った。

「お風呂用にマーからよぶんにお金をもらってるのに、あんたは顔も洗ってないでしょう。知ってんだから」ディディは言った。

パリはやれやれって顔をした。

共同トイレの水は冬は冷たすぎて、ときどきぼくは水にはさわらないで、きれいになったふりだけして出てくることがある。だけど、顔は毎日洗うように努力はしてる。

「男子トイレのなかのことを、なんで知ってるんだよ」ぼくはディディに言った。「あの顔がまだらのクラスメイトがパンツ《チャッディ》一枚でいるとこを見たくて、のぞいてんじゃないよな」

自分の姉さんでもないのに、パリがルヌ・ディディのかわりにぼくをどついて、口を閉じろって命令した。それから言った。「ディディ、クオーターとアンチャルは知りあいどうしだった？」

バカな質問だったけど、ディディは目でぼくを焼き殺すのをやめた。

「なんでそんなこと聞くの？」

「べつに」

「クオーターはアンチャルを見るたび歌を歌ってた。一年じゅう、バレンタインデーのカードを送ってた。六月だろうと、十月だろうと」

「彼氏と彼女だったの？」ぼくは聞いた。

ディディは、バカじゃないのっていう目でぼくを見た。「アンチャルはクオーターのカードも受けとったし、だれのカードでも受けとった。水道のとこで女子たちは年じゅうそういう話をしてる。クオーターはアンチャルへの愛を告白する歌を歌ったけど、あいつにとっては特別なことでもなんでもない。いちいち真に受けてたら、あいつはバスティの女子全員にほれてるってことになる」

「じゃあアンチャルは？　クオーターのことが好きだった？」パリが聞いた。

「さあね。アンチャルにはファンがいっぱいいた。注目されるのが好きだったんだって、みんな言ってる」

どういうことなのか、さっぱりわからない。だけど今は、ルヌ・ディディは理由もなくぼくをきらってるから、質問もできなかった。

アンチャル

〈レッツ・トーク・イン・アングレージ〉のむかいの食堂《ダーバー》にたむろする男たちのあいだで、さっと何かが動いたのを、娘は感じ取った。彼女の青いサンダルが教室から外へ出るタイルの階段でキュッキュときしむと、男たちの頭がいっせいにこっちをふり返り、どんなに早足で歩いても視線があとから追いかけてきた。彼女は黄色のドゥパッタを引きおろして腕をおおった。英会話のクラスの男子のためにおしゃれするのはよくないと、つい今朝がた母親から注意されたばかりだ。寒い季節に袖なしの服を着てもろくなことはないと、手にした松葉杖を声の抑揚に合わせてコツコツやりながら、母は言った。少なくともドゥパッタを巻いていきなさい、と母はアンチャルに対してゆずらなかった。

黄色は似合う色なのでべつにかまわないし、濡れたタールのように肌にはりつく黒ずんだ冬の空気のなかでは、黄色はいっそう映えた。それにアンチャルは寒さに対しても、彼女の予定を頭に入れるためにレッツ・トークの受付係を買収して時間割を盗み見する若者たちの、目からあふれでんばかりの欲望に対しても、動じなくなっていた。彼らは仕事や勉強を切りあげて、アンチャルの授業がおわる時間に合わせて教室のまえにあらわれる。まさに今みたいに。ひどい連中は、彼女に露骨なジェスチャーを送ってきた。ほかは口笛を吹いたり、写真を撮ろうとこっそり携帯電話をむけたりする。何人かは彼女の電話番号まで知っていた。日常の少なくとも特定の一部は、プライベートとして守られていいと思う、とアンチャルがそれとなく言うと、受付係はあからさまにむっとした。アンチャルの電話は、そうした知らない男たちからのメッセージで一日じゅう着信音が鳴る——〝やあ!〟、〝ハーイ!!!〟、〝友だちにならない?〟、〝元気?〟、〝メッセ受け取ってくれた?〟。しかもそれらは、まだまともな部類だった。

居留区《バスティ》やブート・バザールの路地で自分がどう噂されているかはわかっている。男も女も、老いも若きも、さらには夫に満足できなかったり、しょっちゅうぶたれたりで、外でたくさん男をつくっている妻たち、そして、密造酒や愛人にかせぎをつぎ込む夫たちさえもが、やせた鳥を追いまわす飢えた犬の残忍さで彼女の人格をずたずたにした。

テレビで見るドラマよりもっとリアルで身近なものを求めている彼らには、それをあたえてやろうじゃないの。彼らの目には短すぎるスカートや、いっしょにいるところを見かけたあごひげの若者という材料から、勝手に物語をつむがせてやろうじゃないの。〝おまけにムスリムだって〟、〝まあ《トバ》、いやだ《トバ》、今じゃ立派な恥知らずの娘じゃないの〟、〝ずいぶん早い時期からああいうことをしてたじゃない？〟。噂話に花を咲かせたあとはそれぞれが家に帰り、自分の子どもがたとえ期待はずれで行儀が悪くて、顔がいまひとつでも、少なくとも不道徳の極みを地でいく彼女とはちがうということに、ほっとするのだ。

あとをつけてくる男の大きな影を目のはしで見ながら、アンチャルは教室からはなれた。存在を認めないように努めたものの、一定のペースの足音がうしろから追いついてきた。

〝おれを憶えてるだろう〟と男は言った。〝どんな話をしたか、憶えてるだろう〟

もちろん憶えている。男の顔、かすかに脅しをふくんだその声。

彼女は足を速めたが、その前に男が言った。〝今さら恥ずかしがるなよ。おまえがどんな人間か、おたがい、もうわかってるじゃないか〟

数カ月まえのことだった。男の指が職場の美容室の窓ガラスをたたきつづけ、アンチャルはとうとうなんの用かと、外に聞きに出ていった。レヘンガー（はれの日用衣装のロングスカート）を縫うのに必要な生地の長さを決める程度のことのように、男はある提案を持ちかけた。アンチャルは考えた――やれないことはないかもしれない。女子大生がエスコートをして楽にお金をかせいでいる話は聞いたことがある。そのお金があればバスティを出て、年じゅう自分に腹を立てる父と、家族のだれとも似てない娘にいつまでも戸惑う母のもとからはなれられる。

あのとき提案にノーと言うまで間がありすぎたせいで、男はこうしてまた近づいてきたのかもしれない。

〝ハロー・マダム、きみに話をしてるんだけど〟男が言っている。

近くでは女学生たちが、腕輪売りを相手に値段の交渉をしている。露天商がにんにくの竹かごをゆすると、ゆるんだ皮が白い蝶のようにあたりを舞った。ある若者は人を笑わせようとして、空《から》の金属のボウルをおじいさんの頭にバランスよく三つのっけた。何ひとつ、いつもと変わらなかった。この男の存在をのぞいて。

シッと言って追いはらい、去らないなら警察に通報するとアンチャルは告げた。男はさらに近づいてきた。アンチャルはだれでもない遠くの相手に手をふって、楽しげな笑顔をつくってから、ドーサ売りのまわりに集まる建設作業員の一団のほうへと足を速めた。ドーサ売りの屋台は、工事用の緑色のシートと足場のうしろで日々姿を変えるあるビルのまんまえにあった。

屋台に近づくにつれ、熱いお茶をこぼされたかのように胸に恥ずかしさがひろがっていった。男たちに追いかけられるのは彼女の服装やふるまいのせいだと、バスティの人たちは言う。ドゥパッタでおおった胸のまえで本をかかえようとせず、小さくうずくまることで非難をやりすごそうとする内気な少女のようにうつむき加減で歩くことで、みずから助長させているのだ、と。

おのれに恥じるところがないのはわかっている。それでも今みたいなときには、バスティの人たちのほうが正しいのかもしれないと思えてくる。自分が特別だなんて、なぜ思う？　頭のなかでひびく合唱は、バスティの路地の合唱とともすると重なった。

〝すみません、失礼します〟と彼女はドーサ屋台をかこむ労働者に声をかけた。朝につけた香水が今も香る、アイロンがけされたこざっぱりした服と、ラクメ・アブソリュートのスキングロスジェルクリームで一日二回保湿した顔にかしこまるかのように、彼らはたちまちふた手に分かれた。男たちが着ているのは、ペンキと土とセメントのついたぼろぼろの服だった。

ドーサ売りと、熱々の鉄板《タワー》に生地をひろげる手伝いをしている子どもが、何ごとかという目で見てきた。アンチャルは人さし指をあげて工事作業員のドーサの皿をさし、自分にもひとつつくれと合図した。子どもは生地をひろげると、慣れた手つきでお玉の背でだまをならし、少量の油をたらしてドーサを香ばしく仕上げた。こんなときながら、おいしそうなにおいにアンチャルは食欲をそそられた。作業員たちがじっとこっちを見ていたが、威圧的な感じはなく、ほとんどの人が驚きの表情をうかべていた。

電話が鳴って、画面にスーラジの名があらわれたのを見て、アンチャルは胸をなでおろした。電話に出た。ほんの一時間後にモールで会う予定だったが、レッツ・トークまで迎えにきたのだという。一歩おそかったと伝えると、彼は今から追いかけると言った。彼女はハンドバッグから四十ルピーを出して、ドーサを折って皿に盛ろうとしている子どもに手わたした。そして、それはだれかにあげて、と頼んだ。自分はもういかないといけない、と手と目の動きで伝えて。お金をはらった料理を受け取らない人がいるという事実に、子どもはショックを受けているようだった。

大勢のあいだから抜けでると、男がまだいるのが見えた。そのとき、スーラジの古いバイクが彼女の横にとまって、男は退散した。

ヘルメットのバイザーからのぞくスーラジの目は、真っ赤だった。ひと晩じゅう働いて、きっと三、四時間しか寝てないのだろう。アンチャルはうしろにまたがって、スーラジの腰に腕を巻きつけ、右の肩にあごをのせた。スーラジがバイクを出して髪が風にあおられても、アンチャルは寒さは感じなかった。

バイクはモールに到着し、ハイファイな駐車料金を取る地下駐車場にはいった。まずは彼女とおなじバスティに住む遮断機係のところを通過しなければならず、たがいに視線が合った瞬間に、相手の目は気づきと非難でぎらりと光った。警備員もやはりおなじバスティの住人で、その人の仕事は手持ちの点検ミラーで車の下側を確認することだった。男らはふたりを通過させるまでに、やたらと時間をかけた。

　モールではマクドナルドに立ち寄り、すでにその日の予算をオーバーしていたけれど、アンチャルはスーラジにアルーティッキ・バーガーをおごった。ふたりは大きな窓のそばにすわり、そこから見おろす橋の上を、黒いスモッグのなかパープル線の車両が白い幽霊のように流れていった。スーラジはヘルメットでつぶれた髪をもとどおりにしようとしたが、うまくいかなかった。ふたりは、モール入り口の金属探知機のところで浮浪児が警備員に追いはらわれるのをながめた。腕に腕が押しつけられた。スーラジのセーターはぴったりしていて、腕の筋肉のかたちがよくわかった。

　彼の指がアンチャルの太ももの横にＬＯＶＥの文字をつづった。ジーンズは厚手で体にも合っていたが、ふれた指の熱さに、彼女は椅子の上で身じろぎした。スーラジはアンチャルのすわる椅子の背に左腕をかけた。自分より相手がたくさん食べられるように、おたがいに小さくひと口ずつハンバーガーをかじった。英会話のレッスンのことをたずねられ、何か英語で話してみてと促されたが、そんなふうに言われると、かえってうまく話せない。スーラジはコールセンターでひと晩じゅうアメリカ人相手にしゃべっている。アンチャルはこつこつ教室に通っているわりには、英会話の実力は〝どこで働いていますか《ウェア・ドゥー・ユー・ワーク》〟とか、

〝どんな一日でしたか《ハウ・ワズ・ユア・デイ》〟といった域にとどまっていた。

スーラジはアンチャルの母と父と兄弟のことを聞いた。家族は彼をどう思うだろう、とアンチャルは考えた。飽きたら彼女を捨てるような、アッパーカーストの若造だと心配するだろうか。アンチャルが何よりも尊敬する彼の心の穏やかさが、家族には伝わるだろうか。それに、要求のなさがあらわれている声の落ち着きが。こちらから喜んでさしだすもの以外、彼はアンチャルに何も求めなかった。新鮮な経験だった。携帯に昼も夜もうるさくメッセージを送りつけてくる少年や男たちは、ほめ言葉をならべて下心をごまかそうとする人も一部にはいたけれど、多くは自分の目当てや望みをかくそうとしなかった。

自分の家にいるときでさえ、TOEFLの教科書を出してすわっている部屋のなかにまで、壁から無言の要求が染み入ってくる。母はアンチャルが弟たちの学費をはらい、将来のいつかは、いい相手と結婚してほしいと望んでいる。弟たちは、美容師の仕事でもらったお金を家のために使うのは姉として当然の責任、という態度だ。そして父は？　父は言うことを聞かないとアンチャルを鞭でたたいて、十年生の試験に合格できない大ばかの大のろまだと罵倒する。そしてすぐに泣いて、咳が口先まで運んできた痰《たん》をこらえながら謝罪するのだった。

スーラジの電話が鳴った。〝オフィスだ〟と彼はくちびるの動きだけで言って、電話に出た。さっきあとをつけてきた、がっちりした男の姿が思いだされた。どこかでストロベリーシェイクをすすっているんじゃないかと、マクドナルドの店内をこわごわ見まわした。でも大丈夫、いるのは食事を手早くすますために来たオフィス勤めの人たち、アンチャルと同年代の男女、ハンバーガーを食べたがる子どもを甘やかす母親たち、それから、坊ちゃん《ムンナー》、嬢ちゃん《ムンニー》の気が変わったときのために家庭料理を詰めたタッパー容器を手にそばにいる、子守りたちだけだった。

母は今この瞬間にも、娘はどこにいるのかと自分の携帯を見ながら心配しているにちがいない。アンチャルは、まだナイナといっしょにいる、と母にメッセージを送った。〝遅くなります。勝手にあけて家にはいります〟と。

電話をおえたスーラジは、ハンバーガーの最後のひと口を彼女にゆずった。そして、モールから数キロの場所にあるゲート付き居住区の、売り出し中のテラスハウスを携帯で見せた。アイボリーに塗られた門のなかには、プールからジムから、公園からスーパーマーケットまで、なんでもあった。電話の着信音が鳴って、アンチャルは電源をオフにした。

スーラジはモール最上階の映画館へ彼女を連れていって、ハンバーガーよりずっと高額なチケットを買い、おたがいの英語の上達に役立つということで、いっしょにアメリカの映画を見ることになった。俳優たちはとても早口で、せりふは耳を素通りしていった。暴力シーンが多かった。銃弾やパンチで倒されるだけの役柄がやたらと出てくる理由は、アンチャルには読み解けなかった。それでもスーラジがすっかり夢中になっていたので、自分も楽しんでいるふりをした。

映画のあとはモールを歩きまわって、防犯カメラにキスをのぞき見されないと期待できそうな場所を、吹き抜けの階段のところに見つけた。GAPのセールで手に入れた高価なセーターのほつれをなおしたいとスーラジが言うので、ふたりはモールを出て、巻き尺をスカーフのように首にかけ、いつでも仕事にかかれるようミシンのペダルに足をおいた仕立て屋がずらりとならぶ、ブート・バザールの一画へと移動した。看板には、縫製も〝においなしの〟ドライクリーニングもどちらも数時間で仕上げます、と書かれていた。

そのころにはアンチャルは寒さでふるえていた。スーラジが上着を貸すと言ってくれたが、彼女は断った。セーターの修理を待つあいだ、屋台でマサラチャイとダール・チャーワル（豆カレーとライス）を注文し、ふたりが恥ずかしげもなく、それにもしかしたら少々誇らしげにおたがいに食べさせあう姿を、まわりはぽかんとながめていた。

セーターが仕上がって、仕事をはじめる時間になると、スーラジは幹線道路からの分かれ道まで彼女を送った。そこから家までは歩いて一分もかからない。スーラジは疲れたようすながら、別れるのがさびしそうでもあった。彼は、家について電話をくれるまでここで待っていると言った。その必要はないとアンチャルは言いはった。ダーバーはもう閉まっているけれど、オートリキシャの乗り場には二、三人の運転手がいて、穴のあいた靴下の足を外につきだしてリキシャの助手席で眠っていた。

スーラジの電話がまた鳴った。彼は応じはしなかったものの、身分証のストラップをポケットから出して首にかけ、自分の部屋にはいったらすぐ電話するようにとアンチャルに念押しした。その声からは、すでにオフィスにいるような鼻にかかったアメリカ風のひびきがいくらか感じられた。

家まで歩いていると犬が吠えかかってきたが、犬は心ここにあらずだった。木でできているみたいに、空気がギシギシいった。何かの音がして、彼女はふり返った。犬の荒い息づかい、踏みつけられる小石の音。暗闇から手がのびてきて、彼女ははっとして〝スーラジ〟と口にしたが、もちろん彼は今ごろは道路の上で、おそらく制限速度よりスピードを出して飛ばしていることだろう。〝気をつけてね〟とアンチャルは心のなかでささやきかけた。

けれどもそのとき、聞きおぼえのあるあの声が、とまれ、と言った。一日じゅう、ずっとあとをつけていたのだろうかと、アンチャルはぼんやり考えた。

〝ほっといて〟彼女はさけんだ。〝それとも、バスティじゅうを起こされたい？〟

男はやれるものならご自由にと言うように、まえに立って腕を組んだ。男が動くと同時に、黄金色の日光のような光がゆらめいたのが見えたが、一瞬後に、闇がそれをおおった。

くねくねしたトイレの列にならんでて――

――兄さんたちとまえのほうにいるファイズに手をふったとき、女の列にバハードゥルのマーがいるのに気づいた。ほかの女の人や女子たちはぎゅうぎゅう押しあってるのに、そこだけ前後二フィートあいだがあいていた。

バハードゥルのマーはぼくを見ると、せっかくのいい位置をはなれてこっちにやってきた。ぼくらが勝手に家にあがって、サモサにバハードゥルのノートのにおいをかがせたのを知ってるのかもしれない。

「息子は見つからなかったんでしょ、ね《ナ》？」バハードゥルのマーは言った。

さっきからプップカおならをもらしてたまえの人は、話が聞こえるようにおならをこらえた。

バハードゥルのマーに頭をぽんぽんとやられて、手でさわられたぼくの頭の骨がびくっとした。「よくやってくれた。きみも、あの女の子も。わたしを助けようとしてくれたのは、きみたちだけよ」

「写真は返しといた」ぼくは小声で言った。

「見たわ」

「おばさん《チャーチー》、ここに来ますか？」ルヌねえちゃん《ディディ》が列の自分のとこから声をあげて、一歩さがってバハードゥルのマーのために場所をつくった。さっきならんでたとこは、持ってた手桶を目じるしにおいておいたのに、ほかの人につめられてしまった。バハードゥルのマーはうなずいた。そしてぼくの肩をぎゅっとにぎった。ぼくは目を合わさないようにした。自分がバハードゥルをさらったみたいな悪い気になったからだ。バハードゥルのマーは、少ししてはなれていった。

「何してやったんだ？」おならのおじさんが聞いてきた。

「べつに」ぼくは言った。

列にいるべつのおじさんが、白いシーツの下にわが子が寝てないか確認するために霊安室をめぐり歩かないといけないなんて、こんなひどいことはない、と言っている。行方不明の子の親たちは、みんなそうする。「自分の子に先立たれるほど大きな不幸はない」と、またべつのおじさんも言った。

ぼくは泣きそうになった。共同トイレの屋根にのった二匹の猿が、身をのりだして、ぼくらのほうに歯をむいている。今日はいつもよりスモッグがうすいから、その姿がはっきりと見えた。

登校の途中、ぼくはファイズをしかった。「おまえはぜんぜん探偵の仕事をやってない」

「いつからおれの仕事になったんだよ?」ファイズは言った。

「パリも何も役に立ってない」ぼくはパリに言った。「みんなだ。サモサも。あいつは食べることとしかしない」

「ほんと、ジャイそっくりね」パリが言った。

ファイズがこぶしを口にあてて笑った。

「テレビ修理のおじさんを見張っといてって言ったよな。おまえの事件簿はどこにある?」ぼくはファイズにがみがみ言った。

「おじさんはいつも、朝の九時から夜の九時まで自分の店にいる。犯人になるような人じゃないよ」

「きのうも見張ってたか?」ぼくは聞いた。

「ああ」

「だけど、仕事にいくって言ってたよね」パリが言った。「だから、オートリキシャ屋《ワーラー》に話を聞きにいくのに、いっしょに来られなかったんでしょ」

「ああ」

「つまり、おじさんを見張ってなかったんだろ？」ぼくは聞いた。

「きのうはね」

「今日は？」

「見張るよ」

「今日は金曜日だよ。モスクにいかないといけないんじゃない？」パリが聞いた。

「たしかに。お祈りしないと」

「こんなんじゃ、いつまでたっても事件は解決しない」ぼくは地団太を踏んだ。

「落ち着いて」パリが言った。

「タリクにいちゃん《バーイ》が、きのう、役に立ちそうなことを教えてくれたぞ」ファイズも言った。

信じられない。ファイズがぼくを怒らせるのと逆のことをしようとしてる。

「タリク・バーイによると、どの携帯にも識別番号っていう特別な番号がついてるんだって。で、何が言いたいかっていうと、新しいＳＩＭカードをさしても、識別番号はもとのままなんだ。警察はエアテルとかアイデアとかBSNLとかボーダフォンとかの会社に協力させて、その番号を追いかけられる」

「ほんとのこと?」ぼくは言ったけど、警察がその番号で電話を追跡する話は、テレビで見たことがあった。たった今まで忘れてたってだけで。

「タリク・バーイは、携帯電話のことならなんだって知ってる」ファイズは言った。「頭がいいんだ。なんでエンジニアの仕事をしないでアイデアの店で働いてるかっていうと、うちの父さん《アップー》が死んで、学校を中退しなきゃならなかったからだ」

「警察はアンチャルの電話の、その特別な番号を見つけださないとね」パリが言った。

「誘拐犯が電話を使ったことはわかってる。アンチャルのパパがかけたとき、電話に出たんだから」

「出たのが誘拐犯なら、なんで身代金をよこせって言わなかったのかな」ぼくは言った。

「みんな知ってのとおり、わたしたち居留区《バスティ》の人は身代金なんてはらえないからでしょ」パリが言った。「誘拐犯はさらった子どもを売って、もっとたくさんのお金を手に入れるの」

「ジンは身代金なんて必要ない」ファイズが言った。「携帯もだけど」

探偵になって一ヵ月もたたないけど、その日の放課後、ぼくはヒマラヤの導師《ババ》みたいに年をとってかしこくなった気分で、美容室シャインのドアをあけた。

美容師の人は、そう、自分がナイナだ、ってパリにこたえた。ルヌ・ディディよりほんのちょこっとしか年上に見えないけど、見た目がきらきらだった。眉毛は細くて、つりあがってて、おどろきっぱなしみたいに見える。髪は炭アイロンでプレスしたみたいに、やわらかくて、まっすぐだ。

「髪を切りにきたの？」ナイナは黒い椅子で寝てるたったひとりのお客の顔に白いものをぬりながら、パリに聞いた。

パリは守るように自分の玉ねぎ屋根の前髪に手をあてた。「もちろん、ちがいます」そんなことを言うなんてっていう、むっとした声だった。

ぼくは言った。「じつは――」

「しゃべらないで」ナイナは言ったけど、話しかけてる相手は椅子で寝ているお客だった。「目を閉じててください」

お客の女の人は、顔の漂白をしていた。ルヌ・ディディは百回漂白しないとだれからも結婚してもらえない、ってマーは言う。ディディは陽ざしの下で走るせいで、せっかくの肌色がだいなしになった。

「熱い感じがしたら、言ってださい」ナイナはお客に言った。

ファイズはうれしそうにハミングしながら、カウンターのローションとスプレーをじっくりながめてる。ぼくがしかっても効き目ゼロだ。ファイズは探偵の仕事をぜんぜんやってくれない。パリが、わたしたちはバハードゥルとオムヴィルをさがしてるんだって、ナイナに説明をした。

「いっしょじゃないのにアンチャルといると言ったからって、だからなんなの？」ナイナはパリに言った。「自分だって親に嘘をつくでしょ？　今ここにいるのを、親は知ってるの？　それに、そこの子、きたない手でうちの商品をさわらないで」

ファイズはにおいをかいでた缶を、ゆっくりとだけどカウンターにもどした。

「アンチャルのパパは、きびしいんですか？」パリが聞いた。

「アンチャルには、ひげを生やした友だちがいる？」ぼくは言った。ムスリムの恋人って言わなくて正しかったと自分でも思う。

「あんたたちになんの関係があるの？」ナイナは言って、女の人のおでこにてきぱきペーストをぬった。

「アンチャルを誘拐した人がわたしたちの友だちを誘拐したのか、知りたいんです」パリは言った。

ナイナはブラシを下において、ところどころが白くなったうす緑色のタオルで手をふいた。「アンチャルの友だちは誘拐犯じゃないわよ」

「その人はテレビの修理をする？」ぼくは聞いた。

ナイナのおかしな眉毛がますますつりあがった。「くだらない話はやめて」ナイナはぼくらをタオルではたいた。「さあ帰って。仕事のじゃまよ」

「じゃあ、アンチャルの友だちっていうのは、だれなの？」

ナイナは首をふった。「小さい子がこんなふうに話しかけてきていいと思ってるなんて、世の中どうなっちゃったの？」

ぼくはパリのほうをむいて、肩をすくめた。パリは肩を落とした。そろそろ帰らないといけなそうだ。だけどそのとき、ナイナは話すことにした。「アンチャルの友だちはムスリムじゃないわ。どこからみんな、そんな誤解をするようになったんだか」

ファイズはボトルの口の固まったローションをむしるのをやめた。今では完全にナイナに注目してる。

「アンチャルと彼とは、しばらくまえからの知りあいよ。彼はコールセンターでのいい仕事についてる。アンチャルがいなくなった夜も、仕事だった。コールセンターで働く人は、はいるときも出るときもＩＤカードを通さないといけないから、そこはぜったいにごまかせないはずよ」ナイナはお客の肩をたたいたけど、お客はまっ白い顔をした死人みたいに、椅子の上で動かなかった。「彼はアンチャルのことを心配してる。もどってきたかって、毎日わたしに電話をかけてくる」

「名前はなんていうんですか?」パリが聞いた。「うちのバスティの人?」

「アンチャルはバスティの子は好きじゃないの。年じゅうしつこくされてるから」

「じゃあ、クオーターがアンチャルをさらったんだと思います?」パリが質問した。

「長《プラダン》の息子が。クオーターもしつこくしてるって聞きました」

「なんで彼がさらわないといけないの? そんなことこれまでなかったのに、今さら」

「アンチャルのコールセンターの友だちは、年がいってるの?」ぼくは聞いた。「じいさん彼氏がいるって、バスティじゃ言ってるよ」

「よくもみんな、そんなつぎつぎ嘘を考えだすひまがあるわね。もちろん、彼女の友だちは年寄りなんかじゃない」

「ナイナ、ナイナ、熱い感じがしてきたわ」お客の女の人が言った。

「顔を流しましょう。すっかり見ちがえますよ」ナイナは言って、女の人のひじを支えて、起きあがるのを手伝った。「もう帰って」ナイナはぼくらに言った。

「言っただろ、テレビ修理のおじさんは、ただのおじさんだよ」外に出るとファイズが言った。「だれの彼氏でもない」

「アンチャルと知りあいじゃなかったとしても、容疑者には変わりないよ。だってバハードゥルのことがあるから」パリが言った。

ファイズにはぼくらと言いあってるひまはなかった。今ごろよろず屋《キラナ》にいってないといけない時間だし、モスクにもいないといけなかった。去っていくファイズに、ぼくは「ほんじゃバイバイさようなら《オーケー・タタ・バーイ》、なまけ者」って声をかけた。

「バハードゥルの象とお金のことを聞きだしてくれたのは、ファイズだよ」声が聞こえないくらい遠くまではなれるのを待って、パリが言った。「ジャイじゃなくて」


ぼくらが訪ねていくと、アジェイと兄さんとで、洗ったシャツを家の外壁の物干しロープに干してるところだった。

「まえはディディがやってたんでしょ？」パリは顔のにやにやをほとんどかくしてなかった。バスティの親たちは大変な仕事をぜんぶ女の子にさせるから、男は楽してるって思ってる。パリのマーとパパは、玉ねぎの皮もむかせないのに。

「おまえらの友だちのことは、何かわかった？」アジェイが聞いた。

パリは、ううん、とこたえた。それから、アジェイに識別番号のことを話した。

「ディディの携帯を追いかけてほしいって、パパももう警察にお願いした」アジェイは言った。「けど、まだやってくれてない」

「お姉さんの携帯だけど、買ったときの領収書はある？」パリは聞いた。

「中古で手に入れたんだ。どこからかはわからない。領収書なんてないよ。パパは警察に見せるのに保証書をさがしたけど、見つかんなかった」アジェイはシャツをしぼったけど、やり方が悪くて足がびしょびしょになった。

アンチャルはボーイフレンドから携帯をもらったのかもしれない。ぼくらの探偵の仕事は、この線も、どの線も、行きどまりだ。

「警察がアンチャルの携帯をまだ追ってないなんて、超《エクダム》バカだね」重い足と重いかばんを家まで引きずりながら、パリが言った。

「ぼくらにも警察のテクノロジーがあればな」ぼくは言ったけど、じつはぼくはコンピューターの使い方も知らない。

「ビョームケーシュ・バクシーはハイテクだった？　あの人が持ってたのは、脳みそだけでしょ」

悲しいけど、ぼくの脳みそはアンチャルの居場所をはじきだせるほどかしこくない。家までの道を歩きながら、耳で信号をキャッチできないかやってみたけど、ロゲンカの声とか、猫の怒った鳴き声とか、テレビでまくしたてる声とかの、いつものバザールとバスティの雑音しかひろえなかった。

数日が数時間みたいにあっという間にすぎて――

――アンチャルはもどってこないし、バハードゥルもオムヴィルももどってこないけど、ぼくはテレビのニュースでこんな見出しを見つけた――**デリー発=警察長官、飼い猫と再会!**

パパもそれを見てた。夏の外におきっぱなしにした牛乳みたいに顔が固まって、指がリモコンのボタンをいらいらいじくった。音が大きくなったり小さくなったりして、ニュースの人たちは歌手とダンサーと入れかわり、さらにべつのチャンネルの料理人と入れかわった。

居留区《バスティ》が火事で燃えても、それがニュースになることはない。いつもそう自分で言ってるくせに、パパは腹を立てている。

ぼくは『ポリス・パトロール』を見ちゃだめか聞いた。五人の子どもが仲良しのふりをした悪いおじさんに殺されるっていう、完全に大人むけの回だったけど、パパはゆるしてくれた。

その夜から何日もしないある朝のことだった。十一月が十二月になって、水まで煙とスモッグでくさくなったその日、パリとファイズとぼくは、学校にいくとちゅうでアンチャルのパパを見かけた。牛乳パックを買いこみながら、警察は金のある殺人犯や誘拐犯のほうをむいて仕事をしてるって、聞いてくれる人みんなに言ってた。「今は笑うがいいさ。だが、またべつの子がいなくなったとき、おれの言葉を思いだしてみろ。いなくなる子は、今後も必ずあらわれる」

それを聞いてショックを受けたみたいに、ひとりが大声をあげたけど、その人は真ちゅうの耳かきとふわふわのめん棒で、耳そうじをしてオイルをぬってもらってるだけだった。ぼくらは白いひげに黒いよごれのすじをつけた、怒りっぽいサンタのまえを通った。穴だらけの赤い衣装を着て、発泡スチロールと綿《わた》で雪だるまをつくる職人たちにああだこうだ指図をしている。つくりかけの雪だるまを、携帯で写真に撮っていく人もいた。

朝礼では、トイレにエッチな落書きをしたのがバレた男子たちを、校長先生がしかった。それからバハードゥルとオムヴィルのことを話した。ふたりを最後に見たのは、もう六週間近くもまえのことだと校長先生は言った。先生はぼくらにくれぐれも家出するなと注意して、それから、眠くなる注射や、ドラッグ入りのお菓子を持ち歩いている子どもさらいの話をした。「ぜったいに、ひとりではどこもいかないこと」と先生は言った。

　ぼくはファイズのことを見た。夜はいつもひとりでバザールにいる。ファイズの心配も忘れちゃいけなかった。

　教室でキルパル先生が州都の名前をひとつずつあげなさいとみんなに言っているとき、ぼくはファイズにおそくまで外にいちゃだめだと注意した。

「いつからおれの父さん《アッブー》になった？」ファイズは言った。

「なんだよ。じゃあ、勝手に誘拐されればいい」ぼくは机の自分の陣地からファイズの手を押しやった。

　お昼休みのとき、ルヌねえちゃん《ディディ》のいちばんのファンの、あのまだら顔の男子が、ぼくにぶつかってきた。

「ねえさんの練習がおわるまで待って、いっしょに家に帰るんだぞ」男子は言って、クオーターが校庭のニームの木陰で例の集会をやってるほうを、にらむ目つきで見た。「ひとりで外にいちゃだめだ。今はよくない」

　クオーターはとんでもないやつだってみんなが思ってるのに、ぼくらはまだ誘拐とクオーターの関係を見つけられないでいる。クオーターが犯人としてかしこすぎるのか、それか、ぼくらがバカすぎるのか。どっちにしても、負け犬のアドバイスは受けたくない。

「ディディがこわがんなくちゃいけない相手は、おまえだけだ」ぼくはまだら顔の男子に言って、逃げた。

おわりのベルが鳴ると、キルパル先生はぼくら生徒たちの大さわぎに負けないように大声を出して、宿題を仕上げて忘れずに月曜日に持ってきなさい、とさけんだ。宿題っていうのは、新年のグリーティングカードをつくることだ。そんな最悪な宿題は、これまで聞いたことがない。

ぼくらは教室からとびだし、さらに校門からとびだした。今日は金曜日で、ファイズがぼくらを急がせた。道路は手押し車や自転車リキシャや、小さな子をむかえにきた親たちでごった返してた。行商人が手押し屋台やかごで売ってる炒ったピーナッツや、マサラとライムジュースをふりかけた、角切りのあつあつのサツマイモのにおいが、あたりからただよった。

腕輪のたばをじゃらじゃらさせた手がブルカ姿の女の人を押しのけたかと思うと、その手のぬしがさけんだ。「パリ、ここにいたのね」

パリのマーだ。こんなとこで何してるんだろう、と思った。もっとおそい時間まで仕事があるのに。

「マー、どうしたの？」パリが言った。「パパに何かあったの？」

パリのマーはすすり泣いた。「またべつの子が」そう言って、パリの手首をさらにぎゅっとつかんだ。

「マー、痛いよ」

「ゆうべ、またべつの子がひとりいなくなったの」パリのマーは言った。「小さな女の子よ。近所のおばさんがその話を聞いてすぐに電話をくれたの。今もみんなで、その子をあちこちさがしてる。ひとりで歩いて家に帰るのは安全じゃないわ」

「パリはひとりじゃないよ」ファイズが言った。「おれたちもいる」

生徒をぎっしり乗せた自転車リキシャが、そばを通りすぎた。ビリヤニ（ムスリム文化由来の炊き込みご飯）とタンドリーチキンのスパイスのにおいが、ふわっと香った。おそろしいことがあったような感じは、ぜんぜんしない。まわりは何もかもがさわがしくて、いつもどおりだった。

「ジャイ、お姉ちゃんはどこ？」パリのマーが言った。

「練習があるんだ」

「いっしょに連れて帰るようにマーに言われてるの。電話で話をしたのよ」

うちのバスティの婦人連絡網はすごすぎる。ぼくは走って校庭までもどった。ルヌ・ディディはチームメイトと笑いあってた。

「ディディ」ぼくは言った。「バスティでまただれかがいなくなって。それでマーがパリのマーに電話して、みんなでいっしょに家に帰ったほうがいいって言ったんだってさ。パリのマーが校門で待ってる」

「わたしはいい」ディディは言った。

「また子どもがいなくなったの？」チームメイトのタラが言った。

「タラのマーがうちまで送ってくれるから」ディディは言った。

「マーはまだ――」タラは言いかけたけど、ディディがだまらせた。「じゃあ、バイバイ」とディディはぼくに言った。

もし誘拐されても、自分のせいだ。ぼくはやれるだけのことはした。校門まで来ると、ぼくはディディが言った嘘を言った。パリのマーはすすり泣きながら、わかったとこたえた。

通行のじゃまだってどなるリキシャの運転手を無視して、ぼくらは一列になって家まで歩いた。ファイズはよろず屋《キラナ》にいくことにして、パリのマーにはとめさせなかった。自分が働かないと家族が食べられないって言ったけど、半分は嘘だ。でもパリのマーは信じた。

路地には大勢の人たちが出てて、〝神さまたちは寝てるのか？〟と天をさしたり、〝ロ

た。

バの息子どもは、いつ目をさます?〟と警察署がある大通りの方向を指さしたりしてた。「警視は今は
「警察の警視に包囲デモをしかけて、懲らしめてやれ」とだれかが言った。
シンガポールらしいぞ」とべつのだれかが言った。

パリのマーは、ぼくらが立ちどまっておしゃべりしたり質問したりしないように、さき
へさきへと歩かせた。そして自分ちのところまで来ると、「近所のおばさんにパリをあず
けて、わたしは仕事にもどらないと」と言った。

ぼくがさらわれるのはかまわないんだ、と思った。だけどそのとき、シャンティおばさ
んがそこにいて、パリのご近所のおばさんと立ち話してるのが見えた。パリの家までむか
えにいってくれって、マーがたのんだにちがいない。このバスティは牢屋になった。どこ
にでも番人がいて、ぼくらを見張ってる。

シャンティおばさんはルヌ・ディディはどこかと聞いた。ぼくはディディの嘘をくり返
した。

おばさんに送ってもらったあとは、環境の教科書をかばんから出して、制服から着がえ
ないまま玄関に立った。そして、シャンティおばさんが近所のおばさんたちとしている会
話に耳をそばだてた。そこからわかったのは――

・いなくなった女の子の名前はチャンドニー。
・その子は五歳で、学校はいってない。
・チャンドニーのいちばん上の姉さんは十二歳で、家にいてきょうだいの面倒をみてる。
・チャンドニーは、家にいる五人のうち四人目の子ども。いちばん下は弟で、ほんの九カ月の赤ちゃん。
・これで四人のほぼ子ども（アンチャルは十六歳だから、子どもじゃない）が、うちのバスティからいなくなった。だれがみんなをさらった？　犯罪者か、それともこのへんには、おなかをすかせた悪いジンがいるのか？

パリがいたら、ノートにメモしてもらえるのに。

どれだけ長いこと聞いてたかわからない。そのうちにルヌ・ディディが帰ってきて、かばんを下において、顔を洗うのにバケツの横にしゃがみこんだ。洗いおわると、ぼくはディディが家にはいれるように横にどいた。

「誘拐犯はなんでこんなたくさん子どもをさらうの？」ぼくは聞いた。

「たぶん、食べるのが好きなんだよ」ディディは裏側で着がえられるように、半分ドアを閉めた。ぼくからは見えないけど、さらにしゃべりつづけた。「人肉を食べるのが好きな人がいるの。あんたがラスグッラーとかマトンを好きなようにね」

「嘘つけ」

「いなくなった子どもたちは、今どこにいると思う？　だれかのおなかのなかだよ」

「子どもは人間のおなかにはいりきらないよ。じゃあ、アンチャルは？　ありえないね。犯人はお金のために子どもを誘拐して売るんだ。食べるんじゃなくて」

ジンにつかまって地下牢に入れられてるんじゃなければ、オムヴィルとバハードゥルは、今ごろ金持ちのトイレをそうじしてるにちがいない。でなければ、重たいレンガを背中にしょって運んで、レンガのほこりと涙で顔と目を赤くしてる。

ルヌ・ディディは着がえがすむとドアをいっぱいにあけて、バスティの友だちとおしゃべりしに出ていった。ぼくは家にはいって、教科書を胸にのせてベッドに寝ころんだ。うちの屋根を見て、ディーワーリーのときから使ってない壁の小さな扇風機を見て、それから、その横で自分も壁のふりをしてじっとしてるトカゲを見た。ぼくはお祈りをした——〝神さま、ぼくは誘拐されたり、殺されたり、ジンにねらわれたりしませんように〟

鉄道駅の少年たちのことや、神さまたちはいそがしくて全員のことなんて聞いてられないって、グルが言ってたことを思いだした。ぼくも神さまじゃなく、メンタルにお祈りできればいいのに。

知ってる名前をかたっぱしから思いだしてみた。ひょっとしたらどれかがメンタルの名前かもしれない。アビラシュ、アハメド、アンキト、バダル、バドリ、バイラヴ、チャンド、チャンギーズ、チェタン、名前をアルファベット順に考えるのはやっぱり大変だから、あとは適当に思いついた順に、サチン・テンドルカール（ここからすべて著名人の名）、ディリップ・クマール、モハメド・ラフィ、マハトマ・ガンディー、ジャワハルラール・ネルー……


マスタードの種が熱い油のなかでギャーギャーさけぶ音で、ぼくは目がさめた。きっと名前を唱えながら寝てしまったんだ。マーとルヌ・ディディが行方不明の女の子のことを小声で話してるのが聞こえた。

「ルヌ、あなたも注意しなさいよ」マーが言った。「だれのしわざかわからないけど、さらわれてるのは小さな子だけじゃない。アンチャルは十九か二十よ。それを忘れないで」

「アンチャルは十六だよ」ぼくは起きあがって言った。

「いつから起きてたの？」マーが言った。鍋に玉ねぎを入れて、ふちをお玉でこすりながらかきまぜた。

「マー、食べるために子どもをさらう人がいるって、ほんと？」

「え？」

「ぼくらの肉はまろやかだから」

「あんたがくだらないことを言ったんでしょ」マーがルヌ・ディディを問いただした。そして左手でディディをたたこうとしたけど、とどかなかった。

「言ってないよ」ディディはキーキー声でこたえた。

「じっさいの出来事は、こうよ」マーがぼくに言った。「チャンドニーは夜にひとりで外に出てたの。グラブ・ジャムンを食べたがって、それで、母親が買ってきなさいってお金をわたした。こんな物騒なときにだれがそんなことをするのよ。親が自分で買いにいくべきだったでしょうに」マーは切ったしょうがとにんにくを集めて鍋に投げ入れ、それからターメリックとコリアンダーとクミンのパウダーをひとつまみ入れた。

「チャンドニーの家はバザール《バクワース》のすぐとなりらしいよ」ディディが着ているカミーズで手をふきながら言った。「わたしがシャンティおばさんちにいくのと変わりない」

「そこまで近くはないでしょ」マーは言った。

「チャンドニーのマーは料理でいそがしかったのかも。今のマーみたいに」

「夜にあなたを使いに出せって、じきじきにヴィシュヌ神にたのまれたって、わたしはことわるわ」

パパが家にはいってきて、まじめな顔でぼくを見た。

「いろいろ耳にはいってくるが、どういうことだ？　勉強してるはずの時間に、おまえはブート・バザールを走りまわってるのか？」

かきまぜてたマーのお玉がとまった。

「ぼくはずっとここにいるよ。ほら今だって。ぼくが見えない？」

「いいかげんにしろ」パパは出せるいちばんの大声でどなった。「ふざけてる場合か。これまでは、おまえがしてることを親がとめたことはなかった。ふたりともだ」パパはルヌ・ディディのほうを見た。「だが、何ごとにも限度がある」

「パパ――」

「ルヌ、よく聞け。おまえもだ。今後は放課後の走ったり跳んだりの練習は禁止する。わかったな？」

「でも、だって……地区対抗が……」

「学校がおわったらジャイを連れて帰って、いっしょに家でおとなしくしてるんだ。必要なら縄でつないでもいい」

「コーチに殺される」

「そいつはインド代表クリケットチームのコーチなのか？　ただの役立たずの体育教師だ

ろう」

「地区対抗は大きな試合なの。コーチは毎日練習させたがってる。日曜日も」

マーがさっきからぜんぜん鍋を気にかけてないせいで、玉ねぎの焦げるにおいがしてきた。ぼくはあさって、どうやってダッターラームのお茶の屋台にいけばいいんだろう。

「子どもがさらわれるのは夜だけだよ、パパ。ディディとぼくは、暗くなるまえにいつも家にもどってる」

「ほんと、そうだよ」ディディが怒りの涙で目をぎらぎらさせて言った。「パパ——」

「ルヌ、もうそれ以上聞きたくない。それからジャイ、ひとりでバザールをうろついてるってうわさを耳にしたら、ただじゃすまさないぞ。バレないと甘く見るなよ」

日曜の朝、ルヌねえちゃん《ディディ》は檻《おり》のなかのライオンみたいに――

――洗った髪をたてがみのようになびかせて、うちのなかをいったり来たりした。「信じられない」ディディは言った。

「パパは頭がどうかしちゃったんだ」ぼくも言った。

仕事の時間に遅れてて、もしかしたらダッターラームはぼくの仕事をもうほかのだれかにやっちゃったかもしれない。ブート・バザールをうろついちゃだめっていうルールをやぶったら、マーとパパにぶたれるだろうけど、〈パラシュート〉の容器が半分空《から》になってて、ぼくがどろぼうだってわかったら、もっとひどくぶたれるはずだ。ぼくはどろぼうにはなりたくない。ぼくは探偵だ。ジャスース・ジャイはグッドガイなんだ。

「今日は練習に出ないわけにいかないのに」ディディが言った。「きのうも早めに切りあげないといけなかった。このままだと、コーチはわたしのポジションに、あのおバカなハリニを選んじゃうよ。わたしの半分も速くないけど、コーチと父親が大の仲良しだから」

「ディディ、練習にいってみたら？　マーとパパにはだまってるよ」

「自分がバザールをうろつきたいからでしょう」

「パリの家にいきたいだけだよ。パリといっしょに勉強する、約束するよ。ちょっとテレビを見るかもしれないけど、勉強もやる」

ディディはその案について考えた。だけど家を歩きまわるのをまだやめなくて、床がずんずんはねた。

「さらわれた子たちは、みんな夜にさらわれた」ディディは言った。ぼくがパパに話したことだ。「わたしたちは、そのまえに帰ってくるわよ」

ぼくの言ったそのまんまじゃないかって指摘はしなかった。「おバカなハリニにポジションをとられちゃだめだよ」ぼくはかわりに言った。

「だけどパリのマーがうちのマーに電話して、わたしたちのことを言っちゃうよ」

「パリのマーもうちといっしょで、日曜も働いてる。それにパリのパパは、毎週日曜日には、川のむこうの自分の親に会いにいくんだ」

「パリをひとりで留守番させて？」

「あいてるときは図書センターに連れてく。だけど、今日はパリは家にいるはずだよ」

嘘じゃない。パリがそう言ってた。

ディディは運動着に着がえるのに、ぼくを玄関の外にすわらせた。着がえがおわると、ぼくは家にはいることをゆるされた。ディディは白いシュシュで髪をポニーテールにしてるけど、マーがいたら、ぜったいにゆるさなかった。ぬれたまましばると、気持ち悪い実みたいなものが髪のなかで育って、どうやってもとりのぞけなくなる。けっきょく髪を剃らないといけなくなる。マーはそう言ってる。

ぼくはもう、カーゴパンツに二枚重ねのTシャツっていう、いつものかっこうになってた。その上に赤いセーターを着た。それから、シャンティおばさんとだんなさんが外に出てないのをたしかめて、ぼくとディディは走りだした。

ほっとしたことに、パリは玄関のドアのとこにすわって勉強していた。

「このバカといっしょに家にいて、見張っててくれる？」ディディはパリにお願いして、首のうしろに手をあててぼくをまえに押しだした。「この子はどこにもいっちゃいけないことになってるの。まちがってもブート・バザールなんかにはね」ディディの声はいつもとちがう。ぼくとしゃべるときはキーキー声だけど、パリが相手だと大人に話してるみたいにていねいになる。

「悪いことは何もしないって神さまに誓うよね、ジャイ」パリは言った。

ぼくは豚みたいに見えるように、鼻の下に上くちびるを押しあてた。そして「誓うよ」

と言った。本心じゃないことは、神さまは知っている。

ディディは走っていった。

「ぼくはバザールにいかないと」ぼくは言った。

「だって約束したじゃない」パリは言った。「ほんの二秒まえに。神さまのばちがあたるのがこわくないの？」

「グラブ・ジャムンを買いにいくだけだよ。神さまもわかってくれるって」

「グラブ・ジャムンを買うお金がどこにあるの？　いいから、ここにじっとすわってなさいよ」

こうしろ、あれはするな、って人から言われるのは、もううんざりだ。「ファイズがブート・バザールの仕事を紹介してくれたんだ」ぼくはつい言ってしまった。

「え？」

「パープル線に乗るのにディディがくれたお金を返さないと」

「返してくれって？」

「そうは言われてないけど、返そうと思ってる。サプライズだよ。ぼくが働いてることは知らないんだ。いいか、だれにも言うなよ」

「ジャイは嘘が多すぎるよ。なんでもかんでも嘘をつくんだから」

だった。

ダッターラームはぼくをひと目見て言った。「いったいどこにいた？　今日の給料は半分だ。それ以上はやらんぞ」

「子どもをやとったらいけないのに」パリが小声でぼくに言った。

「もういっていいよ」ぼくは言った。パリはサモサを見てあきれた目をした。あいつはサモサ売りの屋台の下で、自分の大事なとこを舐めている。パリのまえでぼくに恥をかかせたくて、あれをやってるんだ。

「ディディが帰るまえに帰るんだからね」パリが言った。ルールにうるさいやつだけど、ルールをやぶらないといけないときがあることも、ちゃんとわかってる。

ダッターラームは、在庫がなくなったので近くの屋台でシナモンを買ってこい、とぼくに言った。「この冬の寒さのせいで、みんな便秘だ。それをどうにかしようと四六時中お茶を飲む」

「自分の目でたしかめたらいい」

おとなりのおばさんがこっちに背中をむけるのを待ってから、ぼくらはブート・バザールのほうへ走りだした。いつもどおりの混雑ぶりだった。いちばん大きな人だかりができてたのは、小さなサンタと、まるいフリフリぼうしをかぶったテディベアを売る店のまえ

「イサブゴル（天然の食物繊維）のほうが効くのに」ぼくは言った。

「それを宣伝してまわるんじゃないぞ」ダッターラームが釘をさした。

ぼくはシナモンスティックをひとたば買ってきた。それから、お茶屋のまわりをいつもふわふわしている居留区《バスティ》のうわさ話に耳をすませた。今日のは不安でいがいがしてた。子どもたちだけにしておくのが心配だって、だれもが言っている。チャンドニーの親の相談にのるどころか、ワイロをよこせと言ってきた警察についても、みんな文句を言っていた。大勢を集めて警察に抗議したいって考えてる人もいたけど、そんなことをしたら重機《JCB》でみんなの家をこわされるだけだって言う人もいた。ある男の人は、長《プラダン》とその下のヒンドゥー協会《サマージ》のグループがデモを計画してるって話をした。さらわれてるのはヒンドゥーの子ばっかりで、つまり誘拐はムスリムのしわざだってことらしい。べつの男の人が、アンチャルのボーイフレンドはヒンドゥーだって言った。この特ダネの出どころは、ナイナか、ナイナの話を盗み聞きしていた、顔を漂白されてたお客にちがいない。だけどムスリムが悪いっていう話は、それでもやまなかった。

ダッターラームのお客は、だいたいがヒンドゥー教徒だ。ムスリムは子だくさんすぎるし、女の人のあつかいがひどい、とみんなは言った。それに、あの〝悪魔の〟言葉を書くときのムスリムみたいに、文字を右から左に書くような人間は、そもそも信用ならない、って。

チャンドニーが家出したとはだれも言わなかった。まだ小さすぎるから、ひとりではどこにもいきっこない。ということは、やっぱりうちのバスティには、ほんものの人さらいがいるっていうことだ。それも、ひとりじゃないかもしれなくて、しかもぼくらには助けてくれるメンタルはいない。

午後おそくになって、ダッターラームはお茶でずっしり重たいやかんをぼくに手わたした。持ち手には布がぶあつく巻いてあって、上にはグラスが重ねてあった。一本さきの路地の宝石屋にいるお客に持っていくように、ということだった。ダッターラームの携帯には、そういうチャイの配達の注文の電話がたくさんかかってくる。お茶をこぼさずに運ぶのが、われながらうまくなったと思いながら歩いてたそのとき、ぼくの目がルヌ・ディディをぴたりととらえ、そして、かくれる間もなくディディもこっちを見た。家までの近道にバザールを通ったにちがいない。なんてついてないんだ。

ディディは口がきけないほどおどろいてた。フクロウみたいに目がまんまるになって、口があいたり閉じたりしたけど、なんの言葉も出てこない。しかも、どこにいくときも歩かずに走るせいで顔から汗が流れてたけど、その汗までが一瞬こおりついたみたいだった。

ディディは近よってきて、ほんとにぼくがジャイかたしかめるみたいに、あごを持って顔をじろじろしらべた。それから、手に持ってるやかんとグラスを見た。

「働いてるんだ。日曜だけ」ぼくは早口に言った。「かせいだ半分をあげるよ。走る用のくつを買って、そっちは捨てたらいい」ぼろぼろになった、黒と白の男ものの運動ぐつをさした。マーがハイファイ・ビルの警備員からお古で買ったものだ。

「いったい――」

「今は話せない。お客がこのチャイを待ってる」

「ジャイ、どういうことなのか言いなさい」

「働いてるんだ」ぼくはさきへと歩きながら言った。

「だけど、なんで働いてるの？　家でだって何もしないくせに」

「お金をくれたら、かわりに早起きして水くみにいくよ」

「なんのためにお金が必要なの？」

もう宝石屋のところだったので、ぼくは何もこたえなかった。床のクッションにすわって、試してみたいネックレスや腕輪を指さしてるブルカ姿の女の人たちに、お茶のグラスをくばった。自腹でお茶をふるまうなんて、宝石屋は高い買いものを期待してるにちがいない。

「五つ星ホテルでもこの品質のお茶は出ませんよ」宝石屋はお客のみんなに言った。

ぼくらは飲みおわるまで外で待った。

「いつからこんなことしてたの？」ルヌ・ディディが聞いた。

「マーとパパに言う？」

「わたしがまだ練習にいってるって言いつけたらね」

ぼくはクールに見せようとして口笛を吹いてみたけど、空気しか出てこなかった。

「暗くなってから外にいるのは危険よ。あんたみたいなバカだって、それくらいわかってるでしょ」

「ダッターラームは、日曜の夜は映画を見るから、おそくても五時にはお店を閉める。駄作だって見るんだ。先週なんかは――」

「とにかく、さらわれないこと、いい？」ルヌ・ディディは変なふうにぼくの頭をなでた。

ぼくは幽霊にさわられたみたいに、ぶるっと全身をふるわせた。ディディはぼくの顔にパンチするふりをした。そしてまた走りだして、人にぶつかった。文句の声があがって、飛行機に乗り遅れそうなハイファイ・レディのつもりかと、だれかがどなった。

つぎの日の朝、お茶屋の屋台で聞いたことをパリとファイズに話したかったのに、そのきっかけがなかった。なんで仕事のことを自分にないしょにしてたのかって、パリがぼくらを責めるのをやめなかったからだ。

「ふたりで男子の会をつくったの、ねえ《ハーン》？　いいわよ、あんたたちなんていらない。これからはタンヴィと親友になるから」

「タンヴィは自分のスイカのリュックにしか興味ないよ」ファイズは言った。

パリはますます怒って、まえを歩きだした。ぼくは、マーのお金を盗んだことまではパリは知らないって、ファイズに耳打ちした。

「だろうと思った」ファイズは言った。

パリは朝礼のときも、そのあとも、ぼくらと口をきかなかった。キルパル先生が社会科の授業をはじめて、テーマはクリケットについてだったけど、それならぼくら生徒のほうがずっとくわしかった。そのとき、変な音が教室のなかまでひびいてきた。

「ブルドーザーだ」とだれかがさけんだ。

「ちがうよ」ぼくはさけび返した。なんの音かわからないけど、ブルドーザーだったらいやだ。

「静かに」キルパル先生がキーキー言った。

音はうなるような大音量になった。みんな、ドアから廊下にとびだした。キルパル先生はだれのこともとめようとしなかった。学校の塀の外で、大音量は怒りの言葉に変わった。〝おれたちの子どもを返さないと、ひどいことになるぞ〟。ぼくらの知ってる声がメガホンでさけんだ。〝おぼえとけ、インドはおれたちのもの、インドはヒンドゥーのものだ〟。クオーターだ。

「お茶屋でこのデモのことがうわさになってた」ぼくはパリとファイズに言った。「だけど今日だとは知らなかった」

「ムスリムがバハードゥルとオムヴィルをさらって、ほかの子のこともさらった」ガウラヴが廊下でみんなに言っている。「ヒンドゥー・サマージが、やつらをとめてくれる」

「警察に文句があってデモ行進するんじゃないの？」ファイズが聞いた。

「警察に文句言うためでもあるって、きのうは言ってた」ぼくは言った。

キルパル先生は廊下でほかの先生たちと話してた。デモの騒音がだんだん遠くに消えていくと、先生は生徒たちに教室にもどるように言った。ぼくらはいつまでたっても席につかなかった。ある男子は、せっけん水の小さなボトルにプラスチックの輪っかをひたして、しゃぼん玉を吹きはじめた。

「休み時間にこっそり外に出たりしないように」みんながしゃぼん玉を追いかけるのにあきたころ、キルパル先生が言った。「これが暴動にならなけりゃ、さいわいなんだが」

「暴動になるの？」ガウラヴはうれしそうな顔をやめられなかった。

「おとなしくしてなさい」キルパル先生が言った。

「暴動だ、暴動だ、暴動だ」ガウラヴはファイズを見ながら声をあげた。おでこの赤いティラクが燃えるみたいに見えた。

「あいつは、おまえには手を出さないよ」ぼくはファイズに言った。

「試してみるか」ファイズが言った。

クラスのほかのムスリムの生徒は、自分が悪いことをしたみたいに席でもじもじしている。

「みんな本気で言ってるんじゃないから」パリがファイズに言った。もうぼくらには怒ってないみたいだ。

ファイズはノートのページをたいらにのばした。両手がふるえていた。

チャンドニー

神さまはいいもの、悪魔はよくないもの。ほうれん草はいいもの、ヌードルはよくないもの。きのうという日は神さまやほうれん草みたいによかったのに、今日は悪魔やヌードルみたいによくない。チャンドニーにはそれがわかる。どうしてかというと、ニシャねえ《ディ》さん《ディ》が夕方からずっと、うちのなかをふつうに歩かずにドスンドスンと歩きまわって、木を切るみたいにカリフラワーの頭をたたき切って、赤ちゃんを眠らせるのに強すぎる力でゆさぶっていたからだ。今だって、いつもの夜みたいにひざにすわろうとすると、ニシャ・ディディはチャンドニーを押しやって、「あっちいって、べつのことをして」と言った。

〝べつのこと〟というのがなんなのか、チャンドニーにはわからなかった。毎晩、とてもうるさくて、とてもちっちゃい赤ちゃんが眠ると、ディディは弟たちに宿題をやるように言って、自分は音をものすごく小さくしてテレビをつけて、つづきものの番組を見る。その番組のなかの女の人は、何週間も病院のベッドで眠ったままで、だんなさんが会いにきてもぜんぜん目をさまさない。だんなさんは最初は毎日お見舞いにいったけど、そのうちにほとんどいかなくなった。

チャンドニーが〝おねがい、おねがい、おねがい、おねがい〟といくらたのんでも、ニシャ・ディディは『チョータ・ビーム』（インドの人気アニメ）や『トムとジェリー』は見せてくれなかった。そのかわりにチャンドニーをくすぐって、手を食べるふりをして、〝ああ、おいしい、おいしい〟とささやいた。赤ちゃんに起きて泣かれないように笑いをこらえるせいで、しまいにはチャンドニーの目から涙がこぼれてくるのだった。赤ちゃんはいつも泣いている。マーのブラウスのなかでお乳を飲むときもときどき泣いて、するとミルクが鼻にはいってむせて、ますます激しく泣いた。チャンドニーも赤んぼうのときはおなじだったとマーは言うけれど、今ではチャンドニーは〈クルクレ〉とか〈キットカット〉とかアルー・ティッキのような大人の食べものが好きだし、マーのブラウスにミルクがしみているのを見ただけで〝オエッ〟となる。

家のなかは今は静かで、兄たちが紙に書くえんぴつのカリカリいう音と、テレビの小さな声が聞こえるだけだった。ディディはリモコンを手にすわって、テレビで男の人や女の人がさけぶと音をさげ、ささやくと音をあげた。そのうちに赤ちゃんが泣きだした。チャンドニーは耳に指をつっこんだ。赤ちゃんのうんちのにおいが鼻にはいってきた。赤ちゃんのうんちは、古くなった魚みたいにくさい。

ディディはよごれたお尻を洗うのに、赤ちゃんを外に連れだした。兄たちは勉強をやめて、リモコンをとって、クリケットがテレビに出てくるまでチャンネルをまわした。兄たちはチャンドニーの髪を引っぱり、チャンドニーが目に涙をにじませると、声をあげて笑った。チャンドニーは立って玄関へ出ていって、ニシャ・ディディが赤ちゃんをあやすのをながめた。赤ちゃんの口はディディのセーターに引っついていて、ぬれて丸いしみができていた。

チャンドニーは手をのばして、赤ちゃんをだっこさせてと言った。ディディはその腕に赤ちゃんを移そうとしたけれど、赤ちゃんは足でけって、チャンドニーがつけているかわいいピンク色のプラスチックのネックレスを引きちぎろうとした。ディディは赤ちゃんをとりかえして、〝しーっ、しーっ〟となだめた。そしてベッドにおろそうとしたけれど、赤ちゃんはだっこされたがった。赤ちゃんはふきげんで、だからディディもふきげんだ。

兄たちはクリケットの話をしていた。ふたりは同時にしゃべって、ふたつの声がおなじ言葉を言った。一年ちがいで生まれてきたけれど、やることは双子みたいだとマーは言う。ディディが静かにしなさいとしかった。兄たちは、ボスレディみたいな態度はやめろよと言い返した。赤ちゃんが泣きわめいた。「テレビの音を消すみたいに、こいつの音も消せないかな」兄たちは言った。ディディはチャンドニーには意味のわからない言葉をぶつぶつ口にした。兄たちは「きたない言葉はやめろよ」と言って、テレビの音が赤ちゃんより大きくなるまでリモコンのボタンを押しつづけた。

「どいつもこいつも、なんて腹が立つの」ディディはさけんで、外の路地にほうり投げてしまいたいみたいに赤ちゃんをゆすりながら、家のなかを歩きまわった。水を足してあためなおしたきのうのダールの鍋に、ディディの足がぶつかった。鍋がゆれた。ダールが地面にこぼれた。

チャンドニーは、ディディが怒ってるのはいやだった。そういうときはめったにない。ディディは毎日みんなの服を洗たくして、昼と夜の食事をつくって、みんながゴミ捨て場でズボンをおろしたりスカートをまくったりしておしっこやうんちをするときには、お尻をガブリとやりにくる犬にむかって石を投げた。顔をしかめることも、どなることもせずに、ディディはそういうことをぜんぶやる。

チャンドニーはもっといい夜にする方法を、ひとつ知っていた。腰かけにあがって、ドアのところにさげてある額入りのドゥルガー女神の写真のうらに手をのばし、まえにおじいちゃんが誕生日のお祝いに来たときにくれた、くるくるにまるめた二十ルピーのお札をさぐりあてた。お金は秘密にしておきなさい、とおじいちゃんには言われていた。マーとパパはその金を取りあげて、野菜なんかのいいものを買うのに使うだけだ。おじいちゃんはチャンドニーにそれをブッディ・カ・バール（綿菓子。文字どおりには老婦人の髪の意）のような、あまりよくないものに使ってほしかった。その名前のことを思っただけで、おなかに笑いがわいてきた。棒にからめたピンクのふわふわの砂糖は、ぜんぜんおばあさんの髪みたいじゃない。

外は暗かった。チャンドニーはそっと家を出て、急いで歩いた。もどってこいという声は聞こえてこなかった。ぴょんぴょんとびはねながらバザールまでいくと、閉まっている店もあったし、あいている店もあった。今は何時なんだろう、と思った。時計の読み方は、まだだれからも教わってない。

綿菓子売りはもういなくて、ちょっぴり悲しくなったけれど、グジャとグラブ・ジャムンを売るお店がまだあいてるのが見えた。チャンドニーはお菓子屋の男に二十ルピーのお札をわたして、砂糖シロップのトレイに漬かっているガラスケースのグラブ・ジャムンを指さした。男はグラブ・ジャムンをすくってビニール袋に入れ、カウンターのむこうから身をのりだして、チャンドニーの手のなかに落とした。お釣りは少しもくれなかった。でも、かまわなかった。グラブ・ジャムンは、ディディの悪いきげんをちちんぷいぷい《ジャンタル・マンタル》・ち《ジャ》ちんぷいぷい《ドゥ・マンタル》、魔法のようになおしてくれるはずだ。お菓子をほんのひと口かじるだけで、幸せがディディの舌をおおって、目がつやっと輝くだろう。

路地にはほとんど人がいなかった。夜がガタガタ、カタカタ、パタパタ、ドスドスと音をたてている。音のうちのいくらかは、昼間の残りものなのかもしれない。お店のなかでは大勢すぎる人たちが話をして、そのなかには聞いてもらえなかった声もあった。それが今、クモの巣の天井から、ドアの裏から、ブーンと鳴る冷蔵庫の下から出てきて、できるかぎりの大騒ぎをしている。

チャンドニーはその音がいやだった。毛虫みたいに耳にはいりこんできて、毛布みたいにちくちくした。

そのとき、いい考えがうかんだ。ニワトリのようにコッコッと鳴き、犬のようにワンワン吠え、猫のようにニャアニャアと声を出して、自分がニワトリなのか、女の子なのか、犬なのか、猫なのか、暗闇を追いかけてくる音にわからせないようにする。そうすれば音も頭がこんがらがって、どこかにいってくれるはずだ。チャンドニーは猫のしっぽをふくらませ、ニワトリのくちばしで地面をつつき、ビニール袋から前足にパシャパシャかかる、べとつくシロップを犬の舌でなめながら、スキップしてとびはねた。

家までは、あと少しだった。

ヒンドゥー協会《サマージ》のデモはとっくにいなくなったけど——


——あとがいろんな場所に残ってた。学校からの帰り道、ぼくらのくつは行方不明者の顔ののったビラを何枚も踏んだ。一枚ひろってみた。ビラのバハードゥルの写真は、バハードゥルのマーが貸してくれたのとおなじ一枚だけど、ビラは白黒だから、シャツが赤だってことはわからない。オムヴィルは髪をきれいにおでこからあげて、カメラにニカッて笑ってる。アンチャルはサルワール・カミーズ姿で、頭にはドゥパッタをかぶっていて、売春の人みたいにはまったく見えなかった。チャンドニーの顔は小さくて、印刷があらかった。写真の下には、〝ただちに子どもたちを返せ〟という文字が書いてある。

「こんなくだらないことしてるけど」パリがぼくの手のビラを指でついた。「ムスリムがこのだれかをさらうのを、じっさいに見たっていうの？」

「ビョームケーシュ・バクシーは笑うだろうな」ぼくは言った。

「チャンドニーの家にいかなきゃ」パリが言った。「あやしい人や、あやしい何かが見つかるかもよ。協会《サマージ》がいい人たちのことをひどいことしたみたいに責めるのは、これ以上ほっておけない」

ファイズがどんよりしてるから、パリは気分をもりあげようとしてる。

スパイスでぱんぱんの袋にかこまれて道ばたにすわってる女の人に、チャンドニーの家がどこか知らないか聞いた。スパイス売りは、右か左かどっちかわからないほうを指さしたけど、パリは理解したみたいだった。

ぼくらはテレビ修理のおじさんの店のまえを通った。ブート・バザールのほかのムスリムの商店といっしょで、やっぱり店は閉めてあった。もしぼくがムスリムでも、クオーターと手下のギャングが外でおっかないことを言ってまわってるあいだは、ぜったいに店をあけとかないだろう。

「ファイズは家に帰ったら？」パリが南京錠のぶらさがったシャッターをちらっと見て、言った。「そのほうが安全かも」

「だまっててくれないかな」ファイズは言った。

路地のつきあたりには、ぼくらの家を三軒合わせたくらいの空き地があって、片側にはゴミが積んであった。ずっと長いことそのままにされてたせいで、ぜんぶが岩みたいにがちがちになってる。やぶけた大むかしのビニールのなかに何か食べるものがないか、ヤギたちはしつこくさがしている。空き地の反対側には、変圧器があった。電気局がおいている、ひだひだの金属でできたでっかい箱みたいなやつで、まわりを高い鉄のフェンスでかこってあった。サラスヴァティ女神の首から上が、変圧器のまわりの雑草のなかに落ちて、おどろいた顔にはぎざぎざのひびがはいっていた。不吉なまえぶれだ。

フェンスにかかっている白い看板には、赤い字で〈電気、危険〉って書いてあって、その下にはドクロの絵があった。がたがたの歯の、大きな口をしている。笑ってるけど、悪そうなほほえみだった。

フェンスには、ジャスミンとマリーゴールドの花輪が結びつけてあった。この場所はさっきのこわれた女神のお堂なんだろう。マーはディーワーリーやクリシュナ神の降誕祭のときに、ぼくを引きずりまわしてブート・バザールじゅうのお寺をめぐるけど、ここに連れてきたことはなかった。うちの居留区《バスティ》はけっこう大きくて、二百軒以上の家があるらしいから、すごすぎる携帯電話の連絡網を持つマーでさえ、全員のことや、ぜんぶのことを知ってるわけじゃない。

少年ふたりがわあわあ言いあいながら、空き地にとびこんできた。ひとりがもうひとりを棒でたたくと、その子の肌のみみず腫《ば》れの色が、一瞬で白から赤になった。

「チャンドニーの家がどこか知ってるよね？」パリがふたりに聞いた。「あの行方不明の女の子の」

棒を持ったほうの子が、その棒で空き地のさきにならぶ家をさした。「まっすぐだ」そう言うと、また友だちをたたきはじめた。

空き地のはしまでいくと、道がふたつの路地に分かれてて、片方は少年がチャンドニーの家だと言うほうにまっすぐのびて、もう片方は車の大通りにむかって右にまがっていた。

「ぜんぶがこの変圧器のお堂のまわりでおきてるみたいだね」パリが言った。

「ぜんぶって？」ぼくは聞き返した。

「バハードゥルはここの近くのテレビ修理屋で働いてた。アンチャルとチャンドニーの家も、このそばでしょ」

「オムヴィルの家はちがうよ」ぼくは指摘した。

「でも、テレビ修理のおじさんと話をしに、ここまで来たかもよ。わたしたちみたいに。誘拐犯が人をさらうのには、ちょうどいい場所じゃない。夜は人けがなくなるでしょうし。今だって、ほとんどそう」

「かもね」ぼくはこたえたけど、悲しい言い方になった。手がかりはぜんぶそろってたのに、ぼくはつながりに気づかなかった。だけどパリは気づいた。パリの脳みそは、光の速さでいろんなものを結びつける。パリのほうがフェルダーで、ビョームケーシュ・バクシーで、シャーロックなんだ。ぼくはただの助手で、アジートとか、トピシュとか、ワトソンのタイプ。

「またテレビ修理のおじさんのせいにするのかよ」ファイズが言った。「人間の人さらいが犯人で、悪いジンのしわざじゃなかったって、なんでわかるんだよ？」

「クオーターとかのワルが酒屋《テカ》に集まるみたいに、ジンもこの場所にたむろするのかもしれない」ぼくは言った。「きっと、ここがやつらの巣窟《アッダ》なんだ」

「そうだ、シャイターニ・アッダだ」ファイズが言った。

「シャイターンは悪魔って意味じゃないの？」ぼくは聞いた。

「邪悪なジンも、シャイターンって呼ばれる」ファイズが言った。

「ふたりで『ジン・パトロール』って番組をはじめることにして、くだらない会話はそっちにとっておいたら？」パリが言った。

「たくさんの人が番組を見るだろうね」ぼくは言った。

チャンドニーの家についたので、パリはそれ以上ぼくらに小言を言えなかった。そこがチャンドニーの家だとわかったのは、外に人だかりができてたからだ。知ってる顔もあった。クオーター、プレス屋《ワーラー》、アンチャルのパパ、飲んだくれラルー。家の入り口では、赤ちゃんを抱っこした女の子がうなだれている。その陰にかくれるようにうしろに女の人がいて、顔は半分サリーのパルー（サリーの布の装飾のはいった一端）でおおわれていた。たぶんチャンドニーのマーだ。家にはドアがなくて、かわりにびりびりのシーツがつってあった。人だかりの男のほとんどは、サフラン色の服を着ていた。サマージのデモをやってた人たちにちがいない。クオーターだけが、いつもといっしょで黒い服を着ている。

「ここがファイズにとって安全だとは、やっぱり思えない」パリがファイズに言った。

「クオーターはファイズがムスリムだって知らないよ。だれもぼくたちのことなんか知らないって」ぼくはそう言ったけど、おなかが気持ち悪くなった。給食で食べた古いごはんとカディ（酸味のきいたヨーグルトカレー）のせいじゃなかった。

ファイズは野犬狩りの網にかかった犬みたいにおびえた顔をしてるくせに、「おれはどこにもいかない」と言いはった。

ファイズは自分の度胸を証明したいんだ。もしかしたら、ぼくらに対しても。

サフラン色のローブを着て、胸に菩提樹《ルドラークシャ》の実のビーズのネックレスをじゃらじゃらさげた男が、チャンドニーの家から出てきた。導師《ババ》だ。どのババかはわからない。ブート・バザールにはババの数が多すぎる。

よく見えるように、ぼくは首をのばした。ババのすぐうしろには長《プラダン》もいる。姿を見るのは数カ月ぶりだ。今日もスモッグで空気がかすんでるのに、上で太陽が照ってるみたいに黒い髪がてかてかしてる。やせてて背が低く、白いクルタ・パジャマ（クルタとズボンの上下）に、襟をボタンでとめたハイファイな金のベストっていうかっこうだ。肩には、サフラン色のスカーフをゆったりかけている。プラダンがクオーターに話しかけると、クオーターはパパが直接耳にささやけるように腰をかがめた。だれかが割ってはいろうとすると、プラダンは手でふりはらった。

ババは寝台《チャールパイ》に腰かけた。みんながババの足をつかんで、ローブのすそに手をふれた。

「ババ、あなたは正しかった」ひとりの男が言った。ひざをついて頭をたれてるけど、ぼくにはだれだかわかった。子どもは働いちゃいけないってダッターラームに言ったレスラー風のやつはあの男だよ、ってぼくはパリに教えた。

「しっ、静かに」どこかのおじさんがぼくに言った。

「ほんとうに正しかった」レスラー男はババに言った。「あなたの輝かしい存在が、このバスティの醜《みにく》い真実に光をあてるまで、イスラム教徒《ムサルマン》の連中がこんなにも多くの悲しみのもとになってたとは、おれたちは気づかなかった」そしてババの足もとにくずれ落ちた。

ババは肩をつかんで立ちあがらせて、背中をたたいた。手をげんこつにして、レスラー男の背骨のごつごつめがけて、思いきり三度。

レスラー男は立ちあがると、今もババのうしろで両手を組んで立ってるプラダンに話しかけた。いつもぼくらみたいなのは無視するくせに、プラダンは今だけは真剣そうな表情で聞いている。レスラー男は、バスティに大勢いるプラダンの情報屋のひとりなんだろう。マーの話では、プラダンは情報屋にたっぷりお金をあげてるらしい。だからあのレスラー男には、金の時計を買うお金があったのかもしれない。

つぎはアンチャルのパパの番だった。「ババ、あなたがともにいてくれて、どんなに心強いことか。あなたを見た瞬間に、胸の痛みが消えました。あなたはきっと、娘をとりもどしてくださる」

ババは右手でアンチャルのパパのひげをすいた。指のさきに魔法みたいに灰が出てきた。その灰をアンチャルのパパが出した手にふりかけて、ハグをして背中を三度たたいた。アンチャルのパパは咳の発作におそわれた。こんなに弱々しいんじゃ、娘をどうにかできたとは思えない。チャンドニーみたいな小さな子だって、かかえられそうになかった。アンチャルのパパのことは、今後はぼくらの容疑者のリストから消さないといけないと思う。

飲んだくれラルーが立ちあがると、今にも地面につきそうな枯れ枝みたいに、力の抜けた腕がぶらんぶらんした。

「ババの言うことは真実だ。ムスリムの子はだれもいなくなってない」口はまわらないけど、酒のせいで言葉がなめらかだった。「邪悪なムスリムの連中をとめてください、ババ、とめてください」

　ぼくはファイズを見た。気にしてないふりをしてるけど、左目のそばの傷がひくひくしてた。

「まだあんな幼いんだ」チャンドニーのマーの横にいた男の人が、ババのうしろから言った。きっとチャンドニーのパパだ。とかしてない髪が、炎みたいにおでこから立ちあがってる。「あの子はヒンドゥーもムスリムも何もわかってない」

「息子よ、われわれは理解している」プラダンはうしろをふり返って、相手を見た。「だが悪いやつらは？」

　ひとりがババにバターミルクをさしだすと、ババはふた口でごくごく飲みほした。べつの男がベルプリ（米パフに豆やスパイスを加えたスナック）のボウルをさしだすと、ババは木のアイスの棒で口にかきこんだ。ババはメンタルみたいな人なのかなって、ぼくは思った。いろんなことを解決したり、さっきの灰のように何もないとこからお金を出したり、スモッグから毛布を出したりできるのかもしれない。

「チャンドニーの母と父に伝えたとおり」ベルプリを噛んで、ほっぺたの片側から反対に移しながら、ババが言った。「神のおめぐみを得るのに、彼らは特別な儀式《プージャー》をおこなう必要がある。おまえたち」ババはそう言うと、アンチャルのパパと飲んだくれラルーとプレス・ワーラーをさした。「おまえたちも手伝うといい」

　地面にすわってる人たちが〝ラーム、ラーム、ラーム、ラーム〟と唱えた。ババはボウルを横において、ごほうびにひとりひとりの弟子の背中をたたいてやった。

「ああやって祝福するの」パリがぼくにささやいた。「このたたき屋のババの話は聞いたことがある」

「祝福してんだか、病院送りにしようとしてんだか」ぼくは小声で返した。パリがくすくす笑った。

「子どもたち、こっちに来なさい！」

　ババだった。なんで、どうやって、ぼくらのことに気づいたんだろう。ほかのみんなもこっちを見てるから、ぼくは、どうか見るのはやめて、今までやってたことにもどってください、と思った。

「あの子らはバハードゥルの友だちだ」飲んだくれラルーが言った。

　アンチャルのパパは目を細くしてぼくをじっと見たけど、なぐりかかってはこなかった。

　ぼくらはみんなの手で無理やりババのほうへ押しだされて、ババのひげでちくちくする口でおでこにキスされた。そして背中をたたかれると、痛さが頭まで伝わって、ついでに足にまでひびいた。ババはファイズのこともたたいた。ファイズがムスリムだってわかってない、いい証拠だ。

ぼくは、たたき屋ババのうしろにいるクオーターとレスラー男を盗み見た。ぼくが痛がって背中をさすると、クオーターはにやにや笑った。レスラー男は、今もバスティの秘密をプラダンに耳打ちしてる。ぼくのほうを見たけど、お茶屋で会ったのをおぼえてたとしても、顔には何も出さなかった。

パリがぼくとファイズを引きずっていくあいだも、たたき屋ババの言葉がいっしょに歩いてついてきた――「このバスティには、われらが神に応じない大いなる悪が住みついている。これ以上の悪さを許すまえに阻止できるかは、ひとりひとりにかかっている……」


今はクリスマス休みだ。ジン以外の容疑者を見張る時間がいつもよりたっぷりある。パリは自分のリストからテレビ修理のおじさんを消してたけど、お店の場所がシャイターニ・アッダから近いって理由で、またもどした。ヒンドゥー・サマージのやつらみたいなことをするなら、これからはサフラン色の服を着たらどうだと、ファイズはぼくとパリに言った。パリは、誘拐犯をつかまえられたら、それがヒンドゥーとムスリムみんなの助けになるんだって説明した。

張りこみは、ぼくらみたいな子ども探偵にはうってつけの仕事だ。自分のしっぽを追いかけたり、水たまりのきたない水をなめたりするのにいそがしくしてないときは、サモサもいっしょに連れていける。

今日はぼくらは、テレビ修理のおじさんの店の近くにいた。ファイズも仕事をさぼっていっしょに来た。子供を誘拐したでしょうって、ぼくらがおじさんをずけずけ責めて、それを聞いたクオーターとヒンドゥー・サマージがおじさんのひげに火をつけたり、刀で首を切り落としたりするんじゃないかと心配してるからだ。ムスリムがそういう目にあう話を、ぼくたちはテレビのニュースで見たことがあった。クオーターはいちばんの容疑者だけど、誘拐犯をつかまえたがっているような動きをしているのがふしぎだ。

ぼくらは今、ファイズの兄さんたちのビー玉で遊んでるふりをして、張りこみ中なのをかくしていた。ビー玉をはじくたびに、サモサが興奮してワンワン鳴いた。

「なんでこのバカ犬を連れてきたのよ」パリが言った。

「こいつは手がかりを追えるから」

「揚げもの《パコーラ》のせいで、みんながこっちを見てる」

「そんな名前じゃないのを知ってるくせに」

「いいから焼きそば《チャウミーン》をだまらせてもらえない？」

ファイズはビー玉をすくってポケットに入れた。サモサが食ってしまうんじゃないかと心配なのかもしれない。

ぼくはマーが朝ごはんに出してくれたラスクを、ひと口サモサにやった。サモサはラスクが大好きで、ぼくは大きらいだってのは、ちょうどいい。ルヌねえちゃん《ディディ》とぼくはずっと家にいて、休み明けのテストのために勉強してるって、マーは思ってる。でも、ディディは家事をすませるとすぐ練習に出かけた。どっちも何も聞かなかった。ぼくらはおたがい秘密を守るのが得意だ。

テレビ修理のおじさんがふたりのお客と店から出てきて、ぼくらのことを見つけた。

「バハードゥルがまっさきにこの店にもどってくると思って、ここで遊んでるのかい、え?《ハーン》」おじさんは言った。「なんていい子たちだ」

お茶がほしいかと聞かれて、いらないって言ったけど、そんなふうに聞かれてすごく悪い気持ちになったから、ぼくらは張りこみはやめてシャイターニ・アッダにいった。人さらいやジンが何か手がかりを残してないかしらべてみたけど、うちのバスティのどこの路地にもある、ふつうのゴミしか見つからなかった。キャンディのつつみ、スナックの袋、つっかけの足で踏みつけられた新聞、ヤギのころころのフン、牛の落としもの、鳥が食べのこしたネズミのしっぽ。こわれたサラスヴァティ女神は、今も雑草のあいだからおどろいた顔をのぞかせていた。

「この場所を大人たちに教えるのも、ありかもしれないな」ぼくは言った。「大人ならここを見張ってられる。朝から晩まで毎日。夜のあいだも」

「いつからそんなバカになったんだよ」ファイズが声をあげた。悪いジンから守ってくれるお守りが、首のところではずんだ。サモサがキャンキャン吠えた。「この場所をちょっとでもだれかに話したら、みんなテレビ修理のおじさんが悪いって言いだすにきまってる。そして、おじさんが人さらいだって考える。おまえらみたいにさ」そう言うと、ファイズはポケットのなかのビー玉をじゃらじゃらさせながら歩いていった。

「怒らせちゃったじゃないの」パリが言った。

「ぼくが？　テレビ修理のおじさんを容疑者にしたのは自分だろ」

サモサが吠えた。

仲良しの友だちどうしをケンカさせるんだから、やっぱりシャイターニ・アッダは、悪い感情でいっぱいの悪い場所なんだ。

クリスマスの日は、クリスマスってだけじゃなく——

——ぼくらの居留区《バスティ》の大いなる悪を退治してくださいって神さまにお願いする、ヒンドゥー協会《サマージ》の儀式《プージャー》の日でもあった。マーですら、参加するために午前中の仕事をお休みした。

ぼくはいつものかっこうだけど、マーはメッキの金のネックレスを首からさげて、口紅で口を赤くした。ルヌねえちゃん《ディディ》はスパンコールのきらきらした青いサルワール・カミーズを着た。今はマーに髪を編んでもらってるけど、ディディはやり方がちがうってさっきから言いつづけてる。

「あんたがジャイよりもう少し小さかったころは、わたしのあとをいつもちょこちょこ追いかけてきて、おんなじ髪に結ってくれってせがんだのに」マーがディディに言った。

「わたしがきれいだと思ってたのよ」

「今だってきれいだよ」ぼくが言うと、マーはにっこりした。髪を編みおわると、マーはこれをつけなさいって、腕輪と銀色のネックレスをディディにわたした。ルヌ・ディディはぐっと大人に見えた。ぼくには想像のできない秘密を持ってるっていう感じだ。

プージャーの場所はアンチャルの家のそばだけど、ヒンドゥー・サマージのおえらいさんたちがバスティのきたない地面を歩かなくてすむように、もっと大通りから近いところでひらかれる予定だった。ディスコライトつきガナパティ神の食堂《ダーバー》や、オートリキシャ乗り場にいた人たちが、この小僧にはまえにも会ったってマーに言いませんように、ってぼくは思った。

ダーバーのまえでは、赤いテント屋根が巨大な赤いバラみたいに花を咲かせていた。その下には、茶色い敷きものが地面にひろげてある。敷きもののまんなかには、薪を積んだ、四角に組んだレンガがあった。

ダーバーの人たちはせっせとプーリーを揚げている。これはプージャーのいちばんのお楽しみだ。最後にはみんな、ただで食べものをもらえる。パリとファイズは、ごちそうにありつけなくて残念だ。パリのマーは仕事に出かけて、パリをひとりで家で勉強させている。パリは勉強が好きだから、べつにそれでかまわない。

お社《パンダル》はまだがらんとしてて、トレードマークのサフラン色の服を着たヒンドゥー・サマージの人が何人かいるだけだった。顔を高くあげて歩きまわり、ここやあそこを手なおしろって、人に指図している。そのとき、こっちにむかって走ってくる女の人が見えた。

ぐちゃぐちゃの髪をふりみだし、肩からかけた毛布はずり落ちて、うしろに引きずってほこりを集めていた。その人は大通りからの入り口をはいってすぐの、パンダルのいちばんすみっこに腰をおろした。そして、いつたおれてもおかしくない感じの柱によりかかった。マーとぼくはその人のところにいったけど、ルヌ・ディディは場所をとられないようにあとに残った。

「どうしたの？」マーが声をかけた相手は、あのチャンドニーのマーだった。ぼくのマーはダーバーの男たちにさけんだ。「水を持ってきてあげて。すぐに」

ふちまで水がなみなみはいったステンレスのコップを、ダーバーの人がチャンドニーのマーに持ってきた。それを一気に飲みほすと、チャンドニーのマーはうちのマーを見て言った。「警察署にいってきたの」

「なんで、また？」

「警察の人にもプージャーに出てもらいたくて。そしたらあの人たちもババがチャンドニーのことを話すのを聞けるでしょう。娘よ。行方不明の」

マーはうなずいた。「話は聞いてるわ」

「なのにあの野蛮人たちは、あたしをなぐったの。ここ」――チャンドニーのマーは自分の首にふれた――「ここも」――左手をねじって背中をさわった。ちょうどブラウスとサリースカートのあいだのとこだ――「あと、ここも」――今度は足。「どうしてうちの子をさがしてくれないのかと聞いたら、〝警察はおまえらの召し使いか〟って。そしてこう言うの。〝なんでおまえらは、面倒もろくにみられないのに、ネズミみたいに子どもをぼこぼこ産むんだ？　おまえらのスラムを一掃すれば、世の中のためになる〟」

学校の校庭の鉄の箱に書かれた〈毒えさ入りネズミ捕り〉っていう文字を、ぼくは思いだした。バンの車から給食をおろす、舗装した場所のすぐ横においてある。

「不満はババに訴えるんだ」男の人がチャンドニーのマーに言った。「ババは助けになってくれる。だがハヌマン神の名にかけて、今だけは泣いてさわぐ《ローナードーナー》のはやめてくれ。この行事をひらくのに、われわれは大金を使ってるんだ」

チャンドニーのマーははずかしそうな笑いをうかべて、鼻をすすって、あざのできた手で髪の毛をなおした。ダーバーの人がステンレスのコップを引きとった。

ヒンドゥー・サマージの人がプージャーに大金を使ったなんて言う理由が、ぼくにはわからない。お金の出どころはぼくらなのに。うちのバスティのヒンドゥー教徒全員ができるだけのお金を出しあって、バスティをまわってきたサマージのバケツのなかに、小銭やルピー札を入れた。サマージも手下のチンピラ《グンダー》もすごくこわいから、だれもいやだなんて言えない。

「警察の態度も変わるでしょう」マーがチャンドニーのマーに言った。「ババがわたしたちの味方についてくださったとなれば。ああいう聖人の人たちは、わたしたちのカーストには、これまでは目もくれなかった。物事はいい方向に変わってきてる。ほら、今日はスモッグもひかえめだわ」

プージャーに人がぞくぞく集まってきた。パンダルにはいるまえには、みんなサンダル《チャッパル》やくつを脱ぐ。サマージのひとりが三人の少年を指名して、みんなのPOMAやAdidesやNikのくつを見張らせた。マーとディディとぼくは、くつを脱ぐのを忘れてた。たたき屋ババが長《プラダン》とあらわれた。クオーターとギャングたち、それにレスラー男もいっしょだ。レスラー男はプラダンの情報屋ってだけじゃなく、ヒンドゥー・サマージのおえらいさんなのかもしれない。ぼくはババに背中をたたかれないように、柱にすりよった。
「愛するわが子よ」ババはチャンドニーのマーに言った。「これまでいろいろと大変だったな。だがもう心配は無用だ。わたしが問題をすっかり片づけよう」

チャンドニーのマーはババの足もとにくずれ落ちて、ありがたがってるのか悲しいのか、また大声で泣いた。ババが背中をゴンゴンたたくと、チャンドニーのマーはほとんど起きあがれなくなった。警察になぐられたのを、またくり返されたようなものだったんだろう。

見張りの少年たちのところでチャッパルを脱いだあと、ぼくとマーは、チャンドニーのマーにつきそうことをゆるされた。ババ、プラダン、クオーター、レスラー男は、火の真横にすわった。ぼくらの場所はババのうしろで、少しするとぼくらの列は、行方不明の子の親全員がそろう悲しい列になった。さわがしいなかすやすや眠るボクサー赤ちゃんを抱いたオムヴィルのマーとプレス屋《ワーラー》のパパに、へたっぴダンサーの弟、それからバハードゥルのマーと飲んだくれラルー、アンチャルのパパと兄弟のアジェイと、名前のわからないもうひとり。チャンドニーのパパはいなくて、たぶん仕事だろう。ぼくはアジェイに笑いかけたけど、アジェイはそっぽをむいた。

マーはルヌ・ディディを呼んだけど、こっちには来たがらなかった。ディディは陸上の友だちのタラと、そのマーといっしょにすわってる。

だれかが薪に火をつけて、ぼくには意味のわからない歌でプージャーがはじまって、熱い煙がみんなののどを焼きこがした。マーがチャンドニーのマーの手をにぎってるのが、目のすみっこに見えた。今日はじめて会ったか、せいぜい共同トイレか水道の列でいっしょになったくらいのはずなのに、マーはまるで姉妹といるみたいだ。自分の子がいなくなったみたいに、目には涙をためてる。ぼくはここにいるのに、マーはそれさえ見えないようだった。

プージャー（きざんだコリアンダーを散らしたバターミルクと、じゃがいも《アルー》のプーリーを腹いっぱいもらえて最高だった）のあとは、マーはルヌ・ディディは家にいさせたけど、ぼくのことはパリの家に連れていった。試験でいい成績をとるのに、パリが助けになってくれると思ってる。

ほんとは仕事場までぼくを連れてって、一日じゅう、目のまえにおいて勉強しろってどなってたいんだろうけど、それはできない。マーのハイファイ・マダムは、バスティの子どもはバイ菌や結核や腸チフスや天然痘をいっぱい持ってると思ってる。天然痘なんて、とっくのむかしになくなってるのに。

天然痘を持ってると思われるような建物には、ぼくだっていきたくない。人から大事にされなくても、自分で自分を大事にしなさい、ってパパは言う。パパの言う〝人〟っていうのは、ハイファイ・マダムとか、ぼくらみたいなバスティの出のくせに、金持ち風じゃない見てくれの人をなかに入れてくれないモールの警備員とかのことだ。

「プージャーの効果はあるのかなあ」パリがマーに言った。玄関の段に立って、ハイファイ・ワンピースっぽい青い服のすそを下に引っぱった。パリはマーのハイファイ・マダムからいい服をもらえる。マダムはぴかぴかのものが少しでもぴかぴかじゃなくなると、すぐに人にやる。

「神さまに声がとどいたと期待しましょう」うちのマーは言った。

「神さまに話しかけるだけなら、プージャーなんていらないよ。ささやき声だって、神さまには聞こえるもんね」ぼくは言った。

マーが頭のうしろをたたいた。だまれっていう、あまり秘密じゃない合図だ。

「ジャイは勉強もしないで、休みをまるまるむだにしてる」マーは先生に言うみたいにパリにグチってる。「この子の助けになってやってくれると、ありがたいんだけど――」

「もちろんです、おばさん《チャーチー》」パリは言った。

出ていくときのマーは満足そうだった。

ぼくは床のパリのとなりにすわった。パリは自分の教科書を一冊、ぼくのひざにのせた。

「環境の教科からやってて。わたしの社会の勉強がおわったら、とりかえっこしよう」

パリはしばらく文字を読んでいた。ぼくは床をくねくね進む黒アリをながめて、パリの教科書の角で列のじゃまをして、混乱させてやった。

「ケーサツ、ケーサツ、ケーサツ」どこかの子どもがさけんだ。ほかのだれかも〝警察だ〟ってどなってる。ぼくたちは教科書をおいて玄関に走った。パリはぼくがそれ以上出ていかないように片手をのばした。

「ジャイのマーと約束したから」

「でも、何があったのかつきとめないと。探偵なんだから」だけどぼくは動かなかった。バスティに住んでるいいとこで、悪いとこでもあるけど、情報は聞きたくなくたって耳にはいってくる。

　パリとぼくは、注意深く聞き耳を立てた。まわりから聞こえてくる不安げな舌打ちの音のなかから、重要そうな言葉をひろっていった——警察、逮捕、誘拐、子どもたち、ババ、プージャー、ご利益、テレビ修理、ハキム。意味が通るように言葉をならべかえた。警察が子どもをさらった犯人を逮捕した。あの無害そうなテレビ修理のハキムが？　まったく無害なんかじゃなかった！　さっそくプージャーのご利益があった！　まちがいなくババは人の姿をした神さまだ！　屋根もおろされず、敷きものもまるめられないうちに、もう神さまのおめぐみがあった。

「ほんとなの？」パリは、耳をかたむける全員に〝だれが想像したかい〟とささやきかけている、ご近所のおばさんに質問した。

「ババは正しかった」おばさんは言った。「ムスリムのしわざだってことがわかったのさ」

「ムスリムのだれ？」

「警察は四人を逮捕した。イスラム者《ムッラー》の一味よ」

おばさんはぼくらに背をむけると、べつの人におなじことをしゃべった。

パリの右足が床をたたいた。「サマージのババがプージャーをしたその日に、四人のムスリムが逮捕されたって？　あやしいにおいがぷんぷんしない？」

「ファイズは腹を立ててるだろうな」ぼくは言った。

ぼくも腹が立ってる。事件を解決したのがぼくじゃなかったから。

パリとぼくは玄関の段にすわった。ファイズがこっちにやってくるのが見えた。ぼくは手をふって、お尻をずらしてファイズのために場所をあけた。ファイズは横にどかっとすわって、「連れてかれた」と言った。悲しそうな顔じゃなかった。頭をぶつけて今も目のまえで星がちかちかしてる人みたいに、とにかくおどろいてるみたいだった。

「聞いた」パリは言った。

「タリクにいちゃん《バーイ》が連れてかれた」ファイズは言った。「アンチャルの携帯を持ってるって言いがかりをつけられて。携帯ショップで働いてるっていうだけでさ」

「ちがうよ」ぼくは言った。「警察はテレビ修理のおじさんを逮捕したんだ」

「タリク・バーイもだ」

胸のなかで何かがぎゅっとなった。たぶんスモッグを吸いすぎたせいで、だからそれを外に出そうとして、ぼくは咳をした。

ファイズはおなかをかいて、それから袖で鼻をふいた。

「アンチャルの携帯を持ってたの？」パリが聞いた。

「まさか持ってるはずないだろ」ファイズの鼻が怒って赤くなった。

「聞いてみただけ」パリは言った。

「警察がうちのなかをしらべてった」ファイズが言った。

「令状なしに？」ぼくは聞いた。

「ベッドの下をしらべて、小麦粉の缶のなかまで見ていった。で、警察は〝もしアンチャルのＨＴＣの携帯が出てきたら――〟」

「そりゃまた高いメーカーの携帯だな」ぼくは言った。「マーの携帯は電話しかできないけど、シャンティおばさんのモバイルは――」

「だまって、ジャイ」パリが目を大きくしてこっちを見た。

「おまえらは満足なんだろ」ファイズが言った。「テレビ修理のおじさんを逮捕してほしかったんだから」

「警察署にいったほうがいいんじゃないの？」パリがファイズに言った。「タリク・バーイにはファイズの助けが必要になるよ」

「母さん《アンミ》がワジド・バーイといってる。おれはファルザナねえちゃん《バージ》と家で待ってろって言われたけど、じっとしてられなかった」

「ねえ」パリが言った。「心配することないからね」

「すごく心配じゃないか」ぼくは言った。

「警察は、あとはだれを逮捕したの？」

「タリク・バーイのモスクの友だちふたり。おまえたちの知らない相手だ」

タリク・バーイが人さらいって可能性があるか考えてみたけど、やっぱりありえない。ぼくは生まれたときからタリク・バーイを知ってる。ぼくを誘拐しようなんてしたことは、一度もない。

「悪いジンが呪いをかけたんだ」ファイズが言った。「おれたちが泣いてるのを見て、今ごろうれしくて踊ってる」ファイズは舌をほっぺたの内側に押しつけて、ぐるっとまわした。そうすれば目から涙がこぼれるのをふせげるとでもいうみたいに。

「警察署にいこう」ぼくは言った。

「どこにもいかないって、うちのマーとジャイのマーに約束したんだから」パリが言った。

「パリは来なくたっていいよ」ぼくは言った。

「ああ、神さま《ヤ・アッラー》」ファイズは言って、右手の横でおでこをたたいて、さらにもう一度たたいた。

「そんなことしないの」パリまでもが今にも泣きそうなかすれ声を出した。そして玄関のドアを閉めて、チャッパルをつっかけた。「みんなでいこう」

車の大通りまで出ていって、オートリキシャ屋《ワーラー》やお店の人から話を聞いて、ぼくらは警察署の場所をつきとめた。三人とも、いくのははじめてだ。みんなでさっさと歩いたけど、パリはファイズの手をつかんでて、見てるこっちがはずかしかった。

警察署の外には、黒いアバヤ（ムスリム女性が着る、足まで体をおおう服）の女たちとスカルキャップをかぶった男たちが集まっていた。わんわん泣いて、胸をたたいてる女の人もいる。男たちはひそひそ声で、逮捕した人をほんものの犯人に見せるために、警察は家に〝証拠〟を仕込みかねない、って話してた。〝自分たちの家を守らないと〟ってみんなが言っている。〝だけど、ここにもいないといけない〟って。テレビ修理のおじさんの家族はどの人だろうって思ったけど、見てもわからないし、ぼくらには聞いてるひまはなかった。

警察署はふつうの家みたいだった。窓はがたがただし、しばらく雨は降ってないのに、黄色い壁は茶色くしめって、ぷかぷかしている。はいると、なかはすごく暗くて、まわりが見えてくるまで数秒かかった。マーに試験の点を見せるまえみたいに、心臓がどきどきした。

部屋のなかの空気は、話し声と電話の音であふれてた。携帯と固定電話の両方だ。風に吹かれた草みたいに、ぼくの足はふにゃっとなった。そう感じただけかもしれない。ぼくはパリとファイズのそばにすりよった。

警察官の机は、でっかいコンピューターや、ひもでくくったほこりだらけのファイル山になってる。右側の部屋のすみのほうには、ファイズのアンミとワジド・バーイがいて、下っぱ巡査のまえで椅子に腰かけていた。格上といっしょにバハードゥルのマーのネックレスをうばいにきた、あのときのあいつだ。

「ここにいるおまえたちは、警察に抗議するために来たんだな。なるほどけっこう」下っぱが言った。声が大きくて、えらそうな気取った顔をしてる。「だがそのまえに、このありさまを見てみろ。ここはおまえらがニュースで見るようなサイバー警察署じゃない。冷風機だってない。飲み水もない。アクアフィーナの二十リットルボトルを、自腹で買わないといけない。この署で働く全員が、マラリアかデング熱に最低一度はかかる。楽な仕事だと思うか？」

「だれもそんなことは思ってませんよ」ワジド・バーイが言った。

「兄さんが犯罪者でないなら、治安判事が釈放して、そうしたら連れて帰れるさ」下っぱはワジド・バーイに言った。

「お願いします、この老いた母が伏しておすがりします。どうか息子をベンチに縛りつけるのはやめてください」ファイズのアンミが泣きながら言った。「すわらせてやってください。逃げたりしませんから。アッラーの名にかけて誓います」

タリク・バーイがどこにいるのか、ぼくらはあたりを見まわした。この部屋は廊下みたいなつくりで、つぎの部屋にいくドアのむこうからうめき声が聞こえてくる。あそこが牢屋だ。ファイズがそっちへ駆けだし、ぼくとパリも全速力でつづいた。脚のうちの二本に折りたたんだ新聞紙をかませた、ぐらつく机にいる警官が、立ちあがって「とまれ、とまれ！」とさけんだ。ぼくらは聞かなかった。

テレビ修理のおじさんは、くさりで椅子につながれていた。すみっこには立ったままの男がふたりいて、手と足を縄でしばられている。タリク・バーイはひざに頭をのっけて床にすわってて、両手はうしろにまわして手錠《てじょう》をかけられて、ベンチの脚にくさりでつながれていた。ファイズは警官に引きはなされるまでの一瞬のあいだ、タリク・バーイを抱きしめた。

「ここから出るんだ」警官がぼくらに言った。「おまえらも逮捕されたいか」そしてファイズの襟をつかんで、部屋の外まで引きずっていった。

あとを走りながら、パリが言った。「やめてください。その子に手を出さないで。警察長官に苦情を出しますよ。わたしたちの兄さんを動物みたいにくさりでつなぐのは、まちがってます。テレビのニュースになって、あしたから仕事がなくなりますから」

　警官はファイズをはなして、パリをふり返った。「テレビのニュースになったら、ここにもまともな留置場ができるかもしれないな」警官はおどろいた表情をえらそうに見える顔つきに変えて言った。「テレビ屋《ワーラー》には、インバーターがないってこともちゃんと伝えといてくれよ。おかげで停電になると、八時間かそれより長いこと電気が来ない。部屋にネズミがいる話もしといてくれ。忘れるなよ」

　ワジド・バーイがあわてて横に来た。警官につかまれてぐしゃっとなったファイズのセーターを、もとどおりにととのえた。「ここで何やってんだよ？　家にいろって命令しただろう」ワジド・バーイはそう言ったけど、下っぱともうしばらく話をするあいだも、ぼくらをそばにいさせてくれた。

　ファイズのアンミはファイズを抱きしめて泣いた。「兄さんがどんな目にあってるか、見たでしょう」

　ワジド・バーイは弁護士をやとうつもりだと警官に言った。

「やれるなら、どうぞ」下っぱはにたにた笑った。

「ファイズを連れて帰って」アンミは言って、ファイズをぼくらに押しつけて、顔の涙をぬぐった。「どこにいったかとファルザナが心配してるわ」

「弁護士のお金なんて、うちがどうやってはらうんだろう？」外に出ると、ファイズが言った。「きっと何千ルピーもかかる」

「みんなでいい案を考えないと」パリは言った。

今日は大みそかの日で――

――外はもう暗いのに、パパとマーはまだうちに帰ってこない。ぼくは玄関にすわって、どっかの男の子がスモッグのなかを泳がせてるクマのかたちの風船を目で追った。きっとブート・バザールの新年のかざりのなかからくすねてきたんだろう。

マーがおそいのは、ハイファイ・マダムが夜から朝までのパーティをやる予定だからだ。うちの居留区《バスティ》ではバクチクを鳴らす人はいるけど、新年のパーティなんてひらかれることはない。そのバクチクだって、今年はだれも鳴らさないと思う。悪いことがありすぎて、バスティ全体がそんな気分じゃなかった。行方不明の子は今も行方不明のままで、タリクにいちゃん《バーイ》は牢屋にいて、ファイズはよけいにお金をかせぐために大通りでバラの花を売っている。

ルヌねえちゃん《ディディ》がお米をゆでた鍋を持って、お湯を捨てに外に出てきた。鍋のふちには、指をやけどしないようにパパの古いシャツを巻きつけてある。はねたお湯が足にかからないよう、ぼくは立ちあがった。ディディは最近は、料理と買いものぜんぶをやる。バスティの友だちといっしょにやるときもあるし、近所のおばさんといっしょのときもある。水をくみにいったり、共同トイレにいったり、野菜を買ったり、米を買ったりで、おなじ路地を一日に十回も二十回も行き来する。ディディは、ぼくはぜんぜん手伝わないって言うけど、そんなことはない。

ぼくらのまわりの煙たい空気が、何かで動いた。あたふたした物音、地面をたたく足音。ぼくは鳥肌が立って、口がからからになった。男たちの一団が路地をジグザグに進みながら、足をとめては大人と話をしている。

シャンティおばさんが自宅から出てきた。「あんたたちふたりは、そこにいなさいよ」ディディは鍋を持って家にはいったけど、パパの古いシャツを手にしたまま、ぼくの横にもどってきた。それをねじってぎゅっと指に巻きつけた。路地の女たちは話を聞くと、みんな自分の子どもをすくいあげて家に駆けこんだ。窓が閉じられ、ドアがバタンと閉まった。シャンティおばさんは、両手をほっぺたにあてて男たちの話を聞いている。クマの風船は今では捨てられて、トタン屋根のはしをかすめて、はじけて割れた。テレビの銃みたいな音がひびいた。

シャンティおばさんは心臓をつかんだ。「今のは何？」おばさんはクマの死がいを見たけど、ほっとした顔はしなかった。そして、ぼくとディディのとこに来て、肩に手をおいてぼくらを家のなかに入れた。まだ台所の煙がこもってるのに、おばさんは玄関を閉めた。

「ルヌ、夕食には何をつくったの？」

「ごはんだけ。ダールと食べるの」

「あの男の人たちは、なんだって？」ぼくは聞いた。

「あんたたちの母さんが帰ってくるまで、ここでいっしょに待つわ」シャンティおばさんは言った。「夕食の時間をすぎてるのに、まだ仕事をさせるなんて。あのハイファイ・マダムはまったく心のない女だね」


ルヌ・ディディはテレビをつけた。みんなが屋外で新年のお祝いができないことを、ニュースの人たちは残念がってる。〝冬のスモッグにはべつの計画があるらしい〟とかで。

ノックしてだんなさんがやってきて、シャンティおばさんに携帯をわたした。「ずっと、鳴りっぱなしだ」そう言うと、ぼくらにうなずきかけて帰っていった。おばさんは電話を耳に押しつけて家のなかを歩きまわって、〝そうそう《ハーン、ハーン》〟とか〝そのとおりね《ウォヒ・トー》〟とだけしゃべった。おばさんは缶をあけて、なかに何がはいってるかしらべた。〈パラシュート〉の容器まであけた。そこにうちの〝もしものとき〟のお金がはいってるってマーから聞いてたとしたら、中身がちょっと減ってるようだって気づいたはずだ。おばさんはそのくらい頭がいい。

「だれかがいなくなったの？」おばさんがつぎの電話をおえたところで、ルヌ・ディディが聞いた。

「チリパウダーの缶にクローブを一、二個入れとくといいって、マーに言っておきなさい」おばさんは言った。「そうすれば、だめにならないから」

ドアがあいた。パパだった。早い帰りで、ちょっと飲んだくれラルーみたいなにおいがした。いつもは、そういうにおいはしない。たぶん一年に一、二回だけだ。パパはシャンティおばさんにうなずきかけた。「聞いてすぐ帰ってきた。だんながおれとマドゥに電話をくれてありがたかったよ。こいつらが」――ディディとぼくを見た――「無事だと知らせてくれて」

「なんておそろしい」おばさんが言った。「こんなことにどうやって耐《た》えればいいのやら」

「耐えるって、何に？」ぼくは聞いた。

「また子どもがふたり消えた」パパが言った。「ムスリムの子だ。姉と弟。夕方、牛乳を買いに家を出たきり、まだもどらない。ちょうど、おまえたちとおなじくらいの年の子だ」

ファルザナねえちゃん《バージ》はファイズよりだいぶ大きいから、ファイズはさらわれてない。

「ジャイ、要するに、人さらいがまだそのへんにいるってことだ」パパが言った。「こうして話をしている理由がわかるか？」

大人にそういう言い方をされるのは、ぼくは好きじゃない。

「タリク・バーイはそろそろ出してもらえるの？」ぼくは聞いた。「牢屋にいたら誘拐できるはずないじゃん」

「だれに何がわかる？」シャンティおばさんが言った。

「そのムスリムの子たちは、変圧器の近くでいなくなったの？　あの場所はお堂でもあって、チャンドニーの家の近くなんだ」

「チャンドニーの家がどこか、なぜ知ってるんだ」パパが言った。

「たたき屋ババの大きな儀式《プージャー》にいったときに、その変圧器を見たんだ。あそこはマンホールみたいな場所だよ。子どもがじゃんじゃん落っこちてく。悪魔のジンが住んでるんだよ。ぼくらは悪魔の巣窟《シャイターニ・アッダ》って呼んでる」

「ぼくら？」ルヌ・ディディが言った。

「パリとファイズとぼく」

「ジャイ」パパが言った。「これは遊びじゃないんだ。いつになったら、それがわかる？」

その夜ぼくは、血だらけの口から子どもの手足がぶらさがってる夢を見て、そのあと、言い争ってる声を聞いた。まだ悪い夢のなかにいるのかと思ったけど、目をあけるともう朝で、マーとパパが、どっちが家にいてぼくらの面倒をみるかってことで、外でケンカをしていた。

ルヌ・ディディはベッドにすわってた。両手でほおづえをついてて、顔は洗ってあった。もうマーと水くみにいってきたらしい。

「あの子たちがどんなふうに育ったか見るがいい」パパが言ってる。「男みたいに走りまわる少女に、物乞いみたいにバザールをうろつく少年だ。まだ誘拐されないのがふしぎなくらいだ」

「なんてこと言うの」マーが大声でさけぶ。「自分の子にそれを望んでるってわけ？」

「そういう話じゃない」

ガサゴソ足音がして、ぼくは大あわてで横になって頭から毛布をかぶった。

「目をさましてるのはわかってるのよ、ジャイ」マーが言った。「さあ、起きて。今日はわたしが共同トイレに連れていきます。ルヌ、マットをまるめたら、飲み水をわかして玉ねぎを切っておいて」

ぼくが家事を押しつけたみたいに、ディディがこっちをにらんできた。トイレの列にはパリ親子と、ワジド・バーイといっしょのファイズがいた。マーはぼくに歯もろくにみがかせてくれなかった。マーはぼくをパリのマーのところまで引きずっていった。今日は家にいる予定か聞くためだ。

「こっちの列にこっそり割りこませようっての？」パリのうしろの女の人が言って、ぼくらにむかって指をふった。

「割りこむつもりはないです」ぼくは言った。

「警察はタリク・バーイとテレビ修理のおじさんをむだに逮捕したってことだね」パリがぼくに言った。

「イスラム教徒《ムサルマン》の連中は信用ならない」口うるさいおばさんがまた言った。

「ムスリムの子も行方不明になったって、知らないんですか？」パリが右手を右の腰にあてて言った。それからぼくをふり返って、ひそひそ声で言った。「聞いたでしょ、いなくなったきょうだいも、シャイターニ・アッダの近くに住んでたんだって」

「ファイズの言ったとおりだ。悪いジンのしわざだよ」ぼくは言った。

「ばかばかしい」

　ファイズが自分の列からこっちを見てた。ファイズは年じゅう仕事してばかりいるから、最近はぜんぜん会えてない。母《アンミ》さんを助けて、これまでタリク・バーイが出してたぶんの支払いをどうにかしないといけないからだ。ぼくは指でつくったピストルでファイズを撃ってやった。

「そうよ、ほんとに撃たれたらいいのさ」うしろの人が言った。「このさわぎは、ぜんぶあの連中のせいなんだから」女の列のまえのほうにいるファイズのアンミを指でさした。ファルザナ・バージといっしょにいて、ふたりとも黒いアバヤを着ている。「このバスティは犯罪者の巣になってしまった。あたしたちは政府からじきにここを追いだされるよ」

「悪いのは、おまえらのほうだろ」だれかが女の人にどなった。「こっちからも、ふたりいなくなったんだ。警察にいる兄さんにそれができたと思うか？」

　ワジド・バーイだ。

「あんたたちに何ができるかなんて、知ったこっちゃない」女の人が言った。トイレの屋根にのったお猿たちが、キーキー、ギャーギャーさわいだ。「あたしたちが責めるのをやめると思って、自分たちでさらったのかもしれないじゃないの」

　マーの電話が鳴った。「はい《ハーン》、マダム」マーは言った。「ええ《ハーン》、そのとおりです。いいえ、マダム。そうです、マダム。今回だけ……」

「うちらの子どもたちをどこにかくしたのか、おまえの兄貴は警察にとっととと吐いちまえばいいんだ」男がワジド・バーイにどなった。

「このムサルマンの人たちとは、口をきいちゃだめ」ケンカをはじめた女の人はそう言って、パルーを首のほうに引っぱった。おへそが見えた。下向きになってて、悲しい口みたいだった。「アッラー、アッラーって、昼も夜もスピーカーからがなりたてて、おかげでみんな眠れやしない」

「クリシュナ神の名において、やめてちょうだい。子どもたちがこわがってるでしょう」パリのマーが女の人に言った。

「自分の子が行方不明になったら、あんたの態度もがらっと変わるだろうね」女の人がのばした黒い爪をパリの顔にむけたので、パリはうしろにのけぞった。

「あなたのかわりなんて、ほかにいくらでも見つかるわよ。百人だって」電話にキーキー大声でさけんでるので、マーのハイファイ・マダムの声がみんなに丸聞こえだった。言葉が英語に変わってる。怒りがものすごく燃えあがるとそうなるって、マーは言ってた。

トイレの屋根のお猿たちがうなった。ファイズのアンミは足がゴムになって今にも失神しそうにファルザナ・バージの肩をつかんだ。「アンミ、アンミ」ファルザナ・バージがさけんで、パニックで目がまんまるになった。ファルザナ・バージが動くたびに、ゆったりしたアバヤの生地がひるがえったり回転したりした。

「お金を借りているのはおぼえてます」マーがハイファイ・マダムに言っている。

「今月のお給与から減らさないでもらえて、ほんとにありがたいです」

顔にマフラーを結びつけた男たちが、ファイズ兄弟につめよった。手桶とバケツがガンガン、ガラガラぶつかりあった。ファイズは悲鳴をあげて、目をつむって両手で耳をふさいだ。

「マドゥ、いこう《チャロー》。ここをはなれましょう」パリのマーが言った。

ハイファイ・マダムの怒りは、今もマーの電話からぶちまけられていた。パリはファイズに駆けより、ワジド・バーイはやじってきたひとりをパンチした。取っ組みあいがはじまって、ファイズはパリにしがみついた。うじゃうじゃいるゴキブリみたいに、ムスリムをひとり残らず踏み殺してやる、とだれかがさけんだ。ワジド・バーイとファイズのところに、ファイズのアンミとファルザナ・バージがよろよろやってきた。

「ふたりはまだ子どもよ」ファイズのアンミが怒れる男たちに言った。「手を出さないであげて」

「こんなことはやめてよ」パリのマーが泣きながら言った。「バスティのなかに暴動はいらないわ」

かしこい男たちは、このさわぎを利用して人を追いこしていって、お金をはらわずにトイレにはいろうとした。管理人が追いかけた。ぼくらのうしろの女の人は笑いをうかべて、ひさびさに大きなやつが出たみたいな晴ればれした顔をした。ファイズとアンミと兄さん姉さんは、共同トイレから逃げだし、パリはファイズの手をにぎったままで、パリのマーが〝パリ、待って、待ちなさい〟とうしろからさけんだ。

「一年のはじまりがこれじゃ、おわりはどうなることやら」だれかが言った。

今日が元日だってことさえ、ぼくは忘れてた。

マーはハイファイ・マダムとの電話のあとで、仕事にいかないといけないと心を決めた。

「あんたが見てるテレビは、みんなただじゃないんだから」そう、ぼくに言った。

マーはハイファイ・マダムがこわいんだ。でも、それはみとめたくないから、かわりにぼくのせいにしようとしてる。

マーが出ていったあと、ルヌ・ディディは洗たくをはじめた。ぼくはディディが見落としている泥やよごれを、親切に指摘してあげた。

「いいかげんにして」ディディは泡だらけの水をぼくにパシャパシャかけた。

洗った服をつるして干すと、ディディはほかの家事はほっぽらかして、バスティの友だちとおしゃべりをした。新年だから今日は練習は休みで、さすがの鬼コーチも、選手への鉄の締めつけがゆるくなる。

ぼくは、あと何回日曜日に働いたら、マーの〈パラシュート〉の容器から盗んだ二百ルピーになるか計算した。

・ぼくは日曜日に七回、お茶屋でせっせと働いた。
・ダッターラームはそのうち五回の日曜日は約束の半分しかくれなくて、二回は、四十ルピーのちゃんとした給料をくれた。
・いつになったら目標にとどく？

これはほんとの算数の問題みたいにむずかしい。足し算をして、かけ算をして、引き算をして、答えがわかった。今度の日曜日、ダッターラームが二十ルピーしかくれなかったとしても、ぜんぶで二百ルピーになる。

怒った声が聞こえてきて、ぼくは顔をあげた。おでこにシンドゥールをつけたヒンドゥー教の女の人が、スカルキャップをかぶったムスリムの物売りにむかって穴あきお玉をふっていた。「うちのまえがなんだと思ってるの？　ここは車庫？」女の人がキーキー言うと、物売りの人はオレンジを積んだ色あざやかですてきな手押し車を、玄関のまえからあわててどけた。

「子殺しだ」オレンジ屋が手押し車をギーギー押して路地を進んでいると、どこかの男の子が声をあげた。

家のなかにはいれって、ルヌ・ディディが手で合図した。「何か悪いことがもうすぐおこるよ。わたしにはわかる」ディディは言った。

こわがってる顔じゃなかった。ディディはぜんぜんこわがらない。今だって、雨が降るから傘を持ってけって言うときみたいな冷静さだ。

ぼくは、行方不明のムスリムの子の手がかりを集める気にはなれなかった。ふたりについては何もかも知ることになるだろうけど、だとしても、ぼくには見つけられない。それだけはわかる。

ぼくは勉強するふりをしてパリとファイズのことを考えて、それから、タリク・バーイを出してもらいに、今ごろファイズのアンミは警察にいってるのかなって考えた。そのうちにお昼の時間になった。ディディは午後のテレビを見せてくれた。ぼくは少し年上の近所の子たちと、道でクリケットをした。ちょっと昼寝をして、するとすぐに夕方になって、マーとパパが帰ってきた。パパとぼくはトゥエンティ20のクリケットの試合を見た。短い時間でおわるから、テストマッチやワン・デイ形式の試合より、パパはこっちのほうがずっと好きだ。

今日は、バハードゥルやほかの子たちがいなくなるまえの、ぼくが探偵でもお茶屋のボーイでもなかったころの、いつもの日みたいだった。いい一日、最高の一日だ。探偵になるのは大変すぎる。ぼくはやっぱり、探偵にはなりたくないかもしれない。探偵《ジャスース》ジャイは痛い目にあうまえに、ほんじゃバイバイさようなら《オーケー・タタ・バーイ》って引退してもいいのかもしれない。大人になって何になるかはわからない。マーはぼくがもらってくる成績を見ると、パリは行政職《IAS》のお役人か県の収税官か何かになって、ぼくはパリのお付きになるって、ときどき言う。

その夜おそく、ドアをノックしてまわる音や、泣き声やわめき声がして、目がさめた。パパはベッドから出て、暗いなか電気のスイッチを手さぐりした。黄色い電球は起こされたことにむっとして、ジージー、パチパチ音をたてた。

「重機《JCB》が来た？」ぼくは聞いた。

「地震なの？」ルヌ・ディディは言った。

「外だ」パパはさけんだ。

マーは〈パラシュート〉の容器を手にとった。それをサリーのパルーにくりつけた。そして腰をかがめて、ドアの横にある、大事なものを入れたつつみを見た。つつみは二カ月近くのあいだ、まさにこのときを待ってたのに、マーはそれを運びだすことはしなかった。

ぼくらは急いで路地に出た。近所の家からも人がとびだしてきて、懐中電灯を持って出てきた人もいた。その光が、ヤギや犬のおどろいた目を照らしだした。

「ここで待ってて」マーは言って、ぼくをルヌ・ディディに押しつけた。

「あんたのお得意のジンが、また人をさらったんだよ」ディディが言った。

ぼくは路地じゅうを目でながめて、ジンがむこうからビュンとやってくるのを想像した。それから、半分本気で思った。ぼくはルヌ・ディディの横にいて、ディディはぼくより大きいし背が高いから、ジンはぼくじゃなくディディをさらいますように。どうか、どうか、お願いします。

パパとシャンティおばさんはさけび声がしたほうにむかってって――

――居留区《バスティ》から逃げたほうがいいのか、家にかくれてたほうがいいのか、たしかめにいった。シャンティおばさんのだんなさんはマーに話しかけて、マーがそっぽをむくと、自分の男の部分をそわそわとかいた。

ルヌねえちゃん《デイデイ》とぼくは、ちくちくする一枚の毛布を頭からいっしょにかぶって、玄関の段で待った。しびれないようにとぼくが足を動かすたびに、「じっとしててよ」とディディは言った。

神さまたちは、ぼくらから何がほしいんだろう。バスティの警察とおなじで、もっとたくさんの用心棒代《ハフタ》かもしれない。たたき屋ババがやったよりも、もっと大きな儀式《プージャー》かもしれない。大きさはあれでじゅうぶんだったけど、ぼくらのことなんて気にかけてないだけかもしれない。かもしれない、かもしれない、かもしれない。かもしれないは、もうたくさんだ。

「ほら、あそこ」ディディが立ちあがった。ディディのほうの毛布が地面に落ちた。ぼくはよごしてマーに怒られないように毛布をたたもうとしたけど、ずっしり重いし、ちくちくするし、キカルの木を押しつぶそうとしてるみたいで手が痛かった。こんなどうでもいいようなこともできないほど自分がちっちゃくて、悲しくなった。目が涙で熱かった。

「泣かないでよ」ルヌ・ディディが言った。「自分に何かがあったわけじゃないんだから」

「泣いてないよ」

ディディはぼくの手から毛布をとって、練習で強くなったおかげだろうけど、一瞬で毛布を手なずけて、きれいにたたんだ。

パパがぼくを抱きあげた。もう抱っこで運ばれる小さな子じゃないけど、ぼくはパパの首に顔を押しつけた。息の音がした。サモサみたいにうるさくて、ハアハアしてた。懐中電灯の光が路地のあちこちでゆれて、パラボラアンテナの半分と、だれかが洗たくものを干してる物干しロープの四分の一と、屋根の上で目をさまして羽をばたつかせるハトを照らした。

「ファティマのバッファローが」シャンティおばさんが言った。ひび割れたガラスみたいな声だった。「死んだの。首を切られて」

ぼくは顔をあげた。アフサルおじさんのようなお肉屋が動物を死なせるのは、食べるためだ。バッファロー・ババを食べたいなんて思う人はだれもいない。飲んだくれラルーみたいなどうしようもないやつでさえ、ババを神さまだと思ってる。

シャンティおばさんはだんなさんのひじのとこに手をすべりこませた。ルヌ・ディディは右足で地面に半円をかいた。

「何者かがファティマの家のまえにバッファローの頭をおいてった」パパが言った。

「ファティマは泣きどおしよ」シャンティおばさんが言った。「わが子みたいに、あのバッファローをかわいがってたんだから。なんの役にも立たないし、一日の燃料にするだけのフンもとれないのに。それでもいっぱいお金を使って、えさをやってた」

パパに地面におろされると、ぼくはうちのなかに駆けこんだ。そしてマーとパパのベッドの下にもぐりこんだ。ぼくは昼間は勇気があるけど、その勇気は夜は出てこようとしない。きっと寝てるんだと思う。

「ジャイ、何してるのよ？」マーが家のなかまでついてきた。

ぼくは超《エクダム》まぬけっぽかったと思う。マーが奥にしまってる袋やバッグのせいで、体の半分しかベッドの下にはいらなかった。マーはひざをついた。「出ておいで、ソナ」マーは世界じゅうのだれよりぼくを愛しているときだけ、ソナ（愛情表現の呼びかけ。文字通りには金の意）って呼ぶ。

マーはサリーのパルーから〈パラシュート〉の容器を出すと、ベッドの下に手をのばして、サリーのはしでぼくの顔のほこりをぬぐった。ちゃんときれいにしてもらえるように、ぼくはベッドから外に這いだした。マーは容器を棚にもどした。パパとディディがうちにはいってきた。

「ジンがバッファロー・ババを食べたの？」ぼくは聞いた。

「ジャイ、ジンなんてものはいないんだ」パパは言った。「チンピラ《グンダー》のしわざだ。バッファローの頭は、刀できれいに切られてた。ファティマねえさん《ベン》のとこの路地をいったり来たりする血のあとも残ってた」

ジンには武器はいらない。念じただけで人の首を切ることができる。

「ヒンドゥー協会《サマージ》の若いやつらがバッファロー・ババを殺したんでしょ。ファティマ・ベンが飼い主だから」ルヌ・ディディが言った。「ムスリムに思い知らせるために」

「わたしたちヒンドゥーは牛をあがめてる」マーが言った。「そんなおそろしいことをするはずがないわ」

「サマージの子たちが刀を持ってるのは、みんな知ってるよ」ディディが言った。「暴動のときにそれを持ちだしてくるの。ニュースで見た、だよね《ハーン》、パパ？」

「もう一度ファティマのとこにいってくるよ」パパが言った。「かわいそうに、ものすごいショックを受けてる」

「それだけはやめて」マーがすがった。「外に出ないで。つぎにどんなおそろしいことがあるか、わからないわ」

だけどパパはもう外用のセーターを着て、モンキーキャップをかぶってた。「せめてマフラーを持ってってちょうだい」マーが言った。「外はとても寒いから」

「マドゥ、わが命《メリ・ジャーン》、心配ごとは今はおれにまかせてくれ」

ルヌ・ディディは照れくさそうな顔をした。パパがマーのことを自分の命だとか肝臓だとか心臓の鼓動だとか呼ぶたびに、そういう顔をする。だけどぼくはほっとする。

マーは花輪をかけてもう一度パパと結婚するみたいに、パパの首にマフラーをかけた。

バッファロー・ババが死んだなんて、信じられない。あいつはだれのこともぜったいに傷つけなかったし、目のまわりをブンブンブンブン飛んでるハエにも手を出さなくて、ハエはけっきょく何時間もそうやって飛んで、疲れはてて、角と角のあいだにぼとっと落ちて死んじゃうくらいだ。


　ぼくらは寝ようとして横になって、つぎに気づいたらもう起きる時間で、マーとパパがどっちが仕事にいくかで言いあってた。マーはゆうべはパパのことを心配してたのに、今はパパをジンの口に押しこんでやりたいっていう声だ。大変なことがおきるたびに、ふたりはこれをやる。ぼくらを毎日見張ってるのは無理だって、どっちもわかってるくせに。自分たちのことはごまかせても、ぼくには通じない。寒さにのどを引っかかれながら、ぼくはマットの上で起きあがった。今日もパパの意見が通るのはたしか《パッカ》だと思ったけど、みんながおどろいたことに、言いあいに勝ったのはマーだった。声からして本人もびっくりしてる。

「失業しても文句言おうなんて思うなよ」パパはぼくに指をパチパチ鳴らしながら言った。起きろって意味だ。「今月、どう食いつないでいいかさえさっぱりだ。どうやらきみの緊急用のお金の出番だろうね」パパは台所の棚にいって、〈パラシュート〉の容器をつかんだ。ぼくの胃がよじれて、ぎゅっとなった。マーはパパから容器をうばい返して、棚にもどした。

「冗談を言ってる場合じゃないでしょう」

「冗談だとだれが言った？」

「今日とあしただけよ」マーは言った。「日曜はシャンティが子どもたちを見てくれるって言ってるし、月曜には、また学校がはじまる」

ルヌ・ディディとマーは水をくみにいった。パパは自分がぼくを共同トイレに連れてってやると言った。

「バッファロー・ババは？」外に出ると、ぼくは言った。

「ぜんぶ片づけられた」パパは言った。

「ファティマ・ベンが運んだの？」

「ブート・バザールの肉屋が持ってった」

「アフサルおじさん？」

「だれだ、それは。おまえ、またバザールの知らない人たちと話をしてるのか？　そういうことはやめろと言っただろう。ブート・バザールは子どもの遊び場じゃないんだ」

「遊んでないよ」

サモサとよく似た犬のそばを通った。サモサも元気にしてるといいんだけど。ジンにも刀を持った人にも、近づかないでいてほしい。

ファイズの言ったとおり、ぼくらは呪われてるんだ。あわれなファイズは、今は行商人の少年だ。マーの話だと、ファイズの母さん《アンミ》はアバヤの奥に引っこんでしまった。アンミは、上の息子が牢屋で何を食べてるか心配してる。ゴキブリ入りのごはん、切れたトカゲの尾でかきまぜたお茶、ネズミの落としもので風味をつけた水――。

「今月はひもじいの？」ぼくはパパに聞いた。

「心配するな」

「でも、あしたは仕事にいくんでしょ？」

パパは肩をすくめた。マーやパパがこんなふうにしょっちゅう休《チュッティー》みをとってたら、すぐに〈パラシュート〉の容器をあけないといけなくなる。

ゴールまでもう少しなのに。必要なのは、あと二十ルピーだけだ。

「パパ――」

「なあ、ジャイ、うちはなんとかなる。おまえは飢え死にはしない」


朝ごはんのラスクを食べてるところに、パリのマーがお世話役にパリを連れてやってきた。うちのマーが電話してたのんだにちがいない。ぼくにさきに相談しようともしないで。

パリは朝ごはんは食べてきたから、ラスクはいらなかった。たぶんマギーのインスタントヌードルだ。パリは食べられるなら一日に五回だってあれを食べる。

「勉強やってないの？」パリが言った。

「パリの言うこと聞くんだぞ、ジャイ」パパが言った。

パパは道のさきまで、マーとパリのマーを送っていった。もどってくると、ご近所とおしゃべりをした。それから、うちじゃいつも食事はごはんとダールだけなのに、お昼は何をつくるのかとルヌ・ディディに聞いた。そのあとはパパはテレビをつけて、ベッドにすわって足をぶらぶらさせた。チャンネルをつぎからつぎへと変えた。メロディを口ずさんだ。鏡のかわりに棚のスチール缶をのぞきこんで、髪をとかした。歌を歌った。いつもは、家に帰るころにはへろへろで、ベッドに寝ころんでテレビを見ることしかしない。歌を歌おうと思っても、せいぜい一曲だ。だけど今は、歌がとまらなくなってしまった。

「パパ、勉強中だよ」ぼくは言った。

「そうだったな」問題はそこじゃないのに、パパはテレビの音を小さくした。

パリとぼくは玄関にすわった。探偵はもうつづけられないって伝えるために、パリにちょっと勉強をやめてもらった。「追える手がかりなんてないよ。ムスリムの子たちの名前だって知らないのに」

「カビールとカディファ」パリが言った。「九歳と十一歳。うちの学校の生徒じゃないけど、ここのバスティの近くの、どこかの無料の学校に通ってる。お母さんは、もうすぐつぎの赤ちゃんが生まれるとこらしいよ」

「話をつくってるだろ」

「女の列で聞いたの」

パリの口がへの字になって、眉のあいだにしわがよって、しかめ面《つら》になった。「あいつがここで何してるんだろう？」

　クオーターと手下のギャング、それにヒンドゥー・サマージの男たち数人がそこにいた。うちの路地の人たちと話をしている。ぼくんちのほうまでやってきたので、パリとぼくは立ちあがった。

　クオーターは酒《ダールー》みたいなにおいが少ししたけど、いつもよりしゃきっとして、小ざっぱり見えた。なんでかと思って顔をよく見てみたら、まだひげとは呼べない口とほっぺたの毛が、きれいに剃ってあった。

　パパとルヌ・ディディがドアまで出てきた。

「この人は長《プラダン》の息子です」パリがパパに言った。クオーターの本名を、ぼくらはまだ知らない。

「またいなくなったのか？」パパがあわてて聞いた。

「バスティで問題をおこしてるのがだれなのか、おれたちでさがしだしてやるつもりだ」

クオーターはルヌ・ディディを見て言った。「何か情報があったら教えてくれ。あやしい動きをしてるムスリムは、見なかったか？」

　パパはディディをうしろに引っぱって、自分がまえに出た。

「このコミュニティに分断の種をまこうとするのは、よしたまえ」パパは言った。いい記者がテレビで言うことみたいだ。

クオーターが黒いシャツの袖をおろして、またまくった。髪はオイルか、もっと高い〈ブリルクリーム〉みたいなもので、うしろになでつけてある。テレビのコマーシャルで、〝少年じゃなく男のための〟って宣伝してるやつだ。

もしかして、クオーターがハイファイな家にかくしてる刀でバッファロー・ババを殺した？　ぼくは血が飛びちってないか、はいてる黒いキャンバスシューズをよく見てみたけど、ついてるのは泥だけだ。でもそういえば、クオーターはきたない仕事をするのに人をやとうんだった。

クオーターは頭をかたむけた。その角度からだと、今でもルヌ・ディディのことが見えるんだと思う。

「コンロを見てないといけないんだろ？」パパがディディに言った。ディディは台所のコーナーに引っこんだ。それからパパは両手をうしろで組んで、力のこもった声でクオーターに話しかけた。「状況は日増しに悪くなっている。きみの父さんはバスティのためにもっと動くべきだ。誘拐犯をつかまえるように警察にたのむべきだ。ヒンドゥー教徒とイスラム教徒に、争いをやめるように呼びかけるべきだ」

探偵仕事はやめにしたけど、ぼくはクオーターの顔をしっかり観察した。見ないではいられない。テレビ修理のおじさんは牢屋に入れられてるから、またクオーターがいちばんの容疑者だ。クオーターは親指のさきであごをかいた。パパの言葉は地面にちらばって、ニワトリについばまれヤギにむしゃむしゃ食われるままになった。クオーターの耳は閉じていて、内側にまではいれなかった。

日曜はシャンティおばさんがぼくらのボスレディだったけど――

――おばさんはとんでもないボスレディだ。今日はめずらしく料理をしていて、食べものが焦げないかが心配で、しょっちゅう自宅に駆けもどった。ぼくらに自分のとこで勉強しなさいとは言えない。おばさんの家には、工場から来た軟膏《なんこう》のチューブがいっぱいある。おばさんのだんなさんは役所でそうじ係をしてて、それはけっこういい政府の仕事だけど、チューブにキャップを閉めるもうひとつの仕事を、家でもしてる。まえにぼくがなかに駆けこんで、チューブを一本、もしかしたら十本だったかもしれないけど、足で踏んづけたことがあって、そのせいでおばさんの家は、子どもは立ち入り禁止になった。

「勉強、勉強」シャンティおばさんがうちの玄関まで来て言って、それからまた、お昼ごはんがまだちゃんとおいしい味かたしかめに、急いで家にもどってった。

ルヌねえちゃん《ディディ》はくつをはいた。

「どこいくの?」ぼくは聞いた。

「コーチは金曜に練習を再開したの。バッファロー・ババが殺されたってタラが話したから、コーチはわたしに二日休みをくれた。でも今日も練習に出なかったら、もうおしまい。チームのメンバーからはずされちゃう」

「ふたりとも一日ずっといなかったら、シャンティおばさんにバレちゃうよ」

「まだお茶屋の仕事なんかやってるの？」

「まだ練習なんかやってるの？」

「ここで待ってて」ディディは言った。そしてセーターをつかんで、ドアを半分閉めて、ぼくを家に残して駆けてった。共同トイレにいったんだろう。ぼくは一分、二分、三分、四分、百分待ったけど、ディディはちっとももどってこない。棚でカチカチいってるマーののろまな目ざまし時計によると、ぼくは仕事に大遅刻だ。ルヌ・ディディがこんなふうにぼくをだますなんて、信じられなかった。

シャンティおばさんのアンクレットが、うちのほうにもどってきた。ぼくはベッドからとびだして、なかをのぞかれないように、半分閉じかけにしたドアのまえに立った。

「ルヌ・ディディは女性のお悩みだってさ。おなかが痛いんだって」ディディにかまわないでやってくれって言ったとき、マーがまえにぼくにそう説明した。

「まあ」おばさんは言った。「どれどれ」

「今は寝てる。クロシン飲んで」

「何か必要なものがあったら――」

「ディディが言いにいくよ」

「こんなふうにじっとすわってるだけじゃ、あんたも退屈でしょうに」

「勉強してるから」

シャンティおばさんはうたがわしそうな表情をしたけど、また家にもどっていった。お玉で鍋をまぜる音が聞こえてくると、ぼくはドアをほぼ閉めて、ブート・バザールまでダッシュした。

「おや、来たか。紳士、淑女のみなさん、ブート・バザールのマハラジャが、ようやくお出ましくださった」ぼくを見た瞬間にダッターラームが言った。

「うちの路地でバッファローがまっぷたつに切られたんだ」ぼくは言った。「大きな人だかりができてる。何時間も外に出られなかった」

「なんと悲しいできごとか」ダッターラームは言ったけど、顔は悲しそうじゃなかった。待ってるお客さんにお茶を出せって、やかんの口でぼくに指示した。ぼくは一滴もこぼさなかった。今じゃ、やり手のお茶屋のボーイだ。

まだ午後にもなってないのに、ダッターラームのお茶屋の屋台のとこに、うちの近所のおばさんふたりがあらわれた。「ぼうや《チョクラ》、あんたは大変なことになってるよ」シャンティおばさんの家のとなりのおばさんが言った。「あんたと姉さんのことを、そこらじゅうさがしまわったんだから」

さらわれたと思ってみんなが心配したって話をおばさんたちがすると、ダッターラームはぼくの耳をひねりあげた。

「それで姉さんはどこなの？」ひとりが言った。

「知るわけないよ」ぼくは言った。

ついてないなかでも最高についてない。夕方の五時すぎてからつかまったんなら、残りのあと二十ルピーをかせげたのに。

「いくわよ。かわいそうに、シャンティは千回は心臓発作をおこしたわ」

ダッターラームはシャツのポケットから二十ルピーをとりだして、ぬれてきたないぼくの手のひらにおいた。「両親にわたすんだ」

ぼくはお札をポケットに押しこんだ。ぼくはつかまりはしたけど、思ったほどついてなくはなかった。

シャンティおばさんはぼくを見ると大声をあげて、ぎゅっと抱きしめて、ぼくは骨が折れるんじゃないかって心配になった。「なんで嘘をついたの、ジャイ？　姉さんはどこ？」

「ルヌ・ディディはコーチと話しに学校にいった。マーがもどってくるまえに帰ってくるよ」

「マーはもうすぐ帰ってくるわよ。電話したの。しかたないでしょう。ちょっと待って、もう一度電話して心配いらないって言えばいいわ」携帯を落っことしそうになって、おばさんは両手のことを落ち着かせた。だんなさんが焼くロティはギーでぎとぎとだし、ダールにはいつもバターをごっそりすくって入れるけど、おばさんはうちのマーみたいにやせてて、今はもっとしぼんだように見えた。おばさんは、ぼくは無事で、ルヌ・ディディもぼくといっしょだって、マーに伝えた。ピンクのマニキュアのかたまりが爪のつけ根にくっついてて、その爪のさきも、指のさきも、ターメリックで黄色くなってた。染めた色が早くも落ちて、白くなった毛が頭にちらほら見えた。

「今日はハイファイ・マダムがパーティをする予定だから、マーは仕事にもどるって」シャンティおばさんが言った。「これ以上心配させたくないから、ルヌもいっしょだって言っておいたわ。ルヌは無事なんでしょうね。あんたの姉さんは。それも嘘だったんじゃないでしょうね」

「学校にいるよ」

「いって、連れて帰らないと」

「ディディはコーチといっしょだよ、おばさん《チャーチー》。練習してるんだ」

「首相といっしょだろうとかまいやしない。連れて帰ります」

「着がえてもいい？　屋台でお茶をこぼされた」

「急ぎなさい」

ぼくは家に駆けこむと、〈パラシュート〉の容器をあけて、ダッターラームがくれた二十ルピーを折ってなかに入れた。今日マーに殺されたとしても、これで犯罪者として死ぬことはない。


学校までいくあいだに、シャンティおばさんはぼくに山ほどの質問をあびせた。ルヌ・ディディは女性のお悩みだなんて、なぜ言ったの？　女性のお悩みが、じっさいなんのことだかわかってるの？　ブート・バザールで何してたの？　人さらいがこわくないの？　あんたみたいにちっちゃな男の子が、いつから恥知らずの嘘つきになったの？

ぼくは小さな声で、毎週日曜に働いてて、マーとパパはそれを知らないんだって話した。ルヌ・ディディのことも、地区対抗試合のことも話した。

「もし勝ったら、ディディは大金をもらえて、ぜんぶをマーとパパにあげるつもりなんだ。だからぼくも働いてる。ぼくらは両親を助けたいってだけだよ」

「けっこうな心《ハーン》がけね」おばさんがもどかしそうに言った。「だけど誘拐されたらどうなると思って、え？　あんたたちには居留区《バスティ》じゅうでいちばんのお母さんとお父さんがいる。それがどれだけありがたいことか、わかってないのよ」

「ぼくだってわかってるよ」

「もしルヌがいなかったら？」学校のそばまで来たところで、おばさんが言った。「あんたのお母さんはわたしを殺すでしょうね。わたしは自殺ものよ」

今日は校門が半分あいていた。ディディのいちばんのファンの、あのまだら顔の男子が、門からなかをのぞいてた。

「どきなさい」おばさんが大声で言うと、男子はとびはねて、盗みをしてるとこを見つかったみたいな情けない顔をした。

ルヌ・ディディは、地面に引いたチョークの線がぼやけてしまったコースに立ってて、チームメイトからのバトンをつかもうとして、左手をのばしていた。バトンの受けわたしには二秒以上かかったらだめだって、まえにディディは言ってた。もたついたり、落としたりすると、チームからはずされることもある。

チームメイトが近づいてくるとディディはまえに走りだして、相手が〝スティック〟っていうかけ声を言いおわるまえに、もうバトンをつかんでた。そして、ポニーテールを頭のうしろではねさせ、腕を大きくふって、重さがないみたいに足を高く蹴りあげて走った。いちばん足の速いディディは、リレーチームの最終ランナーだ。

「ルヌ、今すぐここに来なさい」シャンティおばさんがさけんだ。

ディディはとまる気なんかないみたいに走りつづけた。おばさんはもう一度名前を呼んで、〝なんのつもりなの、ルヌ〟とさけんだ。ディディはゴールまで来るとコーチにバトンをわたして、コーチにこれまででいちばん怒った顔をさせる何かを言った。そして、ぼくらのほうに駆けてきた。

夕方おそくに帰ってきたマーは、ぼくともルヌ・ディディとも、ひとこともしゃべらなかった。ぼくは顔をじっと見てたけど、マーはかんかんに怒ったときのいつもみたいに、やかましくなかった。ディディがつくったダールを味見して、塩とガラムマサラを足した。腰の、ペチコートのすぐ上をさすった。いつも痛いって言ってる場所だ。ぼくは古いタイガーバームをわたそうとしたけど、視線のさきに必死に手をのばしてるのに、マーは見えてないふりをした。ぼくはバームを棚にもどした。ルヌ・ディディは、壁の釘からぶらさがってるパパのベルトを見つめていた。思いきり強く打ちこんだせいで、釘のまわりには花火みたいにひびが散ってる。パパがあのベルトでぼくらをたたいたことは、これまでは一度もなかった。

とうとうパパも家に帰ってきた。マーとシャンティおばさんとだんなさんは、ぼくらをドアの外に出して、家のなかでパパをまじえてのトップ会談にはいった。ルヌ・ディディとぼくは、ふるえながら玄関の段にすわってた。

あしたは試験の日だ。試験なんてなんだかべつの世界の話みたいで、現実のことに思えない。こっちの世界では、ぼくらはジンと、人さらいと、バッファロー殺しを相手に、毎日バトルをくりひろげてて、自分たちがいつ消滅するかもわからない。

大人たちはひそひそ声でしゃべってるけど、パパがショックで息をのむ音が聞こえてきた。

シャンティおばさんがドアをあけて、ぼくらをなかに入れた。そのあとは、だんなさんといっしょに帰っていった。

「ジャイ、自分が働かないと、うちには食べものを買う金がないと思ったのか？」パパが言った。

「もうやらないよ、パパ」ぼくは言った。

「わが家じゃ、おまえにひもじい思いをさせてるか？」

「ぼくはただ……ファイズにいくらかあげられるかと思って。兄さんが牢屋にいて、弁護士にたくさんお金がかかるから」いい嘘だし、説明になると思ったけど、パパはそうは思わなかった。

「そのファイズは、おまえの金を受けとると思うか？」

「だって、その……ダッターラームからは、まだ何ももらってないから。月末まで働いてたら、たぶん、そうしてた」

「それからルヌ、おまえ」今度はマーだ。「弟を見ててくれとたのんだでしょう。なのに、あんたはほったらかしにして学校にいったの？ 四六時中スモッグのなか走りまわってるのは、コーチのことが好きだからなんでしょ、え？《ハーン》 あんたのその頭のなかでおきてることを、わたしが見抜いてないとでも？」

「コーチのことが？」ルヌ・ディディは聞き返した。

ディディは眉をあげて、マーが何を考えてるのか説明してくれって顔でぼくを見た。ぼくはあごを胸に押しつけた。ぼくに説明できることはない。

「コーチがあんたのヒーローなんでしょ？」マーが言う。「コーチに会えるなら、今後も誘拐される危険をおかすつもりよ、あんたは」

ディディのコーチは、ぜんぜんヒーローみたいには見えない。

「夕食用の野菜を買いにいっても、だれもわたしを誘拐しない」ディディは腕をぶんぶんさせながら言って、うっかりぼくの顔をはたいたけど、手をとめようとしなかった。「水道の列にならんでるときも、米を買うのに配給販売所にならんでるときも、なんにもおこらない。だけど、自分のやりたいことをやろうとした瞬間に、わたしは誘拐される。つまりそういうこと?」

「口に気をつけなさい」マーがディディに言った。

「面倒をみないといけない弟もいるだろう」パパが言った。

「自分たちでジャイの面倒をみられないなら、なんで生んだのよ?」

一瞬でパパが動いて、ルヌ・ディディの左のほっぺたを引っぱたいた。小さな輪っかのイヤリングが落ちた。パパはふるえてた。目はまんまるで、たった今やったことが信じられないみたいに自分の手を見てる。マーが泣きだした。パパがディディをぶったことは、これまで一度もなかった。ぼくのこともだ。マーはしょっちゅうぼくらをげんこつでたたくけど、パパが手をあげたことは一度もなかった。

マーがかがんでイヤリングをひろった。もとどおりにつけてやろうとしたけど、ディディは押しのけて、ベッドにあがって、ぼくがいつも逆立ちするすみっこにすわりこんだ。

パパは毛布を引っつかんで外に出ていった。

「夕食は食べないの？」マーがうしろから言った。パパはふり返りもせず、右手だけあげて、いらないとこたえた。

ぼくはベッドのルヌ・ディディからはなれたところにすわって、ぼろぼろのマットレスに手の甲をめりこませた。ディディは地区対抗試合にはたぶん出られない。パパになぐられたことよりも、そのほうがずっと悲しいにちがいない。

カビールとカディファ

気持ちとしてはもう何時間も路地で待ちつづけている。彼女の背後で、ゲームセンターの入り口を示すカーテンが小さく動いて、光のリボンが足もとまでのびてきた。いつの間にか夜のとばりがおりて、ブート・バザールの屋根ももう見えなかった。

カディファはお店にはいっていって弟を引きずり出すところを想像したけれど、はしたないという思いがあり、それはできなかった。居留区《バスティ》の女の子は、たとえ短いスカートをはいて両親に口答えする勇気のある子ですら、こういう場所には足を踏み入れない。カディファはふらふらとゲームセンターにはいっていく少年を呼びとめることでどうにか自分の役目を果たそうとしていたが、彼らは心ここにあらずで、聞く耳を持たなかった。

「すみません、弟がなかにいるんです」またべつの少年に声をかけたが、かたそうな口ひげと大人のタバコのにおいに気づいて、カディファははっとした。「カビールという名前です。まだたったの九歳なんです。出てくるように言ってください。姉が待ってるって、伝えてもらえませんか」

少年の顔つきに変化はなかった。カディファは横にどいて少年を通し、恥ずかしくなって自分のヒジャブに手をふれた。こんなに寒いのに、情けなくて頬が焼けるようだった。いつもの怒りが全身にわいて、まげた両ひじの内側にこぶしを押しつけた。夕方、母さん《アンミ》はカビールに牛乳一本を買いにいかせ、二時間しても帰ってこないので、カディファを迎えに出した。カディファにおしゃべり相手の友だちがいても、仕上げないといけない針仕事があっても、おかまいなし。カビールが何かやらかすたびに、尻ぬぐいの役がカディファにまわってくる。なんて不公平なのだろう。

アンミは何が公平かなんて気にしない。このごろは、生まれてくるおなかの赤ちゃんのことしか頭にないらしい。アンミが深夜に、早朝に、早くきみに会いたいわ（両親が望むとおり、つぎも男の子にきまっている）とささやきかける、眠気につつまれた甘い声が、カディファには不快でしょうがなかった。生まれてくる小さな弟も、どうせカビールのような悪ガキになるのだろう。カディファのすべての時間は、ちびどもを追いかけることで消えていく。友だちの家で新しいマニキュアやヘアバンドを試す時間は、カディファにはないのだ。

アンミと父さん《アッブー》はまだ知らないが、カビールは学校の授業に出てなかった。といっても本当の学校ではなくNGOが運営するセンターで、二歳から十六歳の生徒がひとつの教室に詰めこまれている。カビールはそのうえ、モスクの金曜午後の礼拝やお祈りもさぼっていて、アップーの財布から気づかれないようにお札を一、二枚ずつこっそり盗んでいた。ブート・バザールのお店で小遣いかせぎをしてもらう金だけでは、ゲームセンターで何時間も心ゆくまで遊ぶには足りない。カディファのお金（彼女は縫い仕事で得たお金の半分以上を貯金していた）にだって手をつける気だろうが、カディファは注意が必要だとわかっていたので、弟が貯金に近づこうとするまえにうまく防いだ。

　両親がカビールに甘いのは男の子だからかもしれないが、盗みのことや、モスクと学校をさぼっていることが知れたら、弟は祖父母の住む村に送られることになり、そのお世話役はまちがいなくカディファにまわってくる。ひとりで弟の面倒がみられると、両親はカディファを信頼している。ほめてくれているのだと考えることもできるかもしれないけれど、ああ《ヤ》、神さま《アッラー》、カディファが聞きたいのはそういうほめ言葉じゃない。

　アンミはバスティからバスで三時間のところの、自分の子ども時代の家を恋しがった。この息も吸えない都市《まち》に住むためにお別れした甘い果物や、きれいな空気のことをよく話題にした。でもカディファにとっては、その村はまったくの異世界で、異国なのだ。むこうでは、バッファローがしっぽをピシャピシャやる音や、蚊の飛ぶブーンという音がたまに聞こえるだけの静けさと暗さのなかで、夜をすごさないといけない。イスラム者《ムッラー》がテレビとラジオと、それにたぶんおしゃべりも禁止にしてしまったせいだ。女の子は年増になるまえに嫁に出すべきだというムッラーに、祖父母たちはそうだとうなずくが、ムッラーの言う年増とは、十三、四のことだった。

　村に移り住んでもカビールは何も失わず、一方のカディファはすべてを失うことになる。

　そう思うと、なんでもあたりまえだと信じて疑わない弟に無性に腹が立った。カディファの友だちのなかには、こうしたゲームセンターで遊ぶ兄のいる子もいて、カディファはその子たちから話を聞いて、弟の秘密の冒険のことをはじめて知った。いざとなればカビールにこわい思いをさせてくれと、その兄たちにたのんでもらうこともできる。痛い目にあったっていい。自業自得だ。アッラーが証人でいてくださる。

　ほこりを蹴りあげて通行人ににらまれてからは、カディファはゲームセンターの壁に体を押しつけて、うずまくスモッグが自分の姿をかくしてくれることを祈った。ゲームセンターの入り口をおおうカーテンがあがった。カビールがよろよろと外に出てきた。目をぱちぱちさせているうちに、路地の弱々しい光にだんだんと目が慣れてくる。そして姉の姿を認めると、ばつが悪そうに笑った。

「牛乳はどこよ？」カディファはきつい声で言った。「お金はどこよ？」

いかれた頭がゲームに使わずにとっておくことなどあるはずもないのに、弟は手でポケットをさぐった。カディファは牛乳やヨーグルトを売る屋台へと弟を追いたてた。そして歩きながらずっと、おまえはなんて自分勝手なんだと、弟に小言を言いつづけた。

「ヒンドゥー教徒がわたしたちの命をねらってて、わたしたちをテロリストの豚呼ばわりして、子どもさらいの子殺しだってさわいでるってのに」カディファは言った。「あんたって子は、ああいうくだらないゲームのこと以外、何も考えられないんでしょ？」

姉がそういうのを聞いて、カビールの胸は痛んだ。わりと図星だからだ。最初はゲームはただのひまつぶしだったけれど、狭い裏路地にいる接着剤中毒者が〈イレイズ・エックス〉をほしがるように、カビールは今では銃撃戦を求めていた。この日も、ほかの何日かも礼拝《ナマーズ》を捧げるのを忘れ、礼拝を呼びかける朗誦者《ムアッジン》の声も、ゲームセンターのなかにいる彼の良心をゆすり起こすことはなかった。そこでは銃声より大きくひびくのは、ゲーマーたちの口から出てくるきたない言葉だけだった。〝てめえ、ふざけんな、この野郎〟、〝コンドームに穴がなかったら、この世にいなかったくせによ〟

傷だらけの画面、動きのかたいジョイスティック、黒いほこりをかぶった天井のファンが空気をかきまぜる、蛍光灯一本で照らされた空間、そんななかにいるには自分が幼すぎるのはわかっている。だけど、カビールはゲームセンターの外では無名の存在でも、ここのなかでは戦闘が得意で、バスティやバザールよりも大きな何かに加わっていられた。

「これからは、もうやらない」自分でもどこまで本気かわからないままカビールは言った。

「あたりまえよ」カディファは言った。「わたしが見張ってるから。わかったわね」

さらに怒られるのを覚悟したが、姉は無言だった。くたびれて見えた。自分でかせいだにちがいないお金で姉が牛乳を買うのをながめているうちに、カビールは情けない気分になった。ごめんという思いをどう言葉にしたらいいか、わからなかった。

路地の外には人だかりができていた。そのまんなかにはふたりの物乞いがいて、ひとりはスピーカーを取りつけた車椅子に乗っていて、もうひとりは車椅子を押すその友人だった。物乞いは、クリケットやサッカーの試合からもどってきた子たちを相手に何かの物語を語っていて、話し方をめぐってああだこうだ言いあっていた。姉は気を引かれて足をとめ、もっとちゃんと見ようと、横にいた小さな男の子を押しのけた。

もう暗かったし、早く帰らないといけなかったけれど、カビールは何も言わなかった。

物乞いは交差点の女王《ラーニー》の話をしていた。厄介にまきこまれた娘たちを救う、女の幽霊らしい。

ふだんはテレビを見ているときでさえ、意識がいつの間にか『コール・オブ・デューティ2』のほうにむくのだが、交差点のラーニーの話はあまりにも過酷で、カビールは数分のあいだＭＰ40（ナチスドイツの短機関銃）の反動を忘れた。いつもはその武器で敵を手あたりしだいぶち殺し、すると赤い血が飛び散って、それが自分の視界にまで染みだしてくるのだった。

〝この物語はお守りだ〟と車椅子にすわる物乞いは言った。〝大切に胸のそばにおいとくように〟

姉がカビールをつついて、もういこうと言った。通りからは人が消えようとしていた。

ふたりは家路を急いだ。カビールの頭はたちまちゲームセンターに舞いもどった。今日はそこでロシアにいるナチスと戦った。ゲームの映像がつぎつぎと目のまえにあらわれる。長くて寒い冬、つるつるの氷に変わる雪、柱のうしろにかくれて手榴弾を投げる自分、敵の弾《たま》から守ってくれる煙幕。カビールは何かにつまずいて地面にどさっと倒れ、痛みが足から頭のてっぺんまで走って、ふたつの世界がひとつにまじりあった。

セーターの襟にていねいにさしてあった、耳のところが黄色い黒ぶちのプラスチックのサングラスが、自分の下敷きになってしまった。地面に寝たまま胸だけを持ちあげて、割れてないかたしかめた。少し傷がついた程度だ。太陽が出ても出なくても、あしたまたかけていこう。ゲームセンターにはいっていくときに、そのほうがかっこいい感じがする。だけど、ゲームセンターへは、もう二度といかないのでは？

カディファはスモッグが街灯や家をぬりつぶしていくのをながめながら、弟が立つのを待っているうちに、思いがけずふとやさしい気持ちがわいてきた。カビールは大人の世界に生きている、まだほんの子どもにすぎないのだ。大人の世界で生きるのは、自分にだって骨が折れる。

「平気？」カディファはたずねた。

カビールは親指をあげた。

「アンミはぼくたちをよそに引っこしさせると思う？」カビールは立ちあがると言った。

「べつのバスティに。だってここにいたらヒンドゥー教徒に」――一瞬、口ごもった――「命をねらわれるんでしょう？」

「警察は逮捕したいムスリムを逮捕した。ヒンドゥー教徒たちは満足したはずよ。わたしたちのことは、もうほっとくでしょう」それが本当ならいいのだけど、とカディファは思った。警察が連れていったムスリムの男性たちとは面識はなく、そのことにカディファはほっとしていた。

ここから引っこしたくない。ここには友だちみんながいる。親が仕事で出かけると、ハイファイ・パーティごっこをやろうと声をかけてくれて、服やアクセサリーを貸してくれて、大人が自分たちだけの秘密と思っているスキャンダラスな色恋について、いっしょにおしゃべりをする女友だち。工場からひとまとめに送られてくるスパンコールをシャツに縫いつける仕事を紹介し、自分のヘッドスカーフをきらきらにするために、スパンコールをいくらか手もとに取っておくことを教えてくれたのも、彼女たちだった。

そんなぜんぶとお別れして、無理やり結婚させられる。そう思うと、カディファはふたたび怒りにのまれそうになった。わっと大声でさけんで壁に手をたたきつけ、手首の赤いガラスの腕輪を壊したかった。けれども、自分のなかの何かがそれをとめた。やはりアンミとアッブーは正しいのかもしれない。カディファは責任をわきまえた子なのだ。

カビールは姉が何かを言うのを待ったが、ずっと無言だった。こんなに姉をがっかりさせる自分がうらめしかった。これからさきは、まともで健康的な場所だけですごそうと自分に誓った。たとえば、〝ヒツジをライオンに〟とポスターで宣伝している、ブート・バザールのジムみたいな場所だ。ヒンディー映画のヒーローのように、自分の胸がムキムキにふくらむのが、カビールの目には見えた。こういう路地じゅうに自分の足音がひびいて、いつも仕事をさせてもらっている店のおやじたちが、通りすぎるカビールのまえでふるえあがるのだ。のしのしという足音が本当に聞こえる気がして、ふり返ってみると、黒い毛布にくるまれた巨大な影のようなものが目に映った。だけど、それが現実のものだという保証がどこにあるだろう？　なにしろカビールの頭の半分は、まだ一九四二年にあるのだから。

カディファは弟を見て、顔にうかんだ虚ろな表情から、またしても白昼夢のなかにいるのだとわかった。

「このバスティに秘密はないんだからね」カディファは言った。「おまえがどれだけお金を盗んでビデオゲームにつぎ込んだか、アップーもそろそろ気づくころよ。おまえは家を追いだされる。路上で暮らさないといけなくなって、今日みたいな寒い夜には、眠りにつけるように接着剤を吸ったりするのよ」

そのとき、何かが動いたのが見えた。暗闇のなかで光る金貨のきらめき。カビールのほうを見ると、やはりそれを目にしたのがわかった。今ごろはもう家に帰ってないといけなかった。人さらいにあった子どもたちの話も聞いている。

銀色の針が光り、ひらひらする四角い布が視界のすみに見えた。布からただよう何かの甘いにおいは、すすけた空気のむこうから一直線に鼻にとどくほど強烈だった。自分の手首ではない場所で腕輪がジャラジャラ鳴った。手に持った牛乳の袋が湿ってぬるぬるした。

「こわいんなら交差点のラーニーを呼べばいい」姉がふるえているのを見て、カビールが言った。「女の子を守ってくれる」

「ヒンドゥーの幽霊はわたしたちとは関係ないの」カディファは言って、弟の手をつかんで走った。「それに、あんたはどうするの？　だれが守ってくれる？」

3

この物語はきみの命を救うだろう

ジンがこの宮殿に移り住むようになったのは、自分たちこそ支配者だと主張する白人連中の腹黒い勝利に失望して、われらが最後の王たちがこの世を去ったころのことだろう。ジンがどこから集まってきたかは定かじゃない。至高なるアッラーが送ってよこされたのか、はたまた、信心深い者たちの熱狂の声に呼ばれてやってきたのか。もうずいぶん長くここにいるジンは、この宮殿の壁がくずれ、苔や蔦《つた》で柱がもろくなり、夜明けの光にゆらめく夢のようにニシキヘビがひび割れた石を這うさまを、ずっと見てきたにちがいない。風が庭の金香木《チャンパ》の木々をゆらして、小瓶の香油《アタル》のように香り高い花をふるい落とすのを、来る年も来る年も、感じているにちがいない。

黒い犬や猫やヘビに化けでもしないかぎり、ジンは人の目には見えない。それでも、この宮殿の敷地に足を踏み入れたそのときから、首すじを茂みの枝のようにくすぐるそよぎに、シャツをふくらます風に、祈りの最中の心の軽さに、ジンの存在が感じられることだろう。おまえはこわがっているようだが、いいかい、よく聞くんだ、おれたちはこのジンの宮殿で何年も管理人をしているが、これだけは断言できる。ジンが人間に危害を加えたことは、一度たりともない。魂に取り憑《つ》こうとする悪いジンや、いたずら好きのジンや、信用ならないジンが存在するのはたしかだが、ここに住んでいるジンは、信者が書いてよこす手紙を読んでいるここのジンは、至高なるアッラーが煙のない火から生みだした、いいジンたち、聖なるジンたちなのさ。

ほら、敷地じゅうにいる大勢の人を見てごらん。小さく切った肉を空のトンビに投げてやる者、アルミのボウルに牛乳を入れて犬においていく者。ひょっとしたらそれが犬やトンビに化けたジンかもしれないと期待して、ああいうことをしてるんだ。信者は、あらゆる宗教の信徒たちだ。われわれムスリムだけじゃないんだよ、ファイズ、ファイズ——たしか、さっきそう名のったね?——ほらごらん、ファイズ、ここにはヒンドゥー教徒、シク教徒、キリスト教徒、もしかしたら仏教徒だっている。みんなジンへの手紙をにぎりしめてやってきて、願いごとを書いたその手紙をぼろぼろの壁に貼りつけていく。夜になり、門が閉じられ、線香の灰のさきが地面にくずれるころ、お香と花のにおいの染み込んだ手紙に、ジンたちは目を通すんだ。人間じゃないから、読むのはあっという間だ。そして願いが本物だとわかると、ジンはそれを聞き入れる。

ジンの家の管理人として、おれたちは何度もそれを目《ま》のあたりにした。だが、おれたちの言葉など信じなくていい。あそこのチャンパの木のところへいくと、ビリヤニの大釜を運ぶ少年四人に指示をどなっている白髪の男がいる。男の娘は、薬では治らない咳が何年もつづいていた。父は娘をほうぼうに連れていった。いくつもの公立病院、五つ星ホテルと見まがう私立病院、アラビア海をのぞむあばら家に住む女グルのところ、ヒマラヤの山高くの、あるババの修行場《アシュラム》。娘はレントゲンも撮ったし、CTスキャンもしたし、MRIも受けた。健康を祈って青の宝石と、緑の宝石と、紫の宝石のはまった指輪もつけた。なにひとつ、助けにならなかった。するとだれかがこの場所の話をして、父親は聖なるジンに手紙を書いてここに持ってきた。娘のためならなんだってするつもりでいた。ジンが望むのなら、自分の歯をぜんぶ引っこ抜いて、真珠よろしくサテンの布でくるむことだってしただろう。

ジンへの手紙は短かった。困りごとを何枚もつらつら書いて、出生証明書や結婚証明書のコピー、兄弟姉妹や親戚のあいだで、不公平で納得のいかないかたちで分割された家屋の売買証書のコピーなんかを、手紙につけてくる人もいる。だけど、娘の父が書いたのはこれだけだ――〝どうかお願いです。娘の咳を治してください〟。手紙を見せてくれたんだ。それでおれたちも知っている。父親は、娘のむかしの写真を手紙にそえた。咳のせいで痩せぎすの骸骨になるまえの写真だった。

それが今じゃどうだ、自分で見てみるといい。チャンパのそばに立っている緑のサルワール・カミーズのあの子が、その娘さ。ジンを誘惑しないように、髪をすっぽりスカーフでおおっている――正直なことを言うと、いいジンも美しい娘には目がなくてね――だけど、ほら、健康そうだろう？　頬には赤みがさして、骨は力強くて、背中は少しもまるまってないし、咳もきれいに消えた。来月には結婚の予定だ。父親はジンに感謝を伝えるために、ああして参拝者にビリヤニをふるまっている。

おまえがここに来たのは正しかった。さあ、そろそろなかにはいって、アンミと兄さんのところにいきなさい。まあ、なかは暗いよ。線香やろうそくから立ちのぼる煙で、壁も黒い。嘘は言わない、今からおそろしい光景を目にするだろう。取り憑いた悪いジンをいいジンに追いはらってもらいたいという夫に連れてこられて、体をゆすりながら口から狂気を吐きだす女。血がだらだら肌を伝うまで、壁にひたいを打ちつける若者。くずれた屋根からさかさにぶらさがるコウモリは、錯乱のうちにある者たちの必死の祈りに、キーキーという鳴き声で合唱をつける。

それでも、いいかい、よく聞くんだ、おれたちの聖なるジンには強い力がある。アンミの手紙で、家族の望みはジンに伝わるだろう。おまえが今度の試験でいい点を取ること。兄さんにいい花嫁が見つかること。行方不明の親類や友人が無事に帰ってくること。それから、たとえば——おまえたちがそうだというわけじゃないが——警察や裁判所に不当に目をつけられた父親や家族に、正義がもたらされることを願う人もいるかもしれない。そんな驚いた顔をしなくていい。われわれムスリムのあいだでは、おまえが想像する以上によくある話だ。だけど、どんな邪気がつきまとっていようとも、きっとジンが追いはらってくれる。

ひとつ、こっそり教えてやろう。アマルタスとジャムンの木のならぶ、この国でどこよりなめらかな道路のそばには、われわれムスリムを外国人呼ばわりしただけで閣僚入りした政治家たちが住んでいる。その連中は、ヒンドゥスターン（ペルシア語でインドの国の意）はヒンドゥー教徒のための国で、おまえやおれのようなのはパキスタンへ去るべきだと、政治集会では声高にさけんでいる。だけどそんな彼らでさえ、ここに祈りにやってくるんだ。この遺跡からほとんど人けがなくなる明け方に部下をよこして、ジンのまえで頭をたれる姿を写真に撮られないように、敷地からすっかり人を追いはらってね。さらには、ここを立ち入り禁止にしようとする考古調査局の動きまで阻止した。おれたちとおなじくらいジンを信じているからだ。ああいう政治家連は、舌は腐って心はよこしまだが、ジンは門前ばらいしたりしない。ここではみんなが平等だ。

だれでもいいから参拝者と話をしてみるといい。みんな、何かを失ってここに来ているのがわかるだろう。なかには希望そのものを失った者もいるが、この場所で、おまえがおびえるこの廃墟のなかで、彼らは生きる理由を見つけるんだ。

さあ、少年、おれたちの言うことを聞いたほうがいい。つっかけを脱いで、足を洗って、なかにおはいり。ジンが待ってるぞ。

新しい年の学校は――

――古い年の学校と変わりがなくて、だけど、もっと悪いことに試験がある。おわりのベルが鳴っていっしょに廊下に出ると、パリは爪を嚙んで、そのうちに指で足し算をはじめた。算数のテストで一問まちがえたって思ってるらしい。ぼくがまちがえたのは、一問、二問、三問、十問、全問かもしれないけど、べつにいい。パパがルヌねえちゃん《ディディ》を引っぱたいたんだって話をすると、パリは手をにぎって、ひらいて、「五回目だよ。今日で五回もおなじことをしゃべった」と言った。

「しゃべったけど、しゃべってないよ」ぼくはこたえた。今朝は、パリは頭のなかで復習がしたいから、ぼくに話をさせてくれなかった。ファイズがいたらよかった。あいつはちゃんと話を聞いてくれる。だけど今は交差点にいて、バラとか携帯ケースとか、ぼくらには買えないようなおもちゃとかを売ってる。どっちみち、もうおもちゃって年でもないけど。ファイズは試験は受けてないし、このさき何日も授業を休むことになるし、タリクにいちゃん《バーィ》が近いうちに出してもらえなかったら、学校をまるまる一年、休まないといけないかもしれない。

ルヌ・ディディが廊下に出てきた。

「いつでも帰れるよ」近くまで来たディディに、ぼくは言った。ディディとパリとぼくは、いっしょに家に帰ることになってた。

「さきに帰っていいよ」ディディが言った。「コーチと話さないといけないから」

「地区対抗に出られなくなって、コーチにしかられるの？」パリが聞いた。

何もかもべらべらしゃべるんじゃない、って、ディディのこわい目がぼくをしかった。

それからディディは言った。「ぎりぎりになって計画を変更しなきゃいけないんだからね。どうなると思う？」

イヤリングをしてないディディの耳は、はだかみたいに見えた。ぼくは手をのばしてディディの腕をぽんとたたいた。

「やだ《チー》。なんでそんな手がべとべとなの？」

「聞かないほうがいいかも」パリが言う。

「お尻をかくのはパリだよ。ぼくはしない」

「あっちいってよ」ディディは言った。

「ディディこそ、あっちいって、彼氏のコーチのタマタマからダニをむしってやればいい。それが得意なんだからさ」気づくとぼくはそう言っていた。

パリは息をのんで、両手で口をおおった。ぼくは校門までずんずん歩いてって、そのうしろをパリが追いかけてきた。門のとこから首だけでふり返ってルヌ・ディディを見た。まだぼくらの教室のまえの廊下にいて、柱によりかかってた。柱の反対側にはディディのファンの、あの顔がまだらの男子がいて、携帯で自分を撮ってるのか、大きな笑顔をそっちにむけている。そしてゆっくりと歯を舌でなめた。ディディはコーチが女子の練習をはじめようとしてる校庭を見てて、自分のファンに気づいてないのかもしれない。

今日はだれもカビールとカディファのことを話題にしなかった。うちの学校の生徒じゃないからかもしれない。校長先生でさえ朝礼のときにふたりの名前を言わなかったけど、つねに気をつけなさいって、生徒に注意するのは忘れなかった。

「ルヌ・ディディにひとりで帰れって言われたんだ」ぼくは帰ってきたマーに言った。

「ディディはまだ学校だよ。きっと、コーチによけいに練習させられてるんだ」

ディディとはケンカの最中だから、おたがい秘密を守る必要はない。それがルールだ。ディディだってわかってる。

マーはため息をついて、ベッドにすわった。ぼくは目ざましを見た。六時をさしてるってことは、六時十五分か、六時半ってことだ。練習はもうおわってるはずだ。ディディは、マーとパパをこまらせるためだけに外にいるんじゃないかって気がする。そんなのはバカみたいだ。

「ルヌは怒ってるのね」マーは目を閉じて、〝神さま、娘が無事でありますように〟とお祈りをはじめた。それを九回くり返して、目をあけた。

「親は子どもをたたいちゃいけないんだよ」ぼくは言った。「マーたちが子どものときみたいな、大むかしとはちがうんだから」

マーはシャンティおばさんと話をしに外に出ていった。ぼくはセーターの上からもう一枚セーターを重ね着した。マーはもどってくると、おばさんのだんなさんといっしょに学校のコーチに話をしにいくと言った。

「ぼくもいく」

「ジャイ、今日はだめです」

マーが出ていった。ぼくは頭のなかで、ルヌ・ディディにごめんと言った。もどってきて、とお願いした。もういらいらさせない、って約束した。シャンティおばさんが横にすわり、ぼくの背中をさすって、ゆっくり息をしなさいと言った。

「マーはどこだ、ジャイ？」パパの声だ。「シャンティ、何があった？」

ぼくは必死にお祈りした。ルヌ・ディディの声がした。帰ってきたんだ！　あたりを見まわした。ディディはいない。耳のいたずらだ。

「マドゥがさがしにいったって、どういうことだ？」パパはさけんだ。「ルヌはどこにいる？」

怒って声をあげると、パパはひとまわりもふたまわりも大きく見える。ぼくはヤスデみたいにまるくなるか、カメみたいにこうらにはいって、二度と出てきたくないと思った。

「ルヌは正確にはなんて言った？」

パパはぼくに言っている。ぼくはぜんぶしゃべったけど、でもじつは、ぜんぶはしゃべらなかった。〝彼氏のコーチのタマタマ〟って言ったこととかは。

「ルヌはコーチと話をしたかったんだな？」パパはぼくの襟をつかんだ。「話すのにどれだけ時間がかかるってんだ？　なぜ、待てなかった？」

「ジャイに声をあげないで」シャンティおばさんが言った。「まだ子どもじゃないの」

「ディディはさらわれたんじゃないよ」パパの手がゆるんで、ぼくは言った。「コーチにチームに残れって説得されたんだと思う」

パパは携帯を出して、だれかに電話した。

「ぼくが今から学校にいってくるよ」ぼくは言った。「ルヌ・ディディを連れて帰ってくる」

「シャンティ、こいつを見ててもらいたい」パパが電話を左耳につけたまま言った。

「もちろんよ」おばさんは言った。

「ああ、マドゥ《ハーン》」パパは電話にしゃべりながら、家からとびだした。ぼくはマーとパパのベッドの逆立ちコーナーに引っこんで、探偵みたいに考えてみようと思ったけど、まわりがうるさすぎて何も考えられなかった。ご近所さんがひっきりなしにやってきて、何かわかったかとシャンティおばさんやぼくに聞いてくる。そして、大事なものをまとめたマーのつつみにつまずいて、教科書や服を蹴《け》散らかした。バッファロー・ババの首を切られた仕返しに、ムスリムがルヌをさらったんじゃないのかって、おたがいにたずねあっている。最初はみんな、ぼくに聞こえないように小声で話してたけど、そのうちに興奮してぼくがいるのを忘れて、声は空にとどくまでになった。

いろいろわかってくるまで勝手な想像はやめたほうがいい、とシャンティおばさんは言った。それでもみんなが聞く耳を持たないので、おばさんは、毒をまき散らすその舌をちょん切るぞ、とおどさないといけなかった。

この悪夢から目をさましたくて腕をつねったけど、ぼくはもう起きてた。パリとぼくとでババードゥルの弟妹にしたのとおなじ質問を、自分にもしてみた。ルヌ・ディディはパパにたたかれたから、どこかにかくれてるんだ、とぼくは結論を出した。たたかれたのは一回だけで、たいしたことじゃなかったけど。

シャンティおばさんは、ルヌ・ディディの居留区《バスティ》の友だちに居場所を知らないか聞いた。みんな知らなかった。「今朝、水道で会ったときは元気そうだった」ひとりが言った。「変わったところは、とくになかった」

モールや映画にいったってことはないかって聞いてきたおばさんもいたけど、ディディは映画を見るお金なんて持ってないし、ぼくらはモールにはいかないし、どうせ警備員になかに入れてもらえない。シャンティおばさんはマーの携帯に電話した。ディディは学校にはいなくて、今からパパとリレーの仲間の家にいってみる、とマーはこたえた。

ディディがいるとしたら、どこだろう。ぼくならブート・バザールの手押し屋台のうしろか、ファイズが働いてるよろず屋《キラナ》にかくれると思う。だけどルヌ・ディディはそういう場所にはかくれられない。女だし、それにお店のだれとも知りあいじゃないから、家に帰りなさいって言われるだけだ。

ひと晩じゅう、みんなでルヌ・ディディをさがした。ディディは見つからなかった。ぼくはそのことを信じたし、信じなかった。マーとパパは家に帰ってきた。マーは髪がほっぺたにくっついてて、パパの目はまっ赤でとびだしていた。今からディディをさがしにいっちゃだめかって、ぼくは聞いた。ひそかな計画としては、サモサをさがして、ディディのあとを追わせたかった。だけど、家から動いたらだめだとマーに言われた。

おなじ夜をまえにも経験した。バハードゥルがいなくなったとき、それにオムヴィルと、アンチャルと、チャンドニーと、カビールとカディファがいなくなったときの、あの夜だ。

パリとパリのマーがやってきた。パリはぼくとベッドにすわって、パリのマーはうちのマーよりもっと泣いた。ファイズも母《アンミ》さんといっしょにやってきた。「イスラム者《ムッラー》風情《ふぜい》が、ここで何してる?」ひとりのおばさんが言って、ファイズのアンミにあごをむけた。

ぼくはみんなの頭の上をふわふわただよって、泣く人をながめて、うわさ話を交換しあう人をながめた。ぼくらの涙や言葉を楽しむためだけに来てる人もいる。話をくちばしみたいにとんがった口で運んでいって、ここにいない夫や友だちに食べさせてやるつもりだ。「二歳だったころみたいにルヌをたたいたんですって」女の人が言うのが聞こえた。「シャンティから聞いたわよ。一定の年ごろをすぎたら、娘に対して手をあげたらだめなのに」

「みんなが言ってるのは聞かないほうがいいよ」パリが言った。

「勉強してないでいいの？」ぼくは聞いた。

「ああいう試験はどうでもいいの。九年生になるまでは、落第させられることはないんだから」

「おれも試験は受けないしさ」ファイズが言った。「たいしたことじゃないって」

パリのマーがさらに泣いた。

パパは何人かの男たちといっしょに、ゴミ捨て場とバザールと病院をさがしにいった。今おこってることは、嘘だ。いや、ほんとだ。神さまはぼくの皮ふの下でねじ回しをギリギリやっている。休けいすらはさまないで。

みんながルヌ・ディディのことを話してた。〝とってもいい子だったのに〟とかなんとか。〝家のことをぜんぶやって、文句も言わなかった〟、〝水道のところで取っ組みあいがあったときでさえ、みんなに対して礼儀正しかった〟、〝あと一、二年もすれば、走ったりするお遊びも卒業して、完ぺきな奥さん、完ぺきなお母さんになったでしょうに〟

みんなが話してる人のことを、ぼくは知らない。

「そんな言い方しないで。うちの娘はまだ死んでないわ」マーがおでこに玉の汗をうかべて言った。みんなはだまりこんだ。

四十八時間。子どもがいなくなって四十八時間以内に見つからないときには、その子は死んでる可能性が高くなる。二十四時間だったか、四十八時間だったか、ちょっと自信がない。でもどっちにしても、ルヌ・ディディは今は死んでない。

「顔がニキビだらけの、あの男子をおぼえてる？」ぼくはパリに聞いた。「ルヌ・ディディの同級生。飼い犬みたいに、ディディのことを追いかけてたやつ」

「そいつなら知ってる」ファイズが言った。「超《エクダム》いらないやつだ」

「ディディと最後に別れたとき、横にいたんだ。パリ、おぼえてない？」

「だれかに話そう」パリは言った。「その子をさがしだすの」

ぼくはパリのほうを見たけど、いつもとおなじ話し方をしてるから、くやしがってるとも、悲しんでるともわからない。声は高くもないし、低くもない。だからぼくも、あんまり心配しすぎなくていいんだって気分になった。ねじ回しが胸から出てきてくれないかと、ぼくはパリのことを見つづけたけど、まだら顔の男子をさがしてくれって、だれかちゃんとした人に伝えるために、パリと泣き顔のパリのマーはぼくのそばからはなれないといけなくて、痛かったのがもっと痛くなった。

「ジャイ、ほら、今日こんなものをくれた人がいたぞ」ファイズが両手でひろげてるのは、しわくちゃの緑のお札だった。「アメリカドルだよ」

「そんな話をするときじゃないでしょう」ファイズのアンミが言った。

ファイズはお金をポケットにもどした。鼻からは鼻水がたれてた。ディディもファイズみたいにお守りを持ってたら、今ごろ家に帰ってたかもしれない。つめかけた人たちが空気をうばって、ぼくらが息を吸えないからって、だれかがマーとぼくを外に連れだした。シャンティおばさんの家のまえの寝台《チャールパイ》にすわった。マーは涙が流れてるのに、顔をぬぐおうともしなかった。

ルヌ・ディディがいなくなったのはぼくのせいだって、マーに伝えたかった。ディディにひどいことを言っちゃったし、もっと最悪なことに、ついこないだの夜、悪いジンがディディのことを連れていきますようにってお祈りをした。ぼくがジンを家に呼んだんだ。

まちがった解答をぐるっとかこむ赤ペンみたいに、マーの目がぼくを一周した。ルヌ・ディディじゃなくて、ぼくがいなくなればよかったって思ってるにちがいない。メダルももらえない。試験でいい点もとれない。家の仕事も手伝わない。水道からも一度も水をくんできたことがない。さらわれて当然なのは、ぼくだ。スモッグが耳のまわりでうずまいて、おなじことをささやきかけた。〝さらわれるべきだったのは、おまえだ、おまえだ、おまえだ〟

マーは手をひざに押しつけている。肌のやけどのあとと、ナイフの切り傷が見える。マーは仕事のしすぎだし、急ぎすぎる。ここの自分の家でも、ハイファイ・マダムのマンションでも。ルヌ・ディディだけが手伝ってた。ぼくはちっともだ。

パリの声がした。ぼくらをかこむ人だかりのなかを、パリは手をぶんぶんふって道をあけさせた。「どいて、どいて」とご近所さんたちにさけびながら、ぼくらのすわるチャールパイまでたどりついた。

「ジャイのパパは、悪魔の巣窟《シャイターニ・アッダ》にいってきたよ。今はルヌ・ディディのクラスメイトと話してる。あのまだら顔の男子とも話をするって」

ファイズもやってきた。

「ジャイ、マーのためにしっかりしないとだめだからね」パリが言った。

「泣きたいんなら、ちょっとくらい泣かせてやろうよ」ファイズが言った。

ぼくは泣きたくはないけど、涙の栓を閉めることもできなかった。口のなかにドロっとしたしょっぱいかたまりがあったけど、吐きだせないから、飲みこんだ。あごと首を涙でびしょびしょにしたマーが、変な顔つきでぼくを見てる。〝なんで泣いてるの？〟ってその顔はぼくに聞いていた。〝ディディのことなんて、気にしたことなかったじゃない。いっつもケンカしてばっかりで〟

夜中ごろ、人が引いていった。パリもあしたというか今日、試験だから帰らないといけないし、ファイズも仕事があるから、これ以上はいられない。パリはぼくの手をぎゅっとにぎった。いつもは氷みたいに冷たいのに、とても長い時間、とてもたくさんの人といっしょだったせいで、あったまってた。

「ぼくのせいなんだ」パリにささやいた。「ジンがルヌ・ディディを連れてけばいいって思った」

「バカなこと言わないの」パリは言ったけど、やさしい言い方だった。「ジャイは人さらいじゃない。うちのバスティの悪い人のせいだよ」

「ジンはジャイの言うことも、だれの言うことも聞かないって」ファイズが言った。「気のむくことしかしない」

少しすると、ぼくと、バハードゥルのマーと、うちのマーだけになった。バハードゥルのマーはぼくらを家に入れて、自分はすみっこにすわって、たまに咳をしてマーの目を引いたり、めそめそ泣いたりした。そのうちに、ある朝バハードゥルが通学かばんにこっそり包丁を入れてるのを見たっていう話を、マーにしだした。それで何をするつもりかって聞くと、バハードゥルはこたえた――〝パパがマーを刺せないように、持ってくんだ〟

「あの子は、そこまで心配してくれていた」バハードゥルのマーは言った。「だけどあたしは、何をしてあげられた？」

バハードゥルのマーも、少しして帰っていった。半びらきのドアからはスモッグが忍びこんできて、ただでさえ暗いうちの電球が、もっと暗くなった。

パパが頭をふりながら、ひとりでもどってきた。「あそこにはいなかった」マーにそう言うと、マーはこれまでよりもっと大きな声をあげて泣きだし、するとパパも泣きだして、ふたりは小さな赤ちゃんみたいに見えた。

「シャイターニ・アッダにいったの?」ぼくはパパに聞いた。「いつもルヌ・ディディにまとわりついてる男子と話した?」ディディの通学かばんは、どっかにあった?」ぼくはまるで探偵みたいに質問してて、自分でもバカだと思ったし、自分のきょうだいじゃない他人のことを話しているみたいだった。

「あの少年はおかしなことを言った」パパは言ったけど、しゃべってる相手はぼくじゃなくマーだった。「ルヌはコーチと話をしたあと、ジャイがシャイターニ・アッダって呼んでる場所の近くまでいって、そこに立ってたらしい。まるで誘拐されたいみたいに。あのあたりは、昼間だって人けがないってのに。その子の話じゃ」――すすり泣きで肩がゆれて、胸がひくついた――「ルヌは彼を押しやったそうだ。ころんでたおれるほど、強く押した。少年はそのあと家に帰った」

「ほんとに家に帰ったの?」ぼくは言った。

「まわりのうちが見てる。近所の子たちの宿題を手伝ってるらしい。今夜もそうだった」

「ルヌは、なんだってそんな行動を?」マーが言った。

「おれが悪かったんだ」パパは言って、ぜんぶ引っこ抜こうとするみたいに、自分の髪を乱暴につかんだ。「ルヌがいなくなったのは、ぜんぶおれのせいだ」

朝になって、ぼくらが警察署にいくと――

――ファイズの母《アンミ》さんとワジドにいちゃん《バーイ》が、もう格上巡査の机のとこにいた。ワジド・バーイはまえかがみになって正義を訴えていて、言葉はすらすら口から出てきた。きっと、十から十二日間のあいだ、おなじことを警官に言いつづけてきたんだろう。ファイズのアンミは一冊のファイルをにぎりしめてて、それをときどき警察のほうにさしだしたけど、相手は見えてないふりをした。

ぼくはパパの手にある白い布袋を横目で見た。なかには、マーが入れてきた〈パラシュート〉の容器がはいってる。もっと何日も働いて、もっとたくさんお金を入れておけたらよかった。マーはなかにいくらあるか、あけてしらべもしなかった。

袋にはルヌねえちゃん《ディディ》の写真もはいってる。子どもが行方不明になった事件の捜査には写真が必要だって、ぼくから言うまでもなかった。マーもパパも、最初からわかってた。写真のなかのディディは、競走に勝って賞状をもらっている。ディディと賞状をわたしてる人は、体を半分こっちにむけてカメラを見ていて、ディディは、笑いたくないけど笑ってるっていう顔つきだ。首には、オレンジ色のリボンの金メダルをさげてた。

ババードゥルやチャンドニーみたいな、スタジオで撮ったちゃんとした写真はうちにはなかったし、タージにいるみたいな絵のカーテンのまえでならんで撮った家族写真もなかった。

パルーを頭からかぶった緑のサリーの女の人が、おなかの赤んぼうを両手で守りながらマーのまえに立った。「うちの子たちも行方不明なんです。名前はカビールとカディファ」

「警察に話はしたんでしょう？」パパが聞いた。

カビールとカディファきょうだいの父《アッブー》さんらしい横の男の人が、ひそひそ声で言った。

「動いてもらえるまで、しつこくせっつくしかない」

いっしょに下っぱ巡査のところにいこうと言われたけど、下っぱは、ぴかぴかのオフィスで働いてそうな身なりの男の話を聞きながら、同情してる顔でうなずいてるところだった。三百二十万ルピーする車を、バスの運転手にへこまされたらしい。下っぱは値段を聞くと、お湯で手にやけどしたみたいにヒーッと声をあげた。

「息子の無実を証明する相手は、わたしじゃない」部屋のむこうで、格上の警官がファイズのアンミとワジド・バーイに言っている。「弁護士に相談するんだな。警察は引きつづき十五日間拘束する許可を、判事からあたえられている。息子の釈放を命令できるのは、その判事だけだ」

牢屋のようなひどい場所かもしれないけど、少なくともファイズたちは、タリク・バーイがどこにいるかわかってる。人さらいの車とか、レンガ工場とか、ジンのおなかより、ルヌ・ディディも牢屋にいてくれればいいのにと思った。

格上がむこうからぼくらを呼んだ。ワジド・バーイとファイズのアンミには、もう帰るように言った。すれちがうとき、ファイズのアンミがマーの手をそっとたたいた。

マーとパパ、それにカビールとカディファきょうだいのアップーとアンミが、みんないっぺんに話しだした。「落ち着け」と格上は言った。マーの携帯が鳴って、切るのに二秒もたもたしただけで、格上はマーをしかりつけた。「わたしがここでバザールをひらいてるとでも思ってるのか。歩きまわりながら、のんびり品定めするような場所か？」

「ボスレディからです」マーは言った。「なんで仕事に来ないのかと思ってるんだと思います」

パパは格上にルヌ・ディディの写真を見せて、学校一の、もしかしたら州でいちばんの陸上選手だと説明した。大きくなったら全国大会や、コモンウェルスゲームズの競技会に出るだろう、って。パパがほめてたよってルヌ・ディディに言ったら、ディディは、〝パパにひとつでもわたしをほめることが言えるなんて、びっくり〟って笑うだろう。そう思ったあとで、ディディとはもう二度と話すことがないのかもしれないと気づいた。いなくなった子たちは、もどってきてない。チリペーストをこすりつけられたみたいに、目がちくちくした。ぼくは胸が痛かった。

「まえに見かけた子だな」格上がぼくのほうにファイルをふった。「退屈だからって、このまえ学校から逃げてきただろう」

マーとパパがこっちをにらみつけた。

格上の首には、バハードゥルのマーの金のネックレスは見えなかった。売りはらって、下っぱとお金を山分けしたのかもしれない。「ルヌ・ディディの写真をインターネットにのせて、ほかの警察署にも送るの？」ぼくは聞いた。

「ここにいるのはだれだい。変装したビョームケーシュ・バクシーか？」

最高のジョークを放ったみたいに、格上が笑った。ぼくはファイズがやるみたいにほっぺたの内側を嚙んで、泣かないようにこらえた。

パパは〈パラシュート〉の容器を袋から出して、格上の机においた。「もっと用意できます」パパは言った。

「ヘアオイルを使えって？」格上は言いながらも容器を手にとって、ふたをあけて中身を見た。カビールとカディファのアップーとアンミは、ますます悲しそうな顔になった。警官にあげるお金をぜんぜん持ってないんだと思う。

格上がディディの写真をパパに返した。

「インターネットは？」ぼくは言った。

「故障中だ」格上は言った。

マーとパパはたのみこんだ。格上は、わがままはおまえらのほうだって言いたげに、頭をふって貧乏ゆすりしながら、〝二日後にまた来なさい〟とようやく言った。

警察署を出て、ぼくはパパに言った。「もう一度はらいたくても、二個目の〈パラシュート〉はもうないよ」

「少なくともおたくは話を聞いてもらえた」カビールとカディファきょうだいのアップーが言った。「うちなんかは居留区《バスティ》をつぶすとおどされた。おまえんとこのバスティは問題しか持ってこない、って」

マーは天から神さまがやってきて、ぼくらに答えをくれるのを期待するみたいに空を見あげたけど、スモッグはコートのチャックをしっかり閉じたままで、細い光すらもれてこなかった。

パパとマーは、ゆうべパパがまわりきれなかった病院をしらべてみることにした。事故にあった人たちのとこっていう意味だと思うけど、もしかしたら霊安室のことも頭にあって、ぼくのまえで霊安室って言いたくないのかもしれない。

マーのハイファイ・マダムが、また携帯に電話してきた。マーは今度は出た。今日、仕事にいけない理由を説明した。スピーカーになってないのに、ハイファイ・マダムの声が聞こえてきた。〝つぎはいつ来るの？　あした？　あさって？　かわりの家政婦《バイ》をさがしたほうがいいの？　娘はきっと駆け落ちしたのよ。あなたが住んでるような場所じゃ、そういうことがよくあるそうじゃない〟

マーは何も言わず、パルーのはしの、ほつれた糸をぶちぶち切った。そして最後に言った。「二日ください、マダム。それだけでいいです。いろいろ迷惑をかけてすみません」

マーが電話を切ったあと、パパはカビールとカディファきょうだいのアップーといっしょに病院にいってくると言った。きょうだいのアンミは、マーとぼくといっしょに家に帰ることになった。

「霊安室はこわくないよ」ぼくは言った。『ポリス・パトロール』で見たことがある。霊安室は銀色の冷え冷えの冷蔵庫になってて、ライソルなんかの洗剤のにおいがするんだ」

縁起悪いから口にしちゃいけない言葉をぼくが言ったみたいに、大人たちはぎょっとした顔をした。

「マーがバザールでルヌをさがすのを助けたらどうだ？」パパが言った。

きょうだいのアップーとパパは、オートリキシャで病院にいった。アンミとぼくとマーは、ブート・バザールのほうへ歩いた。車がブンブン通りすぎたけど、もううるさくは聞こえなかった。ぼくと世界とのあいだには、ガラスの壁ができていた。

マーとぼくは、ブート・バザールの路地の一本一本を歩いて、ルヌ・ディディのことを聞いてまわった。ぼくらはディディのことを何度も何度も説明した。

「十二歳です」マーは言った。

「あと三カ月で十三」ぼくは言った。そのひと月あとが、ぼくのたんじょう日だ。

「髪を白いバンドでポニーテールに結ってます」マーは言った。

「灰色と茶色のサルワール・カミーズを着てる」ぼくは言った。「公立学校の制服だよ」

「背丈はこのくらい」マーは自分の肩をさした。

「白黒のくつをはいてた」ぼくは言った。

「持っているのは茶色い通学かばん」

何もいいことはなかったけど、家にいるよりはましだ。マーはパパに何度も電話して、パパが〝成果なし〟、〝成果なし〟って言うたびに、ほっとして大きなため息をついた。ぼくは神さまに、メンタルに、ブート・バザールの上をふわふわしてる名前を知らない幽霊たちに、お祈りをした。ルヌ・ディディが霊安室にいませんように。〝どうか、どうか、どうか、お願いします〟

酒屋《テカ》の道にやってきた。たまごをプラスチックのトレイに入れてバイクのうしろにつんで運んできた、ヘルメットをつけたままの配達の男から、たまご屋《アンダー・ワーラー》がたまごを受けとってるところだった。クオーターと手下のギャングたちは、地面で眠りかけてる酔っぱらいをからかっていた。足では酔っぱらいのあばら骨をつついている。いつも試験を受けないクオーターにとっては、今日もほかの日と何も変わらない。

マーはクオーターにもルヌ・ディディのことを聞いた。マーはクオーターがだれか知らないだろうけど、クオーターにはだれの話かわかった。口が横にひろがって、取り巻きたちに指をパチンと鳴らし、黒いジーンズのお尻のポケットから携帯を出して、上下にスクロールした。ルヌ・ディディをさらった犯人だったとしても、うまくかくしてる。クオーターはちゃんと心からおどろいてるみたいに見えた。

「いつも走ってる子でしょ？」クオーターは携帯を見たまま言った。

マーはうなずいた。ルヌ・ディディが有名でショックなんだと思う。

クオーターはちょっと待ってと言って、うろうろ歩きながら電話をかけた。手下のギャングたちに〝ぜんぶの場所でルヌをさがせ〟と命令した。それから、自分は長《プラダン》の息子だとマーに自己紹介した。

「おたくのバスティでの出来事に、父も気をもんでます」クオーターは言った。「父はできるかぎりのことをやってますよ」

「お父さんは警察とは話せないの？」マーが聞いた。

「そのつもりです」クオーターは言った。「さあ、もう家に帰って。何かわかったら教えますから」

ぼくはサモサのことや、サモサがにおいを追いかけることができるって話をマーに言った。マーはほとんど聞いてなくて、〝野良犬に近づいちゃだめ、狂犬病を持ってるから〟とだけ言った。お茶屋を通りかかって、ぼくはルヌ・ディディがいなくなったってダッタ－ラームに伝えた。

「いったいぜんたい、何がおこってるんだ？」ダッタ－ラームは言った。「どこのどいつが、ここの子どもたちにそんなことを？」

んでない。

ダッターラームの子どもは学校にいってて無事だし、それに、ぼくらのバスティにも住

ダッターラームは、お茶でもどうか、〝お代はいらないから〟って言ったけど、マーはことわった。

サモサが手押し屋台の下の、自分のうちから出てきた。サモサ売りがぽそぽその毛の上にふざけて落としてきた傷んだコリアンダーをふりはらうと、ぼくの足もとをかぎまわった。ぼくのにおいをかげば、サモサはルヌ・ディディを見つけられる。だってきょうだいだ。

「ディディはどこ?」ぼくはサモサに聞いて、まえに押しだした。

「ジャイ、こっちに来なさい」マーが言った。

サモサは屋台の下の、自分ちに駆けもどった。サモサはぼくのにおいじゃルヌ・ディディを見つけられないらしい。ぼくはくさすぎるから。

バザールで、ゴミ捨て場で、ぼくらはルヌ・ディディのことをさがしまわって、クズひろいの子やペットボトルの帝王《バードシャー》にも、ディディのことを聞いた。ディディをさらうとすればだれだろうって、ぼくは必死に考えた。牢屋にいるから、テレビ修理のおじさんのは

ずはないし、まだら顔の男子でもないし、ディディがいなくなったのを知らなかったから、クオーターでもない。となると、あとはジンか、ぼくの知らない犯人のしわざっていうことになる。

　マーの涙は何本もの線を描きながらほっぺたをつたって、どんどん青くなるくちびるのふちをまわって流れ落ちた。ようやく帰り道につくと、マーはぼくにぐったりもたれ、その体重のせいでぼくは片方にかたむいた。近所の人たちがじっと見ていた。

　家に帰るとマーは、ドアのとこの大事なもののつつみからルヌ・ディディの額入りの賞状を出して、くるんでいるドゥパッタをひらいた。「ルヌがこれをもらった日のことをおぼえてる？」

　おぼえてない。マーはほとんど学校に来たことがないから、ルヌ・ディディが走るとこを見たこともないと思う。

「あの日、チームメイトがバトンを落としたの」マーは言った。「だけど、ルヌがすごく速かったおかげで、チームは勝てた」

　だれかがドアをノックした。ファティマねえさん《ベン》だ。何かのつまった弁当箱《ティフィン》を、無理やりマーに押しつけた。「ごちそうじゃなくて、ただのロティとサブジよ」とファティマ・ベンは言った。それからバッファロー・ババの話をした。「あれから、ずっと胸のなかがおさまらなくて……あんな姿を見ることになるなんてね。いったいだれが、なんの理由であいうむごいことをするのか、想像もつかない。おたくの苦しみといっしょだと言うつもりは、もちろんないけど……」

ファティマ・ベンが帰ると、マーは台所の棚にティフィンをおいた。

シャンティおばさんも、ホイルにつつんだ食べものを持ってきた。「プーリーよ。ジャイ、あなたの大好きな」

ぼくはおばさんの料理をファティマ・ベンのティフィンの上においた。

マーとシャンティおばさんは、大人の話をしに外に出ていった。

壁のとこに積んであるルヌ・ディディの本をながめた。釘からは、ディディの服がぶらさがってる。ヨガクラス用の体そうパンツは、踏み台の上で授業のある金曜日を待っていた。

ルヌ・ディディの服や、頭の重みでまんなかのへこんだ枕は、ディディのにおいがした。枕を長いことじっと見つめてたら、きっとディディをつかまえた誘拐犯か悪いジンも、ディディを逃がしてくれる。ぼくはじっと、じっと、見つづけた。目が痛かったけど、そらさなかった。

ルヌ

チャイムが鳴ると、みんなはいっせいに教室を出ていったが、彼女は机のまえに立って、時間をかけて教科書の折れた角をなおし、ドゥパッタが胸の上できっちりVの字になるように折り目をととのえた。米をのばした水にていねいに数時間つけたあと、すすいでひもに干した制服のぱりっとした糊《のり》が、路地のあらゆるにおいを少しずつたくわえつつあるのがわかる――スパイス、スモッグ、ヤギのフン、灯油、薪やビディの煙。そもそも洗濯する意味があるのかと、マーはよく口にする。夕方、ルヌが練習をおえるころには、制服はどのみち汗でぬれて、べたべたになる。

ほんの数時間のために、どうしてそんな苦労してまでプレス屋《ワーラー》で仕上げてもらったように見せたいのか、マーには理解できないのだ。マーはルヌのことを何もわかってない。だれも何もわかってない。

ルヌは今、人のいない教室に立っていた。クモの巣やインクのついた手のせいで壁は黒ずみ、黒板ははしがひび割れて、積年のチョークで白けている。ぴっちり閉まらない窓からは、始末に負えない巻きひげのようにスモッグがはいり込んでくる。ルヌは、人生は理解してもらえないこととの連続なのだと思い知った。そんな自分に、そして世界に嫌気がさした。

ゆうべ父にたたかれた頬を手でさわった。あのときの音が今も聞こえる。ルヌが立ったまま動けずにいるあいだに、父の手がうしろに引かれ、そしてこっちにむかってきた。さいわい、その屈辱の一瞬が肌にあとを残すことはなかったけれど、顔に傷がつけばよかったのにと望んでいる自分もいた。そしたら、飲んだくれラルーのような大酔っぱらいでなくても悪い父親になれるんだと、知らない人にも気づいてもらえる。

決意がだんだん固まってきた。もう家には帰らない（今日も、このさきも）。二度とイヤリングはつけない（今日も、このさきも）。

教科書をかばんに入れて、外の廊下に出ていくと、弟がゆうべのできごとを友だちのパリに（弟の百倍賢くて、そのことを相手にわからせずにはいられないパリに）嬉々として話していた――〝そしたらパパがさ、ルヌ・ディディを引っぱたいたんだ〟。自分のことを待たないでいいと弟に告げると、あのロバめはいつも以上に下品な悪口を吐いた。

ジャイに対しては、生まれてきたときからずっと、憎しみと称賛の入り混じった思いをいだいていた。弟は持ち前の空想力と、世界が男の子にあたえる自信（女の子の場合、自信は性格上の欠点か、残念な育てられ方をした証拠と見なされる）で、人生の足りないところをうまくおぎなっているように、ルヌの目には見えた。ともかく、今夜は弟がまとっているあの悪臭の横で寝ずにすむ。弟はときにブート・バザールの肉屋、ときにお茶とカルダモン、そして冬場はつねに、冷たい水で体を洗うのをいやがるせいでため込んだ数日分の汚れのにおいをさせていた。

ルヌは廊下の柱にもたれ、弟が去っていくのを見とどけた。柱の裏にはクラスの男子がいた。プラヴィンは、ルヌがどこにいてもあらわれる。校庭の練習場、砂糖や灯油を調達する配給販売所、ルヌと母が列の場所取りにつぼをおいて、友人とおしゃべりに花を咲かせるバスティの水道のまえ。話しかけてこようとしないのがせめてもだ。

ルヌは自分が世界から孤立しているように思えていた。今にはじまったことじゃない。しばらくまえからそんな感覚があった。おなじ年ごろの女の子たちは、窓ガラスに映った自分のゆがんだ姿ににっこりするが、ルヌは自身の体にものすごく違和感をおぼえるようになって、共同トイレの暗い洗い場にいて手桶で冷水をあびるときも、自分をまともに見られない。友だちはふくらんでくる胸やブラジャーをつけることを魅力的だと思うけれど、ルヌにとっては、生理の到来とそれにともなう腹痛は、さらにいくつもの自由が奪われることの合図でしかなかった。お金がなくて母親がナプキンを買えない月は、折りたたんだ布で代用しなければならず、経血のよごれはどんなにこすっても落ちることがなかった。

　このごろは服に血が染みてないか心配しないといけないし、男子たちは（コーチと朝練している男子でさえ）、走っているルヌをいやらしい目で見てくる。コーチがいつも追いはらってはくれるけど、男子は壁や木にのぼって逃れて、携帯でルヌや女子たちの動画を撮って、（はっきり言って）あるかないかの胸にズームする。動画はその後、学校じゅうにまわされて、男子は体つきで女子をランクづけし、みんなが見られるように評価（五つ星！　三つ星！　一つ星！）をトイレの壁に書いた。

　ルヌは肩に食い込んだかばんのストラップを手で浮かせた。男子のランクづけなんてさらさら気にしてないという顔はしていても、心に引っかかることはある。なぜ自分はジャーンヴィとおなじ四つ星でも、ミタリみたいな五つ星でもなく、三つ星なのだろう？　ミスユニバースにもなれそうなのに、タラはなぜ二つ星なのだろう？　最新のランキングが壁に書きだされる日には、女子の自信が最低に落ち込んだときはデートの誘いにのる確率が最高にはねあがるとでも思っているのか、ルヌやタラのところに男子が寄ってくる。プラヴィンの熱意だけは、いったいなんでだか、そうしたトイレの落書きには左右されなかった。

ルヌはだれとも恋に落ちたいと思わない。プラヴィンとも、映画のヒーロー風をよそおう先輩たちとも。ギャングのクオーターなんかはもってのほかだ。あいつはそばにいる女子全員を目で追いかける。ルヌは恋愛なんて求めてない。関心があるのは表彰台にあがって、さげた頭に金メダルをかけてもらうこと（国？　州？　地区？　どこかで）。だけど現状の彼女は、両親にとっていまいちな娘で、将来のいつか、どこかの男のいまいちな妻になる。学校の陸上競技チームに居場所がなければ、それが今の自分で、おそらく将来の自分なのだ。もっとも、将来なんてものも、ただの可能性でしかないように思える。太陽を期待させそうでさせない、スモッグの切れ間とおなじだ。

「今は女子の練習の時間じゃないの？」柱をまわってとうとうプラヴィンが話しかけてきた。そして、コーチがすり切れたキャンバスシューズのつま先で地面をならしている、校庭の一画を鼻でさした。ルヌはあちこちにペンギンのゴミ箱やシーソーや滑り台のおかれたこの校庭で練習をしてきたが、それでも私立学校に通うほとんどの生徒より速かった。その足の速さのおかげで特別な存在になれた。それがなければ自分は何者でもない。ただの過去の人。そう考えると、あばら骨を手で裂かれる思いがした。胸が激しく痛んで、頭がずきずきした。

「具合が悪いんじゃない？」プラヴィンが言ったが、ルヌと口を利いている自分が信じられないというような、弱々しい声だった。

ルヌはふたたび柱に背中を押しつけて、コーチの指示にうなずくチームの女子たち――ハリニはわたしほど速くなれるわけがない――をながめた。ルヌははっと息を吸った。目に映っている光景がひずんで、くずれ落ちた。プラヴィンがストラップの上から肩に手をおいた。

「ルヌ、ルヌ」

視界をゆがめた眠気が、その声ではらわれた。ルヌは肩をすくめて手から逃れ、口をまげて言った。

「気を失うところだった。「わたしにさわらないで」

「ほっといてよ」ルヌは校庭にむかって駆けだした。

コーチがうなずいて言った。「我慢できるはずないだろうと思ってた」

「わたしはいないことにしてください」そう言っただけでルヌは泣きたくなった。

「練習を見物されるのは好きじゃない」コーチはいつもながらの厳しい声で言った。「みんなとやるんでなけりゃ」――ほかの女子たちのほうに手をむけた――「悪いが帰ってくれ」

ルヌが〝こんにちは〟と〝さようなら〟の両方の思いをこめて手を途中まであげると、

チームメイトたちは肩でハアハア息をしながら驚いた顔でこっちを見た。みんなは（あのハリニだって）ルヌの仲間だ。ストイックな彼女たちはライバルでもあって、みんなは勉学のためにスポーツ奨学金を得たいとか、大学を出たあとにスポーツ枠で政府の仕事につきたいとか、そんな理由から走っていた。ルヌは羨望の目で彼女たちをながめた。学校対抗試合でいっしょに遠征し、いい秘密、いけない秘密、恥ずかしい秘密を分かち合ったときのことを思いだし、仲間も希望も夢もなくなれば、自分はこのさきどうするのだろうと思った。

空が低くたれこめて、学校の屋根の上半分を切り取った。ルヌは校庭を出て裏路地にはいった。空《から》のつつみ紙やアルミ容器がガサガサ音をたて、地面で明るくきらめいた。路地には人けがなかった。屋台は客のいるべつの場所へ移動していた。ルヌはおそろしいほどの心細さをおぼえたが、弟が不安がる悪いジンや、地酒《デーシー・ダールー》を一杯よけいに飲んですれちがうごとに女の尻をつねろうとする男らがその原因ではなかった。陸上選手じゃないなら、わたしはいったいだれ？

誘拐さわぎが落ち着いたら、両親は練習を再開させてくれるだろうか。「ジャイにはだれかが算数を教えてやらないといけない」父が言うのが想像できる。「毎日夕方に水をくまないと」母はそう言うだろう。自分はまるで、弟と家の仕事のためだけに存在しているみたいではないか。その後もきっと、おなじように夫の世話をして、手から牛糞ケーキ（燃料用の乾燥牛糞）のにおいをさせるのだろう。ルヌ自身の夢なんてどうでもいいのだ。心のなかでそっと奏でられる彼女の野心は、どうやらだれの目にも見えないらしい。彼女が何者かになるなんて、だれひとり想像していない。

ブート・バザールまでやってくると、ルヌは足をとめてポニーテールをぎゅっと締めなおした。吐きだされたパーンで汚れた周囲の壁には、コンピューター教室や、銀行や保険の資格試験、家庭教師、投票を呼びかける政治家などの広告が貼ってある。ニンジンや大根や唐がらし売りの男たちから好色な目で見られ、ルヌの体から力が抜けた。自分も男の子だったらよかったのに。男子たちはどぶ川のところに腰かけて、だれにもとがめられずにビディを吸える。

布地を売る店にはいると、品物を見ているルヌを店の女の子が不審そうな目でじろじろ見てきた。カウンターのうしろの棚にある海のように真っ青な（海はテレビでいくらでも見る）ブラウス生地を取ってくれと、ルヌはたのんだ。店の女の子はためらい、その目は、みすぼらしい制服姿の子が光沢のある布で何をするのかと聞いていた。ルヌは結婚式に出る予定があるという筋書きをつくりあげ、そのあいだも練習中のチームメイトのことがずっと頭からはなれず、口にはいった土の味や、目にはいった砂利や、ばくばくする心臓が恋しくなった。そのうちに走る映像が嘘の結婚式の話にもまざり込んだようで、店の女の子はこう言った。「花嫁が走って逃げた？　じゃあ結婚式はどうなったの？」

寝言みたいに無意識に何かを口にしていたにちがいない。ルヌは恥ずかしくなって、ブラウスの素材を指でたしかめながら言った。「これはちがうかも」

そして、くるりとうしろをむいて、店とバザールから走って抜けだし、やがて幹線道路にたどりついた。背負ったかばんや肩が知らない男女にがんがんあたった。さらに、よちよち歩きの子どもにもぶつかって、その子は横むきに地面に転んでワーワー泣きだした。けがはなさそうだが、母親がルヌめがけて買いもの袋をふりまわし、それがあと一ミリのところをかすめていった。腹立ちがルヌをまえへと駆り立てた。でも、いったいどこへ？　わからないけれど、どうでもよかった。

幹線道路にそって歩きながら、炭で焼かれるトウモロコシのにおいをかぎ、ベルプリ売りが中身のほぼはけたバスケットを器用に頭にのせて、枝組みのスタンドをたたむのをながめた。一日の重労働がようやくおわったのだ。舗道の敷石は、歩くごとにぐらついた。どいてくれ、じゃまだ、と声があがった。ルヌに目的地はなく、まわりも足取りからそれを見てとった。彼らにはやらないといけない夕食の支度があり、乗らなければならないパープル線があり、宿題を見てやらないといけない子どもがいるのだ。人の波が引いた一瞬に、車輪つきのステンレスの箱の横にオーナー顔で立っている若者の姿が、ルヌのところから見えた。箱にはこうあった。

ろ過水
どこより新鮮！　きれい！　清潔！
グラス一杯、たったのニルピー

水売りは頭の変な人を見る目でルヌのことをながめたが、考えてみればそのとおりなのかもしれない。光のすじのように、大通りを車が流れていく。母親はもう家にいて、心配でどうにかなっているにちがいない。『ポリス・パトロール』の受け売りのばかげた方法でルヌをさがそうと提案する、ジャイの声が聞こえるようだった。両親はジャイに耳を貸すのだろう。ジャイはルヌではないから。ジャイは女の子ではないから。ルヌは両手を返して、指のまわりにぐるっとできたマメやタコを見た。水くみで運んだバケツの数、切ったナスの数、洗ったシャツの数のぜんぶの記録だ。手のひらには、料理中に火で焼かれた黒いすじもある。それらは手相に刻まれた生命線、彼女の未来を決定しているのだ。

水売りがためらいがちに近づいてきた。一台のバスが大通りを走り去った。運転手の手はクラクションを押しっぱなしで、その音はまるでやまない悲鳴だった。

「道に迷ったのか?」水売りは言った。「ここで何してる?」

「よけいなお世話よ」ルヌは言ったが、言葉は頭のなかにとどめられた。背をむけて相手からはなれた。思えば彼女が走るようになったのは、全力で走るようになったのは、こういうことが理由だった。なぜ鼻をかむの、なぜゴールガッパーを食べるの、なぜ空から降ってくる雨をながめているの、といちいち人に聞かれるのがいやだった。人生のほんの一部でさえ、それに、世界のほんの片隅でさえ、自分だけのものにはならない。百の目で見つめられていようとも、陸上トラックの上だけがルヌがひとりになれる場所だった。そこには自分と、靴が地面を蹴る音しか存在しない。

「ルヌ?」おどおどしたかすれ声が言った。そして、ポケットに手を入れたプラヴィンがまえに進みでてきた。「まさにこの場所から子どもたちが姿を消したって聞いたよ。家に帰ったほうがいい」

ルヌはあたりを見まわし、鉄のフェンスでかこまれた変圧器があることから、ここがジャイの話に出てくる悪魔の巣窟《シャイターニ・アッダ》だとわかった。何かが彼女をここに導いたのだ。怒りか、悲しみか、自分でもどう呼んでいいかわからない感情が。

「ルヌ、いこう《チャロー》」プラヴィンがうながした。

「クレアラシルを試したら？」ルヌはやさしく言った。「効くかもしれないよ」

「たかが三つのくせに」プラヴィンの言ったことが理解できるまで一瞬かかった。

「星三つはマイナス百よりもずっと上よ。あんたはせいぜいその順位」ルヌは言った。脳みそが言い返す言葉を思いついてくれて、驚いたし、うれしかった。

プラヴィンは泣きそうになったが、そのうちに帰っていった。

シャイターニ・アッダは今では無人だった。こめかみを打つ脈が速くなった。ジンは実在しないにしても、現に失踪事件がこの場所でおきている。自分はただの数字にも、あのヒンドゥー協会《サマージ》にとっての都合のいい象徴にもなりたくない。これでも（まだ）夢はある。一、二年のうちにはどうにかして家を出るつもりだけれど、しばらくは、ひと間しかない家のよどんだ空気に耐えるしかない。

暗いむこうから男の声がひびいてきた。「ここで何をしてるんだ？」

「こんな時間に外にいる女の子のことを、人がなんて言うか知ってる？」女の声が言った。

静けさが長くつづく場所は、このバスティには存在しない（考えればわかることだった）。

スモッグのあいだから居留区《バスティ》に少しでも朝日がもれてきたら――

――すぐにパトロールに出かけるぞ、とパパは言った。

「子どもたちがいなくなりはじめた当初から、おまえの言う悪魔の巣窟《シャイターニ・アッダ》を見張ってるべきだったんだ。それくらいのこともさえやらなくて、不注意だった」

ぼくはだまってた。まだら顔の男子がルヌねえちゃん《ディディ》を最後に見たときから、まだ四十八時間はたってない。それは今夜だ。ディディをさがす時間が今日一日ある。

パトロールに出たときには、メンバーはパパとマーと、カビール、カディファきょうだいの父さん《アップー》と、シャンティおばさんと、ぼくだけしかいなかった。だけど、すぐにほかの人たちが加わった。昼間の仕事がない男たち、おじいさん、おばあさん、それに、ショールやドゥパッタで赤ちゃんをくるんで抱っこしたお母さんたちが数人。カビール、カディファきょうだいのアップーのことをテロリストだと言う人は、ひとりもいなかった。ヒンドゥー教徒たちは、今はもうムスリムをきらってないのかもしれない。

パパはぜんぶの家のドアをノックして、ぜんぶのカーテンをあけて、〝うちの娘はどこだ？〟、〝娘を見なかったか？〟、〝この写真をしっかり見てくれ、ちゃんと見てくれ〟と言った。マーの知りあいの女の人の家のときには、マーが〝水道のとこで娘のルヌを見たことがあるでしょう？〟とたずねた。

子どもが行方不明のほかの親たちも、オムヴィルのマーと、カビールとカディファきょうだいの母《アン》さん《ミ》と、チャンドニーのマーとパパ以外、みんな加わった。飲んだくれラルーもいた。今ではぼくらのパトロール隊は五十人か、もしかしたら七十人くらいになった。

さらにドアをノックした。マーと水道で顔なじみの女の人が言った。「なんて運が悪いんでしょうね。こんなひどいことになるなんて」そして、自分の両手にとっぷり抱かれた赤んぼうをありがたそうにながめた。

べつの女の人はマーに、ディディにはもっときびしくするべきだったと言った。「陸上だかなんだかいうあれは、ろくなことにはならないと言ったでしょう。若い娘はひとりで外に出したりしたらだめなの」

だれかに刃物で刺されたみたいに、マーの顔が痛そうにゆがんだ。

ぼくらのパトロールのうわさは、バスティとブート・バザールじゅうにひろまった。クオーターとギャングたちもやってきた。クオーターは目が泳いでて、緊張してるみたいに手と足がわなわなしていた。ルヌ・ディディのことが心配なせいかもしれない。ぼくらに言えない何かを知ってるせいかもしれない。

もしクオーターが子どもをさらった犯人なら、ここに来たはずはない。それとも逆で、ぼくらにうたがわれないために来たのかもしれない。どっちなんだろう？　パリならわかったのに。でもパリは、今は環境の試験の最中だ。

「父がこれから市の代表者と話をする」クオーターがパパに言っている。「特別な警察隊を派遣してくれと訴えるつもりだ」

「おれたちはそんな嘘を信じるほどおめでたいと思うか？」大勢のなかから声があがった。

「だれだ、今のは？」クオーターがさけんだけど、自分が言ったとはだれもみとめなかった。

「おやじさんは、もうここには住んでないんだろう」パパがクオーターに言った。

「まずは娘さんを見つけることに集中したほうがいい」クオーターは言った。

しばられたルヌ・ディディがなかにいるとでも思ってるみたいに、クオーターはみんなの家にずかずか押し入った。だれも文句を言わなかった。ドアを蹴りあけられたときに着がえの最中だったおばあさんでさえ。おばあさんはあわててシーツにくるまった。

小さな赤んぼうの世話をしているお姉ちゃん、今も全員がそろってる家族、ペットのヤギや子猫さえいなくなってない家族を、ぼくはながめた。

ぼくらはブート・バザールじゅうをまわった。みんな、のどがからからになった。水をくれる人がいた。お茶をくれる人もいた。バハードゥルのマーはずっとうちのマーの近くにいたけど、マーの悲しみを踏んづけるのを心配するみたいに、つま先歩きでちょこまかそばを歩いた。バハードゥルのマーの悲しみと大きさもかたちもいっしょだろうけど、マーのほうはずっと新しかった。

「ゴミ捨て場だ」だれかがさけんだ。

ぼくが駆けだすと、マーもパパもみんなも走った。ぼくはつまずいてころんだ。きのうさがしにいったときには、マーが手をかして起こしてくれた。「ルヌが見つかったのかもしれない」

マーの目は頭の変な人みたいにぎらぎらしてて、髪はほどけて、口のまわりはつばで白くなっていた。ぼくはマーを信じたいけど、信じられなかった。ゴミ捨て場でいいものが見つかることなんてない。

「女と子どもを家に帰せ」ぼくらのパトロール隊にむかって男の声が飛んできた。ぼくは背が低すぎるから、相手が見えなかった。

「あたしたちに指図するあんたは、何者なの？」女の人が大声で返した。

ころんだせいで、ぼくの手のひらには切り傷ができてた。ひりひり、ずきずき、痛かった。洗たくひもからぶらさげられた服が、大人たちの顔にばさばさあたった。押しあいへしあい、どなりあい。いくつものひじがぼくの顔をパンチした。ぼくは悲鳴をあげたけど、だれにも聞こえない。悲鳴には音がなかった。

「子どもたちに何がおこってるのか、知ろうと思うのは当然でしょう」どこかの女の人がさけんだ。「産んだのは、あたしたちなんだから」

人の群れがまえに動き、ぼくらもまえに運ばれていった。風に流されるみたいだった。マーとパパとぼくは、まるで糸の切れた凧《たこ》で、どこでも風が吹くほうに動いた。まわりには百人とか、もしかしたら二百人の人がいた。くさったにおい、うんちのにおい、焼けたゴムや電池のにおいのする空気が、みんなの不安と怒りでゆれた。

ゴミ捨て場のまえの道に出た。少し場所があって人がばらけて、何がおこっているのか、ようやくぼくにも見えた。クオーター、アンチャルのパパ、プレス屋《ワーラー》、カビールとカディファきょうだいのパパが、ボトルの帝王《バードシャー》とクズを集める子どもたちの近くに立っている。ぼくもパパの手をつかんでそっちのほうへいった。

「ほら、話してやれよ。こわがることないたない」ボトルのバードシャーがぼくとおなじくらいの年の鼻たれ少年に言った。ガラスビーズの黄色いネックレスを首からさげて、泥で茶色くなった袋を手でしっかりにぎってる。マーとぼくは、きのうはこの子とは話さなかったと思う。

「おれんとこの子どもたちは、いつだって何かをさがしてる」ボトルのバードシャーは、ここでいちばんえらいのはクオーターだって知ってるみたいに、そっちを見て言った。「いちばんいいものを見つけた者が、いちばん多く金を得る」

子どもたちは何を見つけたんだろう。ぼくは知りたい。でも、知りたくなかった。

顔から髪をはらいつづけてる赤いヘアバンドの女の子が、ビーズネックレスの子をこづいて「話しなさいよ」と言った。だけど男の子は口を閉じたままだ。

女の子のほうはおぼえてる。ファイズとまえに来たときに、こわれたヘリコプターを飛ばしてた子だ。ぼくのことはおぼえてないらしい。

「あの《アレ》ね、ついさっきのことだけど」ヘリコプター少女が言った。「男の人が毛布に何かをかくして、ゴミの奥のほうにはいってくのを、わたしたち見たの。うんち《ナンバー2》だったら、だれもそんな奥まではいかない」

ぼくはあたりを見まわした。そこらじゅうから小さな火や煙があがって、そこらじゅうに豚と犬がいる。

「その人が帰ったあと、みんなでしらべにいった──最初は近くまでよらなかった。ほんとにナンバー2だったらやだから。そしたら、このくらいの高さの」──手を腰のところまでさげた──「草があって、白い布が結びつけられてた。布はよごれてなかった。ここにあるものは、ぜんぶよごれてるの。ほら、わたしたちも」自分のまっ黒い手をぼくらに見せた。

「見つけたのはおれだよ」ビーズネックレスの少年がようやく口をひらいた。「草を引っぱって、下を見てみたんだ。金目のものをかくしたんだと思ってさ。盗んできたけど、奥さんとか母親に見られたくない何かを。そしたら、これが──」少年は手ににぎってる袋を見つめた。

ボトルのバードシャーがそれをとりあげて、なかから泥やよごれのついた青いプラスチックの箱を出した。箱はバードシャーの腕ほどの長さで、幅は一フィートもなかった。ふたをあけたけど、箱はぼくの頭の上だ。アンチャルのパパが息をもらした。オムヴィルのパパが悲鳴をあげた。カビールとカディファきょうだいのアップーは泣きだした。

「それは……?」パパが聞いた。

ボトルのバードシャーはぼくのことを見ると、なかをのぞけるように箱をおろしてくれた。「このヘアバンドは……おまえのディディのか？」

箱にはいろんなものがはいってた。白く光るプラスチックの指輪、ビーズのネックレス、折りたたんだ黒と黄色のサングラス、赤い腕輪、ところどころが黒ずんだ銀色の何かでできたアンクレット、ぺらぺらの赤いバラが横についたヘアバンド、HTCの携帯電話、その下には白いシュシュがあった。ディディのかもしれないし、べつのだれかのかもしれない。

「ジャイ?」必死にお願いするみたいな張りつめた声で、パパが言った。

「電話はアンチャルのだ」ぼくは言った。「光ってる指輪はオムヴィルの」

アンチャルのパパが携帯電話を手にとって、裏返した。「アンチャルの電話でまちがいない」

「サングラスは息子のだ」カビールとカディファきょうだいのアップーが言った。「あと、その赤い腕輪は娘のかもしれないけど、自信はない」

「ここにいる全員が、自分の子どもをさがしにこの場所までやってきた」ボトルのバードシャーは言って、演説をはじめるみたいに間をとった。急いでくれ、とぼくは思った。

「どんな服装だったか、おれは話を聞いた」アンチャルのパパを見た。「おぼえてるよ、娘のHTCの電話のことを言ってたな。バザールの中古屋で似たようなものが売られてたら連絡をくれということだった。そして、小僧」——今度はぼくを見た——「きのういっしょに来たおまえの母さんは、姉さんのヘアバンドの話をした。子どもたちがこの箱を持ってきたとき、おれは中身を見てすぐ、これはまずいぞと気づいた」

「うめた男は、今はどこにいる？」パパが聞いた。

「残念だが、子どもたちはあとを追わなかった。この箱を見つけるまでに少々時間がかかったからな。おれんとこに持ってきたときには、男はもういなくなってた」

「大男だった」ビーズネックレスの少年が言った。「木みたいに」

「すごく背が高かった」ヘリコプター少女も言った。「たたかう人みたいに見えたよ」

息がのどにつまった。「金の時計をはめてた？」ぼくはどうにか聞いた。

「さあね」べつのクズひろいの少年が言った。ぐしゃっとつぶれたパックのマンゴージュースを飲んでいた。ぼくは蹴って手から落としてやりたいと思った。

「頑丈《ハッタカッタ》そうだった」またべつの子が言った。それでぼくは確信した。

ふり返ってクオーターを見た。あいつはレスラー男を知ってる。だけど何も聞けなかった。クオーターははなれたとこにいて、手で口をおおって電話でしゃべっていた。話してる中身をぼくらに聞かれたくないらしい。

バハードゥルのマーと、飲んだくれラルーと、ぼくのマーが、人ごみをかきわけて追いついてきた。

「何、なんなの?」マーが聞いた。

「この箱には、行方不明の子の持ちものと思しきものがはいってる」ボトルのバードシャーが説明した。

マーはシュシュを手にとった。

「もどして」ぼくは言った。「証拠品なんだから」

「これはテレビじゃないの」マーがぼくにさけんだ。「なんなの? あんたの話なんて、もう一秒だって聞きたくない」

ディディがいなくなったのはぼくのせいだって、マーは知ってるんだ。目に熱い涙がわいてきた。パパがぼくを引きよせた。

「ババードゥルは?」ババードゥルのマーが言った。ボトルのバードシャーから箱をわたされると、ひっくり返してなかをさがした。「息子のものは何もないわ」

「遊んでるうちになくなったものもあるかもしれない」ボトルのバードシャーは言った。

「わざとじゃない――まだ子どもだ。これがなんなのか知らなかった」

ビーズネックレスの少年が、これは自分のだと言いたげに首のネックレスに手をふれた。

「どこでこれを?」ババードゥルのマーがクズひろいの子たちに聞いた。「その場所に連れてって」

ふたりの子がゴミのなかを歩きだした。バハードゥルのマーは、サリーのすそを持ちあげてあとからつづいた。飲んだくれラルーもいっしょにいったけど、ゴミのなかでころんで、バハードゥルのマーに引きおこされた。こんなんじゃ永遠にかかる。ぼくらには時間がない。レスラー男を見つけないと。ルヌ・ディディはあいつのとこだ。

「パパ」ぼくは言った。「ダッターラームのお茶屋でその男を見たんだ」マーを見た。早くもぼくにむかってもう一度さけぼうとしてるので、手みじかに言った。「シャイターニ・アッダの近くに住んでるんだと思う。ぼくたち、そっちにいったほうがいいよ」

あてずっぽだけど、誘拐はあの場所でおきてるから、あいつの家もそこのはずだ。

「うちの子たちもいかせよう」ボトルのバードシャーが言った。「男を見ればきっとわかる。だろ？」

子どもたちはうなずいたけど、自信がありそうな顔には見えなかった。

クオーターは警察を呼んだそうだ。重機《JCB》を連れてくるから、ゴミ捨て場のものをあちこちに動かして、ちゃんとしらべてもらえる。だけどＪＣＢっていうのは、ぼくらの家をこわすためのもので、ルヌ・ディディを見つけるものじゃない。ディディはゴミのなかにはいない。

「人さらいはおまえの仲間だ」マーにとめられるまえに、ぼくはクオーターに言った。

「あいつを知ってるだろ。レスラーみたいな見た目のやつだ」

「さあな」クオーターは言った。冷静な言い方だったけど、手がげんこつになってて、甲が白くなった。

「働いてるのはゴールデンゲートだけど、うちのバスティに住んでる」ぼくは言った。

「たたき屋ババの儀式《プージャー》にも来てた。おまえの父さんにしゃべりかけるのを、ぼくは見たんだ」

「おやじには大勢が話しかける」

「アッダ周辺をしらべにいくぞ。いいか、ジャイ?」パパがぼくをかわいそがってるみたいな言い方で言った。

「おれはここで警察が来るのを待とう」ボトルのバードシャーが言った。

ぼくはバードシャーが持ってる箱を見た。もうみんなの指紋だらけだし、誘拐犯のは消えちゃったかもしれない。

「きみらはここに残ったほうがいいんじゃないか?」クオーターと手下のギャングがついてきたのを見て、パパが言った。「警察はわれわれの言うことは聞かないが、きみには耳を貸す」

クオーターはパパの顔のまえで携帯をふった。「来たら連絡が来ますよ。そんなにすぐってことはない。何しろJCBを呼んでこないといけないんだ」クオーターは人さし指を折りまげて、こっちへ来いとぼくを呼んだ。

「人さらいの名前はなんていう？」

「知らないよ」ぼくは言った。

グーでなぐられるかと思ったけど、パパとマーのとこに帰してくれた。


アッダの近くに住んでる人たちは、このへんにハッタカッタなのはひとりしかいないって言って、家を教えてくれた。玄関をノックした。空《から》のポリタンクがならんでるそばの壁に、泥でよごれた黒い自転車が立てかけてあった。レスラー男がふきげんな顔で出てきた。

「あいつだ」ぼくはパパに耳打ちした。

「あの人だよ」ビーズネックレスの少年が、猛烈に首をふって言った。

「あいつをつかまえて」ヘリコプター少女がさけんだ。それから悲しそうな目でぼくを見た。

クオーターとギャングがレスラー男の襟をつかんだ。レスラー男はやたらと強くて、肩をすくめただけで全員まとめて横になぎたおされた。

立った。「夫になんの用なの？」大声をあげて女の人が家からとびだしてきて、レスラー男の横にった。サリーがななめになってて、夫のシャツの袖をつかもうとすると、腕輪どうしがぶつかってジャラジャラい

ぼくらのパトロール隊には、レスラー男をとりかこむのにじゅうぶんな人数がいた。さすがのあいつも、全員を蹴散らすのは無理だ。パパとぼくとマーは家にとびこんだ。ルヌ・ディディがなかにいるはずだ。

家はうちとおなじようなひと間で、そこにディディはいなかった。マーは泣きさけびたいのをがまんして、よろよろと外に出ていった。

だれかが電気をつけた。ぼくは寝台《チャールパイ》の下をのぞきこんで、重ねた皿やうつわを引っぱりだした。クオーターのギャングたちは、小麦粉の缶をあけて、かたっぱしから中身を空《から》にしている。ふたがくるくる、ガシャガシャまわされて、壁に釘で固定してあった棚がこわされて、たなびく煙みたいに、いくつもの声がぼくのまわりでうずを巻いた。ぼくは床の砂糖と塩と小麦粉に足をとられながらも、這いずりまわって、手がかりを求めてすみからすみまでさがした。ルヌ・ディディはここにいた？　ぼくにはわからない。パパとだれか（プレス・ワーラーだ）は、洗たくずみと洗たくまえの服の両方を引っかきまわした。アンチャルのほかの人たちも家にはいってきたがったけど、なかはぎゅうぎゅうだった。

パパが、娘の持ちものをさがしたいから、だれか出てくれとたのんだ。ぼくはパパに手をにぎられて外に出た。

どなり声やののしる言葉や文句で、空気はへどろみたいに重たかった。クオーターのギャングたちがレスラー男の手をロープでしばりあげた。金の腕時計は手にはめたままで、こわれてた。そこで一気に動きがあわただしくなって、手がげんこつになり、筋肉に力が込められて、レスラー男めがけて足や手がくりだされた。ドスッドスッという音は、ブート・バザールの大包丁の音みたいに大きくひびいた。心臓が速すぎるいきおいで、ぼくの耳にじゃんじゃん血を送りこんだ。

レスラー男の奥さんは、悲鳴をあげて泣きわめいた。女の人が首に手をかけて、だまらないと〝ひどい目〟にあうよと言っている。さっき見た自転車は、今は地面に転がっていて、フレームはつぶれて、タイヤはずたずただった。そういえばぼくは、ダッターラームのお茶屋にいたとき、レスラー男の手首に引っかき傷ができてるのに気づいた。バハードゥルとオムヴィルがあいつの手から逃れようとしたときに残した傷だったのかもしれない。今じゃみんなに全身をぼろぼろにされて、肌についた赤い点線は、どれもぜんぶいっしょに見えた。

四人の警官がやってきて、そのうちのふたりは、ぼくがもうなんべんも会ったあの格上と下っぱの巡査だった。クオーターがわきに連れていって話をした。バハードゥルのマーからネックレスをとってったくせに、格上はそっちには目もやらなかった。

警察が到着しても、路地の怒りのとげとげがおさまることはなかった。レスラー男は、やまないキックとパンチでぼこぼこにされている。何もかもがスローモーションで進んだ。スモッグがたれこめて、晴れた。光が青になって、灰色になった。男がわきの下をかいた。問いかける声がとびかった――〝ひょっとして子どもたちは……まさか死んだなんて！〟。ぼくの耳のザワザワがどんどん大きくなる。切れたくちびるから血は出てくるけれど、レスラー男はひとこともしゃべらない。「子どもたちはどこだ？」なぐってる男たちが順番に聞いた。千回質問されても、レスラー男はずっとだまったままだった。

ぼくはクオーターのところにいった。レスラー男はヴァルンっていう名前だって警察に話してた。ヒンドゥー協会《サマージ》の行事でたまに見かける顔だけど、自分もおやじも、ヴァルンのことは知らない、って。警察はクズひろいの子たちにいくつか質問をした――〝ヴァルンが箱をうめたのを見たのはだれだ？〟、〝なかには何がはいってる？〟、〝それはどこにある？〟。パリとちがって、だれも何もメモしなかった。

「ルヌ・ディディはどこ？」ぼくはさけんだ。言葉は錆《さび》みたいな味がした。何がどうなってるのか、さっぱりわからない。ぼくは探偵じゃないから、探偵みたいには考えられない。

警察の人たちはぼくを見て、またよそを見た。警察の人たちは半円のかたちでまわりをかこんだ。長《プラダン》が自転車リキシャでやってきた。

プラダンは両手を合わせて、〝来てくれてありがとう〟と言った。

「おなじババをあがめる者が犯罪者になるとは、信じられん」プラダンは言った。「イシュワルから電話で聞いて、胸がつぶれる思いだった」

イシュワルってのはだれだろうと思ったけど、クオーターのことだって気づいた。

プラダンが近くに来て、マーとババ、ハードゥルのマーが立ちあがった。アンチャルのパパとプレス・ワーラーが、何も見つけられないままヴァルンの家からよろよろ出てきた。

「あいつは友だちなんでしょう？」ぼくは言って、プラダンから見えるように大人たちの足を横に押しのけた。「あのレスラー男のヴァルンとは友だちなんでしょう？　話しかけてたのを見たよ。ぼくのディディをどこに閉じこめてるのか、あいつに聞いてよ」

「ヴァルンがサマージの手伝いをしていた話は、イシュワルから聞いた」プラダンはぼくじゃなくて、集まってるみんなに言った。「だが、サマージには大変多くのメンバーがいて、わたしは大勢と話をする。残念ながら、あの男とは個人的な面識はない」プラダンはヴァルンのほうを見もしなかった。「安心しなさい、われわれで真相をつきとめる。保証しよう」

「でも、娘はどこにいるんですか？」マーが聞いた。

「うちの息子は？」バハードゥルのマーも言った。

「なんでみんなの持ちものが、まとめて箱にはいってたの？」ぼくは聞いた。

「焦らずに、時を待とうではないか」プラダンは言った。

「わたしたちみんなが死ぬのを待つってことですか？」マーが小声だけどはっきりした言い方で言った。「それがあなたにとっての〝時〟ということですか？」

警察はヴァルンと奥さんに手錠をかけて、今からふたりをゴミ捨て場へ連れていくと言った。

「あの場所にほかにどんなものをかくしたか、本人が教えてくれるだろう」ひとりがぼくらに説明した。「家に子どもたちの姿がないこと、誘拐した全員から記念品を集めていたらしいこと、そこからすると被害者をどうする気だったか、すじの通る説明はひとつだ」

「警察は何を見つけるつもりでいるんだ」警察の列について歩きながら、プレス・ワーラーがパパに質問した。「子どもたちはあの場所にはいない」

警察が何を見つけるつもりか、プレス・ワーラーはわかってる。みんな、わかってる。ヴァルンと奥さんにしてる質問は、ぜんぶ丸聞こえだった。

「切りきざんで、ゴミのなかに捨てたのか？」

「犬や豚に食われるがままに？」

「こたえろ、このクソ野郎。おれが口を割らせてやる」

ぼくらのことを見ようと、あちこちからお店の人が出てきた。「何があった？」と口々に聞いている。ムスリムのお店の人たちは手でスカルキャップを小さくまるめて、顔をそらした。

「ルヌ・ディディは生きてる」ぼくはパパに言った。

ヴァルンはきっと、使われてない工場とか倉庫とかにディディをかくしたんだ。人身売買の人はさらった相手を売るはずで、殺したりはしない。ヴァルンはだれにディディを売った？　それとも、ヴァルンは人間に化けたジン？

パパがいきおいよくまえに出てって、ヴァルンのひじをつかんだ。「娘のルヌはどこにいる？」

ヴァルンの傷だらけの顔から血が流れて、セーターにたれた。ヴァルンははれた目でパパを見ると、うすら笑いをうかべた。

ゴミ捨て場では、ボトルのバードシャーとクズひろいの子に警察があらためて質問をした。青いプラスチックの箱は、今では警察の人の手にあった。だれも手袋はしてなかった。

「あなたの夫はなぜこれを持ってたの？」女の警官がヴァルンの奥さんに質問した。

奥さんは、〝わたしたちは、いっさい関係ありません〟と言った。

「子どもらをどこにうめた？」べつの警官が聞いた。

奥さんは、〝どこにも。わたしたちは何も知りません〟とこたえた。

プラダンはクルタ・パジャマをよごしそうなゴミをよけて歩いた。携帯でつぎからつぎへと、どこかに電話をしている。クオーターは、プラダンから警察へ、そしてまたプラダンへと伝言を運んだ。

なんでそんなことして時間をむだにしてるのか、理解できない。ぼくは頭がはじけそうだった。そばを通ったクズひろいの少年を呼びとめた。「行方不明の子たちは、ゴミのなかにいるの？」

「そうならそうだって、だれかに話したはずだろ？」その子は言った。

エンジンをプスプスいわせながら、警察のジープがゴミ捨て場におりていった。そのうしろを黄色いＪＣＢショベルカー一台と、窓を金網で守った警察のバン一台がつづいた。はじめて見る警官の男女が車から出てきて、ゴミの上をずんずん歩いていった。ジープの横は、ＰとＯの文字が消えて、ＬＩＣＥ《シラミ》になっていた。

「チャンドニーの父親に電話してやってくれ」だれかがべつのだれかにさけんだ。「きっと仕事中だ。何かわかったら教えてほしいって言われてる」

「自分でかけろよ」言われたほうがこたえた。「おれは番号を知らない」

警察はクズひろいの子が箱を見つけたあたりをぐるっと封鎖した。ヴァルンと奥さんが、そのまんなかに連れていかれた。ショベルカーがゴミをたいらに踏みつけて、長い爪をまえでぶらぶらさせながら、封鎖された場所までよろめきながら進んでいった。

うちのバスティの人たちが、そのあとをぞろぞろついていった。警官が指と舌を鳴らして、みんなもどれと命令した。

シャツに矢じりのワッペンがない巡査めがけて、おばあさんが黒くなった野菜の皮を投げた。すると、すぐにほかの人たちも地面からひろえるものをひろって、なんでもかんでも警察の人たちに投げつけた。砂利、石、ビニールのつつみ、まるめた新聞紙、ぼろ切れ、テトラパック。

「裏切り者」みんながさけんだ。「子どもを見殺しにするな。人殺しども」

石のひとつが格上のひざにあたって、格上はケンケンしながらとびまわった。脚が折れればいい、とぼくは思った。

「やめろ、やめろ」クオーターがみんなにさけんだ。「警察は仕事をしにここに来てるんだ。それをさせてやれ」

　格上は足を引きずって、ゴミのなかをジープまでもどっていった。

「もう一度やったら、われわれは引きあげるぞ。ＪＣＢもいっしょに連れてな」格上が大声で言った。

　それで石投げはやんだ。クズひろいの女の子ふたりが泥だらけのニンジンを分けあって、ひと口かじるたびにくすくす笑った。ＪＣＢの音で、豚はあちこちに逃げていった。ボトルのバードシャーは、いったり来たりしながら自分の帝国に目をくばって、子どもたちに、警察のまえではゴミをあさるなよ、と注意した。「そうでないと、施設に入れられちまうぞ」


　ぼくとパパとマーは、待って、待って、待った。ぼくらは順番に泣いた。最初はぼくが泣いて、それからマーが泣いて、パパが泣いた。

「おれんとこの小僧や嬢ちゃんたちこそ、ほんもののヒーローだ」ボトルのバードシャーがパトロール隊のひとりに話しかけた。「こいつらなしには、犯人はつかまらなかった。そのことを、あらためてみんなに伝えておきたい。あすにもなりゃ、この子たちのことは忘れられて、ヒンドゥー・サマージがそっくり手柄《てがら》を持ってくだろうからな」

バードシャーはマーとパパのあいだにいるぼくを見ると、ぼくの頭をくしゃくしゃにでようとして灰まみれの手をのばしてきた。ぼくはマーのサリーとボタンをしめて上に着てるセーターのほうにちぢこまった。

「娘よ、心配するな」ボトルのバードシャーがマーに言った。「警察は正しい質問をしている。ようやくだ」

カーキのシャツとズボンを着て、片手に警棒、反対の手にぼうしを持った警察の女の人が、マーにルヌ・ディディのことを聞きにきた。

「警察は訴えを聞いてくれようとさえしない」マーが言った。「だからみんな、ここまで怒りをつのらせてるんです」

「わたしは派出所《チョウキー》から来ました」女の警官は言った。「大きな警察署の直属の組織だけど、わたしたちからは上には何も言えなくて」

女の警官はマーのひじを軽くたたいた。ふたりとも居ごこちが悪そうだった。

よくわからないけど、たぶん一時間くらいがたった。JCBはゴミをあっちからこっちへ動かしつづけた。何も見つからなかった。それがいい知らせなのか、悪い知らせなのか、ぼくにはわからない。いっしょに待っているうち、家族がだれもいなくなってなくて全員そろってる人たちは、探偵みたいなことを言って、まわりでぺちゃぺちゃしゃべってた。

〝ヴァルンはなんの理由で、いつ、どうやって、それをやったのか〟。その人たちにとっては、ゲームみたいなものだ。ただの、あてっこゲーム。

そういう声を、ぼくはもう聞いてられなくなった。マーもがまんできなかった。マーは立って、ヴァルンのほうに走った。ぼくも追いかけて、パパも走った。

ルヌ・ディディは四倍は速かったにちがいない。

ぼくらが走ると、まわりにあるゴミがシューシュー、パチパチいって、足に嚙みついて、ぼくらをころばせようとした。二頭の牛がのそのそ逃げていった。

ぼくらは封鎖されたところまでたどりついた。

「娘の居場所を教えろって、あの男に言って」マーがさけんだ。

チョウキーから来たと言った女の警官がまえに立って、マーの顔から一インチのとこに手をおいた。「こらえて」そう言ってマーを進ませなかった。

犬が興奮して吠えている。サモサはいない。あいつがいるのはきっと、ダッターラームのお茶屋のそばの、サモサ屋台の下だ。ヴァルンは酔ってるみたいにふらついてて、眉の切り傷のまわりでは、血が黒っぽく固まってきていた。奥さんは泣きさけんでる。

ＪＣＢの爪がもう一度ゴミをひっくり返した。黒いビニールの袋が上に出てきた。

「あれはなんだ？」マーの近くで声がした。アンチャルのパパだ。

きたないビニールを警官が素手でひろって、口をほどいて、さかさにした。古いヒンディー映画のコンパクトディスクが、なかからどさどさ落ちてきた。

「アンチャルに何をした、このけだもの」アンチャルのパパがさけんだ。

ヴァルンの目は半分閉じていた。あごが胸のところに落ちた。警察のひとりが警棒でつついた。ヴァルンは姿勢をなおした。

午後のおそい時間になった。まだ四十八時間じゃない。ボトルのバードシャーが、みんながすわれるように地面に袋を敷いてやれ、とクズひろいの子たちに言った。ディディがここにいないのはぼくにもわかるけど、どこにいるかはヴァルンが知っている。石で肌を切られながらゴミ捨て場に長いこと立ってれば、そのうち口からほんとのことが流れだすかもしれない。

チャンドニーのマーとパパがやってきた。みんなはタカみたいに遠巻きにした。

プラダンはもうここにはいない。帰るところは見なかった。今はクオーターが仕切ってる。手下のギャングたちがビニールに入れた料理をブート・バザールから持ってきた。

パリとパリのマーが、ぼくの横に来た。きっと仕事を早じまいして、学校までパリをむかえにいったんだろう。ファイズはいっしょじゃなかった。

「話は聞いた」パリが言った。パリのマーはぐすぐす泣いている。

ぼくは横にずれて、よごれた白い袋にいっしょにすわれるように場所をあけた。パリは肩と肩をくっつけてすわって、自分の手をぼくににぎらせた。

「試験はどうだった？」ぼくは聞いた。

「まあまあ」パリは言った。

ヴァルンはジンだと思うかって質問はしなかった。パリからどんな答えが返ってくるかはわかってる。

飲んだくれラルーが片方の鼻の穴を押さえて、反対から鼻水を発射した。マーはバハードゥルのマーと話をしてる。ふたりとも首をうなだれてて、ほっぺたがぬれていた。警察を乗せたジープが、さらにもう一台やってきた。ヴァルンが地面にたおれた。警官たちは蹴りを入れて立ちあがらせ、口から滝みたいにつばを吐いた。手錠をかけられてるから、ヴァルンはぬぐいたくてもぬぐえない。「やめて、やめて、どうかゆるして、どうか」と奥さんがさけんだ。

マーは立って、ゴミの近くを幽霊みたいにふらふら歩いた。つっかけの左の足の裏には、魚の骨がくっついている。パリのマーも〝ルヌはぜったいにもどってくる〟って言いながら、いっしょに歩いた。だけどパリのマーは、話すあいだじゅう泣いていた。

「泣くのやめてほしいよ」パリは言った。

　空気が冷えてきた。赤い目をこするぼくらを、スモッグがよごれた灰色の舌でなめた。封鎖したむこう側に、警察は何をかくしているんだろう？　死体を見つけた？　ルヌ・ディディはビニール袋に入れられてる？　そんなのは考えられないし、考えたくない。ＪＣＢはうなり声をあげ、プスプス、シューシュー音をたて、ピーピー、チロリンいいながらバックしたりまえに進んだりしている。

「暗くなってきたな、おい《ハーン》」飲んだくれラルーが言った。いつもなら、今夜の分けまえの密造酒を買いに、このくらいの時間に酒屋にいくんだろう。

「帰りたければ帰って」バハードゥルのマーが言った。ぼくが感じてるのとおなじくらい、むかむかした声だった。

　ファイズとワジドにいちゃん《バーイー》がやってきた。何があったかは、バスティの住人やブート・バザールの店の人たちから聞いた、とふたりは言った。

「仕事しないでいいの？」ぼくはファイズに聞いた。昼にバラを売ったあとは、よろず屋《キラナ》で棚出しをしないといけないはずだ。

「今夜はいいんだ」ファイズは言った。袋のぎりぎりのとこにすわったから、尻のほとんどはきたない地面にのってた。ファイズの手はとげで引っかいた切り傷だらけで、大通りの排気ガスを吸ったせいだと思うけど、声ががさがさだった。

「警察署にいかなかったの?」パリがワジド・バーイに聞いた。「タリク・バーイをもう入れておけないはずでしょう。だってあいつが」――パリは封鎖されたほうを身ぶりでさした――「つかまったから。現行犯で」

「時間がかかるんだってよ。けど、タリク・バーイは解放される、まちがいない」ワジド・バーイはふつうの顔をしようとしてるけど、声がうれしそうだった。ごつごつした石が、ぼくののどを落ちていった。

プラダンがゴミ捨て場にもどってきた。警察に話しかけ、そして今から演説をはじめるってことがみんなにわかるように、両手を打ち鳴らした。

「ヴァルンと妻は、これから警察署に移送される」プラダンは言った。「両人とも話すことを拒否しており、警察は今のところ、ゴミのなかからほかに何も発見できずにいる」

「バッテリー照明を持ってきて、夜どおしで作業できませんか?」チャンドニーのパパが聞いた。

「またあしただ」プラダンは言った。「見てのとおり、今日は息子のイシュワルが、みんなのために精力的に働いた。このわたしも、やれるだけのことはやった。たとえばこのまえの儀式《プージャー》はどうだ?　われわれの祈りは徐々に聞き入れられつつある」

「だけど、うちの子は？」カビールとカディファきょうだいのアップーが言った。「妻は出産をひかえてて、こんな緊張がつづくのはたえられない」

「ルヌのことは？」パパが聞いた。

「警察は男と妻を起訴するための手続きをととのえないといけない」プラダンは言った。「手順があるんだ。彼らに仕事をやらせてあげなさい」

「警察がこれまでちゃんと仕事してたら、おれたちは今日ここにいなかった」だれかが言った。

「今は、警察と敵対するのはやめようじゃないか」プラダンは言った。「わたしみずからが警察署に足を運んで、よろずきちんとやっていることを確認しよう」

「あのレスラーはハイファイ・マンションで働いてるって、ダッターラームは言ってたよな。名前はおぼえてる？」ファイズがぼくに聞いた。

「ゴールデンゲートだ」

「きっと、やつはそこにルヌ・ディディを閉じこめてるんだ」

「そんなのボスレディがゆるしっこないよ」ぼくはそう言ったあとで、『ポリス・パトロール』で見た悪いボスレディのことを思いだした。こんな大事なことを忘れてたなんて、ぼくはバカすぎる。なんだって忘れてたんだろう？　頭がいかれてきてるんだ。ひとつのことをはっきりと考えることもできない。

ぼくはパパとマーにハイファイ・マンションのことを伝えた。ファイズが言うには、マンションの部屋は長いあいだからっぽのこともあるらしい。ハイファイの人たちは外国や都会に住んでて、たまにしか来ないからだ。そのとおりだってマーも言った。パパは帰ろうとしてたプラダンとクオーターに、今の話をまるごとくり返した。「そこにいってみるべきだ」パパは言った。

「わたしたちは待ってられません」マーも言った。「娘が今もそこにいるかもしれないのよ」

「あの建物には、大変に特別な人しか住んでない」プラダンがいらついた顔で言った。「このバスティのことなど、知りもしないだろうね。使用人が逮捕されたって、彼らのあずかり知るところじゃない」

「警察にたのんでしらべてもらうことはできるでしょう」パパは言った。

「ゴールデンゲートは、気のむいたときにふらっと立ちよれるお茶屋とはちがうんだ」プラダンは言った。

警察はヴァルンと奥さんをバンのうしろに押しこんだ。みんなはクサレ外道とかクソ野郎だとかののしって、悪口をあびせた。

警察の車とJCBが走り去ると、プレス・ワーラーが言った。「子どもたちのことは、警察はひとつも教えてくれなかった」

「今から警察署にいってこよう」プラダンが言った。「ゴールデンゲートの話を伝えてくる。追って電話する」クオーターが手下のひとりにみんなの携帯番号をメモさせた。それがすむと、クオーターたちは帰っていった。

そろそろ四十八時間がたつのに、ルヌ・ディディがどこにいるのか、まだわからなかった。

炭がオレンジ色にくすぶってるとこ以外は――

――ゴミは今では、ただのガサゴソいう一面の黒い海になった。パリがぼくの手を引っぱった。

「おれたちは、答えがほしい」カビールとカディファきょうだいの父さん《アップー》が言った。「ゴールデンゲートの住人にゲートをあけさせるんだ」

「われわれの根性を見せてやれ」アンチャルのパパが胸をたたいて言った。

「いざ、いこう」飲んだくれラルーも言ったけど、ゴミ捨て場のほうにむかって進んでいった。バハードゥルのマーが走ってってって、ラルーを連れもどした。

ぼくらの長い行列は動きだして、今は自分ちの軒さきに出した寝台《チャールパイ》の玉座で休んでる、ボトルの帝王《バードシャー》のまえを通りすぎた。「気をつけるんだぞ」バードシャーがうしろから声をかけた。

怒りの足取りにさそわれたのか、知らない人たちまでが加わってきた。ぼくもまえはそうだったけど、みんな毎日に変化がなくて、退屈なんだと思う。だから、お茶屋であした話すネタを仕入れるために、ケンカの見物がしたくってしょうがないんだ。

　ゴミ捨て場をすぎると最初のハイファイの建物があって、そこから道はひろくて、なめらかになる。地面はアスファルトで舗装されてて、ニームとアマルタスの木の並木がつづいてる。パリとファイズはずっとぼくのそばにいた。自分の悲しみを見られるのはいやだったけど、いっしょにいてくれるのはうれしかった。

　野良犬の群れがワンワン吠えながら、敵の犬たちを暗い道路のさきへと追いはらった。サモサはだれに対しても、あんなふうに歯をむいてうなったりはしない。

　ゴールデンゲートのほうにむかう、坂になったわき道までやってきた。道には街灯と、ケージに閉じこめられた植木がならんでる。建物は、クリーム色と黄色のごちゃまぜで、金色じゃなかった。ぼくは、マンションの部屋の窓に顔を押しつけてるルヌねえちゃん《ディディ》を想像した。ディディの吐く息で、ガラスがまるく白くなった。

　入り口と出口のゲートの二カ所に、警備員の詰め所があって、パパと居留区《バスティ》の男たちは、そこの警備員たちと話をした。防犯カメラがとがった鼻でぼくらのことをかぎまわっている。ハイファイの人たちは、しゃれた車やジープでゲートの棒をすいすいくぐっていった。ゴールデンゲートの特別なステッカーがフロントガラスに貼ってあるから、なかに住んでる人だってことが警備員にはひと目でわかる。

「ここを通ってバハードゥルとアンチャルとルヌ・ディディをこっそり連れこむなんて、だれだって無理だよ」パリが言った。「さわいだでしょうしさ」

「車があれば、なかにかくせたよ」ファイズが言った。「あいつらはうしろの席までは見てない」――ファイズは警備員のほうをさした――「住んでる人は顔でわかるから、入れてもらえる。だけどさ、ヴァルンが車を持ってるはずないよな」

あるわけない。持ってるのは自転車だけだ。じゃあ、ルヌ・ディディはここにはいないってこと？

パパたちはまだ警備員と話をしてて、みんなの声やいくつもの手が空にあがった。警備員のひとりは〝さわぎ《タマーシャ》がまだつづくなら、警察を呼ぶぞ〟と言っている。

「呼べばいいさ」アンチャルのパパが言った。「そんなの気にすると思うか？」

サイレンの音がして、ぼくらはふり返った。今日だけは警察がそこらじゅうにいる。

人のあいだのすきまから、わき道をコツコツ歩いてくる警官の足がぎりぎり見えた。巡査たちみたいな黒じゃなく、茶色いくつをはいてるから、この人は警部だ。マンションの二階のベランダに出てる男は、携帯でぼくらの動画を撮っていた。

警部は警備員と話をして、それからぼくらのほうをむいて、ヴァルンが働いてたペントハウスの部屋のオーナーとはもう連絡がとれていると言った。「オーナーは今ここにいませんが、われわれがくまなくしらべるので、安心してください」警部は言った。「ただし、ここに住んでいるのはそれなりの人ばかりだということを忘れないように。さわぎは最小限にとどめましょう」

ぼくらはまたしても待つことになった。ペントハウスの部屋というのはいちばん上の階の部屋のことだって、パリがだれかから聞いてきた。

となりではマーが、〝娘をお守りください〟とお祈りしてる。今日一日やってるように、それを九回くり返した。

ぼくは上を見あげた。ルヌ・ディディがいちばん高い部屋のベランダの窓をばっとあけて、そこからとびおりるところを想像した。ぼくたちはいっせいに駆けていって、頭が地面にぶつかるまえにディディをキャッチする。

警察のバンがもう一台やってきた。巡査たちは公園を散歩するみたいに、そのへんをぶらぶら歩いた。

「ヴァルンはどうなったの？　奥さんは？」パリがひとりを呼びとめて聞いた。

「檻のなかだ」相手はこたえた。「ふたりとも二度と空をおがむことはないだろうね」

「こんな空をだれが見たいよ？」仲間が言って笑った。「毒だらけだ。この空気を吸うより、刑務所のなかのほうがいいだろう」

ゴールデンゲートの人だかりが大きくなった。みんな、どこから集まってきたんだろう。うちのバスティからか、ほかからか。

警備員がジープみたいに大きなシルバーの車をなかに通した。車はゲートをはいってすぐのとこでとまった。パリとファイズとぼくは、何がはじまるのか見たくて、人を押しのけて柵まで出ていった。マーとパリのマーとワジドにいちゃん《バーイ》もついてきた。

つやつやの黒髪を肩にたらして、えんぴつみたいに長いかかとのサンダルをはいた、白と金のサルワール・カミーズ姿の女の人が、車から降りてきた。黒いバッグを左手でつかんで、右手には携帯を持っている。その人と話をするために、警部がなかに通された。顔はよく見えない。女の人はバスティのぼくらのほうに手をふって、携帯で電話をかけたり、受けたりをくり返してる。

あたりは暗くなってきた。女の人との話がおわって、警部が外に出てきた。女の人のジープ車は閉ざされたむこうに消えていった。警備員がプラスチックの椅子を持ってくると、警部は演壇に立つみたいに、その上にのった。ぐらつかないように、巡査たちが椅子のひじかけや背もたれを手で支えた。

「みなさんのスラム居住地でおこった悲劇の話を聞いて、マダムはひどく衝撃を受け、悲しんでおられる」警部は言った。「マダムは大変な重要人物で、当市の警察長官の友人でもあられる」のばした親指と人さし指で、上向きにはねあがったこんもりした口ひげの両端にふれた。椅子がぐらついて、巡査たちはさらにしっかり支えた。「そのような立派な市民が一連の失踪と関係があるはずはありません。しかしながら、ご好意により、マダムはわたしを今から部屋に入れてくださる。その部屋というのは、つい最近投資用に買ったものだそうです。不動産をいくつか所有している関係で、ここにはあまり滞在することはありません。マダムのおかした過ちは、現在、警察が確保している犯罪者をやとったことです。じつは、男の家族は三世代にわたりマダムの一家に仕えていました。同郷ということだそうです。部屋を管理する者をさがしていたとき、人から男をすすめられました。男をやとったことだけがマダムの過ちであり、マダムはそのことを大変くやんでおられる。マダムは寛大にも、今から令状なしにわたしを家に入れてくださいます。警察がすべて徹底的にしらべます。みなさんもご協力ください。何かが見つかったら、すぐにお知らせします」

長すぎるスピーチにみんながそわそわしてきた。ささやきあう声が人々のなかをガサガサひろがって、うずを巻きながら重さを身につけていって、さけび声になった。

「だめだ」だれかがこぶしをあげて言った。

「あのモンスターが娘を閉じこめてないか、自分の目で見ないではおさまらない」パパが言った。パパは入り口のゲートの警備員詰め所のとこにいた。

アンチャルのパパと、プレス屋《ワーラー》と、飲んだくれラルーと、カビールとカディファきょうだいのアップーも、そうだそうだと言って、パパとおなじくらいの大声をあげて、自分たちもなかに入れてくれとたのんだ。椅子からおりる警部に、巡査たちが手を貸した。警部は携帯で電話をかけた。その後、マダムは寛大で親切な女性ではあるけれど、五から十カロール（一千万の単位）する部屋を下層の人に荒らされるのは望まない、とみんなに伝えた。

「仕事はわれわれにまかせて。ともかく、ここで待っててください」

「十カロールって、ゼロがいくつ？」警部と巡査たちがゲートをはいっていくのを見ながら、ファイズがパリに聞いた。

「八つ」パリは言った。指でかぞえる必要もないらしい。

手のひらの切り傷がずきずきした。涙がこぼれてきて、ぼくはみんなからはなれた場所にいった。ひとりぼっちでさびしかった。バハードゥルの弟と妹にしたって、おたがいがいる。

「予想のとおり、マダムの家はからっぽでした」警部は出てくると言った。

「うちのルヌはどこ？」マーがさけんだ。

「チャンドニーはどこ？」チャンドニーのマーも言った。

ほかの人たちも、今の言葉やぼくらの言葉をひろって、警部に投げつけた。「チャンドニーとルヌ、アンチャルとオムヴィル、バハードゥルとカビールとカディファ、みんなはどこだ、みんなはどこだ？」

「ここにはいない」警部は言った。「今すぐに解散してください。そうでないと、きびしい措置をとらざるをえなくなる」

「警察は、わたしらのために何もしてくれてない」オムヴィルのプレス・ワーラーのパパがさけんだ。「何もだ。子どもたちをぜんぜんさがそうとしない」

「訴えをちゃんと聞いてさえくれてれば、こういうことにはならなかった」アンチャルのパパも言った。

「聞いてさえくれてれば」飲んだくれラルーがくり返した。

何かがこわれる音がした。石で警察のジープのヘッドライトが割られた音だ。だれが投げたんだろう？　宙をジグザグに進んでいく枝が見えて、目で追ってくと、その枝が警部の頭からカーキのぼうしをはたき落とした。警察と警備員、それにマンションのベランダめがけて、みんなは、なんでもかんでもあるものを投げつけた。

石のひとつが警備員のおでこにあたって、水道を全開にしたみたいに血が流れだした。

べつの警備員が、ほっぺたを大きくふくらませて、首からさげたホイッスルを吹いた。押しあいへしあい、ひじてつ、もみあいで大変なことになった。パリとぼくとファイズは小麦の生地みたいに押しつぶされた。マーの手は、ぼくの手をしっかりにぎっている。パパはどこにいるのか見えなかった。

みんなは植木をかこったケージを足でこわして、枝を折って、それを槍みたいにふって、警備員のところにせまった。警官は警棒をふりまわした。ぼくらは押しのけて進んだ。人数が人数だから、相手もとめようがない。ぼくらは柵をのりこえて、警備員の詰め所にはいって、両方のゲートをあけた。マー、パリのマー、パリ、ファイズ、ワジド・バーイ、ぼくのみんなで、そこからなかに駆けこんだ。自分たちが今から何をしようとしてるのか、よくわからないままに。

「ルヌはここにいるはずよ」マーが言った。

「この塔をひっくり返してやれ」だれかがさけんだ。

サイレン、悲鳴、警棒が肉をたたく音、手を打ち鳴らす音がする。それに、血の出た頭や腕や足に、マフラーやモンキーキャップやマスクがわりの布を押しあてて泣く人たちの声。大勢のハイファイの人たちがベランダをちょこちょこ動きまわりながら、ぼくらのようすを携帯で撮っている。ゴールデンゲートのロビーにはいるガラスとびらのむこうには、この建物で働いてるらしいバスティの女たちがひとつに固まっているのが見えた。

天井からは金色のライトがぶらさがってて、金と白のファンが両側でふたつずつまわってる。床は白くて、鏡みたいにぴかぴかだ。すみにおかれた白い鉢からは、背の高い植木がしゅっとのびてて、その葉は見たことがないほどきれいな緑色をしていた。パパとマーのじいちゃん、ばあちゃんの村でだって、あんな葉をつけた木は見たことがない。

「ギータ、それにラーダー」マーがさけんだ。

「ミーラー」チャンドニーのマーも声をふりしぼった。

ゴールデンゲートで働くバスティの女たちが、よごれひとつついてないガラスとびらを押しひらいた。そして、いっせいに、いろんなことをしゃべりだした。

「この何カ月か、最上階の部屋で何か妙なことがつづいてた」

「あのマダムが部屋を買ってからよ。六、七カ月になるかしら」

「最上階には夜おそくにも配達がとどくって、警備員が言ってた。真夜中をすぎてからも」

「ヴァルンが言うには、新しい家具だって。家主が棚やキッチンのカウンターをとりつけるんだって。ほんとかなんて、だれもわざわざしらべたりしないわ」

「警備員は年じゅうマダムのことをうわさしてた。毎晩、べつの男を家にあげるって。だけど、たしかめるのはむずかしいでしょうね。顔を見ることはできないし、防犯カメラにも映らない。マダムがSUVでゲートの遮断機をくぐるときには、男たちは後部座席にすわってるから」

うしろでだれかがおいおい泣きだした。バハードゥルのマーだ。

「子どもたちがなかにいないか、自分たちでたしかめよう」だれかが言った。

みんなが建物になだれこんだ。パリとファイズとぼくは、大人よりもすばしこい。三人でエレベーターに乗りこんだ。マーやパパやワジド・バーイとははぐれたけど、うちのバスティの何人かもいっしょに乗ったから、かまわない。ファイズがいちばん上のボタンを押した。四十一階だ。エレベーターはロケットみたいなスピードで、シュッと上にあがっていった。頭がくらくらした。ぴかぴかのステンレスの壁によりかかった。ぼくはサモサみたいに金属のにおいをかいだ。ぼくの鼻はディディの手がかりをさがそうとした。

エレベーターがついたのは床が大理石の四角い部屋で、そこにはまっ黒いつやつやのドアがひとつあった。横のベルを押して、みんなでノックして足が痛くなるまで蹴りつづけると、携帯電話を耳に押しつけたボスレディがドアをあけた。ぼくらはそこをすり抜けた。とめるのは無理だ。うしろにいたバスティのほかの人たちが、ボスレディをとりかこんで壁に追いつめたからだ。

あるおばさんがボスレディから電話をうばって、おじさんにわたした。おじさんはにやりと笑ってジーンズのポケットにしまった。電話は鳴りつづけたままだった。

部屋には、床から天井までの大きな窓がならんでいた。ここからだと何もかもが小さく見える。モール、道路、車の白と赤のライト、それにうちのバスティもかもしれないけど、どこがうちのバスティなのか、よくわからない。人間は見えない。橋の上をせっせと走るパープル線の電車は、まるでおもちゃの橋を進むおもちゃの電車だった。

パリがぼくの手をつかんだ。「ぼさっと立ってないで。集中して」

あたりを見まわした。ぜんぶきっちり完ぺきにととのえてあった。クッションは、クリーム色のソファーの上で背すじをピンとのばしてすわっている。天井にうめこまれたライトは、小さな太陽がたくさんあるみたいに光ってて、じっと見られないくらい明るかった。黒い花びんのなかでは、いいにおいのする新鮮な黄色いバラが、ぎゅっと身をよせあっている。壁につくられた木の棚には、鳥や動物や神さまの金属の像がおとなしくすわっていて、床に敷いたじゅうたんは、雲みたいにふかふかだ。

「警察に全員まとめてぶちこまれるわよ」ボスレディがおどし文句を言った。ぼくはようやく、自分がなんでここにいるのか思いだした。すっかり忘れてた。ふしぎだけど、バスティのほかの人たちも似たりよったりだった。みんな、ぽかんと口をひらいたままだ。ぼくらの家を二十軒足したより大きなこの部屋では、みんなの足と手はのろのろとしか動かない。ハイファイ・マンションは、ぼくらに悪い魔法をかけようとしている。だから考えるのがとまってしまうんだ。もしかしたら、子どもたちをつかまえたのもこの方法だったのかもしれない。

「ルヌ・ディディ？」ぼくは言った。それからもっと大きな声でさけんだ。「ルヌ・ディディ？　ルヌ・ディディ？」

ぼくらの手のあとや、指紋や足あとで、ここにある証拠がめちゃめちゃになるだろうけど、しょうがない。ぜんぶの部屋をもう見てきたっていう男の人が、「子どもはここにはいないぞ」ってさけんだ。あの人は、悪い魔法から身を守る呪文《じゅもん》を知ってるにちがいない。

ボスレディは〝セキュリティ、セキュリティ、だれか？　だれかいないの？〟とさけんだ。それから言った。「わたしはあんたたちの長《プラダン》を知ってるのよ。今夜、帰ったときには、家はないと思いなさい。悪臭のするあんたたちのスラムを、まるごとつぶしてやるから」

「わたしはキッチンをしらべてみる」パリが言った。その場所はここからも見えた。「ファイズは寝室をチェックして。ジャイはとにかくそれ以外の部屋をしらべて」この家には部屋がいくつもあって、それがなんのための部屋なのか、ぼくらには想像もつかなかった。

細い廊下を抜けてって〝それ以外の部屋〟に駆けこむと、そこは寝室で、五人が寝られるような大きなベッドと、壁のぜんぶを使った、四つのとびらのついた木の戸棚があった。ぼくはベッドの下をしらべた。上に敷いてある白いシーツは、ぱりっとしている。ピーコックブルーの枕は、新しいにおいがした。戸棚のとびらをあけた。きっちりたたまれたサリー、サルワール・カミーズ、シーツ、男物のシャツとズボンが、それぞれの棚にしまってあった。

寝室のベランダに出た。青い鉢の植木がいくつかと、低いテーブルと、その両側に椅子ふたつがあるだけだった。ここは風の音がうるさくて、凍えるほど寒かった。ぼくは耳が痛くなった。ふるえながらスモッグのさきをのぞきこんで、〝ルヌ・ディディ、ルヌ・ディディ〟ってさけんだけど、何度名前を呼んでも返事はなくて、とうとうぼくは部屋のなかにもどった。

ひとつのドアをあけてみると、そこは秘密のバスルームだった。洗面台ふたつとバスタブがあって、シャワーもついてる。タイルの床はぴっかぴかで、乾いていた。だれも使ったことがないみたいに見えた。

もうもどろうと思ってふりむくと、バスティの男ふたりが部屋にどかどかはいってきた。

「見ろよ、このファン。見ろよ、この壁かけエアコン。見ろよ、このシーツ――シルクか？　このベッドはいくらすると思う？　一ラーク（十万の単位）？　三ラーク？」男たちは言いあった。それからベッドにとびのって、〝あれまあ《アレー・ヴァー》、しかも、こんなにふかふかじゃないか〟と言った。

　ぼくとファイズを呼ぶパリの声がした。まさかボスレディにつかまったとか？　ぼくは部屋をとびだして、バスティのおじさんとおばさんたちで渋滞になってる廊下を抜けて、ぜんぶがブルーグレーに塗られたキッチンにはいった。そこにいた人たちは食器棚をあけて、スプーンからマサラから、さらに角砂糖や塩の容器までを、自分のふところに入れていた。ひとりのおじさんは酒《ダールー》のびんをズボンの腰につっこもうとしている。

　パリは流しのところで床にひざをついて、バケツをのぞきこんでいた。ファイズも横にいる。

「どうした？」ファイズが聞いた。「気持ち悪いの？」

　パリはバケツの中身をぼくらに見せた。ブラシ、プラスチックのボトルにはいった泡立つせっけん水、スポンジ、ぞうきん。そうしたぜんぶの下には、読みにくいラベルのついた、こげ茶のガラスのびんが三本あった。ものすごい時間をかけてやっと、ひとつにクロロホルムLRって書いてあるのが読めた。小さめの二本のラベルには、ミダゾラム注射BPと、メゾラム10㎎って書いてある。意味はぼくにはさっぱりだ。

「どうして、こんなものがここに?」パリが言った。

「なんなんだよ、これは?」ファイズが聞いた。

「校長先生が、注射と眠くなる薬の話をしたのを、おぼえてない?」パリは言った。「もしかしたら、その日は学校に来てなかったのかもね」

「ファイズはいたよ」ぼくは言った。「タリク・バーイがつかまるまえだもん」

「クロロホルムは人を眠らせるの」パリが言った。「永遠にってことだってある」

「びんをさわるなよ」ぼくは言った。「指紋。証拠」

「つまり」ファイズが言った。「ボスレディは子どもさらいってこと? ヴァルンといっしょに誘拐の仕事をしてた? ここを基地にして?」

「だけど」パリが言う。「あの人はプラダンとも警察長官とも友だちなわけでしょう。だからつまり……つまり、どういうこと? 悪いことをしてるのを知ってたのに、まわりは何もしなかったってこと?」

「ルヌ・ディディのことは、どこにやったんだ?」ぼくは言った。

「ぜったい見つかる」パリが言った。「ここまで来たら、ボスレディも警察にほんとのことをしゃべらないわけにはいかないから」

「これを動画に撮っといて」引きだしのナイフを光にかざしてるおじさんに、ファイズが声をかけた。どの一本をこっそり持ちだそうか、考えてたのかもしれない。「ほら、このびん。眠り薬だよ。きっとヴァルンが、子どもを誘拐してボスレディのとこに連れてくときに使ったんだ」

おじさんはナイフをおいて、言われたとおりにした。警察の巡査たちがキッチンに駆けこんできて、警棒をふりあげてハアハアいいながら〝出るんだ、猿ども、出てけ〟とさけんだ。

「みなさんの長官と大の仲よしの、この部屋のマダムが犯人だって証拠を、わたしたちは見つけました。あの人は、子どもさらいです」パリが警察に言った。

「このぜんぶを動画に撮ったよ」ファイズが言った。「それを千人の人に送信した。もう取り消せないからね」

警官たちは警棒をおろした。キッチンにいるみんなに出ていくように言った。動画を撮ったおじさんは残った。

「ラベルを見てみて」パリが警察に言った。「ほら、この薬は人を眠らせる薬ですよね。あの女の人は、なんでこんなものを家においてるんですか？　法律違反でしょう。逮捕しないと」

何かがブーンと鳴ってる以外、キッチンは静まり返った。たぶん、冷蔵庫か明かりの音だ。警察のひとりがバケツにふれようとしたけど、パリがとめた。「手袋は？」

「あのヴァルンのやつが、びんをここにかくしたんだろう。流しの下のゴミなんか気にするボスレディがいると思うか？」ある巡査が言った。

ぼくのなかでさけび声が大きくなって、自分が天井まで爆発しそうだった。ぼくは立って、オレンジを入れた黒いボウルをおいてあるカウンターに手をのばした。パリが警察と話しているあいだに、そのボウルをぎりぎりのところまですべらせた。そして、落っことした。ボウルはこなごなに割れた。オレンジは床じゅうを転がっていって、みんなの足のところでとまった。

パパとマーと、パリのマーと、ワジド・バーイがキッチンにはいってきた。

「パリ」パリのマーが泣きながら言った。「いなくなったかと思ったじゃないの」

「ルヌ・ディディはここにはいない」ぼくはマーとパパに言った。

リビングルームでは、自分といっしょに警察署にいくのがあなたにとっていちばんだと、警部がボスレディに話していた。「ここにいては、警察は身の安全を保証できません」それからぼくらにむかって、出ていきなさい、さもないと逮捕する、と命令した。「見てのとおり、ここに子どもたちはいない。あの卑劣な男がやったことに対し、マダムは責任を負う立場にはありません。しかし、いずれにせよわれわれは、話を聞くためにマダムを連れていきます」

パパとワジド・バーイが両手を大きくひろげて、ぼくらを人ごみから外に連れだした。エレベーターで下までおりて、ガラスの飛びちった玄関を出て、ゲートを抜けて折れた棒の外に出た。警察のバンのうしろには、道路の片側に、何台ものテレビのバンがとまってた。明かりのついた街灯の下には、マイクを持った女のレポーターもいた。もう少し左にずれるようにってカメラマンに言われている。

「ニュースになるんだわ」パリのマーがおどろいた声で言った。「こうなったら、警察も動かないではいられないでしょう」

「もうおそいよ」ぼくは考えもなしに口にしたけど、言ってから、ほんとにそうだって気づいた。

冬のあいだじゅうスモッグが——


——うちの居住区《バスティ》から色をうばっていって、今では何もかもが白っぽい灰色になって、ニュースの女の人にマイクをつきつけられてるマーとパパの顔までがおなじ色だった。ぼくはシャンティおばさんの家のドアのまえにいて、おばさんのうしろに半分かくれてた。

ボスレディのゴールデンゲートの部屋から眠り薬のびんが見つかって、三日がたった。うちのバスティはいい意味と悪い意味の両方で、有名になった。ブート・バザールには一時間おきにテレビのバンが新しくやってくる。ルヌねえちゃんとほんの少ししか年のちがわないようなレポーターたちが、カメラの人を連れて駆けずりまわって、話をしてくれそうな人全員に声をかけている。

マーとパパに今インタビューしてる女の記者は、子どもが行方不明になった親たちを取材してるらしい。ぼくらにはそう説明した。パパは、警察に見せたあのルヌ・ディディ《デイデイ》の写真を手に持ってる。マーは、サリーのパルーを口にあてている。

「なんとしても、娘には帰ってきてもらいたい」パパはディディの写真をカメラに近づけた。ふだんうるさすぎる声は、今はとても小さくて、マイクがひろえないほどだった。

記者は髪をうしろにはらった。「大きな声で」そう口の動きで伝えた。

「うちの娘を、どうか返してください」パパは言った。それからパパとマーは、じっとだまってカメラを見つめた。記者はカメラの人にむかって、手でのどをかき切るジェスチャーをした。

シャンティおばさんが、記者を自分のほうに呼んだ。「わたしたちの訴えをずっと無視してた理由を、警察から聞いたの？　警察は二カ月以上ものあいだ、ただのひとりの子の行方も追わなかった。その理由を聞いた？」

カメラはシャンティおばさんにズームした。

「警察は部屋の持ち主を釈放するの？　金持ちだから？」おばさんはしつこく問いかけた。

「子どもたちをどこにかくしたの？」

「撮った？」記者が聞くと、カメラの人はうなずいた。記者はおばさんに背中をむけて、カメラに話しかけた。「この荒れたスラムに住む人たちは、警察の怠慢を非難しています。ゴールデンゲートの七カロールするペントハウスの部屋の所有者、ミス・ヤミニ・メーラにつきましては、その役割に疑惑の目がむけられています。ミス・メーラ本人は、使用人ヴァルン・クマルが部屋でおこなっていた悪事には気づいていなかったと主張しています。いっぽう、ヴァルン・クマルの動機については、さまざまなうわさが野火のようにひろがっています。子どもの人身売買の組織や、腎臓売買ビジネスと関係があったのでしょうか？　誘拐した子どもたちをどうしたのでしょうか？　そして、なぜ犠牲者の記念品を集めていたのでしょうか？　それは連続殺人犯に見られる行動だと警察は言います」

マーが地面にくずれ落ちた。カメラの人は、九時のニュース用にマーのなげきを撮影しようとして、かがみこんだ。シャンティおばさんがパパよりさきに駆けよって、マーの背中に手をあてた。

「自分がはずかしくないの？」シャンティおばさんはカメラの人にさけんだ。「わたしたちに泣いて、髪をむしって、胸をたたいてほしいんでしょ。あなたはそれで何を得るの？　出世？　今度のディーワーリーでボーナスをはずんでもらえる？」

カメラの人は立ちあがった。

「べつの家にいきましょう」記者が声をかけた。

「そうよ、いきなさい。あなたたちには、いとも簡単なことでしょうよ」おばさんは言った。「わたしたちは、ここにいないといけない。今日も、あしたも、そのつぎの日も。ただのニュースのネタとしてあなたが話題にしているのは、わたしたちの人生なの。最低限、それは理解してるんでしょうね？」

ルヌ・ディディの友だちが、ぼくらに会いにきた。友だちがここにいてディディがいないのは、なんだか変だった。マーはベッドに腰かけるようにすすめて、ぼくらは家のすみに小さくなってすわった。ディディの友だちはなんて言っていいかわからなかった。ぼくらは何を話したらいいかわからなかった。マーの目ざまし時計がおずおず動いて、ゆっくり進む長針と短針のあいだの時間をいびつにした。朝と夜、きのうとあした、先週と来週が、いっぺんに来たみたいだった。

ヴァルン・クマルが学校のそばをうろついてるのを見たことはないかと、パパはディディの友だちに聞いた。友だちは、見たことないとこたえた。ぼくは何回かあいつに会って、話もしたけど、誘拐した犯人だとは思いもしなかった。

ディディのコーチは、ミタリとタラと、ハリニとジャーンヴィといっしょにやってきた。

「ルヌはとびきりの選手だった」コーチはディディがもう生きてないみたいに言った。「これまでの人生で指導したなかで、だれよりも速かった」

「ほんとのことです」タラが言った。「わたしたちのチームは、ルヌ抜きではもう勝つのはむずかしいと思います」

じいちゃん、ばあちゃんが、マーの携帯に電話してきた。「そっちは安全じゃないと言ったじゃないの」ばあちゃんは言った。「子どもたちをこっちへよこして、わたしたちと住まわせなさいと言ったじゃないの」

マーは電話を切った。

パリとファイズは、ワジドにいちゃん《バーイ》といっしょに来た。母さん《アンミ》がやとった弁護士は、タリク・バーイがもうすぐ帰れるって自信を持ってるらしい。「なんだって必ずうまくいくんだ」ワジド・バーイは言った。

「いつ学校にもどるつもり？」パリがぼくに聞いた。「試験のあとがいちばんいいと思う。そのころまた来ると思うって、キルパル先生には言っておいたよ」

「パリのマーは、よそのバスティに移ろうかって話をしてる」ファイズが言った。

「だまってよ」パリが言った。「ファイズのアンミこそ、引っこしの計画をたててるじゃないの」

「引っこすって、どこに？」ぼくは聞いた。

「アンミは、おれたちみたいなのがもっと大勢いる場所に移ったほうがいいって考えてるんだ」ファイズは傷をかいた。「もっとムスリムがいるとこだよ。そしたら、ここみたいに、ヒンドゥー協会《サマージ》に年じゅうおどされないですむ」

うちから人がいなくなって、外が暗くなると、マーはシャンティおばさんのだんなさんがつくってくれたロティとじゃがいもを、パパとぼくに出した。みんな、食べるふりだけして、皿のこっちからあっちに料理を動かした。ぼくはおなかのすきを感じなくなってたけど、ここ何日かみたいに夜に腹痛《はらいた》をおこすといやだから、ロティを少しだけ口に入れた。

シャンティおばさんがうちの玄関に走ってきて、パパにテレビのニュースをつけるように言った。それから、おそろしいことを待つみたいに、マーの肩に腕をまわした。おでこを出して髪を引っつめた、黒いジャケットのアナウンサーが、〝スラムドッグ誘拐事件〟のおぞましい詳細がこのほど明らかになった、と言った。

「ヴァルン・クマルは、薬物入りのお菓子でだましたり、管理人をしていたマンションの一室でさきにびんが押収された鎮静剤を注射するなどして、被害者を意識不明におちいらせたと証言しました。妻は同室の清掃をし、ときおり料理人としても働いており、共犯関係にあったと考えられています。さらなる衝撃の事実ですが、警察すじによると、ヴァルン・クマルは誘拐した子どもたちを殺害し、ばらばらにしたと自白したとのことです。小さくしてビニール袋に入れた遺体は、自転車にくりつけて運び、ゴミ捨て場に遺棄またはモールやパープル線駅周辺のどぶ川に流されました。誘拐は本人が住んでいたスラム地区内にかぎられず、クマルはストリートチルドレンにもねらいをつけていたと見られています。行方不明者の正確な数は、今もって不明です。七人なのか、七十人なのか、まったくわかっていません。警察は、クマルが集めた記念品が被害者の特定につながることを期待しています」

警察の人の顔が、でかでかとテレビに映った。警察長官のつぎにえらい人かもしれない。口のところには、いくつものマイクが見えない手で持ちあげられてる。

「われわれは子どもたちの遺体の回収をめざし、範囲を拡大して捜査にのりだしました」

ぼくにはわからない。テレビはルヌ・ディディとバハードゥルの話をしてるの？

またアナウンサーがもどった。「地元警察に対して過失の訴えがあったことから、事件は中央捜査局《CBI》に移される見込みで、CBIは、ヴァルン・クマルが児童ポルノや腎臓売買といった、人身売買のより大きな組織にかかわっていた可能性についても、捜査を進める方針です」

マーがパパの手からリモコンをうばった。

「八カロールの豪華ペントハウスが、こうした残忍な殺人の現場になったと考えられています。部屋の所有者、ヤミニ・メーラは、パーティで政治家や警察上層部といるところを目にされることも多い社交家で」――テレビ画面にはボスレディが政治家や、警察長官とか警察次官《DCP》とか警察副次官《ACP》とかの制服の警察の人とならんでる写真が映しだされた——

「事件における役割は、まだ明らかになっていません」

「わたしの子は死んでないわ」マーが言った。

「もちろんよ」シャンティおばさんが言った。

マーはテレビのスイッチを切って、リモコンを壁に投げつけた。


つぎの日、重機《JCB》がまたゴミ捨て場にもどってきた。さがしてるのは〝遺体〟だ。警察はヴァルンがさらった子どもを殺したって考えてるけど、なんでかはわからない。ヴァルンがそう言ったとしても、きっと嘘だ。ヴァルンは子どもを切りきざんだり食べたりするジンじゃない。ほんとのジンなら、牢屋なんかにいないで、どっかに姿を消したはずだ。

パパとぼくは、じっと機械を見ていた。マーは、仕事にいけってパパに説得された。ゴミ捨て場のビニール袋の口があけられるのをぜんぶ見てたら、いつか心臓発作をおこすだろうからって。「おれたちの娘は、ここにはいない」パパはマーにきっぱり言った。三十分たつごとに、パパから電話をしたり、マーからかかってきたりした。「何も出てきてない」パパはそのたびに言った。「言ったとおりだ。ルヌは、ここにはいない」

警察は、ゴミ捨て場のJCBが掘り返してるあたりを封鎖した。クズひろいの子どもも、おしっこ《ナンバー1》やうんち《ナンバー2》をしたい人たちも、だれもなかに入れてもらえなかった。

「ゴミんなかに死体があったとすりゃ、おれんとこの子がもう見つけてただろうよ」ボトルの帝王《バードシャー》は聞く耳のあるみんなに言った。

アンチャルのパパは、警察にいやみを言うためにやってきた。「うちの娘は男と駆け落ちしたと言ったな、おい《ハーン》。それがどういうことになった。おまえらは満足か」

「たたき屋ババは、娘さんをとりもどしてくれなかったね」ぼくは言った。「それを信じてたけど」アンチャルのパパの怒りにさらに火がつこうが、ぼくにはどうでもよかった。

「あのインチキ導師《ババ》は、二度とうちのバスティに入れてやるものか」アンチャルのパパは言った。「あんなやつの話も、長《プラダン》の話も、聞くんじゃなかった」

パパははじめて見る顔の警察の人に、テレビの言ってる話がほんとうなのか聞いた。

「どぶにかくしたってことだが、それなら、においでまわりが気づいただろうに」

警官は、いちばん上の階に4Dの映画館のあるショッピングモールの裏で、袋がすでにひとつ見つかったけど、中身がだれの〝遺体〟かは、まだわからない、とこたえた。ヴァルン・クマルが警察に話したとおりの場所からビニール袋が見つかったってことは、ヴァルンはほんとのことを話してるってことだ。

「それに、おれたちの身近にあるどぶは、どんなだ?」警官は言った。「どこもかしこも、死の悪臭をはなっている。きれいなどぶを、だれか見たことがあるか？　雨がざっと降っただけで、道路にまで水があふれてくるじゃないか」

「ヴァルンみたいなやつが、なんだって誘拐をみとめるんだ」パパは聞いた。

「捜査官はきっと、自白薬を使ったんだな」警官は言った。「注射一本で、何時間も嘘がつけなくなる。注射二本で、子どもをうめた場所ぜんぶを白状するまで、口を閉じていられなくなる」

そういう注射のことならニュースか、もしかしたら『実録犯罪』で見たけど、ほんとうにあるんだとは思わなかった。

「ところで」今度はアンチャルのパパが聞いた。「あのメーラって女が不審な男を夜おそくに家にあげてたって話は、ほんとなのか？　マンションには八十戸の部屋があるらしいじゃないか。その八十戸の住人は、だれも何も見聞きしてないのか？」

「全住人から話を聞いて、何を見て何を見なかったか確認するには、時間がかかる」警官は言った。「住人だけじゃなく、メイドも庭師も、清掃人も警備員もいる。心配いらない、警察はできるかぎりのことをしてる。携帯電話の記録をチェックして、マダムと使用人がどこにかけていたかも、今しらべてるところだ」

「だけど、メーラの男友だちについてテレビが言っていたことは、どうなんだ？　その連中は、子どもから腎臓をとりだすために連れてこられた外科医って話だが、まさかそんなことはありえないだろう」アンチャルのパパがしつこく聞いた。

「さあ、どうだか」警官は言った。「金持ちはなんだって金で買えると思ってる。警察のことさえね」

「おれに言わせれば」アンチャルのパパが言った。「あんたらみたいな警官が、メイドや大工や配管工のことはうたがってかかるくせに、相手がハイファイのマダムやサーとなると、ははあと頭をたれて、あわてて道をあけるのが悪い」

警官は笑ったけど、にがい顔の笑いだった。

「捜査犬を連れてきたら、いなくなった子たちをもっと早く見つけられるのに」ぼくは言った。

警官は、ぼくらの相手はもうじゅうぶんだっていう感じに、頭をふって歩きだした。だけどそこで立ちどまった。「上はむずかしい事件だとは考えてない。逮捕した連中を罪に問う証拠は、じゅうぶんにそろってる。それに、こんなゴミの山のなかじゃ、犬はなんのにおいも追跡できないさ」

学校の制服の切れはしと、ずたずたに切られた子どものくつ以外、ゴミのなかからめぼしいものは出てこなかった。行方不明の子のかもしれないから、警察は検査のためにぜんぶ保存した。サモサはゴミ捨て場に何がうめられてるかわかってて、ぼくをここに連れてきたのかもしれない。警察の捜査犬にできないことが、サモサにはできるのかもしれない。夕方、ＪＣＢが静かになると、パパはぼくを家に連れて帰って、シャンティおばさんにぼくを見ててくれとたのんだ。すぐにもどってくるから、って。

おばさんはどこにもいかせないっていう感じに、ぼくの横にすわった。だけど、いくったって、どこに？　ぼくは探偵じゃない。探偵だったら、だれにもルヌ・ディディをさらわせなかった。

「ディディは無事よ。わたしにはわかる。感じるの」とおばさんはぼくに言った。

ぼくは何もわからない。何も感じない。今もまさにそうだけど、ときどき、ぼくのなかのぜんぶの感覚がぼんやりしてくる。脳のなかまでぜんぶ。

マーは早めに帰ってきた。シャンティおばさんがパパの行き先はわからないと言うと、マーは「電話があった」とこたえた。マーはブート・バザールで新鮮な野菜とたまごを買ってきた。練習をはじめたばかりのころは、ルヌ・ディディはいつもマーにたまごをたのんだのに、マーは、うちはアンバーニー一族みたいな百万長者《カロールパティ》じゃないから、何でも好きなものを食べられるわけじゃないって言った。今はディディはここにいないのに、たまごがある。なんだか腹が立ったけど、ぼくは何も言わなかった。

マーはぼくにはテレビを見せてくれなくて、テレビがないと家の静けさがうるさすぎた。ぼくは教科書のページをガサガサやって、なんでパリとファイズはぼくに会いにこなかったんだろうって考えた。大人といっしょじゃないとバスティを歩いちゃだめだって、パリはマーに言われてる。今日は、大人を見つけられなかったのかもしれない。ファイズはきっとまだ働いてるんだ。マーの包丁がザクザク音をたてた。油がジュージューいって、クミンの種がパチパチはねて、玉ねぎが茶色になった。うちのなかは、ルヌ・ディディが料理したときみたいなにおいがした。

ぼくは教科書は読まないで、ベッドでうつぶせになった。飲んだくれラルーのにおいがして、顔をあげた。パパだった。ベッドによろよろ近づいてきて、ぼくの手の上にすわりそうになった。ぼくはぎりぎりで手を引っこめた。パパは横になりたいからどいてくれと言った。

「見て、ルヌの好物をぜんぶつくったの」マーが言った。マーはパパが酔っぱらってることにも気づいてない。「アンダー・ブルジに、ベイガン・バルタに、ロティ」

マーは腰をあげて、まるで今にもルヌ・ディディが走って路地にやってくるのを期待するみたいに、玄関のところに立った。ぼくはマーといっしょに待った。

パパは眠りこんだ。料理はそのまま冷たくなった。

ルヌねえちゃん《ディディ》がいなくなって――

――今日でまる一カ月だ。ぼくらの家のなかでは、今もディディの服が、あちこちの腰かけの上でディディの帰りを待っている。夜寝るときは、ぼくはディディの枕をどけるし、マットのディディ側に寝返りを打つこともぜったいにしない。だけどぼくらの家の外では、世界は変わってきていた。ファティマねえさん《ベン》やほかのムスリムたちは、ムスリムしか住んでない、川のむこうのべつの居留区《バスティ》に引っこしていった。ヒンドゥー教徒がときどきリトル《チョータ》・パキスタンと呼ぶ場所だ。

ファイズ一家も、そっちに移ることになっている。今日はうちのバスティでの最後の日だ。パリとぼくは今、ワジドにいちゃん《バーイ》とファイズの荷づくりを手伝ってるところだった。学校がおわって、まっすぐここに来た。ファイズの母さん《アンミ》と姉さんは、家のだいたいの荷物といっしょに、もうチョータ・パキスタンにいる。タリク・バーイはまだ牢屋だから、引っこしの手伝いはできない。もうじき、もしかしたら今週にも出られるはずだけど、だれもはっきりとはわからない。警察は何をするにも、はてしなく時間をかける。

荷づくりがおわると、物も人もぜんぶなくなって、ファイズの家はひろく見えた。クモのいなくなったクモの巣と、食器棚の裏で積もりっぱなしだったほこりのにおいがした。パリとぼくは、最後の荷物をビニール袋に入れて外に運んだ。ワジド・バーイが手配した自転車リキシャがやってくるのを、みんなで待った。

近所のおじさん、おばさんや、子どもたちの何人かが、ファイズとワジド・バーイの見送りに路地に出てきた。ぼくはセーターを脱いで、腰に巻いた。ルヌ・ディディがもしも今日帰ってきたら、スモッグがほとんど晴れてるのを見て、ものすごくびっくりするだろう。気温もずいぶんあがった。二月にしては暑すぎる。

ときどきぼくは、ディディがいなくなったことを忘れる。警察は、行方不明の子たちはたぶんみんな死んでるって言うけど、マーはディディはあした、いや、あしたにはもどってくると言う。何日もそう言いつづけてる。ぼくは信じてない。

「無理やりもらっちゃったお金を、けっきょく返せなかった」パリがファイズに言った。ファイズとはもう二度と会うことない、って言ってるみたいに聞こえた。

「医者になったら、ただで治してくれよ」ファイズは言った。大通りでバラを売ってるせいで、顔も手も、それに白い傷あとまでも黒くなった。「でっかい車を乗りまわしてて、交差点でおれを見かけたときには、スピードを落として、花をぜんぶ買ってってくれよな。そしたら、その日は楽してぶらぶらできる」

「一生、バラ売りでいようなんて、本気で考えてるわけじゃないでしょうね」パリは言った。「新しいバスティの近くの学校に通わないとだめだよ」

　胸のなかで百匹のチョウがばたつく感じがした。一生って、なんだろう？　まだ子どものうちに死んじゃったら、人生は一なのか、半分なのか、ゼロなのか？

「もう《チー》、何やってるのよ」ハグしてきたファイズに鼻水をたらされて、パリはファイズを押しのけた。

　ぼくもファイズとハグした。ファイズはそれから近所の人にほんじゃ《オーケー》バイバイ《・タタ》さような《・バー》ら《イ》を言いに、路地の反対にいった。

「ふたりとお別れで、ファイズはすごくしょげてる」ワジド・バーイが言った。「でも、おれたちにとっちゃ、ここは安全な場所じゃない。きのうもまた共同トイレで言ってるやつがいたよ。ヒンドゥー協会《サマージ》に罪をなすりつけるために、ムスリムがカビールとカディファを誘拐して、バッファロー・ババを殺したんだ、って。毎日毎日、そんなことを聞かされてたら、たまんないよ。なんだって、いまだにおれたちを非難するんだ」

「頭がおかしいからだよ」パリは言った。

「それに、タリク・バーイのこともある。一度逮捕されたら、その過去は洗い流せない。ムスリムのなかでさがすほうが、きっと仕事も見つかりやすい」

パリはうなずいた。

「おまえもじきにここを出てくんだろ？」ワジド・バーイはパリに聞いた。「新しい学校でも、きっと優等生だな。そこじゃ、生徒ひとりひとりにコンピューターを使わせるんだって？」

パリはぼくを見た。その話を聞きたくないのを知ってるからだ。「学年がおわるまでは、わたしはどこにもいかない。けっきょく、引っこさないかもしれないしね」

自転車リキシャがやってきた。ワジド・バーイが荷物をリキシャにすっかり積みこんだ。リキシャ屋《ワーラー》の足には深い傷あとがいくつもついてて、ところどころ死んだ皮ふが灰色になっている。首のうしろは、汗で銀色に光ってた。

ファイズがぼくらの側にとんでもどってきた。「近いうちに学校に遊びにいくよ。給食の時間にね。そしたらおれもお昼にありつける」

「ファイズの名前は名簿から消されるよ」パリは言った。

「バハードゥルだって、まだ消されてない。もう三カ月たってるのにさ」ファイズは言った。「おれはまだ一年か二年はだいじょうぶだよ」

「タリク・バーイが釈放になったら、わたしたちにも教えてね」パリはワジド・バーイに言った。「うちのマーに電話してくれればいいから。ファイズが携帯の番号を知ってる」

「アッラーがお望みなら《インシャーラー》、もうすぐだ」ワジド・バーイは言った。

「タリク・バーイは警察から出されても携帯には手をふれないよ」ファイズがパリとぼくに言った。「携帯とかかわることは、二度とごめんだって思ってるから、つまりタリク・バーイの電話はおれのものになって、そしたら、おれがおまえのアンミと」――ファイズの目は、ぼくからパリの顔に移った――「おまえのアンミに電話する」

「タリク・バーイは大変な目にあったよね」パリが言った。「タリク・バーイがファイズに教えたみたいに警察がアンチャルの携帯電話を追跡してたら、ヴァルンのやつも、もっとまえにつかまって――」

　パリは咳をした。最後まで言わないほうがいいってわかってるからだ。

「ジンの宮殿のいいジンたちが、タリク・バーイを見守ってくれてる」ワジド・バーイが言った。「ジャイ、あそこでお祈りするようにマーに言っとけ」

「外から見るほど、おっかない場所じゃないよ」ファイズがお守りをにぎりしめて言った。

　ファイズとワジド・バーイはリキシャに乗った。「ぜったい、宮殿にいくよな?」ファイズが座席から身をのりだして言った。

ぼくは手をふった。

リキシャ・ワーラーはペダルを踏んだけど、リキシャが重くてなかなか動きださなかった。パリとぼくと路地のほかの人たちは、ちっともまえに進まないリキシャを見守った。

ヒンドゥー教徒の一家がファイズの家を買うんだって、だれかが言った。四人の子どもに、マーとパパと、ばあちゃん《ダーディー》のいる家族だ。ぼくは、そのだれとも友だちにはならないと思う。パープルロータス&クリームのせっけんがどんなものかさえ、みんなきっと知らないだろう。

今からゴミ捨て場にいこうと思う、とぼくはパリに言った。「マーはあと二時間は帰ってこないからさ」

「わたしもいく」パリは言った。パリのマーも家にいない。

ぼくらが暗い時間まで外にいることは、もうない。親に心配かけたくはないから。だけど、親もぼくらを追いかけまわすのはやめた。ヴァルンと妻とボスレディがつかまってから、ほかにだれも誘拐されてないからかもしれない。

「ボスレディは無実だと思う？」これまでもうなんべんもそのことを話しあったけど、ぼくはまた聞いた。「弁護士は保釈しろって言ってるけどさ」

「保釈はされないでしょうね」パリは言った。「これほどの大事件だし、そのうち『ポリス・パトロール』でとりあげられるよ」

『ポリス・パトロール』を見ることは、もう二度とないと思う。だれかが誘拐されたり殺されたりしたほんとの話の再現を見たら、きっと、絞め殺されそうな気分になる。殺人事件は、もうぼくにとって物語じゃない。ミステリーでもない。

「ゴールデンゲートで働いてるバスティの女の人たちが、今になって話してるけど、政治家とか警察のトップとかが、夜にボスレディの部屋にはいってってたらしいじゃん」ぼくは言った。「そういうおえらいさんが出してくれるよ」

事件について多くのことが理解できなくて、だからぼくはしつこくパリに質問しないといけなかった。見ちゃいけないことになってるけど、マーが帰るまでこっそり見てるテレビでも、ニュースの人たちは混乱してた。レポーターは毎日ちがうことを言うし、ボスレディの部屋の値段みたいに、考えもどんどん変わる。その値段っていうのは、ある日には四カロールで、つぎの日には十二カロールで、そのあとは〝衝撃的な事実が明らかになったのを受け、ゴールデンゲートの物件価格は急落し、部屋はこんにちではただ同然〟になったらしい。

そういうレポーターの話によると、ボスレディと使用人は、人身売買の組織と、腎臓売買のヤミビジネスと、児童ポルノ業者のメンバーで、児童ポルノ業者っていうのは、子どもの映画をつくったりする人たちのことだ。テレビはほかにも、使用人は子どもを虐待して殺すサイコパスだった、とか、使用人と妻が勝手な行動に出て、人身売買されるはずだった子どもを殺した、とか、ボスレディは無実だ、とか、ボスレディは〝インド有力政治家をバックにつけた事件の首謀者〟だ、とか言っている。

テレビのニュースの見出しは、ひどかった。眠ろうとしてるときにも、まぶたの下でときどきネオンみたいにちかちかする。

【独占取材!】 戦慄のペントハウスの内部!
スラムドッグ・キラーが明らかにした、殺しのおぞましい一部始終
セレブマンションのオーナー、無罪を主張
黄金の建物の裏で——腎臓売買の衝撃の真実
ゴールデンゲートではいったい何がおこなわれていたのか。まずこちらから!
ゴールデンゲートの食人鬼による全告白!

「あのマンションの部屋でどんなことがあったのか、ほんとのとこはけっきょくわからな

いかもね。警察は無能だから」パリがぼくに言った。「ヴァルン・クマルがつかまったのも、あいつがバカすぎるからだよ。カビールとカディファを誘拐してなかったら、バスティの人たちは、ずっとムスリムを責めてたでしょうに。暴動にもなったかもね」

「ふたりがムスリムだって気づかなかったんだよ」ぼくは言った。「ファイズだってヒンドゥーに見えるじゃん？」

「じゃあ、なんであのバカは引っこさないといけなかったの？」

ゴミ捨て場までやってきた。重機《JCB》はもうとっくにいない。女の人がバケツいっぱいの野菜の皮と魚の骨を、ゴミのなかにほうった。すると、さけび声があがった。アンチャルのパパだ。警察がアンチャルのバッグと、いなくなった日に着てた服（パリが行方不明者の報告書に書いた、黄色のクルタだ）の切れはしをゴミのなかから見つけて以来、ずっとゴミ捨て場を見張ってる。

「娘の墓にゴミを捨てようってのか？」アンチャルのパパが言った。

「じゃあ、どうしろっていうの？」女の人は言った。「これをとっとけって？」――空《から》になったバケツをゴミのほうにふった――「家のなかに？」

「中央捜査局《CBI》が来たら逮捕されるぞ」アンチャルのパパは言った。「証拠をだいなしにしてる」

「娘さんを失ったのはわかるけど、こんなふうにわたしたちにどなっても、もどってこないわ」

ボトルの帝王《バードシャー》がクズひろいの子たちと話してるのが見えた。パリとぼくはそっちまでいって、みんな元気にしてるかたずねた。ヴァルンがつかまった日に、あいつがゴミのなかに青い箱をかくしてたって教えてくれたヘリコプター少女も、ボトルのバードシャーといっしょにいた。今日は、金髪で服がゼロ枚の、棒みたいにやせたピンクの人形を持ってた。

ボトルのバードシャーがぼくの肩をつかんだ。腕のオウムがぼくを横目で見た。「テレビでニュースが流れてても、おれはときどき見ていらんなくなる。あいつらモンスターめはここの子どもたちに、なんて身の毛のよだつひどいことをしたんだ」

「わたしたち、そろそろうちに帰らないと」パリが横から言った。

「ああ、そうだな」ボトルのバードシャーは言った。ヘリコプター少女はぼくに人形をさしだした。ぼくをかわいそうだと思ってるんだと思う。

「ジャイは人形じゃ遊ばないよ」パリが言った。

「何がおきてるのか理解するのは、おまえにはむずかしいだろう」ボトルのバードシャーはぼくに言った。「だが、姉さんのことを考えるときは、おれの望みとしちゃ、あのマンション内で経験したかもしれないおそろしいことは考えないでもらいたい。今後はどうか、姉さんのいちばんいいときの姿を思いだしてほしい。好きなことをしてるところ。テレビでおもしろおかしい番組を見てるとこだっていい」

「ルヌ・ディディはあんまりテレビは見なかった」ぼくは言った。

「いいか」バードシャーは言った。「おれたちのだれもかれもが、今日にもあしたにも、近しい人を、愛する人を失うんだ。自分で人生をそこそこあやつれてるつもりのまま大人になれる運のいい人間もいるが、そいうやつでさえ、いつか気づくときが来る。たしかなものなどなんにもなくて、すべては永遠に消える運命にあるんだ、ってな。この世界じゃ、おれたちなんか、ただの塵あくたのつぶにすぎない。陽のなかでちらっと光ったかと思うと、つぎの瞬間には消えてなくなる。それを受け入れることを学ぶんだ」

「がんばってみる」なんの話かさっぱりわからなかったけど、ぼくはこたえた。


ぼくはパリの家までついていった。ご近所のおじさんが、新しい学校のことをパリに聞いた。その新しい学校っていうのは、川のむこうの私立学校で、じいちゃん《ダーダー》、ばあちゃん《ダーディー》の家から近くて、パリは全額支給の奨学金をもらって入学できる予定で、つまり、授業料をはらわないでいいってことだ。私立学校の人は、うちのバスティのことをニュースで見て、パリをかわいそうだと思ったらしい。パリは、マーとパパが学校の近くで仕事を見つけるまでは引っこせないんだって、おばさんに説明した。

パリのとなりの家の貯水バケツには、〝ただちに子どもたちを返せ〟と書いたチラシが貼ってあった。チャンドニーがいなくなったあとでヒンドゥー・サマージがくばった、古いビラだ。バハードゥルの写真には、口ひげが落書きされてた。警察はモールの近くのどぶをさらって、バハードゥルのくつを見つけた。バハードゥルの骨も〝回収した〟と、警察はバハードゥルのマーに言ったけど、もっときちんとDNA検査をしないと、百パーセントたしかかはわからない。ルヌ・ディディのものは、まだシュシュ以外に見つかってなかった。

「うちにいたら?」ぼくが帰ろうとすると、パリが言った。「今夜はマーがマギーをつくる予定だよ」

「それまでには家に帰ってないと、うちのマーがよろこばないよ」

ぼくは顔を下にむけたまま、家でないどこかにむかって早足で歩いた。まだうちには帰りたくなかった。だけど、どんなに速く歩いても、おじさんやおばさんがおそいかかってきて、マーやパパに聞けない質問をあびせてくる。ぼくもルヌ・ディディみたいに、どこにいくときも走ったほうがいいらしい。そしたらそういう人たちも、ぼくをとめられない。

「姉さんのことは、何かわかったのかい？」知らない男の人が道をふさいで聞いてきた。

「さらわれたお姉さんのことよ」ぼくがピンと来てないと思ってるみたいに、横の女の人が言った。

「おねえちゃんのことで警察から親のとこに電話はあったの？」首のしわのあいだに黒い土をくっつけた女の子が言った。

「何人の子どもが行方不明になってるのか、警察もつかんでないそうよ」女の人が男の人に言った。「七人、二十人、三十人、もしかしたら百人かもしれないし、千人かもしれない」

「うちのバスティにそんなたくさんの子はいないだろ」男の人は言った。

「あのね《アレー》、だって路上の子やクズひろいの子も誘拐してたんだから」

「警察はまだDNA検査をやってるとこなんだ」ぼくは言った。

「検査にはどのくらいかかるの？」女の子が聞いた。

「何カ月か」ぼくは言った。ぼくにはわからない。CBIがかかわってきたら、なんでももっととっととやるかもしれない。やらないかもしれない。たぶんパリの言ったとおりなんだと思う。ゴールデンゲートのモンスターたちがルヌ・ディディに何をしたかは、ぼくらにはきっと永遠にわからない。

おじさんやおばさんたちがどこからともなくあらわれてきて、質問でぼくを引っぱりたおそうとした。ぼくは人ごみから抜けだして、バハードゥルの家へと走った。うちみたいに悲しんでいる家族をのぞき見したかったからだ。幽霊に骨をつかまれそうになるのを何かべつの方法でふせいでるのか、知りたかった。

シャンティおばさんは、今度はぼくがしっかりしてマーとパパを支えなきゃいけないって、年じゅう言ってくる。マーのことは心配だ。マーは毎晩、食事のときにぼくの顔をじっと見る。ぼくのなかにルヌ・ディディを見たいのかもしれない。そして、がっかりして顔をそらして、ほっぺたに涙をぼろぼろこぼす。それに、そのうちたおれて死んじゃうんじゃないかって心配になるほど、すごくやせて弱くなった。ぼくとパパも似たようなもので、パパは今じゃあんまり話すこともしない。お酒のにおいをさせて帰ってきて、よろよろベッドにたおれこむ。パパは飲んだくれラルーその2に、だんだんなってきた。

バハードゥルの家は閉じられたままだったけど、家のまえにはテレビの人たちがいて、クオーターにインタビューしてた。クオーターは黒い服はやめて、今はサフラン色のシャツにカーキ色のズボンっていう姿だ。

「地元警察が助けようとしなかったとき、唯一、手をさしのべたのがうちの組織だった」クオーターは言った。「このコミュニティにとって、なくてはならない存在なんです」

じつは長《プラダン》とクオーターは、ヴァルンについてのほんとのことを知ってた？　それにボスレディィは、バスティィから消えた子どもひとりにつきいくらかずつ、プラダンに金をわたしてた？　シャンティィおばさんのだんなさんが、トイレの列で前の人にそんなことを話してた。

クオーターに石を投げつけようかと思ったけど、やっぱり怒らせたくないと思った。あいつにぼくがさらわれたら？　そしたら、マーとパパはどうなる？　だからぼくは、ブート・バザールにむかった。サモサにあいさつしたら、もう家に帰ろう。

うちは悪い夢でいっぱいだ。マーも悪い夢を見た。ぼくも悪い夢を見た。ぼくの夢では、ルヌ・ディディは巨大な羽をひろげて、ゴールデンゲートのマンションのバルコニーから飛びたっていく。古代のジャターユの姿をしてるけど、傷ついて血が流れてる。マーはどんな夢を見たか言わない。あんなふうに悲鳴をあげて起きるんだから、きっとこわい夢だ。

頭の上を冷たくてさびしい影がすっと通ってった感じがした。あの鳥かもしれない、ディディかもしれない、って、ぼくは心配になって上を見あげた。だけど、空には何もなかった。何かが足をこすった。サモサだ。ぼくはしゃがんで、耳をかいてやった。笑ってるみたいに、ピンク色の舌がだらんとのぞいた。

食べるものがないかポケットをさぐったけど、空《から》だった。サモサが足に鼻をすりよせてきた。何ももらえなくたって、サモサは気にしない。サモサはほんとの友だちなんだ。ファイズがいなくなって、パリもいなくなるけど、サモサがそばからいなくなることは、ぜったいにない。

ぼくはダッターラームの店にいった。ダッターラームはいそがしくて、ぼくとは話さなかった。

サモサにおいでって声をかけて、家にむかって歩いた。マーとパパに、サモサを飼っていいか聞こうと思う。なんで飼いたいかというと、ひとつには、なんてったってサモサは頭がいい。ふたつめには、サモサは警察みたいだけど、いい警察だ。三つめには、サモサがいたら、ぼくはだれにもさらわれない。どれも最高な理由じゃないかって、ぼくは思う。

「うちまで競走だ」ぼくはサモサに言った。

サモサはしっぽをぱたぱたさせて、ぼくを見てる。

「だれがいちばん速いか、競走だ。いいか？」ぼくは聞いた。「位置《ティーク・ターク》について、よーい、ドン！」そして、全速力で走った。心臓が破裂しそうで、舌がサモサの舌みたいにだらっとなったけど、うちの玄関にたどりつくまで走るのをやめなかった。そこでようやく両手をひざについて、大きく息を吸って、吐いた。

サモサはどこにいるか、うしろをふり返った。サモサはハアハアいいながら、よくわかってない顔でとことこやってきた。「勝った、勝った、勝った」ぼくがさけぶと、近くにいたニワトリやヤギがこわがって逃げていった。サモサはぼくの手をなめた。サモサは負けてもきげんがいい。

「ぼくは世界一速いランナーだ」ぼくは言った。

「何バカ言ってんのよ」ルヌ・ディディが言うのが聞こえた。

「うるさい」そう言ってから、声はまだ頭に残ってるけど、ディディはここにはいないんだって思いだした。ぼくは玄関の段にすわった。サモサがひざに頭をのせてきた。サモサの毛はやわらかくて、あったかい。シャンティおばさんの家ではテレビがわめいてる。「スラムはとりこわされるべきなのか？　みなさんはどう思われるでしょう。ご意見がありましたら、こちらまで……」

空を見あげた。今日のスモッグはぺらぺらのカーテンみたいにうすくて、むこう側で星がちらつくのが見えるくらいだ。最後に星を見たのなんて、いつだったかな。

「ほら見て」サモサに言った。だけど、もう見えなかった。最初からそこになかったのかもしれない。ただの衛星か飛行機だったのかもしれない。もしかしたらあれはルヌ・ディディで、神さまたちはほんとにいて、しっかり面倒みてもらってるから心配するなって言ってたのかもしれない。メンタルが自分の少年たちを見守ってるみたいに、ディディもぼくを見守ってくれてる。そんな気がする。

するとき、またさっきの星が見えた。指でさしてサモサに見せた。あれは秘密の信号なんだよ、ルヌ・ディディからぼくへの信号なんだよって、教えてやった。ものすごく強力な信号で、だから、ぶあつい雲でもスモッグでも、マーの神さまがこの世とあの世を分けるのに築いた壁でも、しゅっと通り抜けられるんだ。

著者あとがき

わたしは一九九七年から二〇〇八年までインドで記者として働き、そのうちの何年ものあいだ、教育をテーマとした記事や特集を書いてきました。学校や大学の長、教師、政府関係者、それにもちろん学生や生徒たちと毎日のように話をしました。わたしは経済的に余裕のない家庭で育っており、おかげで機会が制限されて自分のやりたいことが思うようにできないと感じていましたが、最貧層の若者にはそうした限られた道さえひらかれていないことを、ジャーナリストとして知るにいたりました。クズ拾いの仕事をしたり、交差点で物乞いをしたりする子供、家庭に困難な事情をかかえ勉強がままならない子供、宗教紛争で家を追われ、学校を辞めざるを得なかった子供。わたしが取材したのはそういう子たちです。ところが、ほとんどの子は犠牲者のようには映りませんでした。みんな生意気で、お茶目で、質問をあびせられてじれったそうにしていることもしばしばでした。社会としてのわれわれ、それにわれわれが選んだ政府が子供たちを見捨ててきたことは、わたしの記事が必然的にあぶりだしたとおりです。ですが、文字数や締め切りの制限があるなかでは、子供たちのユーモア、皮肉、エネルギーまでは、記事で伝えきれませんでした。

おなじころ、貧しい家庭から子供が消えるという事態があちこちで起きていることを、わたしは知るようになります。インドでは毎日百八十人もの子供が行方不明になると言われています。そうした事件は誘拐犯が逮捕されたときや、犯罪の生々しい実態が明らかになったときにしか、ふだんはニュースになりません。彼らの将来への期待を長年取材してきた経験からでしょう、当然わたしとしては子供たち自身の背景に関心がありましたが、そうした報道はなかなか見つかりません。焦点があてられるのはたいてい加害者です。わたしはそこのところをもう少し掘り下げたいと思いましたが、残念ながら自分を取り巻く状況が変わって、生まれ育ったインドを離れることになりました。

失踪した子とその家族についての書くことのできなかった記事のことは、その後もずっと心に引っかかっていました。ロンドンでは文芸創作の授業を受けるようになり、最初の課題で彼らのことを書こうとして失敗しました。社会的に無視された弱者をフィクションに仕立てることについての道義性に疑問を感じたのです。自分が間近に見てきた不平等を過少に描くことはしたくありませんでしたが、恐ろしい悲劇を物語にするのでは、人々と彼らのかかえる問題とを同列に語る、貧困とインドをテーマにしたステレオタイプの作品になってしまいそうに思えました。

二〇一六年の冬、数年前に棚上げにしたその物語のもとに、わたしはとうとうもどることになります。ブレグジット、ドナルド・トランプの大統領選挙、インドや各国での右派の台頭といった流れのなかで、〝よそ者〟、〝マイノリティ〟とされる人々が世界に追いつめられているように感じた、というのがそのきっかけのひとつでした。イギリスでは、今では自分自身が移民としてそのグループに属していました。かつてインタビューした子供たちのことや、その存在をあえて無視したがる社会で生き抜こうとする彼らの覚悟に思いをいたしたとき、わたしは物語は彼らの視点から語られるべきだと気づいたのです。九歳のジャイがこの小説への導き役になってくれました、自分のニュース記事が書き落とした特徴――子供たちのへこたれない力強さ、明るさ、えらそうなようす――を、ジャイとその友人のなかに表現しようとわたしはつとめました。

この小説を書きはじめたちょうどそのころ、自分の人生にも急な変化がありました。むかしから尊敬を寄せていたおじが亡くなったのです。おじはだれよりも親切な人間で、医者としてお金のない患者にも無償で治療を施していました。それから、六つ年下のわたしのただひとりの兄弟がステージⅣの癌と診断されました。ジャイやその友人が直面していた問題が、直接的ではないにせよ、俄《にわか》にわたしや家族の問題にもなったのです。人は不安をかかえながらどうやって日々を生きていくのか。希望なしと宣告されたとき、どうやってその希望を見出していくのか。当時たった八歳だった甥はどうなるのか。死ぬ確率について子供にどう説明すればいいのか。そうした疑問について、わたしは結局だれとも、いちばんの友人とさえ話しあうことができませんでした。そこでかわりにこの本の登場人物のほうを向いて、彼らの行動のなかに答えを探し求めたのです。

職業および個人的経験が本作のアイディアのもととなったのはたしかですが、これはわたしの物語ではありませんし、断じてそういう意図で書かれたものでもありません。それでも、作中のジャイや登場人物もそうしたように、人がつくりだす物語は悲しみや混沌を理解するのに役立てられ、また、そうした物語が人を慰めることもあれば失望させることもあるということを、わたしは意識しながら書き進めました。その意識のおかげでわたしと登場人物との年齢の大きな隔たりはページ上では消えてなくなりましたが、究極的には『ブート・バザールの少年探偵（原題 ***Djinn Patrol on the Purple Line***）』は子供を描いた物語であり、子供だけが主役です。わたしがこの小説を書いたのは、彼らの存在を単なる統計に落とし込んでいいという発想に物申すためです。統計上の数字の向こうにいくつもの顔があることを、みんなに忘れないでもらいたいのです。

最後にもうひとつ。わたしがこの文章を書いている二〇一九年九月、インドでは子供の誘拐に関する噂やSNSによる情報拡散をもとに犯人とされた人を集団でリンチするという不穏な事件が起きており、犠牲となる多くは疎外された貧しいコミュニティの無実の人々であり、その地域での〝よそ者〟であり、または、障害を持つ人々です。こうした流れを導いたのは、マイノリティ、とりわけイスラム教徒に対する似たような集団的な怒りの感情、それにインド国内で高まりつつある不信感でしょう。見落としてならないのは、この状況のかかえる矛盾です――インドでは日々子供が失踪しつづけ、子供の人身売買は注目されない現実の問題として存在しつづける一方で、権力層に〝他者〟への恐怖の感情をあおられたせいからか、噂や嘘のニュースをもとにすぐに私的制裁に走る人々がいるのです。

希望の光を見出せるとすれば、貧しい地域の子供たちと連携する慈善団体があることでしょう。興味のある方は以下の団体をお調べください。プラタム（pratham.org.uk）、チャイルドライン（childlineindia.org.in）、サラーム・バーラク・トラスト（salaambaalaktrust.com）、HAQ子供の権利センター（haqcrc.org）、インターナショナル・ジャスティス・ミッション（ijm.org/india）、ゴランボシュ農村開発センター（ggbk.in）、MV財団（mvfindia.in）。

謝辞

インドでジャーナリストとして働いていたころ、ジャイの住むようなバスティを訪れる機会が頻繁にありました。家に招き入れて、話を聞かせてくださった住民のみなさんには、心より感謝しています。彼らの優しさやおおらかさがなければ、この小説を書くことはできませんでした。以下の著作からは多くの知見を得ることができました。お礼申し上げます。Ayona Datta, *The Illegal City: Space, Law and Gender in a Delhi Squatter Settlement* (Ashgate, Surrey, 2012)、Gautam Bhan, *In the Public's Interest: Evictions, Citizenship and Inequality in Contemporary Delhi* (Orient Blackswan, New Delhi, 2016)、Kalyani Menon-Sen and Gautam Bhan, *Swept Off the Map: Surviving Eviction and Resettlement in Delhi* (Yoda Press, New Delhi, 2008)。本作の参考にした書籍や記事のリストは、わたしのウェブサイト deepa-anappara.com にも載っています。

わたしはおかげさまでピーター・ストラウスとマシュー・ターナーという優秀で懐の深

いふたりのエージェントに恵まれ、ウィットと優しさをもって出版まで導いてもらえました。とくにマシューには、さまざまな編集の提案、気さくな物腰、わたしの神経質な質問に断固動じなかったことに感謝しています。ＲＣＷの外国版権部、とりわけスティーブン・エドワーズ、ローレンス・ラルヨー、トリスタン・ケンドリック、カタリーナ・フォルクメア、ギル・コールリッジ、それから、ＲＣＷのほかのみなさんにもお世話になりました。

チャットー＆ウィンダスのクララ・ファーマーとランダムハウスのケイトリン・マッケナは、情熱があり細やかでこれ以上望みようのない編集者でした。ジャイと友人をあたたかく受け入れてくれたことに、細かい気配りに、鋭い視点の編集に、ありがとうと言わせてください。ヴィンテージのみなさん、とくに忍耐強く支えてくださったシャーロット・ハンフリー、それからスザンヌ・ディーン、ルーシー・カスバートソン＝トゥイグズ、アンナ・レッドマン・エイルワードにお礼申し上げます。原稿整理のデイヴィッド・ミルナー、校正のジョン・ギャレットにもお世話になりました。エマ・カルーソ、グレッグ・モリカ、エヴァン・カムフィールド、マリア・ブレックル、メリッサ・サンフォード、ケイティ・タル、それからランダムハウス・ニューヨークのほかのみなさんも、ありがとうございました。故スーザン・カミルの支援と励ましを受けられたことは、何よりありがたかったと思っています。

インドのペンギン・ランダムハウスのチーム、なかでも様々な提案をしてくださったマナシ・サブラマニアム、それにグンジャン・アラワットにお礼申し上げます。

死に物狂いの大変な時期にわたしの正気を保ってくれた友人たちには、愛と感謝の気持ちを送ります。この小説に感想を寄せ、二十年以上にわたり優しく接してくれたロリ・スリヴァスタヴァ。鋭い意見を聞かせてくれ、デリーでいつも居場所を提供してくれたリニータ・ナイク。テイモール・スームロには、彼の見識、鋭い批評、ネット上での井戸端会議に、クリスティン・ポットヒーターにはフィードバックと寛大さに、それぞれ感謝したいと思います。それから、ハリエット・タイスの応援には、心からありがとうと言わせてください。アヴァニ・シャーとロリー・パワーも、どうもありがとう。

イーストアングリア大学においては、ジョー・ダンソーン、アンドリュー・カウアン、ワークショップの面々にお礼を言いたいと思います。彼らはこの小説の最初の数章についてフィードバックをくれました。ジャイルズ・フォーデンにも感謝します。

『Djinn Patrol on the Purple Line』を書くにあたっては、執筆段階の初小説のための各コンテストより一足早く励みになる結果をいただきました。ブリッドポート／ペギー・チャップマン－アンドルーズ賞、ルーシー・キャベンディッシュ小説賞、デボラ・ロジャーズ基金作家賞の主催者、読者、審査員のみなさんにお礼申し上げます。

　ユアン・ソーニクロフトの支援に感謝します。最初からともにいてくれたアリソン・バーンズ、エマ・クレア・スウィーニー、エミリー・ペダーには、とくにありがとうと言わせてください。エセックスの各図書館と大英図書館にもお世話になりました。

　家族にも感謝します。シャイレシュ・ナーヤルのお話、応援、熱意には、感謝と愛を送ります。

　以上の内容にかかわらず作中の瑕疵はすべてはわたしひとりの責任であることを、最後に付け加えておきます。

訳者あとがき

インドでは毎日一八〇人もの子供が行方不明になる。

そんな衝撃の事実をもとに書かれたのが、本小説『ブート・バザールの少年探偵』(*Djinn Patrol on the Purple Line*, 2019)だ。著者のディーパ・アーナパーラはムンバイ、デリーを拠点に十数年間記者の仕事をし、貧困と宗教紛争が子供の教育におよぼす影響について書いた記事で複数のジャーナリズムの賞を受けるなど、着実な実績をあげてきた。そうした経験に裏打ちされた本作は、無名作家のデビュー小説ながらに未完のうちから注目と評価を集め、出版後も受賞ラッシュはつづいて、二〇二一年のアメリカ探偵作家クラブ賞(エドガー賞)の最優秀長編部門にノミネートされるにいたった。読者のみなさんがこの本を手に取るころには、そろそろお楽しみの結果が発表されていることだろう。

『ブート・バザールの少年探偵』は生意気で愛すべき九歳の少年ジャイの視点で語られるお話だ。ただし、読者はすぐにはジャイとは出会えない。表紙をひらいてわたしたちを迎えるのは、無名の証言者による「この物語はきみの命を救うだろう」という章だ。俗世の厳しさを知る者が生き抜く知恵を語って聞かせるこのパートは、作中に全部で三回登場するが、そのなかである語り手はこんなことを言う――〝この物語はお守りだ。大切に胸のそばにおいとくように〟。「語り」というものの力を感じさせる、美しく印象的なパートではあるけれど、果たして、そのお守り自体にはどれだけの効き目があるのだろう。

主人公のジャイは、とある大都市近郊のスラム地区に、両親と十二歳の姉とともに暮らしている。母は金持ちの家で家政婦をし、父は建設現場での仕事を得て、貧しいながらも一家は幸せな日々をおくっている。そんなある日のこと、クラスメイトが姿を消すという事件が起こる。『ポリス・パトロール』のようなテレビ番組が大好きなジャイは、自分なら事件を解決できると自信満々で、親友ふたりに探偵の助手にならないかと持ちかける。

ムスリム一家の子で信心深いファイズは、誘拐は悪いジンの仕業だという考えを捨てきれない。ジンというのは、たとえば『アラジンと魔法のランプ』のランプの精のような、アラブ世界で広く信じられてきた、魔神などとも訳される存在のことだ。

一方、勉強好きで賢いパリはジンなんているわけないと一蹴し、ワイロを取るばかりでちっとも動かない地元警察よりも熱心に、真正面から事件に取りかかる。

そんなこんなでジャイは少年探偵となり、そして犬まで仲間に加えてはりきって捜査を進めていくのだが、このときはもちろん、身近に起こった事件にどんなおそろしい背景があるのか理解していなかった。あたたかな家族やご近所に守られたジャイの世界は、不可侵であるはずだった。

インドという国は、多様性という言葉にはおさまりきらないあらゆるものが密に存在する魅惑の国のように思える。様々な背景を持つ宗教、新旧の文化、数多くの言語に文字。食文化もたいへん豊かで、作中にも登場するとおり、屋台メシひとつ作るにも多彩な食材が使われる。また、ジャイの制服はスモッグに溶け込む灰色だが、多くの人が身に着ける伝統衣装はカラフルで、最上級の品の装飾は、想像を超える手の込みようと美しさだ。

そして負の面に目を向けてみても、やはりインドという国はわたしたちの想像を超えている。人を人と思わない驚くようなむごい犯罪を、ニュースで見聞きしたことのある人も多いだろう。また、トイレという日常の基本ひとつをとっても、ジャイの地区には幸い共同トイレがあるものの、屋外で用をすまさないといけない地域もいまだに残っていて、レイプにおびえながら暗いなかを通う女性も少なくないという。排泄物を手作業で処理するカーストの人たちがいるという事実も、われわれにとっては衝撃だろう。

そうした根の深い問題や日々の生きづらさについては、まだ幸せな年齢のジャイの口からは詳しくは語られないが、それを補うように、窮地に陥った個々の子供の名前がタイトルにつけられた一連の章が、多くのものを垣間見させてくれる。父の暴力、家事を押しつけられる少女たち、貧しさから学校に通わせてもらえない少年、性被害、男女差別、理不尽な因習。もしも構成上の制約がなかったら、著者は過去に取材した弱い立場の子供全員を代弁する思いで、さらに多くの子の身の上を書きつづったかもしれない。子供には子供の人生があり、夢があり、思いがある。それをしっかり描ききりたいという著者の使命感のようなものを、このパートから感じはしないだろうか。

ところで、この作品にはとても多くのインドの言葉（おもにヒンディー語）が登場する。著者は現地の雰囲気、子供の躍動感などを、そのリズミカルな言葉にのせて読者に伝えたかったようだ。語られる主役はインドの庶民だと強調したかったのもあるだろう。イギリスで出版されたオリジナル版では、著者は大胆にもいっさいの説明を省いて無数のヒンディー語を文にちりばめた。おかげで単語の意味がよくわからなかったという声もあがり、そのせいかアメリカ版などでは巻末に用語集がつけられているようだ。
この日本語版も、できることなら著者の意を汲んでヒンディー語のみをそのままカタカナにして文に組み入れたかったのだが、結局は理解のしやすさを優先し、訳注やルビを用いてそのつど意味を補足するようにし、また、いくつかの言葉は日本語に置き換えざるを得なかった。読者のみなさんには、インドの言葉の意味を推測しながら読む楽しみを奪ってしまったこと、また、ひらがなにヒンディー語の読みをつけるなど、目に美しくない箇所が多出することについて、この場を借りてお詫びしたいと思う。

看過してはならない重いテーマを扱ってはいるが、アーナパーラは犯罪に焦点をあてた小説にすることは望んでおらず、あくまで子供の姿や、子供の目から見た世界を描きたかったと語っている。音とにおいと活気があふれ、ひょっとしたらジンと幽霊がひそんでいるかもしれないブート・バザール。みなさんには魔法の呪文で九歳だったころのサイズにもどり、ジャイの案内でそんな彼の縄張りを存分に探検して、ジャイが無邪気さという宝を失わずにすむように、そっと横から見守っていただければと思う。

二〇二一年三月

訳者略歴　青山学院大学文学部卒，英米文学翻訳家　訳書『もう終わりにしよう。』リード，『サイコセラピスト』マイクリーディーズ，『出口のない農場』ベケット，『幸せなひとりぼっち』『おばあちゃんのごめんねリスト』『ブリット＝マリーはここにいた』バックマン（以上早川書房刊）他多数

HM=Hayakawa Mystery
SF=Science Fiction
JA=Japanese Author
NV=Novel
NF=Nonfiction
FT=Fantasy

ブート・バザールの少年探偵《しょうねんたんてい》

〈HM⑷⑻⑺-1〉

二〇二一年四月　二十日　印刷
二〇二一年四月二十五日　発行
（定価はカバーに表示してあります）

著　者　ディーパ・アーナパーラ
訳　者　坂《さか》本《もと》あおい
発行者　早川　浩
発行所　株式会社　早川書房
郵便番号　一〇一 - 〇〇四六
東京都千代田区神田多町二ノ二
電話　〇三 - 三二五二 - 三一一一
振替　〇〇一六〇 - 三 - 四七七九九
https://www.hayakawa-online.co.jp

乱丁・落丁本は小社制作部宛お送り下さい。
送料小社負担にてお取りかえいたします。

印刷・信毎書籍印刷株式会社　製本・株式会社明光社
Printed and bound in Japan
ISBN978-4-15-184551-2 C0197

本書は活字が大きく読みやすい〈トールサイズ〉です。